2016 中国随笔年选

朱航满 编选

SPM 南方出版传媒
花城出版社
中国·广州

图书在版编目（CIP）数据

2016中国随笔年选 / 朱航满编选. -- 广州：花城
出版社，2017.1（2020.6重印）
（花城年选系列）
ISBN 978-7-5360-8226-7

Ⅰ. ①2… Ⅱ. ①朱… Ⅲ. ①随笔—作品集—中国—
当代 Ⅳ. ①I267.1

中国版本图书馆CIP数据核字（2016）第297498号

丛书篆刻：朱　涛
封 面 图：葵石图轴

出 版 人：肖延兵
责任编辑：蔡　安　欧阳蘅　李珊珊
技术编辑：薛伟民　凌春梅
封面设计：庄海萌

书　　名	2016中国随笔年选
	2016 ZHONGGUO SUIBI NIANXUAN
出版发行	花城出版社
	（广州市环市东路水荫路 11 号）
经　　销	全国新华书店
印　　刷	河北远涛彩色印刷有限公司
开　　本	787 毫米×1092 毫米　16 开
印　　张	17.5
字　　数	300,000 字
版　　次	2017 年 1 月第 1 版　2020 年 6 月第 2 次印刷
定　　价	36.00 元

如发现印装质量问题，请直接与印刷厂联系调换。
购书热线：020 - 37604658　37602954
花城出版社网站：http://www.fcph.com.cn

目录 contents

重建文章之美

——序《2016 中国随笔年选》

朱航满

汪曾祺的文章我是爱读的。但没想到的是，其对于中国文章的传统，却是有着清醒而独到的认识的。年初读了汪曾祺的《蒲桥集》，此册散文集的一个让我颇为吃惊的地方，乃是汪先生的一篇《自序》。这篇序文大约不到 2000 字，但已把自己的散文观、成书的缘起以及书名的来由讲得清清楚楚。更为难得和让我惊讶的是，汪先生在这篇自序中，还谈及了中国古代散文的传统和当前散文的现状，可谓极具见识。特别是谈及中国散文的传统，仅二三百字便已道尽，乃是大家手笔也。此种胸怀和气魄，我还是初次见识，"中国是个散文的大国，历史悠久。《世说心语》记人事，《水经注》写风景，精彩生动，世无其匹。唐宋以文章取士。会写文章，才能做官，别的国家，大概无此制度。唐宋八家，在结构上，语言上，试验了各种可能性。宋人笔记，简洁潇洒，读起来比典册高文更为亲切，《容斋随笔》可为代表。明清考八股，但要传世，还得靠古文。归有光、张岱，各有特点。'桐城派'并非都是谬种，他们总结了写散文的一些经验，不可忽视。龚定庵造语奇崛，影响颇大。'五四'以后，散文是兴旺的。鲁迅、周作人，沉郁冲淡，形成两支。朱自清的《背影》现在读起来还是非常感人"。

汪曾祺的这段言论，乃是一个人的文学印象。由此忽然想起了几年前读过身居海外的作家张宗子的一篇类似的序言。张宗子的这本文集名为《空杯》，书前的序言不长，也同样谈到了他对于中国文章的认识，很是简洁和精彩。在此文中，张先生历数自己喜爱的文章家，从庄子到魏晋南北朝的嵇康、阮籍，再到宋代的苏东坡，都是极佳的；唐宋八大家是历代文章的典范，韩愈、王安石、柳宗元都是好的，这其中他又重点谈了韩愈文章对于自己的一番影响；近代散文作者，他则受周氏兄弟影响最大，此外则还有何其芳。文末，有一段十分华彩的私人推荐，堪比汪先生的那一段议论，"我在多年前的一首诗中写道：在人的世界为人，是我的幸福。用汉语写作，是一个写作者的幸福。世界上很少有一种语言，像汉语这么优美、静雅、丰富、细腻、深刻，而且强大有力。它的画面感，它的音乐性，它的柔软易塑，它的准确犀利，让我只有庆幸。这是经过无数天才熔铸过的语言，是从庄子、列子、屈原、司马迁、司马相如、杨雄、三曹、嵇阮、庾信、李白、王维、杜甫、韩愈、苏黄和周邦彦、姜夔手里出来的语言，是唐诗、宋词和元杂剧（特别是《西厢记》）的语言，是《红楼梦》的语言。对汉语失望的人，其实是对自己的绝望"。

汪曾祺和张宗子都是文章家，难得的是他们对于中国文章的传统的认识，简短、利落、清爽。恰好近来翻书，读到孙郁编选的《1978—2008 中国优秀散文》，这是我喜爱的一册散文选编。此书之前也有一篇序言，也是既短也好的，对于理解中国当代散文别有思路。孙先生是鲁迅研究专家，多年前曾提出当代文学史存在两个传统，即鲁迅与周作人的传统。这个看法虽然有他人不认同处，但他依然坚持这个观点。这两个传统的背后，都有一长串不可小视的作家名单，诸如鲁迅传统之下的邵燕祥、何满子、朱正、牧惠、赵园、林贤治，等等，再如周作人传统之下的沈从文、俞平伯、张中行、邓云乡、钟叔河，等等，而唐弢、黄裳、孙犁、叶兆言等人，却是"介于明暗之间"，两种笔意都是难以摆脱的。在这两种传统之外，散文的样式也很多。孙先生说他还特别欣赏汪曾祺和端木蕻良，"像汪曾祺，就杂取种种，是自成一格。汪氏举重若轻，洒脱中是清淡之风，颇有士大夫的意味"。端木的文章，孙先生曾当我的面提及过。在这篇序言中，他对端木以特别强调，认为其分量不在汪氏之下，"端木晚年的散文炉火纯青，不被世人看重。"

文章之好，首先在于文体的鲜明。文体鲜明者，乃是脱去了影响的痕迹，有着自己独特的审美意识和独立思想的。为此，孙郁也列出了自己欣赏的一段当代作家的名单，"被世人喜欢的散文家多有特有的文体，鲁迅、周作人、张爱玲、张中行、汪曾祺、孙犁无不如此。当代有文体特征的作家不多，能在文字中给人思维的快乐的人，大多是懂得精神突围的思想者。李健吾、杨绛、唐弢、王蒙、谷林、赵园、李长声在写作里贡献的都是新意的存在"。而我又从这段话中获得启发，想起了今年在编完自己的文集《读抄》后，曾也写过一段体会："这些年读来读去，深感白话文章自兴起以来，能够做好文章的，实在是屈指可数的。周氏兄弟是我最爱的两位会写文章的高手，沈从文、汪曾祺师徒的文章，宛若天成，甚为好看；钱锺书、杨绛夫妇的文章，凡下笔处，均可见高妙；废名师出周作人，青出于蓝，独树一帜，颇有得道之味；还有胡适、张爱玲、朱自清、丰子恺、台静农，或清秀，或精致、或苍郁，都是常读常新的；顾随、缪钺、俞平伯、浦江清，以随笔写学术，也显文章之美。晚近以来，张中行、金克木、黄裳、孙犁、董桥诸位，声名均显，却是仁者见仁，各取所爱。这其中的有些书与人，是我心向往之的，故而多有流连。"

以上提到了几篇序言，均在极短的篇幅中谈论文章之美，类似这样的文献应还是有的。我仅提及近来关注的这几篇，其实所要强调的，乃是从这些不同作者名单和谱系之中，试图传递了一种私人化的重建文章之美的意识。这几年来，我有幸编选中国随笔的年选文章，也促使自己能够在更大程度上来拥有这种重建的意义，并呈现出一种别样的文学风景。不过，略感遗憾的是，能够引领一时风骚的文章家的出现，并非易事。百年来的白话文写作，能够成为一致共推的文章家者，更是屈指可数。想起近来在微信上的朋友圈里，又读到了止庵的一段非常个人化的议论，乃是他谈及几位当代文章家，皆有不以为然之处，"董桥我嫌腻，黄裳我嫌左，木心我嫌作，孙犁我嫌固"。几位文章家都是名声显赫，粉丝众多，所以止庵也调侃自己说，他这是想自绝于人民的态度。对于止庵的这番议论，很多朋友不以为然，有友人甚至留言"止庵我嫌涩"，以表达其态度。当代文章家中，这几位已成符号，但也恰恰证明真正的文章大家修炼之难。而止庵提及的这几位，文章本身皆是一流，会做文章则是显然的，不过，无论是"腻"，还是"作"，或者是"左"与"固"，也都系文章背后的一种深层次的精神展示。

止庵的议论，自然不乏道理，在我看来，既是认可，但又未必能够完全赞同。文章风格的存在，应是各美其美的。止庵的文集《插花地册子》今年修订再版，重温之后，也对文章之美又更增添了一些思考。此书中，止庵说他十分欣赏杨绛的散文，"杨绛的《干校六记》于1980年面世，我读了眼前不啻另开一片天地"。而受到最大影响的，则是周作人，1986年他读到一部《知堂书话》，读后感慨极大："这一年我二十七岁，在散文方面才真正有所觉悟，较之小说与诗要迟钝得多。此后中国文章可以说从头读起，从前都算是白读了。周作人尝以'言志'与'载道'概括古往今来的两类文章，我想也可以形容'率性'与'听命'，要而言之，写自己想写的文章，不写别人要你写的文章。"在止庵的中国文章谱系里面，"当以先秦、魏晋六朝、晚明和五四为最高峰"。先秦文章，特具鲜活气象，首推《庄子》；魏晋六朝文章，好处是在风骨，沉潜在底层，《世说新语》《水经注》《诗品》《金刚经》等都是令人佩服的；晚明散文是性情文章，《陶庵梦忆》《西湖梦寻》《霜红龛文》《文饭小品》以及金圣叹的批语等，皆可观；五四散文，周氏兄弟，几近完美，张爱玲是华贵潇洒，另有梁实秋、杨绛、谷林和台静农等几位，也被认为是成就甚大，别开生面。

探讨文章之美，仁者见仁、智者见智。但从这些不同的读书谱系的背后，往往可以看出许多几近相似的文学面孔，也有一种渐趋一致的精神维度。以上四位，汪曾祺散淡洒脱，张宗子气静神闲，孙郁温润通达，止庵枯瘦冷淡。钱穆先生在《中国文学史话》中谈及中国文章，以为好的文章背后，往往站着一个人，因此，我们读文就是读人。一篇好的文章，其背后站立着的，应是一个既健康又现代的知识分子形象，其面目应是可亲可敬，甚至是一种可爱。以 2016 年的中国随笔写作为例。陆文虎的《我对世界说》系一篇在海外学术会议上的发言，但同样是一篇很好的文学随笔。这篇文章切口小，气象大，所谈乃是作者对于中国文明的一己态度，传递出一种谦虚开放的现代知识分子形象，而作者对于中国传统文化中的积极一面的阐述，令人感到振奋。与此相似的，乃是王安忆的《朝圣》，则是从另一个方面，向我们展示了中国知识分子开放而又虔敬的对外心态，这是作家在美术馆欣赏画作后写成的一篇长篇艺术随笔。如此，我们再来欣赏张宗子的文章《梦中的忽必烈汗》，也是相似的感受，这位身在异乡的中国作家，心静气古，热爱中国的传统文化，但毫不吝啬自己对于西方文明的喜爱和赞赏。以上诸篇，见识通达，文章温润。

重建文章之美，便是重建精神之美。究其根本上来说，其实就是对于我们每一具体个体的真实生活的反思与重建。刘亮程的《认领菜籽沟》让我耳目一新。这是一个体制内的作家的一种边缘化的思考，却得到了更多人的尊重。刘亮程在偏僻乡村的一隅里，将被抛弃的土地以认领的形式交给更多作家来居住，其背后则是试图通过这种形式，来让更多作家感受到大自然的真切与美丽，也让人与自然能够获得交流与融合。刘柠的《一个街区，顶好有两家书店》则把目光转向了现代都市，试图为我们在繁华与喧闹之中寻找能够寄托心灵的安宁的居所。刘柠是一位行走的自由主义者，也是一个不折不扣的书痴。他以生动的文笔介绍了日本东京这个超级城市中的书店文化，让我们在深深地惊讶之余，感受到了人之生存的精神需要。

武婧雅的《我的抑郁症》堪称一篇奇文，描写了患有抑郁症的自己在精神病院的一段岁月，从进入到逃离，似乎宣告了我们时代的精神危机；而蔡朝阳的《我只是不想再浪费生命了》，则是从体制的藩篱中逃脱出来的宣言，满怀伤感又不失浪漫。以上诸篇，散淡洒脱，似乎看破了庸俗繁杂的红尘，努力建构着一方内心中的小小净土。

2016年是一个特殊的年份。这一年，鲁迅先生去世80周年纪念，此为一个我们无法绕过的精神符号；这一年，杨绛先生离世，这是一位令我们尊重的作家的远去。纪念的文章铺天盖地，我们择其一二。阎晶明的《鲁迅与酒》从饮酒这个小小的角度，来看鲁迅的性情与怀抱。文章笔触游刃于鲁迅的世界，可见作者的学识与积淀，也是巧矣。李静编剧的《大先生》写鲁迅弥留之际，立意甚远。话剧在这一年悄然上演，探究鲁迅丰富的内心世界，也展示了一个少见的鲁迅形象，更怀抱了编剧者忧患于现实的精神态度，热烈而又灿烂。郭娟的《穿牛仔裤的鲁迅》则是一篇很有趣的剧评文章，文章标题活泼生动，又显示出一种颇具魅力的文章个性。郭娟在看完这部关于鲁迅的话剧，其中有这番感慨："多些读鲁迅、敬仰鲁迅的人，则国人之自觉至，个性张，人生意义致于深邃，沙聚之邦也会转为人国。"此篇之佳，在于读懂了鲁迅，也读懂了话剧，更读懂了我们这个时代。妙趣的文章补充了戏剧艺术表达的玄妙之处，奇崛的戏剧艺术阐述了文章表达的有限空间。关于鲁迅，可以谈论的内容依然很多。这个话题没有过时，但丰富的维度在不断向深处拓展。

纪念杨绛先生的文章，也是多矣，但深切又有穿透力者却是少见。杨绛先生去世后，我在微信的朋友圈里写过几段话，代表当时的态度："杨绛先生101岁的时候，我去先生家中拜访过，印象中的杨先生，幽默、朴素、智慧，讲礼仪，也很关心社会时事。这些天，看到了一些议论，很不同意有些师友没有认真读过杨先生的作品，就十分随意地进行判定，更不认为钱杨夫妇是过着脱离现实生活的一对什么神仙伴侣。"杨绛先生在"文革"结束后不久，创作了诸多可以留世的著作。她的文集《将饮茶》最为我所喜爱，也认为或许相比其他，更为重要一些，因为之中有杨先生的处世态度和人生哲学。在群魔乱舞的时代，只有身穿"隐身衣"，并遵奉"万人如海一身藏"的态度，才最终能够抵御荒诞，苟活并幸存下来。我认为这并非逃避，而是一种高贵的坚韧。众声喧哗之中，我读到陶东风的文章《戏中人看戏——从杨绛〈干校六记〉说到中国革命的文学书写》，心中才有一种欣欣然的认同之感，故而愿意推荐给朋友们来读。因为当我们谈论历史人物之时，其实便是谈论我们自己。我们纪念杨绛先生，映照的却是世道与人心。

记忆是最珍贵的精神体验。我们重建记忆，就是重建精神世界，也还是重建道德文章。这一年，我们回顾过去，四十年前的"多事之秋"，诸多历史事件纷至沓来。于是乎，便有了很多形式的纪念与追忆。但我更看重的，则是那种可能显得比较个人化的点滴记忆，因为这其中有一种更为深沉的思考与咀嚼，不带功利、克制、低调，却怀抱着一种炽热的情怀。为此，特别遴选了这样的一组文章，分别为：李大兴的《多少风云逝忘川——我的一九七六》、赵园的《非常年代的阅读》、张郎朗的《监狱里的杨首席》、戈悟觉的《小院旧雨》。弱水三千，我只取一瓢饮。我也相信，这样带有历史细节又充满沉思意味的文章，应该是多的。而我从这些文章的背后，读到了一种对于历史真实的尊重，对于时代喧哗的警惕，对于历史荒诞的沉思。这种不偏不激的态度，是经过那段荒诞而又残酷的岁月之后，没有被损害、扭曲，又能够直面惨痛和正视伤害的心灵，才能真正作出的最为真诚的回应。而他们几位笔下的文章，之所以能够成为我所看重的佳构，便还在于一种自觉于重建的精神襟怀，他们是能够超越一己之情绪的，而又不远离可以证实的自我印迹。我们应该重视这样有价值的声音，深沉而悠远，内含穿透之力。

几篇怀念文章，尽显风骨。吴青女士的《怀念母亲冰心》，感伤而不乏暖意。我读后随手写过一点感慨："这是近来读到最好的文章，原来是这样的冰心，原来是这样的吴青！文中写吴青参加 1989 年北京市人民代表大会，投弃权票和反对票各两张，不想却在会中受辱，回家后她告知目前冰心，母亲冰心却笑了，随后在纸上为她写下了这样一句话：'苟利国家生死以，岂因祸福避趋之。'"仅仅这样的一个细节，冰心先生的形象就跃然纸上了。那淡淡的一笑，想必是嘲讽之笑，也一定是满意和鼓励的微笑。再有杨早的《我的祖父》，也是印象极深的。这是一篇散淡而忧伤的文字，勾勒出一个乡村知识分子的风骨与气节，充满浓浓的暖意，又令人肃然起敬。程怡的《爸爸教我读中国诗》，饱含着对于离去的父亲的深深怀念，通过中国旧诗词的诵读，勾勒出一种中国士人的饱满形象，也表达了对于中国优秀传统文化的深深敬意。冯象的《饮水思源》则书写他在北京大学求学的外语教授杨周翰先生，先生宽博有爱，学识深厚，但思维现代，很开风气。杨周翰的风范遗泽了众多学子，冯象便是其中之一。以上诸篇，无论追忆旧事，还是怀念故人，均呈现出一种气静神闲之态，读来仿佛前朝闲话，却难掩沧桑。

　　好文佳篇多矣。白先勇的《吹皱一池春水》，鼓励后进，叹息旧事，娓娓道来，消逝的风景中掩藏着的尽是风流与才华；孙郁的《"多"通于"一"》，探寻文人的精神脉络，温润中有敬服，也有寻思与期待；止庵的《画廊故事》乃是文人看画，谈感受，讲心得，饱含着的是一种自由散淡的心态；杨渡的《沉静的旅人》追忆故友，怀念往事，沉静之中，暗藏热烈，这是对于一种虔诚的艺术家的祭奠；车前子的《水绘时光》以诗人的笔法写出了中国文化之美好，充满灵性，又带着跳跃之态。以上诸章，立意皆高，但风格各异，或热烈，或沉静，或瘦冷，或温润，其中彰显了艺术的神圣、文学的尊严以及文人的风范。重建文章之美，就是重建一种新的精神内涵。汉语的世界如此之美，正如张宗子之感叹：这么优美、静雅、丰富、细腻、深刻，而且强大有力，我们自应珍重。但在我以为，它的美丽，还应是展现一种自由与独立的精神韵味，也应是有着科学与文明的现代情怀。今日之文章，乃是既有古朴之态又充满着不息生机。这种文章之美，便是重建的意义和追求。

　　　　　　　　　　　　　　　　　　　2016 年 9 月 25 日，于北京

辑一

我对世界说

陆文虎

2016 年 5 月 11 日—14 日，我参加了北极光基金会①在挪威斯瓦尔巴群岛举办的一次心灵、思想与大自然的对话盛会。这次对话的宗旨在于探索切实可行的方法，使人类文明能够更好地适应我们的环境、生态、政治、科技和社会系统的快速变化。

从小说《苏菲的世界》谈起

我对挪威所知不多，这也是我第一次来到挪威。但是，我知道挪威有一位叫乔斯坦·贾德（JosteinGaarder）的作家。他的作品也许不是很多，但是有 10 多种已经在中国翻译出版了。其中最具影响的，是写给中学生的《苏菲的世界》。书中写道："正是 5 月初的时节。有些人家的园子里，水仙花已经一丛丛开满了果

---

① 2015 年成立于斯瓦尔巴群岛的非营利组织。

树的四周，赤杨树也已经长出了嫩绿的叶子。"我也在这个时节来到了挪威。9 年前，乔斯坦·贾德来到中国时，这本书已被译成 56 种语言，销售超过 3 亿册。9 年过去了，被翻译的语言和印数都必定大大增加了。他当时说，这本书的最大缺点是，它只涉及了西方哲学，却对浩瀚的东方尤其是中国的哲学没有介绍。他表示，当时正为中国的甲骨文着迷，准备以此为题材写新书。《苏菲的世界》为乔斯坦·贾德带来极大声誉，使他成为世界级的作家。除了创作，他还对公益事业不遗余力，于 1997 年创立"苏菲基金会"，每年颁发 10 万美金的"苏菲奖"，鼓励能以创新方式对环境发展做出贡献的个人或机构。

　　《苏菲的世界》不仅是一部启蒙哲学的小说，关心"人是谁""世界从何而来"这样的问题，它还对当今社会提出了严肃的批评，追问"世界往何处去""我们怎么办"。书中说："许多西方的生态哲学家已经提出警告，整个西方文明的走向根本就是错误的，长此下去，势必会超出地球所能承受的范围。他们谈的不只是环境污染与破坏这些具体的问题。他们宣称，西方的思想形态根本上就有一些谬误。"就在上个月，乔斯坦·贾德在布达佩斯谈到《苏菲的世界》时说："如果让我今天来写这部小说，将会写得完全不一样，因为里面没有写亚洲的哲学和当今最迫切的哲学问题，即我们是否有能力维持地球上的生活条件。"

人类文明之中国

　　人类虽然已有几百万年的历史，但主要是史前史，文明史只有 7000 – 8000 年，不过比千分之一稍长而已。在文明史的早期，人口不多（当前世界人口 60 亿，400 多年前即公元 1600 年为 5 亿，据学者估计，4000 多年前即公元前 21 世纪才 0.8 亿！），最初，语言不通、交通不便，不同人群只能相对孤立地发展。后来，各个群体内产生语言和文化。人因为生存的需要不断迁徙，逐渐扩大了活动范围，不同的文化开始交流并相互影响。河水给人的交流带来便利。最古老的人类文明的五大摇篮都产生在大河流域：西亚的两河流域，北非的尼罗河流域，南亚的印度河、恒河流域，爱琴—地中海地区，华夏的黄河、长江流域。文明就这样产生了。

　　文明（civilization）一般指外在的、形而下的物质、器物、技术、衣服、食用之具等；而文化（culture）一般指内在的、精神的、形而上的文、学、言、论等。"文化"使各民族不一样，更多地表现出传统，不同的文化间有排斥性；"文明"使各民族不断接近，更多地表示出未来，不同的文明间有吸附性。

不同的时空环境孕育出多样性的文明。各种文明间的相同和差异都很重要。不同文明在其他文明的不断撞击、融会中获得发展、新生或者消亡。

我们发现：不管人们是否意识到了，也不管是否喜欢，人类一直生活在一个命运共同体中。今天，世界向何处去，人类向何处去？不同民族、不同宗教、不同文化、不同文明的多样并存、交流互鉴，必将为人类的进步与发展做出更大的贡献。人类的新未来、新活力、新愿景，是非常值得期待的。

人类学家和考古学家认定，"现代人类"离开非洲后，大约在 5 万－6 万年前进入欧亚大陆。中国人是不是人类迁移史诗参加者的后裔呢？他们应当就是我们的祖先。今天，考古学家已经发现中华文明有多个源头、多种印记，例如，许多朋友都去看过的三星堆，那些和一般中国人相貌迥然不同的青铜器面具充分说明：当时有一批外来人类在那里生存过。和而不同，海纳百川的理念，使得中华文明在世界所有文明中唯一自远古传承至今日而未曾中断。

中国是一块广袤的大地。在这片土地上的各个族群在长期的生存过程中，人口流动、文化交融是必不可少的，中心更迭、华夷置换也是不可避免的，历史传承在兼容并蓄、多元融合中完成。

一个世纪前，中国哲人梁启超曾把中国历史分为三个阶段：第一阶段是"中国之中国"，即从公元前 27 世纪的黄帝时代到秦始皇。中国自发达、自竞争、自团结，与外部世界几乎没有交流。第二阶段是"亚洲之中国"，从秦始皇到 18 世纪，中国与亚洲各国有交流、有矛盾、有征战，也有融合。第三阶段是"世界之中国"，也就是 19 世纪以来，中国被西方列强强行打开国门，中国开始睁眼看世界，走向世界。

在梁启超之后的 100 年里，世界大变，中国也大变。今天的中国既是"中国之中国"，不断发展自己；也是"亚洲之中国"，提出"一带一路"，寻求与亚洲甚至超出亚洲的共同发展；更是"世界之中国"，对世界各国各地多元文明表现出极大的尊重、理解和包容。面向未来，中国提出涉及全人类的理念——建立"人类命运共同体"。让世界明白未来中国的立场和目标，展示中国的主张。中国正在努力促进整个世界的进步，让世界的明天更美好。在全球化时代，中国已经和整个世界的命运息息相连，中国对世界的影响也会越来越大。在地球这个人类命运的共同体中，中国将与不同的文明拥抱合作，力求共赢，人类的未来充满希望。

德国诗人歌德在谈到"中国的传奇"时说："中国人在思想、行为和情感方面几乎和我们一样，使我们很快就感到他们是我们的同类人，只是在他们那里一切都比我们这里更明朗，更纯洁，也更合乎道德。还有许多典故都涉及道德和礼仪。正是这种在一切方面保持严格的节制，使得中国维持到几千年之久，而且还会长存下去。"

中华文明 5000 年，虽历经磨难，仍发展至今。之所以能够如此，应当说是传承着一种精神。中华民族的精神，就是《易经》所说的：自强不息，厚德载物。自强不息就是努力向上，绝不停止。厚德载物就是效法大地，包容万物。

中国文化推崇的价值观是什么呢？道德仁义，以和为贵。中国的哲学要义和普通人的生活态度是道法自然，天人合一。这既是朴素、直觉的，又是丰富和无所不包的。这个道，正心诚意修身是向内求的，先完善自己；向外用则齐家治国平天下。

中国文明的理想可概括为：己所不欲，勿施于人；天下为公，世界大同。中国人追求的，就是：参赞天地之化育。参赞就是弥补的意思，弥补天地的化育之不足。人生天地之间，凭借智慧、勇气和能力，克服自然界对人类存在的不利因素，创造出一个完满、和谐的人生，弥补天地的缺憾。

中国故事与中国精神

我信奉中国古代贤哲的教诲，"行万里路，读万卷书"。读世界各国的好书，看各国的美景，总有新的发现，使我获益良多，备受启迪。其实，中国的许多历史故事也能给予不同的文明以借鉴和启发。

其一，宋襄公的故事。

孟子说过："富贵不能淫，贫贱不能移，威武不能屈，此之谓大丈夫。"先秦时期的中国人，勇武、博学、重人道、讲礼貌、守信义……无论贵族还是平民，许多人身上都流淌着"贵族"的血液，"贵族精神"深入骨髓。

公元前 638 年，两个诸侯国宋与楚争霸，有著名的泓水之战。宋国列好了阵，等楚兵渡过泓水后决战。大将军建议宋襄公趁楚人渡水时截杀，必能大胜。宋襄公却回答说："不行，那不符合战争规则。君子不能攻击已经受伤的敌人，不能擒获须发已经斑白的敌人；敌人处于险地，不能乘人之危；敌人陷入困境，不能落井下石；敌军没有做好准备，不能突施偷袭。现在楚军正在渡河，我军就发起进攻，不合仁义。等楚军全部渡过河，列好阵，我们再进攻。"结果，宋师大败，宋襄公也受了伤，第二年悲惨地死去。

宋襄公一定要光明正大地与敌人决战，虽败犹荣。因为宋襄公所遵循的原则，在当时是被普遍认可与遵守的原则，那是一种贵族精神。

其二，赵氏孤儿的故事。

这也是春秋战国时期表现出贵族精神的"道"和"义"的故事。讲述晋国贵族赵氏被奸臣屠岸贾陷害而惨遭灭门，幸存下来的赵氏孤儿赵武长大后为家族复仇的故事。彰显了程婴为兑现承诺牺牲亲生儿子和自己的生命，一群古代英雄舍生取义、勇于献身的精神。

元代纪君祥写成历史剧《赵氏孤儿》。500年后，1731年，由法国传教士马约瑟译成法文，在欧洲引起巨大的反响。发生在公元前6世纪的故事，众多正面人物惊天地、泣鬼神的忠勇义举，令18世纪的欧洲人五体投地。伏尔泰将其改编为话剧《中国孤儿》，特意在剧本题目下加上"根据孔子的教导，改编成的五幕剧"，成为第一部传入欧洲的中国戏剧，在巴黎各家剧院上演，盛况空前。哈切特改编的英文版，在伦敦演出又引起轰动。后来，法国的小说家莫泊桑曾借鉴马约瑟的译本写成了短篇小说《族间仇杀》（*Une Vendetta*）。

忠诚于国君、公平对待敌手的侠士理念，对于中国人的精神世界影响至深。法国启蒙思想之父伏尔泰毫不讳言从中华文明获得营养，并明确指出：中华文明几千年帝国治理经验中的法律道德体系，有连续文字记载、发展和传承的全部社会科学和自然科学成果真实可信。

其三，玄奘的故事。

玄奘是中国佛教史上最伟大的僧人。他克服千难万险，远赴印度取经的故事发生在唐代，至明代被写入"中国四大名著"之一的长篇小说《西游记》后，更成为妇孺皆知的一代名僧。

玄奘11岁学佛，13岁出家为僧。他天资聪颖，又好学不倦，在遍学佛藏、学业精进后，深感不能满足。特别是由于佛典译本不善，致使义理含混，他产生了去印度读原著、取真经之意。29岁时，提出西行求法，未获皇帝批准。不得已，混在饥民中溜出长安城，开始取经之旅。他昼伏夜行，翻山越岭，忍饥耐热，备尝艰苦；路过高昌国，被国王扣留，强邀担任国师，他不得不以死抗争，绝食3日，直至昏迷。国王钦佩不已，遂结拜为兄弟，还派队伍一路护送。他且行且学，到印度后，专心学习梵文和佛经，成绩斐然，被尊称为"三藏法师"。在印度17年，学遍了当时的大小乘各种学说，回长安时，共带回佛舍利150粒、佛像7尊、经论657部。唐太宗逼劝归俗，邀他共谋朝政。玄奘不为所动，开始专心翻译佛经。过了近20年，玄奘及其弟子共译出佛典75部计1335卷，长期影响着中国和世界的佛教发展。玄奘所著《大唐西域记》，记述他西游亲历的110个国家及传闻的28个国家的山川、地邑、物产、习俗等，至今仍有史料价值。

当年玄奘为了求法，一路西行2.5万公里，九死一生，终于求得真经。

他不畏艰难险阻，拒绝浮华诱惑，一心向学，追求真知的事迹，一直感动和鼓舞着中国人。

随手采撷的这几个故事，分别反映了中国人对待仁义、诚信和学问的态度。类似的故事，在中国悠长的历史和广阔的大地上，可说是俯拾即是，数不胜数。

殊途同归　天下大同

来到种子岛的这些人，有理想，有情怀，有忧患意识，也有远见卓识。犹如中国宋代的文学家范仲淹所说："先天下之忧而忧，后天下之乐而乐。"来自不同国度、不同种族、不同语言、不同文化、不同文明的我们，讨论生活的现状，规划人类的未来。到这里，我看到了新的风景，听到了新的观点，受到了新的启发。我把中国的故事讲给世界听，同时，也非常虔诚地听取别人的故事。

这次聚会的发起人、北极光基金会的两位主席克里斯多夫·庄和博·艾克曼在别开生面的欢迎仪式上热情洋溢的亲切话语，使我十分期待立即开启跟自然、与天地对话的心灵之旅。庄引导"闻道"与"论道"；博则热情地推出了贝多芬的大赋格，他期望这种音乐能够启发我们的想象力达到或者超越爱因斯坦、毕加索等等。他说，人类期待的可持续发展，从来没有成功过。他期望这次聚会能在这方面取得成果。这也是我们大家的共同愿望。

联合国副秘书长扬·埃利亚松说，他的日常工作就像巡视雷区一样，每天都要记录4到5个全球的危机，使我们更加生动形象地了解人类的困境，从而增强解决的紧迫感。他还讲到机构必须反思是为谁服务的，要求更多地倾听女性和青年的声音。他认为，种子岛团队可以为这个世界做出伟大的贡献。他鼓励说："坚持就对了！"作为一个坚定的改革者和一个国际主义者，他期望所有的人同心协力。我要说，这也是我的期望。

观看短片《宇宙旅行》，让我们认识到地球是多么渺小，作为地球上一种小虫子的人更加微不足道。我们必须放弃傲慢，我们必须对天地、自然、他人保持敬畏，与之友好相处。

查尔斯王子说的"万物一体""循环经济"，使我想起中国古代经典《中庸》里的著名说法："万物并育而不相害，道并行而不相悖"。而他"付出了生命中最好的30年，不断就相关话题发出警报"，让我非常感动。"是时候了！"的呐喊振聋发聩，使我们警醒。

圣塔菲研究所的布莱恩·阿瑟教授阐释了科研对发展的作用，给我这个文科生极大的启蒙教育。他使我们知道，科学技术绝不是冷冰冰的，而是充满着人文的温情和道德的信念。他还提到了老子的《道德经》。我感谢他。

大卫·克里斯提安教授的"大历史"学说，学界评价极高。他从大爆炸说起，把人类史与自然史结合起来，重新描述了创世的过程，给我们启迪极大。学界曾称他可与牛顿、爱因斯坦比肩。今天，亲耳聆听了他的演讲，荣幸之至。

美国匹兹堡大学史学系退休名誉教授许倬云先生，用历史学家特有的深邃眼光和诗一般的语言，回顾了人类的历史，描述了他对人类未来的两个梦想："第一个梦，认识自己，帮助别人，体谅别人，尊重别人。第二个梦，认识环境，体验环境，爱护环境。""我们要把灵魂重新叫醒，不要只讲物质欲望、暂时的乐趣，我们要想得更远。"不仅要善待人，还要善待自然。许教授是国际知名的大学者，他的话表达了他悲天悯人的伟大情怀。中国传统文化给我们的教导是："穷则独善其身，达则兼济天下。"对此我是非常认同的。

沙特亲王图尔基·费萨尔历数中国在 5000 年里为人类做出的重要贡献。他印象最深的是中国皇帝派郑和下西洋，向世界传达友好信息。中国现在对世界经济有重要影响，但没有侵略野心，从中国与沙特的关系就可以看出这一点。亲王是很智慧的人，我相信他说的也是肺腑之言。中国圣贤教导我们："己所不欲，勿施于人。"这句话已通过联合国，传布到全世界的广大地区，并取得共识。

通过对话，沟通心灵，交流情感，播撒和传递着文明的种子。英国作家狄更斯说过："这是一个最好的时代，这是一个最坏的时代。"我深感人类面临自律之忧，因此，居安而思危。我知道，世界有世界的问题，中国也有中国自己的问题。

近年来，中国提出"人类命运共同体"的观念，融合"天人合一""知行合一""和谐共生"等内涵，强调包括人与宇宙巨系统之间的紧密结合、友好互动，强调不同民族和文化之间的独立互赖、分别共生，以期人类和环境的永续发展。我欣喜地看到，4 月 20 日，世界地球日，175 国代表签署了关乎未来的全新契约——人类共同应对气候变化挑战的《巴黎协定》。这是一个好的开头。地球只有一个，人类本是一家。百虑一致，殊途而同归的日子总是要到来的。

（原载《中国艺术评论》2016 年第 9 期，发表时题为《中国文明及其全球贡献》）

故 国 神 游

余光中

五月中旬去西安讲学。那是我第一次去陕西，当然也是首访西安，对那千年古都神往既久，当然也有莫大的期待。结果几乎扑了一个空。当然那是我自己浅薄，去投的又是如此深厚的传统，加以为期不满五天，又有两场演讲、一场活动，所以知之既少，入之又浅，谈不上有何心得。"五日京兆"吗？从西周、西汉、西晋一直到隋唐，从镐京、咸阳、渭城到长安，其中历经变化，史学家甚至考古学家都得说上半天，自宋以来，其帝国之光彩就已渐渐失色，所以轮到贾平凹来写《老西安》一书时，他的副题干脆就叫作"废都斜阳"了。

从头到尾，今日西安市中心的主要景点，例如钟楼、鼓楼、碑林、大雁塔等，都过门而未入。倒是听西安人说，钟楼与鼓楼正是成语"晨钟暮鼓"之所由，而古人买东西得跑去东大街和西大街，因此而有"买东西"一词。最令我感动的是，西安还有一处"燕国志士荆轲墓"。矛盾的是，我对这古都虽然所知不多，所见更少，可是所感所思却很深。这么多年，我虽然一步也未踏过斯土，可是自作多情地却写过好几首诗，以长安为背景或现场。

我在西安的第一场演讲就叫作"诗与长安"，前面一小半多引古人之作。例如李白的《忆秦娥》、杜牧的《将赴吴兴登乐游原》、白居易的《长恨歌》、辛弃疾的《菩萨蛮·书江西造口壁》和《世说新语》"日近长安远"之说。

后面的大半场就引到我自己所写涉及长安的诗，一共七首，依次是《秦俑》《寻李白》《飞碟之夜》《昭君》《盲丐》《飞将军》《刺秦王》。我用光碟投影，一路说明并朗诵。《秦俑》颇长，从古西安说到西安事变，从桃花源说到十二尊金人和徐福的六千童男女；中间引入《诗经·秦风》四句，我就曼声吟诵出来，颇有立体效果。《寻李白》有赞谪仙三行"酒入豪肠，七分酿成了月光/余下的三分啸成剑气/绣口一吐就半个盛唐"，入选许多选集。

《飞碟之夜》用科幻小说笔法想象安禄山的飞碟部队如何占领长安。《昭君》讽刺卫青与霍去病都无法达成的事，竟要弱女子去承担。《盲丐》写我自己在美国远怀汉唐盛世的苦心，结尾有这样一句："一支箫哭一千年/长城，你终会听见，长安，你会听见。"《飞将军》为汉朝的名将李广抱不平，其事皆取自《史记》。《刺秦王》也本于《史记》，但叙事则始于荆轲谋刺失败，伤重倚柱时的感慨。这些事，凡中国的读书人都应知道，而这些诗，凡中国的心灵都会共鸣。行知学院礼堂里坐满的二千五百人，虽欠空调，却无人离席。

另一场演讲在西安美术学院，题为"诗与美学"，情况也差不多。更值得一记的，是该校活泼的校风与可观的校园。在会议室与长廊上，一排排黑白的人像照吸引我左顾右盼，屡屡停步，只因照中人都有美学甚至文化的地位，就我匆匆一瞥的印象，至少包含蔡元培、陈寅恪、鲁迅、胡适、徐悲鸿、朱光潜、梁思成、林徽因、蔡威廉（蔡元培之女）、林文铮（蔡元培女婿，杭州艺专教务长），外国人之中还有法兰克福学派主角的哲学家马尔库塞。

至于校园何以特别可观，也只消一瞥就立可断定。远处纵目，只见一排排一丛丛直立的方尖石体，高低参差，平均高度与人相等，瞬间印象又像碑林，又像陶俑。其实都不是，主人笑说，那是"拴马桩"。走近去看，才发现那些削方石体，雕纹或粗或细，顶上都踞着、栖着、蹲着、跪着一座雕塑品，踞者许是雄狮，栖者许是猛禽，蹲者许是胡人，跪者许是奴仆，更有奴仆或守卫之类跨在狮背，千奇百怪，难以缕陈。人物的体态、面貌、表情又不同于秦兵的陶俑，该多是胡人吧，唐三彩牵马的胡围正是如此。主人说这些拴马桩多半来自渭北的农庄。看今日西安市地图，西北郊外汉长安旧址就有罗家寨、马家寨、雷家寨等六七个寨，说不定就来自那些庄宅；当然，客栈、酒家、衙门前面也需要这些吧。正遐想间，主人又说，那边还有不少可看，校园里有好几千桩。我们夫妻那天真是大开眼界：这和江南水乡处处是桥与船大不相同。

我去西安，讲学之外还参加了一个活动，经"粥会"会长陆炳文先生之介，认识了于右任先生（1879—1964）的后人。右老是陕西三原县人，早年参与辛亥革命，后来成了民国大佬，但在文化界更以书法大师久享盛誉。他是长我半个世纪的前辈，但是同在台湾，一直到他去世，我都从未得识耆宿。我更没有想到，海峡两岸对峙，尽管历经种种重大变化，陕西人对这位远隔的乡贤始终血浓于水，保持着敬爱与怀念。因此早在2002年，复建于右任故居的工作已在西安展开，7年后正值他诞辰130周年，终于及时落成。

右老乃现代书法大家、关中草圣，原与书法外行的我难有联想。但是他还是一位著名诗人，在台所写怀乡之诗颇为陕西乡亲所重。有心人联想到我的《乡愁》一诗，竟然安排了一个下午，就在"西安于右任故居纪念馆"内，举办"忆长安话乡愁"雅集，由西安文坛与乐界的名流朗诵并演唱右老与我的诗作共二十首。盛会由右老侄孙于大力、于大平策划，我们夫妻得以认识右老的许多晚辈，更品尝了于府精湛的厨艺，领略了右老曾孙辈的纯真与礼貌。

对这位前辈，我曾凑过一副对联："遗墨淋漓长在壁，美髯倜傥似当风。"为了要写西安之行，我读了贾平凹的《老西安》一书。像贾平凹这样的当代名家，我本来以为不会提到意识对立而且已故多年的右老，不料他说于右任曾跑遍关中搜寻石碑，几乎搜尽了陕西的魏晋石碑，并"安置于西安文庙，这就形成了至今闻名中外的碑林博物馆"。他又说："西安人热爱于右任，不仅爱他的字，更爱他一颗爱国的心，做圣贤而能庸行，是大人而常小心。"最后他说："于右任、吴宓、王子云、赵望云、石鲁、柳青……足以使陕西人和西安这座城骄傲。我每每登临城头，望着那南北纵横井字形的大街小巷，不由自主地就想到了他们。"

贾平凹这本《老西安》写得自然而又深入，显示作者真是性情中人。书中还有这么一段，很值得玩味："毛主席在陕北生活了13年，新中国成立后却从未再回陕西，甚至只字未提过延安。这让陕西人很没了面子。"

西安之行，虽然无缘遍访古迹，甚至走马看花都说不上，幸而还去了一趟"西安博物院"，稍稍解了"恨古人吾不见"之憾。博物院面积颇广，由博物馆、荐福寺、小雁塔三者组成。我夫人于十多年前已来过西安，这次陪我同来，也未能畅览她想看的文物，好在我们在博物馆中流连了近一小时。秦朝的瓦当、西汉的鎏金铜钟、唐朝的三彩腾空骑马胡人俑、鎏金走龙等，还是满足了我们的怀古之情。我夫人在高雄市美术馆担任导览义工已有16年，去年还获得"文建会"的服务奖章。她对古文物，尤其是古玉，所知颇多，并不太需要他人解释，几次开口之后，内地的导览也知道遇见内行了。

（原载《美文》2016年第5期）

以两种目光寻求故乡

红柯

　　最初对世界文学的概念并不是来自歌德，也不是大学教材，而是郑振铎先生的《文学大纲》，当时正读大二。20世纪80年代诗歌热，比诗歌更热更凶猛的是欧美现代派文学，人们疯狂地写诗、疯狂地吞食现代派。袁可嘉先生主编的《外国现代派作品选》出一集我抢购一集，中国社科院编的海明威、福克纳、卡夫卡研究资料汇编，包括柳鸣九先生编的《萨特研究》《外国名作家传》（上中下），我也是大量抢购。很偶然地在图书馆看到郑振铎先生这本《文学大纲》，它相当于一本世界文学史，让我在欧美文学的狂热中冷静下来。其中特别吸引我的是有关波斯文学的介绍，有二十多位古波斯诗人，我知道了菲尔多西、萨迪、哈菲兹、鲁米、尼扎米。我太喜欢萨迪与哈菲兹，就把他们的代表作抄下来。这两个诗人都出生在伊朗设拉子古城，这里也成为我最向往的地方。萨迪说："一个诗人是前三十年漫游天下，后三十年写诗。"2015年正是我大学毕业三十年——西上天山十年，居宝鸡十年，迁居西安十年。三十年间沿天山—祁连山—秦岭、丝绸之路奔波，跟游牧民族转场似的"逐水草而居"。刚读到台湾蒙古族诗人席慕蓉的一篇文章，她认为文化需要碰撞才会有新的火花，背井离乡的遭遇给生命和故乡营造了反省与观察的空间。我曾在一篇创作谈《距离产生美》中也谈到这种体验，在新疆写陕西，天山顶上望故乡，回到陕西站在关中又回望西域瀚海。郑振铎先生的《文学大纲》把我的目光从欧美文学拉回到东方文学，当时另一本书也让我眼界大开，英国人威尔斯的《世界史纲》从宇宙地球生命的发生写起，让我有了最初的人类意识。

　　《文学大纲》与《世界史纲》互相比较很有意思。刚到新疆第一次踏上戈壁滩就有置身月球的感觉。《哈菲兹诗选》的序言中，翻译家邢秉顺先生把哈菲兹与李白相比较，两个古代诗人都是伟大的酒徒，都喜欢写美酒月亮鲜花与女人。李白就出生在中亚塔拉斯河畔碎叶城，我专门写过《天才之境》，执教于伊犁州技工学校期间，带学生沿阿拉套山、西天山奔驰时，就想到山那边李白度过金色童年的群山与草原。李白晚年诗歌中最感人的是"何处是归程，长亭更短亭"，是对故乡的反复追寻。他祖籍天水，出生于中亚草原，落脚于四川绵州，自称飞将军李广的后代，李广的后人李陵降匈奴，吉尔吉斯人奉李陵为他们的祖先，李白与吉尔吉斯斯坦作家艾特玛托夫有血缘关系，吉尔吉斯史诗《玛纳斯》的主人公全都战死疆场，悲壮惨烈有李陵当年绝域苦战的影子。李白一家在中亚的短暂时光可以理解为"寻根""认祖"。李白的父亲"李客"这个名字据专家分析，就是李某某，隐姓埋名的意思很明显。李白与杜甫相比，杜甫最拿手的是律诗，平仄对仗毫不含糊，李白的强项则是参差不齐、自由不羁的歌行体。童年对一个作家很重要，李白五岁离开中亚之前，西域的大漠草原群山已经给他幼小的生命打上底色，只有去过那里的人才会知道，戈壁沙漠与绿洲紧密相连，没有过渡，天堂地狱眨眼之间，犬牙交错你中有我我中有你，不可能产生中原农耕地区整齐划一的生活方式与生命节奏，李白那种放浪不羁、自由奔放的天性只能以歌行体来表达，并最终打破诗的形式创造出最早的词，唐宋词选的前几首词都以李白的"平林漠漠烟如织"开头。杜甫幼年在姑姑家，瘟疫突起，姑姑把阳光充足的房子让给杜甫，亲生儿子住在阴面的房子，表哥染病身亡，杜甫活下来，命运注定要让这个大难不死的幸存者长成大人后再次进入更大的灾难"安史之乱"，成为中国古典文学中最有如耶稣那般替人类受难受罪意识的伟大诗人。杜甫也流浪，他是背着大地爬行的耕牛，是移动的土地，而李白则是风吹过草地沙漠戈壁，吹过长天大野。在西域听蒙古长调、听牧民们唱《天上的风》，我就想起李白自由洒脱的诗句。李白和杜甫，一个把宇宙天地当家园，一个把土地当家园。

2004年底我举家迁居西安，来到丝绸之路的起点。有一次西北大学请我讲课，我虽已经是个教龄几十年的老教师了，却还是做了认真的准备，专门带上傅庚生先生的著作。上中学时就买到傅先生的《杜诗散译》，上大学时买到傅先生的《中国文学欣赏举隅》和《杜甫诗论》，最让人心服的是傅先生对《兵车行》的分析，他认为杜甫是个旁观者，并没有超过建安七子陈琳的《饮马长城窟行》，但杜甫的反战思想、人民性主题已经成形，不久"安史之乱"爆发，李白的时代结束了，杜甫的时代正式开场。

我执教的陕西师范大学有许多我敬仰的学者，历史地理专家史念海先生，上中学时就听历史老师反复提及，后来到了新疆，在学校图书馆找到了先生的大作《河山集》。天山脚下读《河山集》，光书名就让我感慨万千。还有罗振玉、王国维合撰的《流沙坠简》已经不是学术专著，而是极具中国色彩和美感的艺术珍品。

我开始书写"天山系列"时，全都采用真实的地名与历史地理背景。1997年4月《人民文学》推出我的小说《美丽奴羊》，1998年我的第一本小说集《美丽奴羊》出版，收入17个短篇。美丽奴羊17世纪产于西班牙，18世纪引入法国、德国，19世纪进入澳大利亚，澳大利亚人把美丽奴羊打造成世界品牌，新疆的科技工作者引进美丽奴羊，与哈萨克土羊杂交出中国新疆美丽奴羊，1985年培育成功。

今年9月我有幸参加中澳文学论坛，在西悉尼大学演讲时开场白就提到澳大利亚民族文学奠基人劳森。很多人都知道怀特、库切，还有《凯利帮真史》的作者彼得·凯里，知道劳森的人却不多。《劳森短篇小说集》我1981年秋天购于宝鸡一家旧书店，后来受劳森的影响写出第一本小说集《美丽奴羊》。在西悉尼大学我还见到了澳大利亚女作家亚历克西斯·赖特，赖特的最新长篇《天鹅书》正在翻译成中文。有意思的是，《天鹅书》与我的最新长篇《少女萨吾尔登》都写了天鹅，天鹅保护一个苦难的民族，保护灾难不断的男人们。据说古代印度香音国的飞天翻越喜马拉雅山昆仑山降临敦煌，逐渐由沉重的男身变成轻盈灵动翱翔蓝天的女神，到了唐朝飞天完全中国化。飞天舞从敦煌来，进入长安成就了大唐乐舞，最典型的就是霓裳羽衣舞和胡旋舞，跳得最好的就是杨贵妃和安禄山。羽衣就是飘带，飞天最动人的就是飘带和手指的动作。20世纪80年代甘肃歌舞团的艺术家们根据敦煌壁画上的飞天创作了"手指舞"。17世纪从伏尔加河东归天山的卫拉特土尔扈特蒙古人把整个民族的遭遇全凝聚在萨吾尔登歌舞中，也主要是手指舞。其中的"少女萨吾尔登"一点也不亚于飞天歌舞，相比之下飞天过于悠游自在，飘飘欲仙，而萨吾尔登更接地气，沟通人与动物植物，人与宇宙天地万物血肉相连，轻盈灵动中有凝重的历史，有大漠烟尘。

我的长篇《生命树》采用的是哈萨克生命树创世纪神话和西北汉族剪纸艺术中的生命树，以对应基督教犹太教圣经中的生命树。我的《生命树》发表出版于2010年，美国电影《生命树》拍摄于2011年，2012年在中国放映，西方至今还没有一部以生命树为题的长篇小说。

我的大多长篇小说都采用西域民歌来结构全篇。长篇《西去的骑手》中我写到了维吾尔族诗人穆塔里甫。小学五年级时在《革命烈士诗抄》中读到穆塔里甫的诗，写成作文，平生第一次受到老师表扬，好多年以后我成为伊犁州技工学校的教师，来到穆塔里甫家乡尼勒克草原。尼勒克是蒙古语婴儿的意思，穆塔里甫发表诗歌时的笔名是卡依那木·乌尔戈西，卡依那木就是波浪的意思。回荡在《西去的骑手》中的主旋律就是"当古老的大海朝我们涌动迸溅时，我采撷了爱慕的露珠"。叶嘉莹教授认为欧美语言分轻重音，而汉语则是四声八调形成的旋律与节奏。丝绸之路、关中长安就有这种优势，西域大乐直接影响了唐乐舞和唐诗的节奏与旋律，盛唐之音是一种国际视野的大综合，就像先秦诸子百家。秦地无一子，但司马迁以一部《史记》总结了先秦诸子百家，包括怪力乱神的原始神话和传说。传统中的中国古典文学就是诗歌和散文，诗的顶峰是唐诗，散文的顶峰是《史记》，"文起八代之衰"的韩愈及其发起的古文运动，学的就是《史记》。《燕子》这首民歌世界各地都有，草原民族更多，在我心目中，哈萨克民歌《燕子》是最好的，哈萨克歌手叶尔波利演唱的《燕子》无人能比，《燕子》理所当然地成为我的长篇《喀拉布风暴》的主旋律，沿着丝绸之路进入关中进入西安，跟秦腔跟眉户连在一起。

历史上关中数次崛起就是这种游牧与农耕的融合。陕西师大孙达人教授曾提出历史跳跃式发展论，其弟子王大华在《崛起与衰落》中有详尽的论述。中国历史上的民族大融合，最集中的地方就是关中。关中既是游牧民族进入中原的桥头堡，也是中原农耕民族伸向西域走向世界的桥头堡，更是民族融合的熔炉。我的长篇《乌尔禾》中，朝鲜战争归来的战斗英雄陕西人刘大壮变成了蒙古神话传说中的"海力布"，向世人展示，人可以接近神灵。人性与神性既是欧洲文艺复兴以来的中心话题，也是中国古典小说的关键词。《金瓶梅》写人的肉体，西门庆就像勤劳的农民，每一个娶进门的女人，他都要鞭打一顿，因为西门大官人明白，他付出的是血肉之躯。《红楼梦》也写血肉之躯，更重要的是写人的精神、人的心灵，是一部通灵之书，理所当然地成为中国古典文学的集大成者。曹雪芹跟但丁一样既是中世纪的最后一位诗人，也是新时代的第一位诗人。

（原载《光明日报》2015 年 11 月 27 日"文荟"周刊）

水 绘 时 光

车前子

年　画

艳丽，不怕颜色。给你点颜色看看。俗的好处是让人快乐，眼睛，鼻子，皮肤，耳朵，统统快乐。糕的甜从玫瑰红肉里热乎乎地出来，像是流质，流一口气。甜俗，苦雅，甜的就是俗的？苦的就是雅的？当代文艺思想文艺批评文艺鉴赏越来越粗野，鉴赏力之低下比元朝社会的色目人还偏色——全是一家小印刷厂产品。像我表述过的表叔叔，他开一家小印刷厂，表婶婶就像小印刷厂产品：口红没印刷出厚度和滋润，几乎成为胸口的两摊酱油渍，她团烂的面孔，贪婪的神情，又很有一些半封建与半殖民地味道。团烂的面孔，贪婪的神情，尤其是胸口的两摊酱油渍几乎成为老照片中的上海外滩。

产品，都是产品，几乎都是产品。

《天官赐福》你们。我上到楼中，衔接会馆的语法错误，在文理不通的一小间屋子里，我见到明末的天官、晚清的天官和近年创作的天官，他们被刻在木板上。明末的天官好像被刻在木板中，或者说：

他被一脚踩进泥地而不能自拔。

刻有明末天官的木板，你别动，小心，它像刚从油锅里捞出，浑身上下东南西北都炸得酥透，你一动手指，它就簌簌掉落。正此时刻我突然嗅到了甜：酥糖之甜。

像水绘的时光过去了，事关记忆，空飞的手稿。

水绘的她如今寄托一座寺院，在银色外墙面下她毫无能力抓到自己的影子。一天下雪，她走出云水之居，看到屋顶白了，积极向上，上面全是积雪，于是她想起他，其实她一直想起他，但由于积雪，这就有了区别。她走出朱色山门，寺院附近的民居屋顶低矮，也没有寺院里的屋顶来得白，居民爬到屋顶，把雪扫下。腊月二十四，扫雪。如果天公不作美，不下雪，不成全爬到屋顶拿着大扫帚准备扫雪的人，那就一定会下蛋。蓝天下的一颗鸡蛋，杏子颜色，爬到屋顶拿着大扫帚准备扫雪的人眼中的寺院，腊八那一天他们像走亲戚一样走进寺院去吃腊八粥，他们吃到胡桃肉，他们快乐，他们在屋前屋后种满胡桃树，把胡桃卖给僧人。

用胡桃壳做燃料，蒸馒头，蒸糕，馒头和糕有农闲之香。对，农闲之香。

她走出朱色山门，在寺院附近的杂货店拿起电话，给外面打了一个。声音是身体轻巧的灵魂，群鸟飞光，树林里游动一根羽毛，一会儿沉，一会儿浮，负重，负心，负债累累，他被一脚踩进泥地而不能自拔，而风扬高积雪，呛得她断断续续。

饱满，喜庆，年画只有贴起来，才觉得它的好处，眼睛，鼻子，皮肤，耳朵，统统快乐。年画是甜的。年画的甜从玫瑰红、桃红、杏黄、杨柳青肉里热乎乎地出来，像是人群，挤满庙会。甜俗，苦雅，甜的就是俗的？苦的就是雅的？甘蔗是甜的，大海是苦的，那我就在茫茫大海用一根甘蔗撑船，为了雅俗共赏？我日常里想，真能雅俗共赏的唯钱。食色都做不到雅俗共赏。除钱之外，还真能雅俗共赏的，我想大概是宗教。

但我并不能在茫茫大海用一根甘蔗撑船，我只以我的肉体表情为游戏。皇帝在梅龙镇游龙戏凤，诗人在象牙塔游词戏句，茶客在南零江游水戏香……宗教是人类童年对人类晚年的一次想象，以信仰为游戏，这是让我最为致敬的地方。我另外致敬的地方是年画中的老鼠嫁女。腊月二十七是嫁娶的黄道吉日。一张晚清的《老鼠嫁女》年画，满幅老鼠，一丝不苟，我越看越觉得，这十多年来，我竟然只能从一张晚清的《老鼠嫁女》年画里看到人生庄严。

水绘的时光树荫树影，石青石绿衣带飞天，敲得像鼓声。

早晨醒来，我想年画一年贴它一次，多像一个人死了，一年纪念他一次。我怎么会有这样的想法，我就起床。

祝福。正月初一，鸡日。《金鸡报晓》也是年画老题材，一只色彩斑斓的大雄鸡生气勃勃地站住，昂首挺胸，目空一切：尘世的难过都没有了，本来就没有？它此刻目空一切只有祝福。我此刻目空一切只有祝福。她慢慢地走回寺院，在银色的外墙面下她抬抬头，望了望太阳。屋顶的积雪溪水般流入无限清澈。

菊花是陶渊明脱网之花；我贴年画之际，我有咬钩感觉，年画是中国人内心之画，也是内心之花。菊花孕育三季，怒放一期；年画只在过年的时候张扬，一年一次的抛头露面，平常它都躲在暗处修炼。

艳丽，饱满，喜庆，祝福，我也要，我也有，我也差不多能在茫茫大海用一根甘蔗撑船——她在银色外墙面下，她有陆地。

雪之卷

我现在连踏雪的兴致也没有了。北京这一场大雪下在苏州，我会去哪个园林？我会在留园冠云峰后面楼上，喝茶，静坐，看太湖石端的积雪。有一年我看——在彩霞里，太湖石上的两三分积雪，竟然像鸡血。太湖石是鸡血石了。

但我也不一定去。遐想往往足够。我对自己厌倦了。厌大于倦的时候，人还有动静；倦大于厌，动静也没有。生活尚未攒足让我厌的滋味，而倦，可能是自慰吧。太湖石是鸡血石，五彩缤纷，少年在楼上喝茶，澎湃并非全在江湖。

近日读明末四公子之一侯方域早期之作，气极冲，咄咄逼人，于是就心生喜欢。人不分古今，都有热血沸腾片刻。如果这片刻成为片段，一直带入中年，几乎是天才。如果一生热血沸腾，我还有什么话说！越发觉得自己的卑微，渺小——血越来越凉，立文字而解忧。

胡同是黑的，雪被居民纷纷扫在墙角凝结成冰，屋顶上白铁小烟囱好像破盆破罐里掐剩的几截葱白，散出强烈的气味。煤烟的气味。他们烧煤取暖，团身过冬。我现在连踏雪的兴致也没有了。

我看到一石窟，烟熏火燎——石窟顶端墨黑，一和尚在豆油灯下抄经。后来才知道他是写家书，我有如释重负之感，不知道为什么。"历千载如一日欤！"那么，度日也会如年，在家书末尾，和尚画了一条狗，黄色的。

谁牵着它出上蔡门，苦中作乐？

雪落下，落入法网，中规中矩；落入大河，速溶速去。去吧，褐色的野兔：一洞桃花。

我已经在南方了。我在灯罩的圆壁上十日一山五日一水，十月一山五月一水，十年一山五年一水，千载一山五百年一水，五百年一水逆流而上，源头是一石米酒。嗟乎！动静也没有。

我看到一滴眼药水在知识分子的眼睫毛上大于一辆马车，他也周游列国回来。"燕山雪花大如斗"，他说，他就这么说。嗟乎！生死也没有。

炎热啊！我里面有一个人正在死去，或许并不是人，是风，是花，是雪，是月。绝不会是时代。再糟糕的时代也不会在我里面死去，因为我只能在时代里面去死。一边的走马灯亮起：

> 走马灯，走马灯，我是走马灯里的官兵，咚咚咚，咚咚咚。
> 走马灯，走马灯，我是走马灯里的强盗，咚咚咚，咚咚咚。
> 走马灯，走马灯，我是走马灯里的老虎，咚咚咚，咚咚咚。
> 走马灯，走马灯，我是走马灯里的猴子，咚咚咚，咚咚咚。
> 走马灯，走马灯，我是走马灯里的白骨精，咚咚咚，咚咚咚。
> 我就不信这个邪！咚咚咚，咚咚咚。

气流回文，江山锦绣，而一下雪，胡同里人是很少的，我骑着自行车出门。

并非如此。

我以为是积雪，想不到是碎玻璃，我的自行车破了——胎上扎出个窟窿。

于是我看到一石窟，烟熏火燎——石窟的顶端墨黑，一和尚在豆油灯下寒衣织补，我有如释重负之感，知道为什么。

我看到我在留园冠云峰后面楼上，喝茶，静坐，看太湖石端的积雪。太湖石上的两三分积雪，竟然是黑的，像煤山。太湖石是煤山了。

那里也有一棵大槐树。附录：树才打来电话，我就写到这里。他约吃晚饭，说潞潞从山西来了。记得那年夏天，我与他登上山顶，绕着知春亭四望，北京城黑灯瞎火……后来我们跌跌撞撞下山，钻进附近的胡同和一个法国女人喝酒（据说她对中国文化感兴趣）。

洋葱年

我找到一张画有门楼的素描，严肃得像诗人，我满心喜欢，就剪下它，贴在硬板纸上。到底叫"硬板纸"还是"硬纸板"，我犹豫，想了想，用方言分别读出：

> 傺卜吾一张硬板纸。或者
> 孥一张硬纸板过来。

好像在口语里都可以。我现在有语言障碍，身在北京，要与人交往，只得说普通话。我普通话说不好，不会卷舌，这使我的语言自信和磁性大打折扣。平日看书，我下意识会用方言默读，但方言不在方言氛围，这方言也只是绢花。其中自有道理，我一时又说不清也。其实也说得清，只是说出来无用。

我把一张画有门楼的素描贴在硬板纸上，再撕扯些色块，作为海滨屋顶——我用深蓝的水彩笔在门楼的素描和色块之间涂抹，晾着的裤腿管有人走动。

这里会出现一条蛇的，我想。

俫卜吾一张硬板纸。你给我一张硬板纸。"俫"与"你"相比，"俫"是软性的，是一代花接着一代花开；而"你"，下滑，乏力，又有紧张感。当他说"你"之际，一种暧昧的命令。"卜"在这一句话里是记音，"卜"这个字，是汉语中最为神秘的几个字之一，简约，急促，宏大，庄严，轻轻地接触，接触一下，就刻录于盘。

宇宙是个盘……

既简约，又宏大；既急促，又庄严。大不容易。一个人文章能写到这地步，绝不是灵魂所可以做到。是灵魂出窍——这又不能（难以）体验。体验终究大跌一路。经验艺术家和体验艺术家还只是人间的仁者与智者，根据我的理解，艺术家的眼光要比人间大。

他的感情从来不是世俗中的喜怒哀乐。

他最劣等的感情，也是喜于怒、哀于乐。他最劣等的感情宁愿通过文字游戏消耗掉，我想。

画有门楼的素描，你沉思默想的脸，苹果的阴影是雪白的，梨的阴影是茶褐的，我想。

我想，一篇散文，一首诗，一个人，一位飞天，长颈鹿和龟，都是：一篇散文是一篇散文的阴影，一首诗是一首诗的阴影，一个人是一个人的阴影，一位飞天是一位飞天的阴影，长颈鹿和龟是长颈鹿和龟的阴影。

举个例子，一首诗，如果我觉得是一首好诗，这就是说这一首诗的阴影不但是雪白的、茶褐的，还是鸭绿的、酒红的。更多时候是说不清这一首诗的阴影的颜色。

它使一首诗的阴影成为一首诗的阴影的阴影……层层叠叠，没有尽头。它成为阴影的隧道，吞下时光，我想。

在一个混乱时代，身为诗人是幸运的，他可以更加混乱。层层叠叠，没有尽头。我想。

诗人是口语，但他常常以书面语的形式得到表现。

每一首诗都是一本书，这是与散文和小说不同的地方。

他是他自己的图书馆，只有很少的几个人幸运地受到邀请。

傲慢的原因是周围的物质——它的速度过快。

我通过研究一只洋葱，在我的视觉之外（也就是说它大于我的目力所及），一只（南京黄皮）洋葱它的确是层层叠叠没有尽头的，我想。

我想，2005 年大概是我的洋葱年，我多次写到它：

> 比窝囊和洋葱还嫩的灯泡。（《春风》）
> 真他妈的像油炸洋葱圈，
> 相当震惊，但一冷就在盘子里奔拉。（《藏头诗》）
> 骑球到三楼的胡葱，
> 内心空虚，拥护洋葱的身世，
> 难道洋葱就避免不学无术的圈子？（《女戏法》）

我找到一张画有门楼的素描，并没有找到一张画有洋葱的素描，原因是不够傲慢。

（原载《红岩》2015 年 6 期"中国文存"栏目）

辑二

朝　圣

王安忆

　　去博物馆看名画名作，很像朝圣。比如，巴黎罗浮宫里的《蒙娜丽莎》，断臂的维纳斯——去到那里，能不拜谒一下吗？跟前挤挤的人群，挨都挨不到近处，远远地、敬重地望着，稍事停留，完成使命，方才退步离开，去看别的。比如维米尔的《戴珍珠耳环的少女》，倘若住阿姆斯特丹，就要早起了，乘火车到海牙。下火车就看见满街挂珍珠耳环女孩的旗帜，沿着走去，就到美术馆，已经排起长队，等着开馆售票。这一幢小楼，受捐私人宅第，经改造布置，总还不离生活起居的格式，说是展馆，更像是热衷收藏的家庭。客餐厅、卧室、书房、走廊，满壁的画幅，伦勃朗著名的《尼古拉教授的解剖课》正对着门厅，上楼就撞到眼睛，因为人多热闹，驱散了阴惨的气氛，那个时代，外科手术是可怖的，类似惊悚片。

　　《戴珍珠耳环的少女》则有不期而遇的意

思，大小画面里的一幅，不留心错过，再回头上下找，找到心里就踏实了。由于太经常在印刷品上晤面，几乎可称熟稔，乍一见，即像他乡故知，同时呢，亦觉平淡，没有预期的激动。这些名画，一律都要比想象中的尺幅小、颜色暗，暗又不是年代久远的古旧，相反，经现代洗画的技术处理，颜色全焕发簇新的油亮。我说的暗是和印刷品比较，没有那种卡纸的光鲜。如我们这样的外行人，无法将其纳入美术史分析，实际上难以辨别特殊之处。再则，我相信在同时代里，由同类型的材料、技术、题材而使一派风格呈潮涌之势，名画则出于某种机缘夺取先声，突起于水面，为众人瞩目。总之，寻访名画的经历多免不了怅惘，如不是事前的准备，很可能都注意不到它，也正是事前准备使我们失落于期望值。

寻访中最接近朝圣的一次是在罗马。早晨，酷烈的日头底下，大马路混凝土地面反射着白炽光线，炎热与厉亮中，茫然行走着十数观光客，仿佛白日梦里的游魂，沿旅游指南到此，却不甚了然何为名胜。孤立一座石砌门楼，看起来有些年头了，刻有罗马字的时间与铭文，人们多是视而不见，唯一个老人支起三脚架拍照，于是上前请教。老人显然欢迎我们的问询，表情欣喜，铺开手中地图——是所有酒店免费领取的程式化的旅游图，我们也有，区别在于他的图上布了小小的贴士，写下细密的笔迹。老人来自美国科罗拉多，恰是我们曾去过的小城博德，显然，这一趟旅行是朝觐的主题，所标注地点均与教皇有关，由此又学得一个生词"Pope"，教皇。他认为回答我们的问题必从根源说起，所以建议到罗马第一个要去的地方是梵蒂冈，并且告诉街对面的 62 路巴士可直达。梵蒂冈本来安排在后几日计划，倒不为教皇，而是奔《创世纪》穹顶画，经撺掇，便提前行程，往那里去了。

仲夏季节，正是旅游高峰，罗马被游客占领，仿佛劫城。梵蒂冈人头攒动，放眼望去，沙盘似的广场上有几条流线，是排队的长龙阵，盘互交错，各向目标而去。圣彼得大教堂，梵蒂冈博物馆，西斯廷礼拜堂——此条路线包括艺术博物馆，《创世纪》就在里面，所以队伍最长，逶迤广场外围，绕街区行，走到队尾就花去不少时间，不等站定，身后又已接续下去，好像一具活物，不停地生长。许多年轻人顺着队伍叫喊：五个欧，五个欧，可免排队！毋庸说，是黄牛了。数百米的长队，五欧元便可换取赦免权，令人生疑，多数采不相信的态度。有随"黄牛"去的，不过是仗了与守卫的私谊，于某一段进入排列，简单说，就是"插队"，北方话叫"加塞"，道德的付出，加上排队者的舆论，所以，常常中断交易，原路返回。队伍虽长，倒不阻滞，匀速前进。充沛的日照让人心情好，度假者无庶务缠身，悠闲得很，就不觉是苦事。

随队伍缓行，入场已是正午。参观的路线和排队差不多同样漫长，穿过无数的大礼拜堂、小礼拜堂、祈祷室；从无数穹顶底下走过，无数的祭坛和圣器；无数过廊与侧厅，半数辟为展馆，陈列绘画和雕塑，有旧藏亦有新创，然后是卖品部。照常规，卖品部已是展览的终端，可在这里却远非结束，《创世纪》的天庭画没有出来，而卖品部则反复出现，让人怀疑是不是错了方向，事实上，我们一直排在队列里，向前，向前。路途漫漫，不知哪里是个头。展室里的陈列越来越抽象，进入当代艺术，趋向终止，就在这时，峰回路转，陡地进去一扇门，人声从四壁折射，合成轰鸣，一个雄壮的男声穿透而来：安静，安静！抬头望去，著名的《创世纪》正从遥远的天顶望着众生。脚一软，就要跌倒讲台沿，身边那早一步跌下的夫人却被警卫托住双臂，缓缓扶直，看上去很像慢速的双人舞，就也跟着立稳了。讲台上巡回的警卫，大声向人群喊话：安静，不准拍照，不准录像，不准打电话！这建筑就像回音壁，本是为传送福音，如今只是将俗世的喧哗放大，灌满空间。人和人之间挤得不能再挤，却都不离开，气氛很像有大事情要发生，难道是教皇接见吗？人们面面相觑，都有些困惑似的，穹顶上的湿壁画本是引我们来的终极目标，终于来到底下，崇拜的心情倒退去了些，仿佛不够伟大。当然，天庭华丽，即便在今天，色彩亦是新鲜明亮，更毋庸说十六世纪初始，颜料和配方都还有限，可以想象当时的惊艳。所以，还是要纳入美术史的大背景，才能认识深刻。

走到街上，是下午四时，阳光却没有偏斜的意思，地球停止运转了吗？亲见名作无疑是一种福气，更要紧的是，这福气并非信手拈来，而要付出劳动。曾去长白山看天池，火车汽车，到山脚下了，再要换乘吉普，那吉普坦克般地压过乱草粗石，上到岩壁，余下的路就要靠步行。此时，狂风大作，气温降至零度，伏身埋头，手脚并用，一抬眼，越过山的龇裂，那一池水静静卧着，不禁骇然。那一夜，宿在山里面，日裔朝鲜人开的客栈。同去的友人从卖品部购得一幅油画，作者为朝鲜功勋艺术家，据说曾为万景台作画。客栈开业十数年，卖品部从未售出一件物品，于是，上路时候，经理职员全体站在路边为我们送行。当我与友人回到上海，走在浦东机场，忽然觉出这幅画具有的某种价值，从偏僻又闭锁的国度，陌路的人手，辗转旅途，来到世界的又一隅，隐含未可知的命运。画的尺幅很大，须有开阔的墙面，比如会议室和报告厅，大约是社会主义文艺家擅长的规模。画的是湖泊和仙鹤，油彩很薄，颜色素淡，特别宁静。

伦勃朗《夜巡》的现场，是人间景象。阿姆斯特丹国家博物馆里，占据一整面墙，左右各一名警卫站岗，背手岔腿而立，警惕观察，随时制止好奇的人手痒。是有意安排，或者交通形成，《夜巡》处正是往来枢纽，人们在此集散和休憩。画中人和真人等高，栩栩如生，活的一般，就和观众合为一体，只是姿态特殊。但美术馆是造作的空间，将常态的人和事转化成非常态，所以，画中人物就也不显得突兀。倘若退远，抽离出来，画里画外，一笼统地看，就有戏中戏的效果，大约这也是美术馆的意趣所在。我还很喜欢在美术馆看临画的人，遇到过一个老人，还有一个女性，所临都是小幅的风景，不定是名作，而是偏于一隅，少有人停留。临摹者身穿工作服，支起画夹，拉一根直线，绷直，依托握笔的手，不至于抖出去。绘画显现出手艺活的性质，还有西人对工具的讲究，当属科学和技术的进步。整个上午，就做手指甲大小的一片，笔触的横竖，颜色的叠加，与原作分毫不差，可算作镜像艺术。看他们临画，心中真是静谧，美术馆的公共空间里其实也有着私人性的生活。还有种时刻，不知是谁，恐怕连他自己也未必觉察，越过界限，警报器锐叫起来。于是，人们从角落与廊柱背后悄然步出，探身张望。此画面颇似电影《尼罗河上的惨案》里，游客走在神庙遗址的巨大废墟里，那个俯拍的镜头，大石头从天而落，每个人从各自方位走出来，没有不在现场证明，都带着谋杀的嫌疑。不过，美术馆里被艺术刷新的历史，总是明亮的，一扫沉重阴霾。所以，在里面走走，懵懵懂懂的，也很好。身前身后，上下左右，总有什么进入视线，留下印象。那都是经时间淘洗，筛子上的留存物，此刻邂逅，相见然后相忘，际遇里恩情已经惠顾过了，合适的契机里，也许再会相逢，就成故知了。

维也纳的艺术史博物馆就是这样的经历。早春的寒雨中，走进去，温暖的场馆，有换了人间的心情。描绘圣战的巨幅画作，其实很难综观全局，头顶上的部分透视变形不说，反光还模糊轮廓。再上去，顶着天花板，还有一排，同样看不真切，只是被油彩的光影照耀。就是这样，满满的光影，一劲地往外溢，你放弃辨别差异，全盘接受。征战的武士与马匹，殷红的伤口和血扑面而来；贵妇身上的绸缎，绅士的黑礼服，妖媚与严峻的脸，圣人、神祇、天使的婴儿脸，顶水罐的裸女，扑面而来；树林，林中小径，断崖上的奇石，田野伸向地平线，还有海，平静和发怒的，卷裹了桅杆，扑面而来；又有一小幅、一小幅，多半是在侧廊的壁上，尖细的笔触，渐变的明暗，有些接近中国画的笔墨趣味，嵌在框架的中心，将目光吸进去，去到另度空间。套叠的展室总是让人混淆，无数次来到同一个展厅，同时还有漏网的，就像台风中心那个眼，也就是盲点，永远擦肩而过，但也许，陡然打开，出现眼前。沿着编码是一个办法，但难免会错数，或者跳数，结果乱成一团麻，索性将错就错，跟着感觉走。时间和闲心终让人平静下来，汹涌澎湃的印象渐渐分出经纬秩序。总体性的，包括展厅的建筑细节——深浮雕、浅浮雕、描饰、镶嵌，繁复到堆砌，却又精致平衡，一并归进观看，此时化整为零，服从视觉有限的局部。于是，尽管你既不太了解美术史，也没有过绘画实践，但还是依着自己的爱好，专挑出一路。脚步不由得慢下来，流连在某一区域和某一件作品。

无论你去过多少美术馆，都必经过这样的阶段，没有一次能够跳跃。就像中国笑话里吃饼的故事，吃第一张饼不解饥，第二张下去也不足，第三张饱了，吃饼人遗憾道：早知道，直接吃第三张岂不节约？事实上，没有捷径可走。记得在慕尼黑古绘画馆，向一位女警卫打听路线，她微笑一指，依序数道：埃及、希腊、罗马、法、德、荷兰……不错，沿着这条脉络走，就可到达所钟爱的、总是让我停留下来的风俗画兴起的时代。每一次都如此，也许是个仪式，但又不止于仪式，还像一个准备，也不仅于准备，抑或就是历史中的时间的性质，你必从源头起步，顺流而下。

就这样，风俗画，那些有人物、有生活的图画，总是它让我安静下来。我喜欢人世的热闹，中国古画的山水总是有寂寞之感，水墨亦是虚无，所以倾向写实的西画。在二维平面中由透视原理、明暗影调立体出来的具体和生动，让人喜悦。说起来有些小儿科，好像看绘本的口味，其实也是，小说叙述的乐趣，和直观的绘画不完全符合，可是仿佛寻找知遇，风俗画里分明是有故事的踪迹。乡村婚礼是一大主题，形形色色的人、服饰、食物、酒、踢翻的桌椅，杯盘狼藉，就看绘画者截取哪一个时间段做表现。婚宴的开头部分，人们端坐粗木餐桌周围，故作的矜持里是勤俭的生计，对酒肉的渴望，也预示着之后的放纵，上菜的抬着餐台穿行而来，庄稼人的食量大，那餐台是一张床的规模。画面难免有些呆，却又是庄严，有一种类似中国汉代的敦实浑厚——后来才知道这千真万确是名人名作，荷兰十六世纪的彼得·勃鲁盖尔，也知道维也纳艺术史博物馆千真万确是一个重要的美术馆。

另一幅与勃鲁盖尔老实规矩的婚宴形成对比的，题目大意是"婚礼上发现新娘的出轨行为"，场面自然是混乱的，前景上是掩面号哭的女人，在娘家人的簇拥里，外围是看热闹的宾客，背景上有一扇门，门内显然正发生激烈的冲突，不停地掼出东西来，瓷器在地上砸成碎片，画面里有一种滑稽，就像歌剧里谐谑的段落。是出于作画人幽默的天性，更是对日常生活的认识，一季种一季收的循环往复，终于岔开来，生出旁枝错节，怎么不叫人兴奋！这就是八卦和流言的喜剧性。我很感佩这些风俗画作者的眼睛，他们特别看得见有意思的人和事，也可能是反过来，寻常的人和事，一旦成为绘画对象，自然就变得有意思起来。油灯下，老妇人数着收回来的利钱；傍大佬的小狐狐精，互相算计的眼神；赌钱的小男孩，作弊的手势……市井里的人生，照理上不得台面的，但绘画美学的包容性相当慷慨，这是由直观的形式决定，以视觉的饱满度为价值。

画家本身的生活通常会成为题材，也是启蒙运动人本主义的影响吧，多表现自画像和画室，有一幅题名为"画家与模特儿"的作品挺特别，它接近叙事艺术里"元小说"的概念，创作与创作的对象一并进入描写。记不得画家是不是在场，总归是背着观众，画架的一角伸进画面，占据焦点的是模特儿，穿盛装，手持一把弓箭，做射击状，造作的，又是天真的。素材的原始状态呈现出来，也是滑稽，认真的滑稽。这很可能是名人名作，因礼品部有明信片出售，但名不名的，喜欢就好。乡村小学校也是一类，那股子乱劲，大欺小，强欺弱，再合成一股欺师，老师往往是教士，很失体面的样子；老婆婆在黑暗里讲故事，小孩子挤作一团，弥漫着异教的气氛；行旅人在客栈打尖，理发匠修剪脚上的坏疽——行旅人的题材多半有阴森神秘感，他们有的是传教士，有的是行贩，或者是流浪汉，路线通常在偏僻的野地，不期然走进村落，真是寂寞加寂寞，不可测加不可测。云总是低垂的，树丛稠密，暮色四合，唯壁炉里的火，一点点溶开，最后覆盖全部。狩猎是绘画者热衷的创作，我却更喜欢猎物在厨房里的写生，原木砧板上摊开野物，箭杆插得很深，皮毛和羽翎沾了血，禽兽的眼睛还未合上，蒙着一层翳，竹篮里的谷物和蔬果则带有进化的因素，缓和着原始的血腥气，将蛮荒推进文明历史。器皿也是常见的描写对象，多少有一点炫技的虚荣心。酒在玻璃杯里，薄透的杯壁衔在女人的唇间——电影《戴珍珠耳环的少女》，维米尔的太太看到画，愤怒指责：太淫荡了！指的也许就是嘴唇，过于肖真，黏膜是皮肤里最娇嫩易感的质地，也许成为写实画家终需克服的挑战。写实画家免不了入技术主义的牛角尖，以有限的工具对付无限的对象，差异越大，试手的欲望越强烈。我顶佩服的是文艺复兴时期的雕塑家，将大理石镂刻成蝉翼般的花瓣，简直要飞起来。罗马博格塞美术馆里，十六世纪初贝尔尼尼的雕像《阿波罗与达芙妮》，被追逐的达芙妮，已经让阿波罗触及，正变成月桂树，但大部还是人形，半启的唇，是处子的惊恐，真是甜美。大理石的材质，在某一方面，和黏膜有着相同的肌理组织，是靠艺术家的手开发出来的。

教士也是流行的主题，黑色的僧衣里，脸色格外苍白，流露出苦行和奉献精神，中世纪的滴血的耶稣身体此时有了人间相。人类的隐忍表情，需要抵挡俗世的诱惑，所以是紧张的，甚至有痛楚。读经的使徒多有点类似后来的印度圣雄甘地，看得出肉身受约束和磨折，镜子反光下的纸质经书，书上的墨字，羽毛笔，表明印刷术时代降临。越来越丰裕的生活资料进入绘画领域，宗教的题材便也物质化起来。我想，物质生产应是绘画者欢迎的，无论以工具材料论，还是技巧和天分，都是冒险，艺术者就是冒险家。总之，东西越来越多，摹写的对象也越来越多。倘若耐心排一排，大约静物画可充当文明史图：螺钿、铜器、土陶、彩釉、瓷、玻璃、金银、麻布、天鹅绒、丝绸……新近有位罗马尼亚电影导演克里丝蒂安·蒙吉，拍有《四月三周两天》，还有《越过群山》，他的电影里，人们经常在用餐，我以为他很可能是静物画的爱好者，迷恋光和影在器物上的反射。台湾导演侯孝贤也有恋物癖，《海上花》里，是油灯的光从丝绸上滑上滑下的效果，到《刺客聂隐娘》，则改成麻织品，粗硬的纤维，浆过，支棱着，大王朝的气象。凡视觉艺术人都爱物质，物质的占位体现了空间，就像化学里的试剂，将无形变成有形。

不同的物质生活里，人的脸也在变化，当华丽的盛装，严肃的礼服卸下，仪式感便解体了，分配成日常起居的细节，表情便从绘画者的直视中解脱，变得生动。听闻情人被处死，服毒丧命的妇人，保姆手中的婴儿抱住母亲的脸，父亲则抓紧时机捋下死亡女儿手上的戒指，丈夫打发报信人，翻倒的椅子、水罐子、花窗格子，窗幔大开，窗外的河流，窗下进行到一半被打断的午餐，狗上了桌子，护壁板上的画、挂钟、衣帽钩，倘没有文字说明，很难解释清楚混乱的缘由，但只这场面本身，就足够凄惨，而且暗藏丑陋，暗示一出世情戏剧。风俗画的作者如何处理道德感，令我好奇，似乎不完全能够启用讽刺小说的解析方法回答。在他们，显然还有一种邪恶的美学，是非评判是交给社会学家的工作，他们关心的是表象，外在形态的价值。到现代艺术里，这种外相上的形式被抽离具体的人和物，概括成单纯的图像，那就不好看了，或者说不容易看了。共识的背景取消，需要哲学的诠释，其实与观看的初衷背离了。所以，我的认识程度始终停留在具象的时期，自文艺复兴到毕加索止。

后来，在阿姆斯特丹的凡高美术馆看见一个配属展览，将凡·高笔下人物的原始形象拍摄成照片，凡高曾经居住过的一个小镇，为乡民肖像：邮递员、送奶工、农人，等等。当然，照片里都是现代人，取他们的职业身份，也算是画中人的子息，奇怪的是，他们依然保持着先辈的脸相。凡·高粗粝的笔触颇有写实能力，他看得懂人的身体与面部在所处的生活里如何塑形，关键的点又在哪里。

风俗画集聚于荷兰画派，那一位乡村婚礼的作者勃鲁盖尔在柏林绘画馆里有一张大幅的全景式的乡村画，农人、手艺人形态各异，喂鸡赶鹅，打铁烧火，通烟囱，锯木头……有点类似上海连环画家贺友直先生的市井图。贺先生更写实，这一位，则具仪式感，多少放弃了实际状态的自然性，甚至有意忽略透视原则，很朴素地表现要表现的东西。好比古埃及人画脸，正面一双眼睛底下是侧面的鼻子。所以，他笔下的生活场景就带有图案性，这也像中国的游园图，《红楼梦》里，贾母嘱惜春作大观园图，倘真作成，大概就是如此。再有，中国古时的地图也是，因是把空间想象成平面，位置方向都不错，却平铺直叙。作为一个航海国家的公民，勃鲁盖尔不见得会以为地球是一张饼，更可能是尊重视觉的限度，那当然就是二维的空间，因此，人物都是在方便视觉接受的范围内活动。有意思的是，此幅占据了一面墙的画前面，专门提供一份说明图，将人物编号，然后依序说明所作营生。

这一次，是从柏林乘火车直取阿姆斯特丹，一过边境，情景大不同，房屋骤然间多起来，房屋里的人呢，都走到露天，或作田，或畜牧，或洗涮晾晒。牛和羊也多起来，马在奔跑。边境那一头，则是整肃、寂静、少有人迹。火车在气象蒸腾的田野飞驰，参与进活泼的画面，成为一分子。如此，便不难解释荷兰画派里的喜悦、过日子的兴头。国家博物馆里有一张圣母马利亚的画像，文艺复兴时期的圣母像多是发源地意大利的美女，这一幅却不同，是一张村姑的脸，极年轻，混沌未开，所以，就有些像与村里小伙子荒唐，然后未婚先孕。这么说不免有亵渎之嫌，可是，马利亚不就是个民女，圣婴诞在马厩，成为救世主是后来的事情。这里的耶稣受难图也是另一路的，十字架推至远景，近景是造刑具的工匠，摆摊的商贩，集市已经开张，人们从四方会合。耶稣造访也是推到后部，画面主体是妇人办炊，活鱼鲜果，鼎沸锅开，大有"有朋自远方来，不亦乐乎"的意思。

我看画不太记得作者的名字，谁是谁意义不大，可却喜欢读标题，标题里通常有故事。阿姆斯特丹国家博物馆的标题格外详细，比如一幅小女孩肖像，标题里写，从衣装和仪态看，正要踏入成人社会，不知道她来自哪一个阶层，也不知道命运如何；比如，第一次入画的市民夫妇，第一次出现在荷兰绘画作品里的黑人肖像，猜想是某一次航海带回的非洲水手……标题以外，还有小贴士，记录观感，比如一幅表现女性私密的图画，贴士写的是——色情与美不能混为一谈！人群中有一位东方人，显然和我有同样的兴趣，他拍摄每一幅作品的标题。因这些文字，画中人变成一个实有的存在，有来历，有命运，亦有归宿，而非杜撰，至于作者，倒变得乌有。通常是在另一个场合了解作者：书本，这又涉及美术史了；故居，比如代尔夫特，港口停泊的船上，女主人说，看见吗？那里就是维米尔画中的景色，而这里，是画家写生的位置；再有，传记片，总是和浪漫史有关；到近代，就是传媒了。可在美术馆现场，他们都沉默在画幅背后。画幅如此鲜明，占据直观性质的视觉世界，将它们的创作者挤出局，变成无名氏。许多无名的画面留在深刻的记忆里，兀自活动起来，也许已经离开原有状态，包括那个村姑马利亚、出轨的新娘、孤旅中的游僧，还有巴黎罗浮宫的法国绘画馆——那是完全不同的景象，无比浮丽，袖笼里伸出纤手，左右缭绕，束腰缎带的光滑动在烟雾般涌起的丝绸裥皱里，看不见人，只有艳情，还有色欲。法国人的色欲都是物质化的，不像《戴珍珠耳环的少女》的原始的"淫荡"，珍珠耳环上的那一点光，更可能是对照，用物质对照肉体，提炼出进化。走在美术馆里，被多少世纪的积累淹没，哪里挑得出什么更好，什么最好，只能按你的心意来，挑喜欢的，多看几眼。法国绘画里的美艳难以抵挡，明知道是俗丽，整个巴黎都是俗丽，可就是煽情啊！著名的雷诺阿总是将养尊处优的女人孩子作摹写，那是经过文明养育的肉体，肌肤吹弹得破，对于粗犷的颜料画笔是巨大的挑战，这里面多少有匠作的乐趣，用堆叠达到轻薄，比事实本来面目还轻还薄。似乎和维米尔正走个对头，雷诺阿是要在进化中提炼原始性，织物与器皿被赋予了情色。德加的芭蕾主题，我以为意在舞者的纱裙，化纤还未产生的年代，那纱其实是活物的皮质，本身就是肉感的，一层，两层，三层，打着裥，光投上去，是户内的幽暗的光，有一种私密，在纱和纱的层间互映，小小的巫术。舞鞋的缎制的束带，因绷得紧，亮光突起来，鞋里的脚，有一些变形，担负了不自然的使命，变成文明的暧昧。法国画里的风景，比如巴比松派，美得不真实，像浪漫小说，仿佛不是从天地造化里出来，天地的手笔总是杂芜的，因元气旺盛，当然也不定齐，巴比松就是那一块，精修的盆景，专供出来。那些花呀，即便不在贵妇的瓶中和帽饰上，而是漫坡的芳草地，都是透光。放在美术史里，也许就牵涉颜料的革命，软管产生，从户内到户外，人工采光到自然光，视觉世界裸露，观看的官能性增强，难免沉溺，享乐主义盛行。这时节大约可用中国晚明作比，物质丰裕，风气奢靡，奇技淫巧，声色犬马，然后，外族人就入侵了。知识阶层总是慕古，汉唐是中国古人的追梦，好比西人追溯希腊，但现世毕竟粗莽有力，一味向前，哲思抵不过感官的直接性，那是贴肤的愉悦。

在美术馆里漫行，走过希腊罗马的雄健轩昂，再走出中世纪的压抑——看过一幅木版绘画，想来是从某教堂壁上拆下，将地狱里的酷刑一一描摹，极似佛教的阴曹地府，赴汤蹈火，但进一步地依仗刑具，这就像中国古代的行刑，凌迟车裂什么的，说明工具的应用早已进入宗教，耶稣受难不就是钉在十字架吗？然后，文艺复兴来了，圣人有了俗人的面目，紧接俗人脱去圣人的外衣，以自己的身份出场，商贩、银行家、包工头、女仆、乡人、脚夫、耕作、集会、纺机、吃土豆的人，再往后，印象派带来户外的光与色，油彩一下子轻盈透明，人生变得优游、惬意、恬静、亮丽，绘画实是感官主义的本质，视觉的灵敏仅次于触觉吧，适当的隔离延宕了时间，动用一点理性充斥空隙，恰到好处。现代绘画多少无视初衷，将不可视的思想作可视，观看就被抑制了。越过直观进入思辨系统勉为其难，敌不过语言和文字。现代主义作品往往无标题，或者题目笼统，不像风俗画标题那么饶舌，仿佛索性放弃话语权。事实上，抽象画的主题基本可归一类，就是虚无，不是中国意境的虚无，带有时间起点的困惑，而是先有了时间，再取消。时间流程里的具象性，人脸、躯体、器物，苹果园里，阳光穿透树叶，果实被孩子啃得汁水淋漓，即便是有闲阶层的委约，一家人穿着笔挺的出客衣服，神色谨严的画像，好比后来的照相馆全家福，但绘画里人自有一种不真实，不是相对于作伪，而是和艺术有关，对幸福家庭的想象……这些具体的微小的价值，被悉数取消，纳入更高级的哲学，就是虚无主义。题材的开放，自文艺复兴至今日几百年，穷尽了绘画的资料，物质生产似乎也到尽头，对摹写技术的挑战偃旗息鼓，历史将完成周期。毕加索是大师，不敢对他说什么，他确实划分了时代，将具象写实这一页翻过去了。

　　大师是观看美术馆的导引，就像浮标一样，提示水面下的暗潮。同时呢，大师也会遮蔽其他，将丰富性简单化和概念化。所以，初踏入美术馆，汹涌而来，直至淹没辨识力的那个阶段其实非常必要，一闷棍子打昏，渐渐清醒过来，眼前呈现的不定是谁的画幅，当然，大师们也来了，他们先期占领认知，但感性有时亦会压倒理性，不是说，绘画最能调动感官吗？尤其是我们这些门外汉，并不知道谁是先行，谁是后到。伦勃朗的革命早已成为后来者的道统，遍地都是伦勃朗——不是吗？黑色礼帽底下的人脸，奇怪地明亮着，从深色背景中突起到前景。独特性和风格化被潮汐漫卷，卷裹成一个世代的主流，又逐渐成为意识形态，等待下一个革命者。这就又涉及美术史了。观看者看到的只是一个展室，连接又一个展室，走过多少展室才会起变化，就像处在时间局部的人，历史分解为个别的经验。所以，大师还是重要的，他们的名字标志着阶段性的进步。或许是距离近的缘故，印象新鲜，越到近代，大师的名字，即便对于普通人，也越来越耳熟能详，几乎排列成阵向我们走来。强烈的个人性质，使得时代的总体感都变得模糊，莫奈、凡·高、马蒂斯、高更……互相很难混淆，主流分解成多条支流，艺术家不再甘心走前人的老路，而是另辟蹊径，好是好在多样性，缺憾则是一个人的力量总是单薄的，分配到平均就稀释了。然而，背后总还是有一种共同性在起作用，只是走到前台时，一下子崩裂，四处飞溅碎片。

　　奥地利萨尔茨堡，莫扎特音乐学院旁边，很不起眼地立着一个巴洛克艺术博物馆，是不是原来的巴洛克教堂旧址？教堂已无遗存，展出内容有限，有一个部分是当年造教堂的草图，壁角、壁龛、窗台、弯拱、穹顶，不是建筑图样，而是类似舞台设计的气氛图的小样，作者全是无名，亦非美术创作，只是为教堂的用途而设计，如今看来，却都是独立成章的绘画。那一小幅一小幅的室内画，没有人，亦没有安放神像，就有格外的静谧和安详。仿佛无标题音乐，还像是没有作者的赞美诗。记得是一个下雨天，人们都涌向莫扎特故居、城堡、大教堂、著名的粮食胡同，此处清寂得很，流连着几个避雨的人。被草图吸引的除我，还有一个女学生模样的西方人，她很抗冻地赤脚穿一双凉鞋，我的单鞋已经湿透，和她的寒冷度也差不多。她拿着一具照相机逐一拍摄图画，我拿一个好易通阅读标题文字。我们互相看一眼，微笑一下，走开去，过一时，又碰到，再看一眼，笑一笑，真有些知己的意思。看和被看，都是无名，萍水中流连而过。

遍布佛罗伦萨的雕塑，著名的大师名下往往还记有雕刻学校学生的字样，那一凿一斧，削石如泥的手，都是无名者。罗马的街头巷尾，时不时有无题的石头上的人物和神祇，美术史呈现散布和隐藏的状态，有些接近中国内陆的乡村，残垣断壁上的题额、楹联、墓志铭……更多更多，多得多的湮灭于时间，杳无踪迹，我们只能从那些遗存物推测、揣摩，其实已经变形，在继承的复制中进化或者退化。但是，消亡和失传在生态上亦是必要的，它将各类存在的储量控制在适当的度里，与人合理相处的度。和一切接受体相同，直观的容纳是有限的，后天的选择未必最佳，还是依赖造化，物竞天择。

如今，视觉实在太过拥簇，什么都在保存中，同时呢，生产力发达，生产关系进步，需要多少墙壁，才承担得了艺术家的创造。实在是太多了，而且有名有姓，眼睛来不及看，脑子来不及记，简直令人发愁。动力革命加速爆发，蒸汽机、电子、化工、数码、纳米、细胞、基因，生产多少新物质，艺术家都是恋物癖。生活材质的变异继续塑形人体，文艺复兴中活泼起来的脸相又一次弥合差异，变得彼此相像，人似乎又一次丧失个体性，但不是归顺神学，而是现代物理学。风俗也在消失，消失于流通带来的同质化，也可能还有，只是退出艺术的对象领域，因为艺术有了更高的哲学目的，就是解释存在。地球依然在太阳系里运行，日出，日落，斗转星移，风景还在，看风景的人却不在了。艺术史总是要求里程碑，要求划时代的事件，可是，力量仿佛在溃散。每一点都是前人没有，推陈出新，就是聚集不起来，成不了历史趋向性。美术馆里自画像上的人脸，穿过酱黑，穿过姜黄，穿过镜像，有股子浑然不觉，又有股自恋，将主体当客体，看变成被看，有一些些庄周梦蝶的境界，谁在模拟里，谁又在真里。许多时间过去，所有的模拟仿佛石化，都变成实有，那被占位的一个瞬息，在被看里存在下来。即将走进社交圈下落不明的小姑娘，失贞的新娘，讲鬼故事的老婆婆，缎子束带里的纤腰，黑压压的林中小径，上面走着的人和马匹，完全不知道被看了多少年。还有赶海的小孩子，在退潮的回涌中，努力站住脚，提着小铅桶；传令兵勾搭主人家的使女；小姐在深闺写着无人接收的信；莎乐美手里的人头，正在阴阳两界当中，不晓得发生了什么，露出惊愕的表情……生气勃勃的人和事，胜出作者的名——那些拗口的拉丁文字的名，以及出生地，生卒年月，统统留给艺术史的学生去死背吧！

从美术馆的画廊中间穿行，视野里满满腾腾，应接不暇，心里呢，是有一点空洞。直观印象来不及转换认识，形成常识。这些画面，看多看久，亦会生出孤雏的凋零，仿佛墓地里的坟冢，依着编号排序，与陌生人比邻而居，挤簇里的寂寞。在罗马，曾去过一处夏宫，每月头上可入内参观，免票。一个庭院，一座前厅，十来个参观者，手里拿着同一本旅游指南，大约只这一本有介绍。夏宫的历史源于十六世纪，前厅的穹顶画大约是仅存的遗迹，十来人仰头看穹顶，看一时，再到院子里走。院子修葺得整齐精致，小径、花圃、草地、水池、水池里的雕像，罗马花园该有的都有了，却是微型版的。地处闹市，步行即可到达人声鼎沸的古斗兽场，再过去，搭乘 62 路公车，就到了梵蒂冈，那里有著名的穹顶画《创世纪》，夏宫的穹顶就像是凿子下的一星碎片，穿越过辉煌的帝国时期，来到十六世纪，再到今天。罗马的考古层是横铺在地面的，信步走去，就可穿越。也有一种寂寞，用中国现代作家苏青的话说，在人家的时代里总是有寄人篱下的身世感。从这点看，美术史就很重要了，它让同时代的陌生人变成朋友，不同时代的陌生人建立起承继关系，组成一个大家庭。但是在美术史之外，也就是大家庭之外，那些无所归依者，可能是更大量的，用文字史的用语说，纳不进正史，便成野史。

在布拉格国家美术馆，令我惊讶的，有如许多未完成的画幅，粗略的线构上，一半或一多半上了颜料，像什么？像蜕变中的动物，被战争还是革命叫停了，抑或只是绘画者的寿数，无论何种原因，都是中辍的命运，连一张画都不及结束。这些半成品无意间倒透露出作画的过程，勾勒轮廓多是大刀阔斧的粗硬线条，是作品的原始状态，脸、身体、战马，呈现几何形状，是课堂素描训练的基本格式，影调还没有显现。此时的艺术者，这些匠人，几乎成了上帝，上帝说，要有光，于是，有了光。现在，光只照到一半。完成的部分立体地突起着，形态尤其鲜明，真仿佛开天地，清混沌。映照之下，未完成又像是隐匿，遮蔽着某一种私密性，好比与上帝间的立约。那些临摹者的手笔可是要谨慎多了，没有原创的自由权，有的是虔诚，如同对造物的遵从和驯服。严谨细密的人生自有价值，暂时无法提供新东西，但是，认真不懈地复制、复制、复制，积累人手功能的总量，四面八方汇聚起来，终能够质变成原创力，由上天选择的那只手，实现飞跃。

这样的无名状态，不知是由什么结束的，美术史似还不足承担咎责——米开朗琪罗、达·芬奇、伦勃朗、维米尔的名字仅囿于美术史，似乎从凡·高开始，背景性的资料发展成显学。凡·高听说兄弟喜得贵子所作的一树樱花，在日本版画式的平涂蓝色里绽放，人们看见了凄惨人生中的慰藉，临终前最后一幅作品上叠加的油彩，失去焦点，真就像呓语，令人心惊。高更的故事也来了，带着南太平洋热烈的阳光，"六便士的月亮"。罗丹的轶事就像坊间传言，一下子弥漫开来，为他的那些泥巴堆成的人体——听起来真像是上帝造人，注入情欲，还是人体里的荷尔蒙外溢……现代艺术者的个人生活显然放纵得多，制造奇遇的概率越来越高，回过头去，米开朗琪罗的生平就和一个店铺伙计差不多。也许是那个时代太恢宏，私人遭际微不足道，个体融入集体，类似社会主义的文艺创作。日本文化学者加藤周一先生，曾对我有一番教诲，先生认为古典艺术的辉煌在于有一个他者，就是神，现代主义则以自我为出发。先生说，十三世纪无名的工匠建筑教堂、神殿、皇宫，无意创造风格，可是风格产生了；现代艺术家每一个都在发挥个人风格，结果是，彼此相像。本来，社会主义艺术有一个机会，因为出现一个他者——无产阶级，可惜没有成熟。如果我没有理解错先生，大概就是这个意思。"他者"这个词，不知道用得对不对，语言经过转译，差异是难免的，总之是自我之外，更可能是自我之上的某种存在。启蒙运动里的人本主义将自我解放出来，就好像剩余价值解放资本，从此走上不归路。

叙述性的元素支持着直观的二维空间，同时也在削弱，视觉世界变得可疑，要求诠释。于是，创作者的童年记忆、性格、命运，所有情节性的部分，全成为观看的辅教，甚至有上升为主体的趋势，画面则成为配图。然而，二维毕竟比一维占位大，一旦走进美术馆，满壁的画，扑面而来，你简直招架不了，什么美术史、个人史全抛在脑后。线条、颜色、明暗、光影、画布上的小颗粒、刮刀的痕，这些单位性的元素，结构成具象的人和物，是我们共存的世界的表象，藏在时间、空间的褶折，此时袒露出来，送进眼睛里，你就只管看好了。

2015 年 9 月 24 日　香港

（原载《东方早报·上海书评》2015 年 11 月 1 日）

梦中的忽必烈汗

——给儿子的一封信

张宗子

　　罗素在《西方哲学史》中为浪漫主义思潮专辟一章，重点分析了拜伦。罗素总结说："浪漫主义运动的特征总的说来，是用审美的标准代替功利的标准。蚯蚓有益，可是不美丽；老虎倒美，却不是有益的东西。达尔文赞美蚯蚓；布雷克赞美老虎。浪漫主义者的道德都有原本属于审美上的动机。但是为刻画浪漫主义者的本色，必须不但考虑审美动机的重要，而且考虑趣味上的变化，这种变化使得他们的审美感和前人的审美感不同。关于这方面，他们爱好哥特式建筑就是一个顶明显的实例。另外一个实例是他们对景色的趣味。"浪漫主义者"喜欢奇异的东西：幽灵鬼怪、凋零的古堡、昔日盛大的家族最末一批哀愁的后裔、催眠术士和异术法师、没落的暴君和东地中海的海盗"。"浪漫主义者的地理很有趣：从上都到荒凉的寇刺子米亚海岸，他们注意的尽是遥远的，亚细亚的或古代的地方。"

　　关于浪漫派文学，你读了罗素这几段话，高屋建瓴，就有了一个总体的把握。我不说"了解"，而说"把握"，你要明白我的意思：作品参差纷繁，而真正的理解是简单的。所有文学家都是一样的，每个文学家又都有自己的个性，这单纯和丰富多彩的两极，就是智慧阅读的乐趣所在。你读英国浪漫派诗歌，重要的作家都接触到了，我要建议的是，多注意一下济慈。罗素的话有些是以小说为例证的，比如幽灵古堡那一段，落实到济慈身上，多少有些偏差。说济慈喜欢遥远的、古代的事物是没有问题的，但他不是那么偏嗜奇异。在这方面，济慈的温和接近华兹华斯。与拜伦和雪莱等相比，华兹华斯是内向和沉静的。拜伦的热情对年轻人很好，对我，已经不太适宜了。我有太多激情，全都水一样弥散了。而你，你不欠缺激情，但你克制得太厉害了。适度的克制如风在草上，草顺着风微微摆过去，然后轻轻地荡回来。过度的克制无异于压抑，可能折断茎枝。你可以多读读拜伦和雪莱，同时记住，他们的诗还不是一流的境界，他们多少有些幼稚，凡事想当然，常常在很小的事情上冲动。在最迷恋诗的年龄，像你这么大，我只读过几首华兹华斯的诗，其他的，找不到译本。他那首写湖畔水仙的诗，被选入英语课本，大家都读熟了，印象里，他，还有其他湖畔派诗人，就是整天在湖边散步的人。黄水仙，就是西洋水仙，春天开花早，独看不算好看，花形和茎叶单调，和风信子三色堇这些搭配一下，才略具姿态。你看曼哈顿的街道，种在路边的，都是这样的搭配。

济慈是个天才，艺术品位高，可惜死得太早，虚岁才二十七岁，和中国的李贺一样。济慈的诗透着高贵的气质，读济慈，你会想，高贵不一定和出身有关。济慈的父亲是旅馆的养马人，而有些贵族出身的作家，身上反倒时时散发出市侩气，或者更糟糕，给人很贱很脏的感觉。浪漫派作家一个突出的特征是情感充溢的想象，济慈亦然，但他尽管天马行空一样驰骋想象力，却能保持美学意义上的节制。这种节制必然是天生的绝高知性的结果。因此可以说，济慈的诗，是知性基础上的最瑰丽丰腴的感性，同时又是感性基础上最单纯明晰的知性。一般诗人在二十多岁的年纪，一定程度上的滥情和感伤在所难免，难得的是，济慈不是这样，他的感伤也像山间溪流一样清澈。因此，他的诗有着大多数杰出诗人中年才会形成的庄严风格。

由于年轻，济慈谈不上博学，但他凭借有限的知识达到了别人借助博学覃思才能到达的境界——天才往往如此。对于艺术家来说，想象力是天才的重要标志。我觉得激情也是。我是指那种艺术和哲学思索不可缺少的激情。这些都是与生俱来的。

你喜欢威廉·布雷克。确实，布雷克比雪莱好多了。拜伦我不敢说，太多年没读他，但我喜欢他的《恰尔德·哈罗尔德游记》。有人说《唐璜》讽刺犀利，比较深刻，大学时没太认真读，后来也没再读。对于讽刺要保持警惕，如果没有深刻的见解和可爱的个性，讽刺要么流于刻薄，要么等同俗套，那就连它讽刺的对象都还不如了。雪莱我曾经非常着迷，一开始读西方诗歌就读到他，郭沫若翻译的《西风颂》和《云雀》又那么豪放，简直像李白一样。十九岁，我读他的诗剧《被解放了的普罗米修斯》，沉醉其中，后来自己也写，写了两千多行，当然是浪费时间，乱来。布雷克还是画家，他的画有神秘色彩，宗教题材，但关注点还在人。我觉得他是希望人能超越和升华。人和神接近，也可以理解为，神的世界和人的世界是不同的世界，中间横着一道鸿沟。他的诗对你，可能不好理解。他写了《天真与经验之歌》。获得经验是以丧失天真为代价的。经验是珍贵的，就其有用而言；天真也是珍贵的，就其无用而言。这些，你长大了就会明白。

　　布雷克喜欢老虎，阿根廷的博尔赫斯——还记得他的"侦探小说"《交叉小径的花园》和《死亡与罗盘》吗？——也喜欢老虎。记住了，第三个喜欢老虎的人是我。为了老虎，我喜欢猫。为了猫，我喜欢猫头鹰。它们的眼睛多美！多有力！还有它们行走和奔跑时的体态。布雷克说老虎，直截了当。老虎是什么，是暴力的美，火热又残酷，是现代科学和技术，是人类文明的技术进步——为什么说技术进步？道理很简单，人的智慧和道德大概不会再进步了，虽然整个人类社会的文明程度肯定比过去好一些。但博尔赫斯的老虎非常神秘，它是一个梦，是所有我们不能理解的、神秘的、值得期待的事物的总和。不管它是什么，它美，而且由于神秘而神圣。但它是可以把握的。按博尔赫斯的说法，你可以在一个陌生地方的夜晚遇到它，这是老虎和神不一样的地方。

　　无论我们崇拜什么，我们崇拜的事物，一定比我们大，比我们有力。原始的崇拜对象，多以形体上的巨大震撼人类。现在还有这方面的遗留，比如电影里的大金刚，同样来自日本的怪兽哥斯拉——其实是存在过的霸王龙——现在变成娱乐了。可是，为什么观众喜欢它们？根源还是在最初对巨大事物的崇拜。再后来，比较侧重智慧和能力上的大，于是，宙斯的雷电就显得小孩子气了，后羿射杀太阳，盘古用斧头开辟世界，就显得粗笨了。神力变成看不见摸不着的东西，好像老子书里说的"道"，一个哲学概念，无所不在，无为而无不为。你看不见，你就无法发现它的痕迹，更不可能找到缺陷，于是，它就变得完美了。布莱克喜欢老虎，和这些都有关系。

　　浪漫派的诗人多有些孩子气，有些是天生的，有些是装的。为什么装？因为那是时尚。动作快的人坐上"浪漫主义"这辆马车跑上道了，后面的人拼命追，不追就赶不上车了。这个追，就是装。现在还有类似的说法，比如说赶时髦，人家穿黄色的衣服我也穿黄色的衣服，人家喝卡布奇诺我也喝卡布奇诺，人家读村上春树我也读村上春树。这就是装。现在和过去比，过去是一部分人开风气，一部分人跟。现在是百分之九十九的人跟，盲目地跟，跟不上也要跟，装着跟上了，其实什么想法都没有，就是跟。而那百分之一也未必是真心喜欢，没准儿只是炫耀。炫耀当然也是装。

　　浪漫主义是一种运动，出发点很好。如罗素所说，他们厌倦了工业社会古板、无聊和不近人情的一面，就像几十年前有人把都市称作钢铁和水泥的丛林，那里面透着一股子愤恨和无奈。十八世纪，十九世纪，人口不像现在这么稠密，还有大量的安静乡间，牛羊遍地，鲜花盛开，河流还是清澈的，空气也是新鲜的，地球上还有不少角落，人类足迹罕至，给我们留下想象的余地。现在呢，我们对地球的想象已经不多了，只好把目光移向太空，或者移向古代。

从实用的角度看，想象是个废物——科学家也用得上想象，尤其是大科学家，科学成果当然实用，这是少见的例子。越是机械性的工作，越是追求效率，需要团队精神，每个人都是机构这个大机器上的小部件，就越不需要想象。也可以说，越是不需要个性的工作，越不需要想象。所以，想象只能用于私人生活，纵然如此，也没有很多人珍视这个能力，原因还是它没用。但我跟你说，人得到快乐，得到精神上的满足，智力上的满足，很大程度上是借助想象实现的。没有想象的人，放弃了想象能力的人，他可能钱比你挣得多，官做得比你大，一切的一切，你都难以望其项背，但他的幸福微不足道，因为那是感官的愉悦，或是精神层面上很低级的东西，距离人类之外的动物很近——你知道，如果触发键盘上的某个键会接通电极，给大脑传递电讯号，造成快感的刺激，一只老鼠都知道不停地去敲击那个键，直到精疲力竭。

想象能创造出什么？你以为我们在博物馆看到的米罗、达利、毕加索、马蒂斯、卢梭、恩斯特，凡·高和莫奈，嗯，还有马克·夏加尔，等等，都是纯粹想象的产物吗？未必。他们确实使用了想象，但他们更多的是带着艺术创作的目的而强制性地、诱导性地使用了想象。这是想象的一条路。还有别的路。别忘了读一读柯勒律治的《忽必烈汗》，他在梦中所得的一首诗。关于这首诗，有个非常有名的传说，是柯勒律治自己讲的。当然，自己讲的未必就是真的，事后追忆，难免添枝加叶，但你知道了故事再读诗，感觉会有所不同。柯勒律治患有风湿病，经常服用鸦片酊止痛。止痛药一般都是麻醉剂，也是致幻剂，服药后，人会进入幻觉状态。夏天某一天，他住在乡间，服用鸦片酊后，坐在椅子上读一本东方游记，书里写到忽必烈下令在上都——现在中国的内蒙古地区——修建一座花园。柯勒律治不久即沉沉入睡，梦中见到了忽必烈花园的奇异景色。醒来后，梦里的情景栩栩如生，他就拿起笔，把梦写下来，写成一首诗。他原本要写几百行的，可是开始不久，有客人来访。他接待客人，耽搁了很长时间。客人走后，他的梦记不清楚了。因此，这首《忽必烈汗》只是一个断片，但作为断片也不短，有五十多行。

很多人赞扬《忽必烈汗》是英国浪漫派最精美的一首诗，这话太过分了。这首诗的迷人处只在它的梦幻色彩，写得神秘又朦胧，而且没头没尾。比如这样的句子：

但是天哪，沿着松柏苍苍的山坡

急转直下，却是悬崖深谷。
一片荒芜，好像施过魔术，
女子在下弦月下出没，
为她的魔鬼情人哀哭。

But oh! that deep romantic chasm which slanted
Down the green hill athwart a cedarn cover!
A savage place! as holy and enchanted
As e'er beneath a waning moon was haunted
By woman wailing for her demon – lover!
But oh! that deep romantic chasm which slanted
Down the green hill athwart a cedarn cover!
A savage place! as holy and enchanted
As e'er beneath a waning moon was haunted
By woman wailing for her demon – lover!

结尾一段开头说：

我在梦幻中看见
一个抱琴的姑娘：
那是一位阿比西尼亚女郎，
拨动琴弦，
歌唱着阿波拉山。

英文真是很美，太美了！很像在铜版画上看到的中古骑士传奇中的场景，更像现在流行的幻想画。所以说，即使是梦，即使是借助致幻剂做出来的梦，想象力仍然是有限的。你读读波德莱尔就更清楚了。很多人在觉得才力不足的时候，借助致幻剂寻找灵感，有用，但作用有限。想象力是一种天分，人为拔高，透支，高不到哪里去。

济慈在《夜莺颂》里说："我的心在痛，困顿和麻木/刺进了感官，有如饮过毒鸩，/又像是刚刚把鸦片吞服，/于是向着忘川下沉。"后面还有："要是有一口酒！那冷藏/在地下多年的清醇饮料，/一尝就令人想起绿色之邦，/想起花神，恋歌，阳光和舞蹈。……/我要一饮而离开尘寰，/和你同去幽暗的林中隐没。"他反复提到毒药，鸦片，各种酒，我在想，他是不是和柯勒律治一样，也有服药和饮酒的习惯呢？

西方人不了解中国的时候，他们描写中国，读了特别令人开心，因为描述得那么美，那么富有灵气，好像进入了唐人小说中的仙境，那里所有的情感都是月下白莲一样的。等到西方人了解了中国，凭着十字架或刀枪进入中国，他们再说起中国，就一点趣味也没有了。你看，现实是一个多么冷冰冰、硬邦邦的东西，现实把想象扼杀了。当然我得又一次提醒你，不要轻易把想象用于观察和理解现实世界，现实世界，顾名思义，就是直接的现实，不需要想象。从这个角度看问题，马可·波罗究竟到没到过中国，还真是说不清。为什么？如果他到过中国，如其所言，在中国住了多年，做了朝廷命官，他如何还能把中国写得那么缥缈惝恍，字里行间沁着一股诗意？你会相信蒙元时期的中国是一个童话般的世界？

如果他是道听途说，那么，《马可·波罗行纪》的文字就很好理解了。

还有一个可能，马可·波罗具有罕见的禀赋，他就是善于把现实诗化，就像从最黑暗的深渊构织出一个天国。

你学过叶芝的诗。他早年的诗，有类似柯勒律治的情调，比如那首著名的《茵尼斯弗利岛》，以及那些关于库楚兰的诗，是不是有点像《忽必烈汗》呢？把梦中景物写得朦胧迷离，超人世的奇丽，后来也算一种时髦，直到二十世纪初，美国还有诗人在模仿柯勒律治，我偶然知道的一例便是康拉德·艾肯的《空中花园》。说实在的，就诗论诗，《空中花园》比《忽必烈汗》写得好多了，比它更精致。可是没办法，艾肯晚出，他是模仿。

叶芝是象征主义的大诗人，但在我心里，他是个不折不扣的浪漫主义者，这是就其对现实的态度而言。同理，我也是。在他人以为幼稚的地方，是浪漫主义的病根在作怪。叶芝写过一本记录爱尔兰人的神鬼传说的小书，叫作《凯尔特的薄暮》。那里面没有像聊斋那样曲折复杂的故事，多半是简单的传说，但简单的传说被叶芝写得如天际浮云，悠然卷舒，自由自在。他叙事从容，仿佛华盛顿·欧文，但不像欧文那么烦琐。他的文字非常优美，同时一点也不累赘——西方的散文作者，一旦优美很少有不累赘的。另外，叶芝是沉迷于幻想的人，他相信幻想，相信通灵。因此，他在神话世界中非常轻盈，相比之下，陶渊明那么散淡的人，在他最理想的桃花源里，现实沉重的影子还是挥之不去——他关心朝代的更换，希望没有税收，恐惧战乱——这不是陶渊明的问题，是陶渊明面临的现实的问题，这个区别，是不同时代的中国和爱尔兰的区别。

浪漫派的特点，我抓住两个字，好奇——喜欢奇异的事物：蛮荒异域，奇风异俗，神鬼仙灵，生死轮回，等等。他们内心，就此而言，其实很单纯。浪漫派诗歌在中国二十世纪初有个短暂的回响，是一种时间上的错位。波德莱尔之后，一个稍有文学意识的人，无论多么天真，很难再回到浪漫派那里，写"她走在美的光彩里"那样的小夜曲了。浪漫主义作为一种精神——不仅是文学艺术的，也是道德的——比浪漫派文学更好，它自然不是我们精神世界的全部，但却是其中很珍贵的部分。

2015 年 6 月

2016 年 3 月 1 日改定

（原载《读书》2016 年第 6 期）

动荡时代的心魂

——读《雷加米埃夫人传》（上）

赵越胜

肯尼迪总统的夫人杰奎琳一次接受采访时被问道：您现在是世界上女性模仿的对象，但谁又是您心中的模仿对象呢？她毫不犹豫地回答：雷加米埃夫人。我敬佩她，她是法兰西风范的代表。

威尔·杜兰特那部贯通五千年的皇皇巨著《世界文明史》，不知记载了多少横扫千军、立一世伟业的英雄豪杰，却也为雷加米埃夫人单立一章，倒不仅因为她貌若天仙，拿破仑亦赞她"王者之秀色"，更因为她的身边群星灿烂。既有拿破仑家族成员，又有拿破仑的反对者；既有共和派思想家，又有旧王朝贵族；既有拿破仑麾下勇将，又有滑铁卢的胜利者。这些人或敬佩她的为人，喜爱她的风雅，或倾心相恋，拜倒在她石榴裙下，但几乎都成为她的终身挚友。最后，她把全部爱献给了夏多布里昂，支持他，激励他，完成巨著《墓畔回忆录》。

在那个历史时段，巨流滚滚，冲过法国大革命、拿破仑帝国、复辟王朝各个险滩，惊涛拍岸，旋涡中卷入多少豪杰。雷加米埃夫人和夏多布里昂本不是这历史巨流中的弄潮儿，但他们身在其中，经历了这一段惊心动魄的历史，并勇敢地依照自己的信念承担了各自的责任，命运不期然地让他们成为历史坐标。

1793 年，那是个什么年头啊。雨果在《九三年》中给它定性："正是乱世达于最疯狂最黑暗的时候，正是罪恶烈焰正炽，仇恨释放出全部黑暗的时候，正是搏杀到了一切都变成弹药，混战激烈无比，人再也不知道何为正义，何为诚实，何为真理的时候。"《雷加米埃夫人传》的作者 F. 瓦日纳敏锐地指出："这种成年生活的进入是突然而至的，没有给青春萌动留下任何余地……"由于她的婚姻只是名义上的，她的"被迫成熟"一开始就是精神性的。自然的道路是由地下升入空中，而朱丽叶特的一生却是从空中重回地面。

随着罗伯斯庇尔被处决，1794 年秋天，恐怖时期终于结束了。作者描述当时的社会氛围："这是社会摒弃了最理性的社会憧憬后，经历了斯巴达式的严酷，血的洗礼，如今重又复活、凝聚。因为曾经跟死亡擦肩而过，人们只想忘却，追求享乐直至昏头涨脑。恐怖之后的眩晕，是当时氛围的主调。"

在动乱刚歇的巴黎，朱丽叶特在学校中听拉阿尔普这位大学问家讲授文学。弗雷尼利男爵记述道："人们看到一位年轻女子坐在那里，美得出奇，身材像模特，一袭白衣，额上系着白手帕，克里奥人称之为饰带。这是雷加米埃夫人……她矜持、简单，几乎有点离尘出世。"这种飘然出世的感觉会迷惑一些人，让他们看不到这柔弱美艳之下却有着坚韧。朱丽叶特不是随风伏倒的芦苇，在关键时刻，她能成为支撑朋友的巨树。

1797 年，共和历果月 18 日，督政府怀疑保王党要发动政变，急调军队入巴黎，实施军事管制。朱丽叶特的老朋友拉阿尔普受牵连，逃出巴黎避难。她决定去他藏身之地探望。对这个有些危险的行动，拉阿尔普又感动又担心，他写信给朱丽叶特："如果我可能有尘世间的虚荣心，我会为享有您的如此善举而深感自豪，您是那样受到众人一致的赞赏……尽管您有超出常人的魅力，但有一个特点更是罕见，即年纪轻轻就懂得珍惜上天馈赠的这些魅力，知晓世事多变，不必在意，而对此，我却很晚才明白。"

这不是一次莽撞的冒险，而是雷加米埃夫人的天性使然。以后，她不但要照料那些遇到各种麻烦的朋友，还因此承受了流放之苦。而且，她对朋友一伸援手时，从来不在乎他们属于哪个社会阶层，哪个政治阵营。在她眼中只有需要安慰的朋友，没有需要计较的利害。拿破仑帝国崩溃后，波拿巴特家族流落四方。对那些曾和她交好的波拿巴特家族成员，雷加米埃夫人毫不犹豫地伸出援手。在罗马，她不顾禁令，和已丢掉荷兰后冠的奥坦斯秘密会见，给绝境中的奥坦斯温柔热烈的安慰。她甚至远赴亚得里亚海边的偏僻小城，去探望前那不勒斯王后卡洛琳·缪拉；卡洛琳是拿破仑最宠爱的妹妹，而拿破仑却曾让雷加米埃夫人吃尽苦头。

作者指出："朱丽叶特具备这种只属于她的，既执着又宽厚的特性。从此她肩负了一种使命，为那些失败者和流放者奔走，不管他们在哪种制度下遭受厄运，她所担负的这个角色更为后人所追忆。"

而我更喜爱她忠诚之外的博爱。夏多布里昂在《墓畔回忆录》中记录了另一个故事：一个渔夫被指控同教皇属下串通，并被判了死刑。阿尔巴诺的居民请这位来此避难的外国女人为这个倒霉的渔夫说说情。人们把她带到牢房，囚徒的绝望让她心碎，不禁泣下。尽管希望渺茫，雷加米埃夫人还是立即动身，直奔罗马。在那里她找不到警察头目，在费亚诺宫等了两个小时，分分秒秒计算着一个生命的死期临近，最终无奈而返。她满怀忧伤踏上归程。囚徒已经死去。居民们在路上迎候这个法国女人，送渔夫上路的教士向她转达了渔夫感谢这位夫人最后的心愿。

珍视友谊，忠于朋友，人们努把力还可能做到。而要奋力相助一个素不相识的贫贱者，则非有深厚的大慈悲心不可。它超越了同情与爱，遵奉的是无上的命令。朱丽叶特是一位虔诚的基督徒，她熟悉福音书中对那些冷酷者的斥责："我们给你们吹箫，你们不起舞，我们唱了哀歌，你们不哭泣。"看她一生行迹，无时不流溢着爱和慈悲，去抚慰朋友和受难者的痛苦。她从来不问这样做有何结果，只是发自内心地去做。我们在她的传记中甚至找不到她评价自己所做之事的片言只语，只是把那一束宁静之光投射到云翻海立的动荡中。光无声，它只是温暖，只是照耀。

"一个秋日的午后，朱丽叶特接待了一位意外访客。"这个女人的来访揭开了一段友谊传奇，它关涉19世纪上半叶欧洲两位最著名的女人。朱丽叶特回忆："这一天在我生活中具有划时代的意义。雷加米埃先生带了一位女士到克里希来，没做介绍就把她留在客厅里跟我单独相处……"她即刻认出了这就是斯塔尔夫人！"我刚读过她的《论卢梭的信札》，正沉醉其中。"

斯塔尔夫人，路易十六的财务大臣内克的独生女，才华绝代又特立独行。她对拿破仑专制统治的批判，对思想自由不屈不挠的捍卫，导致她被常年流放。斯塔尔夫人还是一位女性解放的先驱，一生为争取女性自主的爱情而身体力行，同时也因情人不断而惊世骇俗。她在爱情生活中的杀伐决断，使她永远凌驾在与她相恋的男人之上。本杰明·贡斯当是与她相恋最久、关系最深的男人，他那些杰出的政治著作和斯塔尔夫人的激励分不开。以赛亚·柏林正是从他对古代自由与现代自由的论述中汲取灵感，来区分积极自由与消极自由。而那时，贡斯当正与斯塔尔夫人海誓山盟："若无斯塔尔夫人，世事与我全为虚幻。"

造物主再不曾造就出如此不同的两个女人，一个温柔娴静、善解人意，一个强势焦躁、自我中心。但这种巨大的反差完全无碍她们的友谊，甚至使这段友谊成了她们的第二生命。从表面上看，朱丽叶特付出的更多，但其实，朱丽叶特静静地从斯塔尔夫人那里汲取养料，开阔自己的眼界，她们的互补天衣无缝。贡斯当最了解内情，他写道："再没有什么比斯塔尔夫人和雷加米埃夫人之间的暗谈更迷人了。一个在迅速地表达千百种新念头，第二位旋即将它们捕捉并加以评判。一个精神雄扬有力的人揭示一切，另一个心思细腻精致的人理解一切。一个精于思考的天才被另一个年轻聪慧的听众所接受，产生共鸣。这构成一种契合，和谐完美，非有幸亲眼所见不能够描述。"

1803 年 10 月 13 日，拿破仑下令流放了斯塔尔夫人，禁止她接近巴黎 40 古里（约 160 公里）。1810 年，斯塔尔夫人的《论德国》被禁，随后，新任警务部长萨瓦里下令，她必须离开法国，回科贝，否则 48 小时之内，她必须登船去美洲。

可惜，斯塔尔夫人在这场"精神和强权的双峰对峙"中不够坚韧、冷静，反而向强权一方诉说她的不幸。难道她想让强权发慈悲，还她自由？结果反倒让强权一方获得了双重的胜利。

这时，柔弱的朱丽叶特却表现出果敢的本色，决定去科贝看望好友。与朱丽叶特关系不错的富歇提醒她，如果她去看望斯塔尔夫人，那她可能既回不了巴黎，又不能住在科贝。

朱丽叶特毅然决然上路了，走到半路，便知道先到科贝的马蒂耶已被勒令放逐。此时，斯塔尔夫人觉出事态严重，让儿子告诉朱丽叶特不要再往前走了，但她义无反顾，直奔科贝。当斯塔尔夫人泪流满面地将朱丽叶特抱在怀中时，雷加米埃夫人的厄运已经降临。帕斯基耶把雷加米埃先生召到办公室，对他宣布："我以皇帝的命令向她宣布，禁止她进入巴黎 40 古里以内，并流放，直到禁令取消为止。"

朱丽叶特接到放逐令时，平静得出奇。"她泰然处之，任别人去为她叫屈"，自己着手安排流放后的漫长时日。她选择马恩河畔的沙隆为流放居住地。长夜时分，昏灯一盏，教堂疏钟相间。她教养女阿梅莉读书，投身慈善事业，在教堂弹奏管风琴，为星期天大弥撒伴奏。造成她这困境的斯塔尔夫人来信，满怀钦佩与自责："您信中流露出何等宗教般的安详啊，亲爱的朋友，而我离这种勇敢又沉静的氛围是多么遥远。"

她在苦难中的安之若素，感动了老朋友阿德里安，他引用博絮埃的名言赞扬她，"我不知道还有什么比苦难更能玉成美德"。

（原载《财新周刊》2016 年 33 期）

不爱音乐的作家不是好作家

余　华

一

许多年前，有那么一两个星期的时间，我突然迷上了作曲。那时候我还是一名初中的学生，正在经历着一生中最快乐的时光，我记得自己当时怎么也分不清上课和下课的铃声，经常是在下课铃响时去教室上课了，与蜂拥而出的同学们迎面相撞，我才知道又弄错了。

这大概是1974年，或者1975年的事，"文革"进入了后期，生活在越来越深的压抑和平庸里，一成不变地继续着。我在上数学课的时候去打篮球，上化学或者物理课时在操场上游荡，无拘无束。然而课堂让我感到厌倦之后，我又开始厌倦自己的自由了，我感到了无聊，我愁眉苦脸，不知道如何打发日子。这时候我发现了音乐，准确的说法是我发现了简谱，于是在像数学课一样无聊的音乐课里，我获得了生活的乐趣，激情回来了，我开始作曲了。

当然，这是在上音乐课的时候，音乐老师在黑板前弹奏着风琴，这是一位儒雅的男子，有着圆润的嗓音，不过他的嗓音从来不敢涉足高音区，每到那时候他就会将风琴的高音弹奏得非常响亮，以此蒙混过关。其实没有几个学生会去注意他，音乐课也和其他的课一样，整个教室就像是庙会似的，有学生在进进出出，另外一些学生不是坐在桌子上，就是背对着黑板与后排的同学聊天。就是在这样的情景里面，我被简谱迷住了，而不是被音乐迷住。

我丝毫没有去学习这些简谱的想法，直接就是利用它们的形状开始了我的音乐写作，这肯定是我一生里唯一的一次音乐写作。我记得我曾经将鲁迅的《狂人日记》谱写成音乐，我的做法是先将鲁迅的作品抄写在一本新的作业簿上，然后将简谱里的各种音符胡乱写在上面，我差不多写下了这个世界上最长的一首歌，而且是一首无人能够演奏，也无人有幸聆听的歌。这项工程消耗了我几天的热情，接下去我又将语文课本里其他的一些内容也打发进了音乐的简谱，我在那个时期的巅峰之作是将数学方程式和化学反应也都谱写成了歌曲。然后，那本作业簿写满了，我也写累了。此后，差不多有 18 年的时间，我不再关心音乐，只是偶尔在街头站立一会儿，听上一段正在流行的歌曲，或者是经过某个舞厅时，顺便听听里面的舞曲。1983 年，我开始了第二次创作，当然这一次没有使用简谱，而是语言，我像一个作家那样地写作了，然后像一个作家那样地发表和出版自己的作品，并且以此为生。

二

我的写作还在继续，接下去我要写的开始和这篇文章的题目有点关系了。我经常感到生活在不断暗示我，它向我使眼色，让我走向某一个方向，我在生活中是一个没有主见的人，所以每次我都跟着它走了。在我十五岁的时候，音乐以简谱的方式迷惑了我，到我三十三岁那一年，音乐真的来到了。

我心想：是生活给了我音乐。生活首先要求我给自己买了一套音响，那是在 1993 年的冬天，有一天我发现自己缺少一套音响，随后我感到应该有，几天以后，我就将自己组合的音响搬回家，那是由美国的音箱和英国的功放以及飞利浦的 CD 机组织起来的，卡座是日本的，这套像联合国维和部队的音响就这样进驻了我的生活。

接着，CD 唱片源源不断地来到了，在短短半年的时间里，我买进了差不多有四百张 CD。我的朋友朱伟是我购买 CD 的指导老师，那时候他刚离开《人民文学》，去三联书店主编《爱乐》杂志，他几乎熟悉北京所有的唱片商店，而且精通唱片的品质。我最早买下的二十来张 CD 就是他的作为，那是在北新桥的一家唱片店，他沿着柜台走过去，察看着版本不同的 CD，我跟在他的身后，他不断地从柜子上抽出 CD 递给我，走了一圈后，他回头看看我手里捧着的一堆 CD，问我："今天差不多了吧？"我说："差不多了。"然后，我就去付了钱。

我没有想到自己会如此迅猛地爱上了音乐，本来我只是想附庸风雅，让音响出现在我的生活中，然后在朋友们谈论马勒的时候，我也可以凑上去议论一下肖邦，或者用那些模棱两可的词语说上几句卡拉扬。然而音乐一下子就让我感受到了爱的力量，像炽热的阳光和凉爽的月光，或者像暴风雨似的来到了我的内心，我再一次发现人的内心其实总是敞开着的，如同敞开的土地，愿意接受阳光和月光的照耀，愿意接受风雪的降临，接受一切所能抵达的事物，让它们都渗透进来，而且消化它们。我那维和部队式的音响最先接待的客人，是由古尔德演奏的巴赫的《英国组曲》，然后是鲁宾斯坦演奏的肖邦的《夜曲》，接下来是交响乐了，我听了贝多芬、莫扎特、勃拉姆斯、柴可夫斯基、海顿和马勒之后，我突然发现了一个我以前不知道的人———布鲁克纳，这是卡拉杨指挥柏林爱乐演奏的《第七交响曲》，我后来想起来是那天朱伟在北新桥的唱片店拿给我的，当时我手里拿了一堆的 CD，我根本不知道有这么一张，结果布鲁克纳突然出现了，史诗般叙述中巨大的弦乐深深地感动了我，尤其是第二乐章，使用了瓦格纳大号乐句的那个乐章，我听到了庄严缓慢的内心的力量，听到了一个时代倒下去的声音。

然后我发现了巴托克，发现了还有旋律如此丰富，节奏如此迷人的弦乐四重奏，匈牙利美妙的民歌在他的弦乐四重奏里跳跃地出现，又跳跃地消失，时常以半个乐句的方式完成其使命，民歌在最现代的旋律里欲言又止，激动人心。

巴托克之后，我认识了梅西安，那是在西单的一家小小的唱片店里，我聆听并且拥有了《图伦加利拉交响曲》，这部将破坏和创造，死亡和生命，还有爱情熔于一炉的作品让我浑身发抖，直到现在我只要想起来这部作品，仍然会有激动的感觉。

不久之后，波兰人希曼诺夫斯基给我带来了《圣母悼歌》，我的激动再次被拉长了。有时候，我仿佛会看到 1905 年的柏林，希曼诺夫斯基与另外 3 个波兰人组建了"波兰青年音乐协会"，这可能是世界上最小的协会，在贫穷和伤心的异国他乡，音乐成为壁炉里的火焰，温暖着他们。

音乐的历史深不可测，如同无边无际的深渊，只有去聆听，才能知道它的存在，才会意识到它的边界是不存在的。在那些已经家喻户晓的作者和作品的后面，存在着星空一样浩瀚的旋律和节奏，等待着我们去和它们相遇，让我们意识到在那些最响亮的名字后面，还有一些害羞的和伤感的名字，这些名字所代表的音乐同样经久不衰。

三

然后，音乐开始影响我的写作了，确切的说法是我注意到了音乐的叙述，我开始思考巴托克的方法和梅西安的方法，在他们的作品里，我可以更为直接地去理解艺术的民间性和现代性，接着一路向前，抵达时间的深处，路过贝多芬和莫扎特，路过亨德尔和蒙特威尔第，来到了巴赫的门口。从巴赫开始，我的理解又走了回来。然后就会意识到巴尔托克和梅西安独特品质的历史来源，事实上从巴赫就已经开始了，这位巴洛克时代的管风琴大师其实就是一位游吟诗人，他来往于宫廷、教堂和乡间，于是他的内心逐渐地和生活一样宽广，他的写作指向了音乐深处，其实也就指向了过去、现在和未来。

区分一位艺术家身上兼而有之的民间性和现代性，在巴赫的时候就已经不可能，两百年之后在巴托克和梅西安那里，区分的不可能得到了继承，并且传递下去。尽管后来的知识分子虚构了这样的区分，他们像心脏外科医生一样实在，需要区分左心室和右心室，区分肺动脉和主动脉，区分肌肉纵横间的分布，从而使他们在手术台上不会迷失方向。可是音乐是内心创造的，不是心脏创造的，内心的宽广是无法解释的，它由来已久的使命就是创造，不断地创造，让一个事物拥有无数的品质，只要一种品质流失，所有的品质都会消亡，因为所有的品质其实只有一种。

这是巴赫给予我的教诲。我第一次听到的《马太受难曲》，是加德纳的诠释，加德纳与蒙特威尔第合唱团演绎的巴赫也足以将我震撼。我明白了叙述的丰富在走向极致以后其实无比单纯，就像这首伟大的受难曲，将近三个小时的长度，却只有一两首歌曲的旋律，宁静、辉煌、痛苦和欢乐地重复着这几行单纯的旋律，仿佛只用了一个短篇小说的结构和篇幅表达了文学中最绵延不绝的主题。1843 年，柏辽兹在柏林听到了它，后来他这样写道："每个人都在用眼睛跟踪歌本上的词句，大厅里鸦雀无声，没有一点声音，既没有表示赞赏，也没有指责的声音，更没有鼓掌喝彩，人们仿佛是在教堂里倾听福音歌，不是在默默地听音乐，而是在参加一次礼拜仪式。人们崇拜巴赫，信仰他，毫不怀疑他的神圣性。"

我的不幸是我无法用眼睛去跟踪歌本上的词句，我不明白蒙特威尔第合唱团正在唱些什么，我只能去倾听旋律和节奏的延伸，这样反而让我更为仔细地去关注音乐的叙述，然后我相信自己听到了我们这个世界上最为美妙的叙述。

此后不久，我又在肖斯塔科维奇的《第七交响曲》第一乐章里听到了叙述中"轻"的力量，那个著名的侵略插部，侵略者的脚步在小鼓中以 175 次的重复压迫着我的内心，音乐在恐怖和反抗、绝望和战争、压抑和释放中越来越深重，也越来越巨大和慑人感官。我第一次聆听的时候，不断地问自己：怎么结束？怎么来结束这个力量无穷的音乐插部？最后我被震撼了，肖斯塔科维奇让一个尖锐的抒情小调结束了这个巨大可怕的插部。那一小段抒情的弦乐轻轻地飘向了空旷之中，这是我听到过的最有力量的叙述。后来，我注意到在柴可夫斯基，在布鲁克纳，在勃拉姆斯的交响乐中，也在其他更多的交响乐中"轻"的力量，也就是小段的抒情有能力覆盖任何巨大的旋律和激昂的节奏。其实文学的叙述也同样如此，在跌宕恢宏的篇章后面，短暂和安详的叙述将会出现更加有力的震撼。

有时候，我会突然怀念起自己十五岁时的作品，那些写满了一本作业簿的混乱的简谱，我不知道什么时候丢掉了它，它的消失会让我偶尔唤起一些伤感。我在过去的生活中失去了很多，是因为我不知道失去的重要，我心想在今后的生活里仍会如此。如果那本作业簿还存在的话，我希望有一天能够获得演奏，那将是什么样的声音？胡乱的节拍，随心所欲的音符，最高音和最低音就在一起，而且不会有过渡，就像山峰没有坡度就直接进入峡谷一样。我可能将这个世界上最没有理由在一起的音节安排到了一起，如果演奏出来，我相信那将是最令人不安的声音。

（原载《文学报》2016 年 1 月 14 日）

辑三

认领菜籽沟

刘亮程

　　我们所在的这个山沟，是新疆木垒县英格堡乡的一个村，以前村里人种油菜，每年油菜花开时，整个山沟一片金黄，村里的老油坊日夜不停地榨着菜籽油。村庄因此得名"菜籽沟"。现在村里人不种油菜了，油菜籽卖不上价钱。可是，不管村民种什么，地里都会密密麻麻长一层油菜。我想，这就是土地的厚道，只要你播一次种子，她就会生生不息长下去。

　　我们也想在这个村庄播一次种子。

　　2013年冬天，我们偶然进入菜籽沟村时，一下就被她吸引了。村里全是老房子，汉式廊坊建筑，木梁柱，木门窗，土坯或干打垒的墙，长着老果树的宅院这三家那两户地散落在沟里，整个村庄像一桩突然浮现在眼前的陈年往事。我们沿路一户一户地看，每个院子都像旧时光里的家，有一种久违的亲切和熟悉。

　　正遇上一户人家拆房子，院墙已经推倒，一辆大卡车靠墙停在院子，几个人站在房上掀盖顶，瓦檐、油毛毡、泥皮、麦草和苇子，一层层掀下来，房顶渐渐露天，圆木结构的担子、梁、椽子整齐地暴露出来，还有砌入土墙的木框架。我们边拍照边看着这些木头一根根拆下来装上汽车，运走。一个百年老宅院只剩下几堵破土墙和一地的烂泥皮土块。

打问才知道，这户人家搬进了城，老房子6000元钱卖给了木头贩子。陪同的村干部说，村里好多老房子卖给木头贩子拆掉了。这个村子原有400多户人家，现在剩下200户，一半人家搬走了，留下的也都是老人，眼看种不动地。

我们沿路看见许多没有人烟的老宅院，或许迟早也会拆了卖木头。

菜籽沟和她旁边的四道沟，是早期人类的温暖家园，她处在东天山特殊气候带，冬天暖和，春夏雨水充足，肥沃的坡地随处能长粮食。早在6000年前，古人就在这里生活，留下诸多珍贵遗址。现在的居民多是清代或民国时到达这里的汉民后代。村里少有平地。他们垦种山坡旱田，因为坡陡，农机上不去，原始的马拉犁、手撒种、镰刀收割、木轳辘车、手工打麦场等传统农耕方式在菜籽沟依旧完整保留。可是能干这些农活的人都老了。年轻人外出打工。这个古老村庄和半村饱经风霜的老农，也都快走到尽头。

回到县城，我连夜给木垒县起草了一个方案，提议由亮程文化工作室入村，抢救性地收购保护一批村民要卖的老民宅，然后动员艺术家来认领这些老院子做工作室，把这个行将荒弃的古村落改造成一个艺术家村落。方案当即得到县领导的肯定和支持。就这样，我们在乡政府和村委会的积极配合下，用一个冬天时间，收购了几十个老院子。本来一个院子卖几千元钱，我们一收购，都涨价了，涨到几万元。有的人家干脆不卖了，等更高的价格。

我们收购的最大一个院子就是村里的老学校，占地40亩，4栋砖木结构教室，废弃后当了10多年羊圈。我们从教室的厚厚羊粪中清理出讲台、水泥地面。修整好塌了的房顶，换掉破损的门窗，在杂草中找到以前的石板小路，一个破败多年的老学校，被我们改造成了菜籽沟的文化中心——木垒书院。

现在，已经有几十位艺术家落户菜籽沟，他们大都是我的朋友，我打电话说发现一个荒弃的老村子，几万块钱就能买一个老院子，赶快认领一个做工作室和养老。他们都信任我，卡号发去钱便打过来。待春天雪消后开车来村里一看，都喜欢得不得了，没见过这么美的村子，没想到会在这么完好的古村落里有了一院自己的房子。本来要拆了卖木头的老院子，就这样在艺术家的妙手中获得新生。那些老宅院变成一件可以居住生活的艺术品。先入村的艺术家又引来更多艺术家。我们在村里成立了菜籽沟艺术家村落，我当村长，自己任命的。我任命村党支部书记为艺术家村落副村长，归我管。村党支部姚书记当了几十年村干部，当老了，在村里威信高，他带头动员村民把房子卖给我们。他给村民说，艺术家来了，对我们的下一代有好处，以后我们的娃娃会变得有文化。村民说，我们都老了，哪会有娃娃。

　　确实，去年菜籽沟所在的英格堡乡，只出生了两个孩子，我听了心里荒荒的，往后多少年，这些乡村只有走的人，没有来的。村里的老木活儿只剩下做寿房的，生意不断。书院请老木匠做一个大木桌，都推辞了，说赶做寿房呢。有几个老人病卧床榻，眼看不行了，家人过来看了板子，交了押金，催着快做出来。那个活儿等不得，人说没有就没有了，不能到节骨眼儿上活儿没做出来。只要村里有红白喜事，不管谁家的，邀不邀请，我们都过去随个份子，参加一下。今年书院随了几千块钱，多半是丧事。我们院子后面住的老太太就是上个月不在的，我好像都没见过她，没来得及和她照个面，打个招呼说句话，她就不在了。外面亲戚来一大堆，小车把路都堵了。去世的老人把走远的亲人都召回村子，好多菜籽沟的年轻人回来了，孩子回来了。他们回来看见我们在破败的老学校里修建的木垒书院，在荒弃的民宅上改造的艺术家工作室。他们一定不会想到，在他们离开菜籽沟的好多年后，一群艺术家入住到村子，在他们的家乡过起日子。他们扔掉的乡村生活，被另一些人捡起来。

　　我们改造书院老房子，尽量雇用村民。今年村民从书院挣走了100多万元劳务费。能雇来干活的都是60多岁的老人，干一天泥活150元工钱，也不便宜。那些村民从不觉得自己是老人。这些改造老房子的活儿，也只有他们会干。

　　在菜籽沟的第一年秋天，书院种的3亩洋芋丰收了，得挖个大菜窖。雇两个60多岁的村民，说好600块钱挖好菜窖。我坐在坑沿看他们往上扔土，其中一个仰头看着我，说："老人家，你这么大年龄了，还到我们沟里来创业。"

　　我说："老人家，我是来这里养老过日子的。"

　　其实我才53岁，他们怎么看出我比他们还老呢？他们活得忘掉年岁了。本来这个菜窖他们计划两天挖好，一人一天挣150块。结果挖了4天，干赔了。

　　村里许多老人都不知道自己老了。路边见一老者，提镰刀从坡上下来，腰直直的，气不喘。问：多大啦，还割麦子。答：90岁了，一天割一亩地麦子没麻大（新疆话：没问题）。问：干这么多活累吗？答：也不觉得。

　　不觉得就已经老了。老了也不觉得。

　　我们认领了一个别人的家乡。不管是我们认领了她，还是她收留了我们，都不妨碍我们在这个村庄里延续自己的乡村之梦。

村民对我们在菜籽沟的一举一动都非常好奇。诗人小陶在沟里头收拾出来一个院子，经常有画家住到她家画画，那一片的村民几乎都去串门参观。书院的修建和改造也引来村民观看。村民说，你们修这么大一个书院，鬼来上学？村里小学20年前就卖掉拆了木头，破墙圈还在。中学荒废了十几年，变成羊圈。

我们确实也不知道修这么大一个书院干啥。只是觉得这么大一个老学校荒了可惜，就买下来。村里那么多的老宅子拆了可惜，就买下来。买下来的第一年，几乎啥都没干，想了一年，才想清楚要干啥。

区旅游局的领导来看了菜籽沟，很感慨，说这个老村庄能保留到现在，太难得，要我一定先保护好，慢慢来，别让变了样子。我说，我们或许没有能力让菜籽沟有多大变化，但肯定有能力让她不变化。

不变化是我们对这个古村落的承诺。可是，我们已经阻挡不了她的变化。

当初我们入驻菜籽沟时，就跟村委会签订有70年的独家经营权，由亮程文化工作室来保护、宣传、建设这个行将荒废的村庄。合同约定了我们的投入：在未来5年内，吸引百位艺术家入村建工作室，将菜籽沟打造成新疆最大的艺术家村落；将木垒书院建设成新疆最大的国学书院；帮助村上筹集资金修村道，改造危旧房屋；原址复建土地庙、山神庙、龙王庙等，把菜籽沟打造成旅游文化名村。

这些承诺都在一一落实。

第一年我们从县上争取了近1000万元保护资金，给每户补贴1.8万元，修缮老房子。结果干了件坏事。这些钱的用途上级建设部门有严格规定，必须花在换门窗、换前墙、铺房顶油毛毡上，不然报不了账。好多老式木门窗被拆了，换上廉价又难看的塑钢门窗。建设部门只考虑让农民的门窗保暖，却不考虑老门窗正是这些老建筑的文化脸面，就这样破坏了。还有，给老房子换前墙说是为抗震，一个四面土墙的房子，仅仅把前墙拆了换成砖的，其他三面还是土块的，抗什么震？个别老房子的老脸面也这样毁了。

村里的道路已经立项规划，2016年动工修建。这是村民期盼的大好事。

设立"丝绸之路木垒菜籽沟乡村文学艺术奖"，也是件大好事。木垒书院每年筹集100万元，奖励对中国乡村文学、乡村绘画、乡村音乐和乡村设计做出杰出贡献者。今年是首届，奖励给乡村文学。明年奖励乡村绘画。用评委李敬泽的话说，"她是中国最低文学艺术奖，因为低到了土地里，她也是中国最高文学艺术奖"。这个奖会一年年地办下去，偏于一隅的木垒菜籽沟，每年会有一个时刻被中国诸多媒体所关注，成为小小的一个中心。

我们还筹了点钱，想先把村里的土地庙复建起来，我们要在这里动土建筑，得先给土地念叨一声。以前村民盖房子，动土前都先给土地神烧香。村民知道自己村子的土地先是神的，后是村委会和土管局的。土管局领导来，我说在这建个土地庙，给你招呼一声。领导说，我们都先给人家（土地神）招呼一声。村民得知我们要修庙，有的说要捐一根木头，有的说白干两天活。菜籽沟村以前有土地庙、山神庙、龙王庙、佛寺，都毁了。在过去的几十年里，一次次的运动，从这个村庄拿走太多东西，我们希望能够归还一些东西给村庄。菜籽沟曾经是一个乡村文化自足体，那时村民有什么事情，庙里烧个香念叨念叨就解决了。现在乡政府成了唯一的庙，村民有大小事情都找乡政府。村庄原有精神文化自足体系破坏了，乡政府和农民赤裸裸，面对面。诸多矛盾没有回旋余地。本该村里能解决的，直接到了乡里。本该乡村体系可以就地解决的，转移到了县里中央里。

现在，菜籽沟木垒书院已经修建得像个学堂了。我们筹备冬闲时开培训班，先给村民上课，让他们懂得如何保护利用自己的老房子做民宿客栈，不要让城市淘汰的建筑垃圾进到村里。我们还希望培训县乡干部，给他们上国学课，上乡村文化课。让他们知道乡村的价值所在，在规划改造乡村时手下留情，别再把有价值的东西毁了。乡村是中华文化的厚积之地，懂得乡村方能保护发展好乡村。国学其实就是中国百姓的生活学问，早已被村民们过成日常生活。上面把儒学作为执政策略，知识分子把它当学问，只有农民，老老实实把儒学当家学，用它治家过日子。中华文化所以延续几千年不断，是因为文化根基在乡村，朝代更替只是上面的事，乡村层面是稳定的。

在菜籽沟，每个农家宅院里，都包含着丰富的中华文化精神，从房屋建筑，到家庭居住安排，都有讲究。内地传统的廊坊建筑，向西传到新疆菜籽沟，一路丢失，简易成一排廊檐土房子，但规矩依旧，正门进去，两厢分开，长者住上房，房顶的木梁也是大头朝东。南北横着担子小头朝南，南是万物生长的方向。不管家人识不识字，儒家文化都统管着家庭，长幼孝悌，这是活的儒学，早已成为村民的生活方式。

还有家畜，也是这个宅院的重要成员。

一个农家院子，其实也是一个人与万物和睦共居的温暖家园。院门对着是狗窝，狗看门。狗窝旁是鸡圈、羊圈、猪圈。我们和它们一起生活了几千年。改造一个老宅院，要知道保留那些古老生活信息，旅游就是回家，一个完整保留着人与万物共居模式的丰富家园，谁不想住一宿呢。2016年，我们会选20户有条件的村民家做民宿客栈，由书院和艺术家免费帮农民做设计，争取县乡资金扶持。

这个村庄的命运，也许真的被我们改变了。以前村里只有一个小杂货店，现在开了好几个农家乐。每到周末游人络绎不绝，来写生创作的画家一拨一拨住进村里。我们书院的藏书阁、菜籽沟美术馆、乡村酒吧、民宿客栈，都列入修建规划即将付诸现实。菜籽沟真的活过来了，一些搬走的村民又迁回来。我们这些外来者，也将面临跟村民的诸多矛盾。我们认领了一个别人的家乡。我们将在这个村庄里没有户口和合法宅基地地居住下去。乡村，或许只是飘浮心中不肯散去的一朵云，那朵云里蓄积着太多我们关于家园的理想，自《诗经》开始，这个家园便被诗意地塑造在地上和云端。怀揣古老的乡村梦想，或许我们到达的只是现实中的一个农村：菜籽沟。不管是我们认领了她，还是她收留了我们，都不妨碍我们在这个村庄里延续自己的乡村之梦。

　　（根据在首届"丝绸之路木垒菜籽沟乡村文学艺术奖"颁奖典礼上的发言修改整理）

　　　　　　　　　　　　　　　（原载《文艺报》2015 年 12 月 30 日"新作品"）

一个街区，顶好有两家书店

刘　柠

　　每次去京都，在酒店匆匆撂下行李，只要还没到店家打烊时分，我一准会直奔一乘寺。因为，那儿有我可心的两家书肆：惠文社一乘寺店和萩书房。从京都站，乘京阪电车在出柳町下车，再换乘开往比叡山方向、只有一节车厢的睿山电车，三站地就到一乘寺。但我更喜欢乘巴士前往。

　　一乘寺位于京都东北部的左京区，在地理上其实有点偏。这也反映在车资上：京都的巴士有 500 日元 1 张的 1 日通票，但划定了适用范围，出了范围的话，则须支付差额。而一乘寺在适用范围之外，因此，我每每乘巴士杀过去，下车时都要在通票之外，再支付 160 日元的差额。"偏安"是其一；其二是与河原町、祇园、先斗町等地界相比，一乘寺似乎不那么"京都"，倒有些像是东京的町镇。实际上，毗邻京都造形艺术大学、京都精华大学和京都工艺纤维大学，离京都大学也不远，睿电里和路上，背着电吉他、大提琴和大画夹的长发艺青碰鼻子碰眼，有种东京文京区本乡、小石川一带的既视感。

　　乘从京都站发车的 5 路巴士，在一乘寺下松站下车。下车后往前走几步，在京都中央信用金库的街角右折，然后沿着曼殊道院一直朝西走，过了睿电的岔道口，再直行百十来米，右手边是一家旧书店：萩书房。门脸很小，像其他旧书店一样，屋檐下摆着贱卖的百元均一本。进得门来，却别有城府，颇令人惊艳。据我的粗略扫描，店藏大致可分四类：一是京都文化，包括中京、近畿地方的民俗、掌故；二是出版文化，包括杂志文化和旧书店文化；三是演剧、电影，包括名导演、大明星的回忆录和老电影海报等；四是性文化。其中，二至四，都是我极"感冒"的分野，尤其是第四——你懂的。

　　日本不乏性主题的旧书店，有的极其"专业"，店藏多用透明塑料纸或硫酸纸密封，显得神秘兮兮。但萩书房的性书籍，明显偏学术，且一律公开，鲜有密封者。近几年，我在这家店淘过不少旧书，无一不是在坊间难露峥嵘的奇货。譬如，《AV 这种工作》①（图文版），是一部 AV 前史。说是前史，但因时间上涵盖了从 20 世纪 80 年代（昭和末期）到 90 年代中后期（平成早期），刚好与模拟技术（以录像带为媒介）时代重合，毋宁说整个是一部 AV 隆盛史——AV 业，在数码技术（以 DVD 为媒介）时代的今天，已盛极而衰是一个常识判断。两位作者，一位是广告公司出身的摄影师（高桥景一），另一位是官能小说家出身的 AV 片编导，以极富临场感的文字，谈了 AV 拍摄现场的台前幕后，曝了很多马赛克背后的秘辛和业界的潜规，有猛料，有噱头，有悲情，有无奈，调子很虚无。高桥景一在跋文中如此写道：

> 与泡沫（经济）的崩溃同步，AV 已然不是充满生猛的时代，AV 制作者们也已不复初期的活力。大家都在"熟练"的名下，渐次老去。明天的 AV，你快登场吧——我在这样的祈愿中搁笔。

《AV 产业——一兆日元市场的构造》②，是女作家井上节子的文化社会学田野调查报告，系统考察了 AV 产业的方方面面。井上的观点建基于一种很有趣的"建设性"立场：AV 除了娱乐属性，还具有教化功能。正如思想家、精神分析学者岸田秀所指出的那样，现代"人是本能坏掉的动物"，从这个意义上，如果人真的需要根据各种性信息来掌握性欲与性行为的正常方式的话，那么 AV 的影响便是不可估量的。她甚至认为"性欲并非本能"，"而是人自身在成长的社会环境中逐渐养成的"。且越是年轻时习得的关于性的知识，越容易变成自己的东西。换句话说，相当程度上，性欲也是"规训"的产物。而这一点，有时会导致令人哭笑不得的结果。如在调查采访过程中，一位曾短暂染指 AV 业的二十来岁青年向她诉苦，说他在与女友第一次做爱时，抱着取悦对方的心态，大胆挑战"颜射"，却被对方给蹬了，令井上作家痛感信息化社会中"信息在本质上的贫瘠"。

《Porno 解读辞典》③，是一本工具书，其副标题是"为了马上阅读那本进口洋书"——指的当然是英文书。也许是逃避法律规制的缘故，这本辞书没有序跋，编者署名是 20 世纪 60 年代很出名的一支英国民谣乐队的名字"Pentangle"，但多半是假托的。不过，虽然版权记载信息惜墨如金，但书本

---

① 『アダルトという仕事』、奥出哲雄（文）、高桥景一（写真），太田出版社，平成 7 年 10 月 4 日初版。

② 『AV 産業——一兆円市場のメカニズム』、井上節子著、新評論出版社、2002 年 9 月 30 日初版。

③ 『ポルノ解読辞典』、ペンタングル編、波書房、1971 年 8 月 20 日初版。

身确是好书，包括国会图书馆在内，日本的大型公立图书馆均有收藏。作为一部辞典，按英文 26 个字母排序，共 255 页，容量不算小。日文解释并英文例句，相当实用，体例也很体贴，易查易检索。尤其难能可贵的是，单色铜版插图甚是精美，封面和封底设计极其洋范儿，透着一抹情色的神秘。我本能地以为是已故鬼才艺术家、装帧设计师金子国义的设计，但细看才发现，出自一位并不出名的女性设计师之手（铃木淑子）。印在前勒口上、带有全书解题性质的对"Pornography"的解释这样写道：

> Pornography——语源为希腊语的"Pornographos"（指娼妓所写的文字）。用日本语来说，即"好色本""春本·春画""枕绘"一类的读物，今指称那些拍摄、描写性行为的摄影、杂志、小说等出版物（略称为"Prono"）。这类出版物，在瑞典、美国、丹麦等国，可公开贩售。在我国，进口的 Porno 小说，简装本的话，大约一册五六百日元。

在笔者看来，在介绍欧美 Prono 文化的同时，搂草打兔子，兜售一番东洋风俗却如此"低姿态"，也是过谦了。可在日人看来，本土的 Porno 产品与欧美货确实存在一定的差距，这种差距与其说是品质上的，不如说是文化上的，本质上代表了不同的审美。而最大的鸿沟，毋庸讳言——是有码和无码的问题。

萩书房是一家族企业，共有两家店。本社位于乌丸通上的御灵前町，是老子在经营。我常去的一乘寺店，其实是子会社，由俩儿子经营。我有时问起御灵前町店的情况，哥俩都会据实相告："老爷子那头主要是一些流行漫画和通俗读本，基本是行货。像先生您常买的这些 vintage（上档次）的书，那边是没有的，只怕您去了会失望。"其实，御灵前店离我常住的乌丸通上的酒店只有一箭之遥，溜达过去并不比去趟便利店更费事。但哥俩既然都这样说，我也不想让自个儿失望，也就乐得省心了。

出了萩书房，继续朝前走大约 300 米，马路对过就是惠文社一乘寺店。乍一看，泛旧的房子、暖黄色的门灯，窗下摆着几只木凳和长椅，无论如何不像是一间专营 vintage 图书的书店。然而，这确是一家闻名遐迩的独立人文书店。关于这家"好文艺"的书店，我在拙著《东京文艺散策》中，曾颇费笔墨，谈过不少经营"秘笈"，今天且谈点别的。

惠文社书店创立于 1975 年，在京都市内有 3 家店，分别在西大路、bambio 和一乘寺。其中名声在外、被视为小资据点的，其实是一乘寺店。1982 年开业的一乘寺店，早期也经历过各种各样的试错。经营转型的一个关键人物，是前店长堀部笃史。文青出身的堀部，学生时代就在一乘寺店打工，直到2004年成为店长。正是在堀部的主导下，一乘寺店从一家单纯的新刊书店，发展到今天由实体店、精品店、画廊（咖啡）和网店构成的立体化营销网，成为京都的一张名片。作为实体店，以新书为主，兼顾旧书。旧书品种虽不多，可不乏奇货。记得去年淘到一套平凡社MOOK系列"太阳别册"中的《发禁本》（I、II），网罗了从战前到战后，从明治期直到平成年代，因政治和法律等原因，遭禁止发行处分的书籍及其幕后。近20年前的出版物，且关涉情色本甚夥，在坊间一册难求。

我在这家店淘旧书不算多，但新书不少。按理说新刊书店我没少逛，随逛随买，目标应不至于剩太多。但每次来一乘寺店，却必有斩获。个中原因，与其说是货多，不如说是稀罕货多。这家书店的码垛排架之用心、独特，在业界是出名的。无论你自信对出版市场多么熟悉，在这儿准能有意外发现。一些多年前少量发行、坊间早已难觅芳踪的稀本，甚或是限定版珍本，常静静地躺在店堂的某个角落里，令书客平生时光倒流、岁月静好的错愕和感喟。近两年来，我个人有过两次印象至深的访书经验，均与作者的辞世有关：一是当代艺术大家赤濑川原平，二是著名的左派学者鹤见俊辅。我差不多都是在讣闻发表后的第二天或第三天去的书店。在靠里面的一张小书桌上，突然发现立着一张逝者的照片，旁边摆着相关书籍，绝大部分是作者的著作，也有些是同时代人或弟子谈论作者及其作品或思想的书籍，做成了一个纪念Corner，其速度之快，搜罗之全，令我吃惊。如此追踪新闻，却又不同于媒体，既保有时效性，又低调、用心的做法，怕是大书店难以复制的。

惠文社一乘寺店声名在外，店长堀部笃史也很有名，常见他在各种文化、出版志上纵论书业，也出版过两种谈文化书店的小册子。因我常常晚间杀过去，先看过萩书房，再到惠文社，每次差不多都是关门前三四十分钟的样子进店，泡到打烊，且多半是堀部当班。直到他辞职创业，我没跟他正式交流过。但见我每次买很多书，他会一一为我包上店里的Book cover，再把书放进两只套在一起的手提纸袋中。有时我会问他一些小问题，他也会礼貌地作答。却并不多说一句话，脸上带着一种高冷的表情。我知道，这也是典型的"京都子"的做派，令彼此间有种合理的距离感——保护膜。

不久，就听说堀部辞职，创办了一间自己的人文书店——诚光社。于是，我在京都又多了个去处。诚光社位于市中心的河原町丸太町，虽然隐藏在河原町通东侧的巷子里，但很好找。门脸很小，小小的长方形看板，立在门口的地上。进得门来，四周和店中央，立着原木未着油漆的书架，还泛着清新的松香味，提醒书客：这是一间新开张的书店。照例还是新旧书兼营模式，但书比一乘寺店要少，分类上更加收拢，基本聚焦于流行文学、艺术、亚文化、摄影、设计、手工、出版文化等几个部类。看得出来，无论是书店的格调，包括背景音乐，还是书客的构成，都与惠文社相仿佛，也可以说是"堀部调"吧。

选了6种书（斥资10 908日元），其中包括2本堀部笃史的小册子，然后去里屋的柜台结账，柜台前刚好坐着堀部老板，他也认出了我。我对新店开张表示祝贺，并简单谈了几句自己初次探访的观感，然后请他在自己的书上签了名。堀部老板照例面带高冷的表情，客气地谢过，然后在我买的每本书里，都额外多夹了几枚书签。

在诚光社的重要斩获，一是摄影家筱山纪信的摄影手记《摄影就是战争——来自现场的战报》①，另一本是《情色本的黄金时代》②。与AV文化一样，80年代也是杂志文化的全盛期，而其中的一个重要面向即情色本。是耶非耶，离开它，晚近30年后现代文化的发酵便无从谈起。《艺术的预言!!——60年代激进主义文化的轨迹》③，是一部来自前卫艺术现场的、关于60年代左翼社运（"安保"运动）的田野报告。单看那一长串作者名，我便断定此书非拥有不可：荒木经惟、赤濑川原平、寺山修司、横尾忠则、大岛渚、中平卓马、高松次郎……我喜爱的文化学者四方田犬彦在序文中如此写道：

> 1968年，是地狱的大锅开了口子，此前在地下不得不保持缄默的牛鬼蛇神们一齐浮出地表，开始了猖獗跋扈的年份。

如此为"1968"定义，可真够另类的。

《文士疯狂录》，是作家青山光二的文学回忆录。太宰治生前最著名的照相，是摄影家林忠彦于银座的著名夜店"Bar Lupin"拍摄的一帧作家喝酒时的照片：吧台旁边的高脚凳两只并在一起，无赖派作家在上面盘腿而坐，面带一幅一看就是喝高了的"无赖"表情，斜眼看着镜头。而当时，青山光二就坐在同一张吧台的一角，边啜着加冰威士忌，边看着太宰治撒娇。这本书

---

① 『写真は戦争だ!——現場からの戦況報告』，篠山紀信著，フォトプラネット社，1998年6月25日初版。

② 『エロ本黄金時代』、本橋信宏、東良美季著，河出書房新社，2015年11月30日初版。

③ 『「芸術」の予言!!——60年代ラディカル・オ・チ・罕「、ホワ課E』』、藪崎今日子編集，株式会社フィルムアート社，2009年5月25日初版。

是那种写在昭和文学史边上的书，但却是不可或缺的一册！

因我在北京居住的巨型社区，没有靠谱的书店。所以我常琢磨的一个问题是：一个街区，到底需要几家书店？答案当然不是唯一的。像神保町那样，动辄一百多家店，委实也难招架，常泡的，不过是几家而已。即使像早稻田、本乡似的，三四十家的话，其实也还是嫌多——没有比逛书肆更杀时间的事了。对我个人来说，一家也是好的，但顶好是有两家，一家新书店，一家旧书店。一乘寺正是这样的地界，因为有惠文社和萩书房；丸太町也是这等理想的居所：因为有诚光社和仅隔一条小马路的今村书店，也是一新一旧。也巧了，一些我熟悉的东京街区，如涩谷，如池袋的东口和西口，基本也都是一新一旧的构成，从一家出来，刚好去另一家。如此说来，京西的成府路也算是差强人意之所，好歹有万圣书园和马路对过的豆瓣书店——"帝都"的文化人，"诗意地栖居"，可乎？

（原载《东方早报－上海书评》2016 年 4 月 3 日）

我的抑郁症：精神病院、电击及失忆

武靖雅

一

从我的日记上得知，2014 年 9 月，我开始出现抑郁症状。首先是丧失了开心的能力，没什么事让人不开心，但是任何事都没有办法使我开心起来。我感觉心脏始终沉在水面以下，沉甸甸湿漉漉，跳动缓慢，无法打捞起来。我做一切事情都变得缓慢，反应变得迟钝，上课时老师的声音好像从很远的地方传来，到我耳边就已经消散。我不想跟人交往，因为谈话与假装轻松都让人很累，每次和人打交道过后，我都筋疲力尽。

白天和黑夜的概念已经不存在，每到夜里别人都熄灯睡觉，我仍然躺着，像嘀嗒的钟表一样清醒。有人说睡不着就干脆不睡，起来做点什么。但这种情况不一样。我的身体和大脑都失去了运动能力，疲惫不堪，只有心脏突突跳个不停。睡眠迟迟不来，时间一分一秒被耗尽。

我经常感到一阵眩晕，然后是心悸。我吃不下饭，任何食物都会让我觉得恶心，于是变得极其虚弱。后来，我的一举一动都变得吃力，我与世界好像隔了一层。每次坐下，就像一条干硬的毛巾被丢进水盆里。阴郁钻入我的脚心，向上渗透，我开始一点点吸水，下沉，皱成一团。我很重，我动不了。水面上的世界一晃一晃，被水波打皱，可是我碰不到它们。

我没有办法从床上起来，被一张黑压压的大网缠住，动弹不得，我睁眼看着天花板，身体内部在奋力挣扎。一个小时，两个小时过去了，终于有那么一瞬间，我觉得我能坐起来了。我坐起来，看到枕边的衣服，离胜利仿佛只有一步之遥，我伸出手，却抓不住它们。我坐在床上无助地哭了。

死的念头于是产生了。生活没有任何快乐可言，一切事情都丧失了乐趣，我不知道这样活下去有什么意义。心脏总是像被一只手拧着，一阵阵窒息，我想用一把刀子割破脉搏，用身体的疼痛盖过心脏的疼痛。我害怕明天，明天、明天、无数个明天，就像一群穷追不舍的野兽跟在我身后。

但是有一个声音跟我说，活下来。我不知道它来自何方，它成了我身体里的一股力量。我好像分裂成了两个自己，我必须学会自己放倒自己，自己把自己按着不动，自己打自己耳光，自己阻止自己去伤害自己。每一天都在斗争中度过，只是为了这三个字：活下去！

一个人的战役太艰难，我去寻求帮助。

二

2014年10月，我独自来到北京安定医院。医院隐藏在积水潭桥附近一个不起眼的胡同里，像所有医院一样分急诊楼、门诊楼和住院处，唯一不同的是每一层都有保安站岗。当你排队或者候诊时，不时会突然爆发出一阵骚动，某个病人开始大吵大嚷，甚至有病人会大打出手，直到保安开始干预。有时会看到护士带领一排穿着粉色或者灰色病号服的病人从身边走过。我挂了抑郁症专家号，坐在各种行动滞缓或者乖张的人中间，等待我的名字被叫到。

走进诊室，先是询问病情，然后是一系列的脑神经检查、心理测试。我被诊断为重度抑郁伴焦虑。医生开了四种药给我：拉莫三嗪、碳酸锂、奎硫平和奥沙西泮，并让我每隔一周来复诊一次。

之后的一个多月，我不仅继续承受着丝毫没有好转的病情，还要忍受药物的副作用。脑子更加恍惚，视力也变得模糊，拿东西时手不住发抖，吃饭夹不住菜，写字笔画成了波浪形，尿频，梦中尖叫惊醒……我濒临崩溃，终于在年底的一天，从早上在床上挣扎到下午三点，爬起来去了医院，候诊时坐在诊室门口地板上哭得扔了一地的纸巾，然后走进诊室，红着眼睛对医生说，帮帮我，我想死，我怕我控制不了自己，让我住院吧。

三

父母从家里赶来，班主任帮着办手续，我大脑一片空白，不知是怎么走进的住院部。住院时的记忆也是我每天记日记才保存下来。第一道铁门里面，是一个不大的饭厅，整齐地摆着桌椅。穿过饭厅，护士在第二道铁门前拦住我们，拿出带来的生活用品一样一样仔细检查，然后每一件写上我的名字。

瓶装的洗发水和沐浴露不能带进去，以防有病人喝掉。尖锐和绳状的东西不能带进去，以防病人伤害自己。检查完生活用品，检查我的身上，发卡和手链被摘下，所有的口袋被翻过，胸罩也被命令摘下因为上面有铁环，然后给我换上粉色的病号服、拖鞋。病号服的裤子侧兜已经被剪掉，病人不可能偷偷带进任何东西。手机等电子产品也被交给父母。所有带来的食品被锁进写着我号码的柜子里。我被领进病区，铁门在我身后锁上。

一条狭窄的走廊，两边是病房。穿着粉色病号服的病人在走廊上从这一头走到另一头，再掉头走回去，就这样来来回回。有人边走边大声唱着歌。我的进入没有引起过多注意，只有几个人抬头看了我一眼。

我首先被领到护士站，测量身高、体重、体温、血压、脉搏，数据一一被写到墙壁挂的白板上。然后我被带到我的病房。病房在走廊尽头，门口写着"重症监护室"。护士将一个写有我名字和号码的蓝色手环戴到我手上，又把一张写着我名字和号码的标签贴在床头。一个年轻的医生前来询问了病情，让我填了一张心理测量表。"你这病得挺重的。"她说。

我终于被一个人留在了病房。环顾四周，病房里容纳了八张床，几张床空着，一张床上有一位病人被绑在上面，呆滞地看着天花板，另一张床上坐着一个女孩，不停地咯咯笑，对空气骂道："操！"一个胖乎乎的女孩走到我床前，冲我鞠了一个一百度的躬，叫道："姐姐好！"

我下床来到走廊，一些病人在病房里围成一圈打牌，一些病人在看杂志，一些病人在闲聊。晚饭时间很快到了，铁门被打开，我们在饭厅里排队，依次领到一碗米饭，饭上再舀一勺菜。我很紧张，几乎没怎么吃，然后自己到水池边洗碗，送回窗口，回到病房。

住院生活就这样开始了，每一天规律得像幼儿园时间表。早上六点多会在嘈杂声中自然醒来，七点护士大声喊"吃饭啦——"，大家排队去吃早饭。八点半医生查房询问每人病情。十点再次来到饭厅，写着每个人编号的食品柜被打开，大家可以吃些水果和零食，水果和零食被坚决禁止带进病房，以防早上需要空腹做治疗的病人偷偷吃东西。十点多可以去工娱大厅活动。十二点半吃午饭。下午是三点吃水果，去大厅活动。七点吃晚饭，八点半再次吃水果，九点半上床，十点熄灯。早中晚三次护士会推着小车挨病房发药，每人的药装在写有自己编号的小圆盒里，护士把药倒到你手里，看着你喝下去，然后让你摊开手张开嘴检查，才允许你离开。

大厅活动是周一至周五每天上下午都有的，与男女病房都相通的一个大厅的门被打开，男女病人从两边进入大厅，这是医院里的病人见到除医生之外的异性的唯一机会，男病人都异常兴奋，找机会和女病人搭讪。安排是先搬板凳坐在黑板前听医生讲课，我们学习了精神分裂症早期症状、药物副作用防治方法、拇指操放松法……医生带着病人唱《感恩的心》《奔跑》等励志歌曲。然后进行一项活动，跳放松操、兔子舞或是做游戏，然后便是自由活动时间，大家可以打乒乓球、打羽毛球、下象棋、玩健身器，阅读书架上的通俗杂志，男病人还可以偶尔抽支烟。

每周二、四、日探视日下午一点半到三点半是探视时间，病人们被允许到饭厅里与探视者相见。不到一点，病房里已经开始骚动起来，走廊上徘徊的人多了，不少人踮着脚往铁门玻璃窗外望。这半小时格外漫长。一点二十左右，护工拉过一排椅子挡在通往铁门的过道上，只留下供一个人通过的缝隙，然后往椅子上一坐。病人们就都等在椅子前了。一点半准时开铁门，两个护士守在门口，护工守在椅子边，防止没被叫到的人偷偷跑出去。探视者向门口的护士报上他们探视的病人的名字，护士便冲里面喊"某某——"，某某从病人中挤出来，护士确定她穿好了病号服，才把她放进饭厅。饭厅里嘈嘈杂杂，粉色病号服和各色正常衣服交杂在一起，饭桌旁的椅子都被坐满，饭桌上堆满了送来的各种食物。总有人吵起来，总有人大哭。

我的父母每次都带着大包的食物前来看我，我还是会无故冲他们发脾气，有时也会哭起来。班主任来过一次，不同的同学朋友也经常来，给我送来书，按捺住兴奋和好奇，向我表达关心。

大部分的病人举止都很正常，只有听到他们谈论自杀和砸东西经历时那轻描淡写的口气，才意识到他们是病人。双向情感障碍，即交替出现的抑郁和躁狂，是这里最常见的疾病，抑郁患者多数敏感，讲述自己的不幸经历，以及千奇百怪的抑郁原因。比如一个漂亮的东北女孩突然有一天认为自己的两条腿不一样长，一个高中生发现自己近视程度加深，另一个高中生认为自己的呼吸方式不正确，就这样他们患上抑郁进而住院。躁狂患者有时会被认为仅仅是性格太过活泼或是脾气暴躁，她们在屋里跳舞，和每一个人兴高采烈地说着同样的话，追着大夫表达自己的爱慕之情。暴躁者则轻易发脾气、与护士吵架、摔东西，于是被护士绑到床上。极其严重的抑郁患者已经超出了我以往对抑郁症的认知，有两名产后抑郁的年轻母亲，一个像瘫痪了一样躺在床上不能动也说不出话，下地需要坐轮椅，吃饭需要护工喂，另一个永远是茫然若失的样子，与你交谈时会突然忘掉自己在干什么，不知道自己处在何情何境。

精神分裂症患者都住在重症监护室，大多数时间被绑在床上。她们完全处于另一个维度的世界，你无法进入。朱妍幻听、幻视，告诉我们她的男朋友穿着隐形衣坐在她旁边跟她聊天。小玉会光着身子从床上跳起来掐你的脖子或扇你巴掌。宋慧时刻在对着空气叫嚷谁也听不懂的话。李杨向每个人预言一场海啸的来临。美慧坚信自己是转世灵童，能从福音书中得到神启。欣圆每天都会重复一套独特的宗教仪式，双手合十放在胸前，举过头顶，跪拜，再打开双臂跳一支舞蹈。

四

从进入医院的第二天，我开始进行无抽搐电休克治疗。早上五点多醒来，我伸手到床头柜拿水喝，发现杯子不见了。我环视四周，房间里八张病床的床头都没有水杯。我起身下床，推开门，看守重症监护室的两个护士在门外躺椅上打着哈欠。

"我的水杯不见了。"我说。"都在这儿呢，我给你们收起来了。待会儿做无抽，不能喝水，快回去吧，别乱走。"那个胖护士皱着眉头说。洗漱时我听见一个拉长的声音喊我的名字，夹在一连串名字当中——"来重症监护室，别吃东西别喝水，等着做无抽"——等我回去，重症监护室已经站得满满是人，两扇门合着，护士在里面挡着门。我把门推开一道缝："我是武靖雅。"护士低头看看手里的名单，问我："没吃东西没喝水吧？"我摇摇头，她把我放了进去。

八张床上有三张的病人手脚绑在床上，直挺挺地睡着。除了几个人在小声聊天，大部分人都一声不吭，面无表情，各自沉浸在不同的世界里，还有人紧张不安地四处张望。我的心像被一根绳子悬起，我能听见它"咚"的一声，不规则的又"咚"的一声。等到护士打开门，让我们在走廊里排好队，我的太阳穴发麻，已经微微眩晕了。我们排成两队，走出两道铁门，接下来走的路我怎么也无法记起，不知到了哪儿。我们坐在冰凉的塑料椅上等待自己的名字被喊到，然后跟着护士走进一间大屋子里。

一进屋子，正对着门的手术床上一双脚在一波一波地轻微抽搐，往上是灰色条纹病号服，再往上是罩着呼吸机的脸，贴满了各种连接着床头仪器电线的头，床两边立着大夫。我的大夫把我带到空床边。"上去，躺下。"我遵从指示。我的头顶上方，几位大夫在操控仪器，我的左边，一位大夫在我左臂上擦拭酒精、拍打血管。

然后一针麻醉剂刺破我手臂的血管，一阵甜丝丝的凉意顺着血管爬上来，喉咙里泛起酒精的味道，有人用什么液体擦拭我的额头，白大褂边缘，地板，双脚的走动……我沉入黑暗。

醒来时我在一间陌生的房间，一些人在房间里走动，有些面孔熟悉，有些则完全陌生。我大脑一片空白，努力回忆自己早上做过哪些检查，回忆自己是如何住进医院的，回忆让我太阳穴疼。

我问一个面熟的姑娘："今天几号？"

她说："四号。"

我问："几月四号？"

她笑说一月。脑子里出现模糊的影像，却像水中捞月一样无法打捞起来。一个女孩走到我床边看我。"我在哪儿？"我问她。"你在我的床上。""那我的床在哪儿？""你在对面屋。"我说我刚做完无抽。"没事儿你躺着吧。"她说。

我接着回忆，我知道自己抑郁，但回忆不起是如何决心住进医院，也不知在这里住了多久。我听见喊我的名字，于是下床走出屋，护士推着车来发药，她说"拿水"，可我不知道我的水在哪儿，她们指了指窗台。我喝过药，按照床头的标签找到了自己的床。床头柜里面是什么呢？我拉开抽屉，看到我的书躺在里面，还有笔记本、铅笔。笔记本上有不属于我的陌生字迹，写它的人应该很有才，我心中生出一丝嫉妒。又翻了几页，想起那是我无力写字时口述让他人记录的。护士端来饭，吃了一半，有些恶心，把剩下的半碗还给护士，她让我倒到厕所，可我不记得厕所在哪儿。

这样的治疗每隔一天进行一次，持续了半个月。我的心情逐渐变平静，但过去的记忆在不知不觉中一点点消失，大脑越来越空旷，身体越来越轻。来探望我的朋友我开始认不出他们，"你是谁？"我问每一个人。他们给我讲述我与他们的故事，我脑中勾勒出他们大致的形象，确认我们曾经认识，但发生过的事情却仿佛笼罩在大雾中怎么也看不清。

五

我不是治愈出院的，而是第一次体会到医院的残酷而坚决要求出院的。在医院的最后两天，我严重腹泻，变得虚弱而狂躁，并且坚信是食物中毒所致。那天中午排队领饭时，我指着窗口员工大骂："你们这里食物中毒，我要去告你们！"然后就失控了。我痛哭，用头撞墙，心脏快要爆掉，用手抓胸口想要把心脏揪出来。"我想死我想死啊——"我哭喊然后像阁楼上的疯女人一样撕心裂肺地叫。周围人纷纷上来拉住我，护士把我拉到重症监护室前按在椅子上，我哭着觉得渐渐什么都模糊了，身体撑不住自己了，眼前一黑从椅子滑到了地上。我感到有手拉着我，听到有声音说："她晕过去了！"还听到护士的声音："别理她，她装的。"

有人把我扶到椅子上，我想张开眼但眼睛往上翻，一片漆黑几秒之后，视线渐渐清晰。护士和护工押着我进了重症监护室，把我扔在一张床上，从另一个护工手里接过绳子，拦腰把我绑在床上又绑住了我的双手。这医院每张床板下面都有专门绑绳子的铁杆，我就这样被牢牢绑住。护士们转身走开了，我说不出话动不了只有眼泪顺着脸颊往下流。

病友来看我，看着我不知道说什么。直到我恢复了些力气说："我得上厕所。"她连忙去门口找护士："她要上厕所！"我听见护士说："她都拉了那么多次了还有什么可拉的，别听她说。"那一瞬间我想："无论说什么我也不在这家医院住了。再住下去我会死掉的。明天就走。"

我开始试着挣脱绳子。转转手腕，发现我瘦到攥紧的拳头和胳膊几乎一样粗，所以我紧紧攥住拳头，扭动手臂，就这样从捆绑了好几圈的绳索中钻了出来。没有人注意我。我起身下地，穿上拖鞋走出去，来到坐在屋外看守的护士面前，说："你们绑不住我。"她冲我翻了个白眼。"我要去找医生。"我说。"去吧随便你。"她翻着白眼说。

我去找值班大夫给家里打了电话，告诉父母我腹泻严重，已经虚脱，需要出去先治肠胃。父母同意了。第二天他们接我出了院。

六

我就这样来到了一个全然陌生的世界。

出了院我先回家调养了一个月，这一个月我简直是生活上的白痴。我不知道去哪里买东西，找不到回家的路，忘了每一台家电怎么用。有一天我的手机掉到了水里，我卸下电池，觉得应该拿什么东西烤干水分，却不知道用什么，就把它晾在了窗台上。第二天母亲过来问我，怎么不放在暖气上烤烤，我才恍悟，原来世界上是有暖气这种东西的。

有一天我收到一条短信，上面写着："我那两门课的作业你什么时候交？"我回道："你是谁？""吕黎"，我收到这两个字。我意识到这是我老师的名字。我回复说："不好意思，我因为抑郁症电击治疗失忆了，不记得您教的是哪两门课，留的是什么作业，我问问同学，再跟班主任商量一下好吗？"老师回道："好的。"我不知他当时心里怎么想。于是我又重新面临了现实：作业、考试、学业，以及未来。我四处询问同学，得知上学期我有六篇论文没交，必须在一个假期之内补完。即使我完全忘了上学期自己学过什么，六篇论文我还是连抄带编地完成了。很快假期结束，新学期开始了。

独自一人回到生活了三年的学校，回到曾经无数次走过的地方。初见时有一刹那的讶异，眼前所见与某种遥远模糊的画面相吻合，像是印证了某次梦中的场景。试图回忆，却又一次如水中捞月，如捕风，如捉影，一次次地失败。我像一个新生一样，四处问路。学九宿舍楼在哪儿？教七教学楼在哪儿？食堂在哪儿？校医院在哪儿？脑中一张张被擦掉的铅笔画地图又沿着残留的淡淡印记清晰起来。

在路上遇到面孔似曾相识的人，我总是很尴尬，因为我不知道他是谁，叫不出他的名字。他热情地冲我打招呼，我只好照样子回一个，他要是再想跟我聊什么，我就一个字也回答不上来了。有时候实在无奈，我只好如实说，我失忆了。对方一个惊异的笑：你开什么玩笑！我不想再解释，权当自己就在开玩笑，尽快地走开。所以我需要有一个曾经很熟悉的人陪在我身边，时刻提醒我，面前的人是谁，曾经发生过什么。在宿舍拿到一样东西，我首先要问，这是我的吗？从哪里来的呢？朋友要一件一件给我讲解，这个是谁送给我的，那个是我从哪里带回来的。

不光是人与事被遗忘，甚至是词语也会从脑中消失。谈话或者写作时我常常卡在某个词语之前，我知道它就在那儿，有一个词在这里恰到好处，就像确信拼图在某处空缺了一块，可就是找不到它。于是我说话变得不连贯，想不起来一个词，只好绕着弯子试图表达自己的意思。另外一件可怕的事情是，当我需要用英语和人交流，我发现我的英语水平基本上回到了小学，学了多年的英语单词和句法，全都不记得，这使我害怕外国人，逃避与外国人的接触，因为我会哑口无言。

突然忆起一件事情的感觉很神奇，就像电视剧里的场景。朋友们一起聊起过去的某天我们曾趁夜半无人爬上体育馆的楼顶，而对我来说，那件事从来没发生过。他们试图帮我回忆，体育馆，就是我们身后的这个，爬楼顶，是从观众席后面……我摇摇头，一片空白。第二天我们路过体育馆，打开门，我愣在了那里。一幅幅画面突然向我涌来，像是修好了一台出了故障的放映仪，夜晚、一行人、攀爬、楼顶的夜色，全都历历在目。"我想起来了！"我大喊一声，把身边的人吓了一跳。

七

一个学期的时间，我基本上重建了自己的生活。过去的生活轨迹，大体上已经重新描画了起来。记忆不会被杀死，它们只会沉没，一旦遇到线索，遇到熟悉的场景，它们就会重新浮起，来到可见的海平面之上。我不知道还有多少记忆沉在水下，但到如今，我所忆起的事情，已经足够我正常地走下去。

　　情绪大体稳定，黑暗也不时会到来，低沉的日子比身边的人还是要多些，但并没有严重到让生活寸步难行。去医院复诊的频率降到每个月一次，药大概要持续吃两年。现在是 2015 年 10 月，我用了一年的时间，从黑暗的深渊，回归了生活。

（原载《美文》2016 年第 1 期）

我只是不想再浪费生命了

蔡朝阳

少年去浪荡，
中年想掘藏，
老来当和尚。

这是余华小说《活着》里面的一个偈子。我 20 年来没有怎么提起过余华，其实，对这位小说家还是挺了解的，因为大学毕业论文写的就是他。《兄弟》之后当然没法看了，我也就不好意思再提当年毕业论文的主角。虽然1996 年的时候，余华还是先锋派，很边缘，算是有逼格的。

如果我们用文艺一点的比拟，余华这里引用的偈子，有点像蒋捷的那首"少年听雨歌楼上，红烛昏罗帐。壮年听雨客舟中，江阔云低、断雁叫西风。而今听雨僧庐下，鬓已星星也"。浪荡的少年，至中年而风雨如晦，有幸到晚年，则物我寂灭。

还有一说是人生三境界，王国维用另外三句诗表达。意思差近似之。大概人生的况味，终有这么一些阶段性的感悟吧，非得回头去看，非得有一定生命长度，才能了悟。这就像射灯谜，明明猜中了，却不说谜底，非得另外再制一个谜面。

但我更喜欢余华小说里这个偈子，明白晓畅，都是看透生命不同阶段之后的大白话。我方中年，但并不想掘藏，倒是想吃软饭。

不过，《活着》本身真不是好小说，关键在于，这个小说里没有超越性的追求。在这个小说里，肉体的生存成为唯一的向度，完全合乎"好死不如赖活着"这句俗语。但是我很纳闷，如果放弃了对生命意义的寻求，如果不是为了追求对自我限度的进一步超越，那么，你活着，活 100 岁跟活 30 岁，有什么区别呢？是以，这是一部活在肉身平面国度的小说，毫无对超越价值的追问。就这个意义而言，这是一本货真价实的中国小说，因为大多数中国人无非就是吃喝拉撒，一地鸡毛。

1996 年，是我做高中语文教师的第一年，投醪河路还没有现在这么热闹繁华，这还是一条冷僻的路，但是路灯光很明亮，白白的，照着空旷的路。有一次，我有朋友从外地来，闲极无聊，我们还在半夜的马路上踢球，居然没有汽车来打扰。

那时候，我还没有认为，我会在这里待满整整 20 年，并且一直还会待下去。我满以为，这里只是一个中转站，人生一个暂时的客栈。

当时，我喜欢崔健的《假行僧》：我要从南走到北，我还要从白走到黑……

现在，我喜欢李志的《思念观世音》：我愿去，最深的阿鼻地狱，观世音，观世音菩萨……

1996 年左右，读的书仍是刘小枫、余英时、汤因比、费正清、史景迁、孔飞力……在我认识的本地人中，没有一个人，会读跟我相类似的书。读个余秋雨，也已经算是极品了，要是读个《南方周末》，就足以称为知识分子。

我还保留着大学以来的阅读计划，不是一个文学批评家，但是想像批评家一样读书。刚当中学教师的时候，早上去食堂吃面，还夹着一本精装本的《莎士比亚全集》，朱生豪的译本。一边吃面，一边读书。此后便颇有同事议论，说新来的小蔡爱装逼。当然，当时还没有"装逼"这个词，他们用了另一个比较可以接受的词。后来呢，我持续装逼，装了整整 20 年。

最快活的时候，大概就是夏天的傍晚，我们一群不求上进的坏分子，踢完足球，浑身上下，汗出如浆，坐在学校对面小店门口喝冰镇佳得乐。乔丹还没有退役，乔丹喝佳得乐，我们也喝佳得乐。1998 年还有世界杯，那一年最大的球星是齐达内，但我从来没喜欢过这个光头。印象最深的大概是内德维德，一个悲剧性的伟大球员。就像 1994 年的巴乔，悲剧给了这些伟大球员异样的光彩。

凉风吹来的时候，浑身上下的汗水得以收干，江南苦夏，那些凉爽的瞬间，恰是鲜活的回忆。我们佳得乐在手，目睹下班的人群，骑着自行车从马路边三三两两经过，日子就这样唰唰地过去了。

但我经常很茫然，不知道为什么会在这里，也不知道将来漫长得令人厌倦的职业生涯里，还会发生什么。看着齐刷刷下班骑车回家的人群，心里经常会想起高中时读过的李敖的片言只语。

李敖年轻时，走在繁华的忠孝中路，看着如蚁群一般的人流，心里发誓，他若是将来跟他们一样蝇营狗苟,他将死不瞑目——很多年以来,我也是这样的,在心里说这些话的时候,也很跟自己过不去。这大概是一种生命本身带来的焦虑,要跟自己较劲,每一年,都不能简单重复。

大概我一直都是有这样的焦虑的。生怕自己年华虚度。因为人的一生是有限的,我们非得活出自己才行,但我其实并不知道,什么才是我自己。那几年海子的诗歌最为安慰我。

> 面对大河我无限惭愧
> 我年华虚度空有一身疲倦
> 和所有以梦为马的诗人一样
> 岁月易逝一滴不剩
> 水滴中有一匹马儿一命归天

30岁之前,害怕30岁到来;40岁之前,害怕40岁到来。所以我特别理解《挪威的森林》里的木月,他17岁便自杀了。但这很可惜,他竟然没有看到他47岁的样子,究竟有没有成为他原来所憎恨的庸俗无聊的中年人。

这实在太可惜了。你看,你看,李敖已经成为他年轻时所反对的那个人了。老而不死是为贼。最残酷的事情莫过于,我们也一天天地在变成那个自己所反对、所憎恶的人。有时候这就是宿命。宿命就是你无法逃离的那个东西。

这些东西,要到我开始读了一些欧文·亚隆,才开始有自我的清醒认识。所谓西西弗斯神话,那个搬石头上山的倒霉鬼,其实就是我们每一个人。

我真的很爱我的学校。我的学校,是世界上最美的校园之一。有许多值得追忆的东西。光是古树,在80亩的校园里,100年以上的香樟树,就有7棵。在树下的花坛边,有几张不怎么舒适的石凳,我在那里读了很多书。好多大部头的世界名著,就是那几年在这香樟树下读的。现在哪里还有时间读莎士比亚的皇皇巨著呢?今年春天的时候,我带着菜虫和虫妈,在校园里散步,跟他们说,这里是什么,曾经我在这里做什么。虫妈笑了,说,上次你已经说过了。但毕竟我在这里待了20年,一草一木都有感情。

刚刚毕业的时候,住在一幢陈旧的宿舍里,现在拆掉了。作为一个生活在幽暗的绍兴的人,宿舍里的时光我现在记忆犹新,背单词和写小说的痛苦与欢愉,历历在目。

每天早上不用闹钟,因为天一擦亮,鸟鸣声便震耳欲聋,将你唤醒。这一点其实令我非常不爽,因为前一晚我还在熬夜。如果鸟鸣声没有将我吵醒,那么,凌晨五点半,同事的老公修理他的旧嘉陵摩托车的声音,也会把你弄醒。我到现在也还完全想不通，为什么他能持之以恒地，历时半年以上，每天凌晨五点半修摩托车，将马达轰得震天响。现在我们可以用一个词来描述这种状态，叫作"刷存在感"。

就像我家小区门口，那些中年下岗的钢铁厂工人，每天天麻麻亮，就在车棚里面打牌，乐此不疲。我骑着电瓶车，冒着寒风去上班的时候，也曾羡慕他们，要是就这样可以打牌一辈子，完全不用理会自己内心深处的某些声音，也是值得羡慕的。鲁迅在《过客》里描写一个老者，说，以前也有一个声音曾经叫他，他不理，后来就不叫了。我很纳闷，为什么我心里的那个呼叫的声音，现在反而越来越大？

2011年的时候，有一位已经调出去的同事，他的女儿读高中了，问我拿一些高中的试卷练习。他是我10年前的麻将朋友。我从他家里回来的时候，很感慨。我已经10年不打麻将了。那些10年前的麻将朋友，还在打麻将。但也有重大的改变：首先，麻将机从手动变成了全自动。其次，他们都有了白发。

上个月在苏州，朋友问，究竟发生了什么，你不是混得很好吗，体制内最大的掣肘究竟在哪里？我指着餐桌上我面前那块甜美的苏式点心，说，现在，这里有一块点心，我想吃，我只要直接拿来吃就行了，而在体制内，你需要起身，然后去绕着圆桌逛一圈，你才有可能吃到。更何况，有时候，你绕了好几圈，但你始终必须绕圈，你的工作就是绕圈这件事本身。

在体制内，我确实混得还不赖。从来没有人给我穿过小鞋，当然那主要是因为我从没穿过大鞋。我也从没受过气，因为我的同事们跟我都非常好，我的同事，是世界上最好的同事，我以与他们同事为荣。我年轻时，浑身上下冒着傻气，有好几位年长的同事，看不下去了，在嘲笑我之余，还是会在待人接物上，给予我必要的点拨。后来，我有了一点小成绩，他们也一直为我高兴。同一个语文组的，长我几岁的同事，叫我"菜地"，那是蔡弟的谐音。而家里有小朋友的同事，都会随孩子叫我"小蔡叔叔"。我很享受这样的称呼。

当然也有搞笑的事情。有一位校长，在全校教工大会上，不点名地批评一个人，说，你以为你真是名人了！我在玩手机，没注意听，周边同事都扭过头来看我，都是损友，笑嘻嘻地想看我倒霉。因为从校长的描述来看，他们都觉得是在说我，于是我跟他们解释，真的不是在说我……后来这位校长在任内被免职了，免职之后有一次他开车想出校门，刚巧我开车要进校门，校门又只开了一扇，只能容一辆车进出，我没动，他就倒车了，让我先进去了。真是位能屈能伸的大丈夫，要知道，以前，无论谁都不能超他车的。

还有一件事蛮值得说的，大概就是我20年来的人生态度。那一年我是学校的新任总务处副主任，秋天，已经开始降温，下大雨，因为上级要来检查文明城市创建，我需要跟清扫垃圾的临时工说明，在一早将垃圾都运走。我找到他时，他穿着塑料雨衣，躲在一个墙角吃早饭。我跟他说，你快点将垃圾运走。临时工大概心情不好，又不认得我这个新任的总务处副主任，对我破口大骂：你个卵球！听出来了，临时工是四川人。我愕了一头，没想到他会骂我。我四川朋友多，当然知道他骂的是什么意思。但我笑了笑，就走了。因为，我是不需要为这样的事情生气的，我有很多更值得关心的事情。

但是，若我一直是总务处副主任，或者，一直围着餐桌绕圈圈，那么，我就被牵制了，关心那些更值得关心的事情的时间精力就被虚耗了。就像2007年夏末，我视为师长的一位朋友在莫干山避暑，来信息叫我上山一起谈文论艺，可是我暑假加班，在修化粪池。于是我给他发了一首打油诗：

> 莫干剑客论剑时，莫干秋雨涨秋池。
> 忽忆绍兴蔡阿啃，还是在修化粪池。

就这样，20年，我在我朝北的书房里过了一个又一个晚上。读书写作，玩游戏看美剧。我常记起胡适的一句话：功不唐捐。我没有成为年轻时想成为的学者，这使我心情有些黯然。黄舒骏的《改变1995》里说：我没成为你以为的那个人真的很抱歉。这首我超级喜欢的歌曲，真的是一句谶语呢！但我只要在歌厅里K一次这首歌，就算是跟自己的过去和解了。

关键是我读《巨流河》的时候，发现齐邦媛40多岁才有机会开始她一生的事业。更励志的故事来自李欧·李奥尼，就是著名的绘本《田鼠阿佛》的作者，他50岁当了祖父，才开始他的绘本创作，而现在，读世界绘本，谁能绕开李欧·李奥尼呢？极品男人是褚时健，80岁才创立"褚橙"的品牌，而当时，他已经家破人亡。

我只不过不想再浪费生命了。有人说，你很勇敢。这句话我完全不同意。我只是轻轻往前迈了一小步，无伤大雅，这个世界仍是依照过去的节奏在运行。当一个人不再认为自己很重要的时候，他内心的紧张，跟自己的过不去，就瞬间化为乌有。就像我在2006年的一个文章《在鲁迅路口》里说的：我原谅了鲁迅，也原谅了自己。

最后说到勇敢。要是一个人已经看清下半辈子还要在体制内虚耗生命，仍是义无反顾虚耗下去，那才叫亡命徒般的勇敢。正如莎士比亚的名句：充满了声音与愤怒，全无意义。

（原载《噪音》微信公众号2016年8月16日）

辑 四

多少风云逝忘川

——我的一九七六

李大兴

一

二〇一五年春天，我去北京东方新天地拜访一位海归的朋友，他在那里的高层写字楼上开一家投资公司。走在这个寸土寸金的地段，和走在芝加哥或者纽约市中心感觉差不多，倒有些让人想不起北京。会完朋友出来，想确定一下方位，左右看看，不知身在何处，便去看电子地图，忽然明白原来这里差不多就是当年东单菜市场的位置。

那是我少年时隔三岔五就要来买菜的地方，那一天我就在这里，如果我记得不错，应该是一九七六年一月十一日，周恩来灵车从北京医院出来，缓缓驶过长安街，从东单往西至少到公主坟吧，不计其数的人为他送行。我本来是衣袋里装着网兜来买菜的，却在马路牙子上人堆里不知站了多久，肃穆又激动地见证了后来上历史纪录片的一幕。灵车队伍走得很慢，长安街的两边，里三层外三层的人，有许多啜泣的声音，更多人忍住泪水，目光发直，沉默地注视着。沉重的瞬间给人一种时间停止了的感觉，实际上不过几分钟，却又仿佛是一次洗礼。

如今我们知道一九七六年是当代史上十分重要的拐点，从一月八日周恩来逝世，就开始得惊心动魄。整整一个星期，长安街上经常挤满人，哀乐飘浮在空气里。这是一代人里的第一次：人们不是响应号召，而是自发走上街头；这也是第一次：一个人的死亡能够引发这么巨大的集体悲伤，其中蕴含着巨大的张力。生来泪点很高的我，越是觉得该哭就越没有眼泪，但正在起哄架秧子的年龄，而且那天也确实深受人群的感染。巨大的悲伤漫天倒海压下的感觉是难忘的，虽然长大以后，我认识到悲情往往反映出深深的失望，不过集体无意识或者说民心的力量，真的是经历过才会懂得。

随着清明节的临近，北京市民再次向广场聚去，此时愤怒盖过了悲伤，于是有了那首著名的诗：

欲悲闻鬼叫，我哭豺狼笑。
洒泪祭雄杰，扬眉剑出鞘。

最后一句"扬眉剑出鞘"脍炙人口，后来成为描写著名女子击剑运动员栾菊杰的一篇报告文学的题目，据说还进了中学课本，再后来很多人就不知道这句诗的出处了。

从三月二十八日起，我几乎每天都在广场上，抄写诗与文章，听那些慷慨激昂的演说，和人群一起激动。高度亢奋的状态一直持续到四月五日，在这一段时间里，空气越来越紧张。好几位在工厂当工人的朋友，因为是工人民兵，就忽然被集中到不知什么地方去待命。后来有一位告诉我，她在劳动人民文化宫里憋了好几天，里面的厕所不够用，满公园都是尿溺的味道。四月五日下午，我照例搭乘大1路去广场，可是车到中山公园没有停，直接把我拉到西单；我往回乘车，还是没有停，一下就开到了王府井。我莫名其妙，感觉有点丧气，就干脆回家了。后来才明白，没有停车是有原因的。当天晚上，在广场上悼念周恩来、抗议"四人帮"的民众遭到镇压，部分人被逮捕，他们中间不少人后来被释放就成了（也确实是）反"四人帮"的英雄。不过，也有些另外的故事，比如说有一个十五岁的中学生跟着人群冲进了据说是工人民兵指挥部的那栋小楼，看见办公桌上有一个小闹钟，就顺手牵羊了一回。结果自然是被抓进去关了小半年。粉碎"四人帮"以后，他也去申请平反，被告知小偷什么时候都是小偷，不过这次就不追究了。

一时间人心惶惶，各单位都在追查，学部（后来的社科院）是高级知识分子和老干部聚集的地方，被重点盯着。四月的第二个星期里，时不时有陌生人在楼前楼后晃悠。楼里的青年大多数都是广场常客，一个小伙子本来就有点结巴，这一下更结巴了；另外一个在外省农村插队的，据说吓得三天三夜没睡着觉也没敢出门，缓过一点劲以后，立马逃回插队所在地，积极劳动表现去也。生活往往高潮之后是低谷，那年春天这种感觉特别明显。日子一天一天缓缓过去，报纸上反击"右倾翻案风"如火如荼，生活中大人们都有些蔫与漠然，不知道是因为政治运动太多，导致人们再而衰、三而竭，还是虽然嘴上不敢说，心里已经意识到自然规律谁都无可抗拒。天气早早就炎热起来，那年夏天闷热反常，让人烦躁不安，远处的天边颜色发红，水里的蛤蟆纷纷爬上了岸。后来不止一个人告诉过我，有一种要发生什么事情的感觉，于是我知道自己的感觉并非荒唐无稽。七月二十八日凌晨三点四十二分，地动天摇。我醒来听见母亲在喊："快下楼!"我好像问了一句："要穿裤子吗?"回答只有一个字："穿!"人的潜能在灾难来临时会忽然发挥得淋漓尽致，我几乎无意识地完成穿上裤子、从三楼冲到楼下的过程，等我恢复意识时已经到院子里了。

天亮时人们听说，唐山发生大地震。

二

几天前，朋友转给我一部据说是王小波生前唯一接受采访的短纪录片，在手机上看，声音难免有些失真：在我的记忆里，他实际上说话的声音更加沙哑低沉一些。但是他的神态真是一点都没变：看上去有点疲懒，貌似心不在焉，时不时目光闪闪透出狡黠。采访时他就这样不紧不慢讲着故事："文革"中有个人被狠狠踢了一脚，受伤了，还伤得不轻。这个人想不通为什么踢他，就不停地写大字报，不停地问为什么。那么他伤着哪儿了呢?"龟头红肿。"王小波反复认真地说了三遍，然后咧嘴一脸坏笑，黝黑的脸上露出一嘴白牙。然后他对采访他的意大利记者说，他不知道这是不是黑色幽默，但这是一个真实的故事。

这个纪录片据说是整二十年前拍的，我记得最清楚的，却是他一九七六年的样子。大地震后，北京几百万人大多数住进了防震棚。我家所在的学部宿舍，由于两栋楼之间距离不够，搭不了防震棚，于是居民作鸟兽散，各自投亲靠友，我们就住进了大木仓胡同 35 号教育部大院的防震棚。所谓防震棚，其实就是用钢筋搭起一个巨大的棚架，顶部盖上毡子。教育部大院前身是清朝的郑王府，传说是北京著名的四大凶宅之一，改成教育部后，西边盖起了办公楼和宿舍楼，东边几进院子还都是平房。地震发生不久，在平房大院里搭起了统一的大防震棚，每个棚里几十家人打大通铺。大院里的居民自然不用说，外面的人好像也住进来一些，我们家在胡沙先生和王方名先生的夫人宋华女士帮助下顺利入住。王方名是王小波的父亲，逻辑学家。

大地震带来的恐慌与悲伤渐渐过去，但日常生活还是半停摆的状态。那年夏天是我第一次露宿，每天晚上大通铺里此起彼伏的欢声笑语或者吵喊叫骂，带给人一种热闹嘉年华的感觉。那段时间回想起来还记得住的，不是在胡沙家打扑克，就是去王小波的屋里下象棋。他那间独处拐角的小屋又暗又乱，却是院里小伙子们的据点之一，飘浮着北京卷烟厂特有的带点巧克力香的烟草味。王小波虽然把《绿毛水怪》给大家传阅过，可是谁也没想到他会成为一个著名小说家。当时他倒是以邋遢著名：瘦高的身材，空空荡荡不怎么白的背心，嘴里叼着半截烟，脚下趿拉着一双拖鞋。在我看来，这副德行其实更加本真，祛魅的原意之一就是打破那些高大上的幻觉。地震刚发生时，学部宿舍流传过的段子之一是：某单位道貌岸然的头头儿地震时穿着一条花内裤就跑了出来。那天早晨确实有不少人穿戴不齐就跑出来的，不过我印象里永安南里七号楼、八号楼的老知识分子都不曾失态。好像是冯至先生吧，天亮后，我看见他照例穿着府绸短袖衬衫，胖硕的身子坐在一个马扎上，厚厚的眼镜后面，目光有一点疲倦发呆。

虽然消息被严密封锁，其实我们当时就知道，唐山这个城市整个被毁灭。不过生活让人来不及去悲伤，去寻找真相。一夜之间，北京从政治中心变成一个求生、求安全的城市，人们更关心的是不要被倒塌的房屋砸死，抢购储备足够的水和食物。当生存变得更为紧要时，其他的一切风云就忽然隐去痕迹。大人们忙着柴米油盐，我却兴奋不已，每天晚上都溜出去玩到半夜才蹑手蹑脚地回到防震棚。

三

我在一九七五年曾经写过一本详细的日记，一九七七年的前两个月也有日记，可是现在却找不到任何关于一九七六年的记录。我不知道是遗失了，还是当时根本没敢写日记，我比较倾向于后者。读一九七五年的日记，我就看到自己当时已经时不时写得语焉不详。一半来自大人的教诲，一半出于本能，自我保护与自我审查意识不知不觉就浸透在文字里。当然从中还是能够得到一些信息：比如说我在重读《约翰·克利斯朵夫》，也在读《罪与罚》；在十五岁上，我自以为很成熟，也确实读过大多数同龄人没有接触到的《赫鲁晓夫回忆录》、德热拉斯。然而重读一九七五年的日记，我当时顶多是有点约翰·克利斯朵夫式夸大的浪漫激情，背后无非就是少年荷尔蒙高涨而已。假如早十年荷尔蒙被激发利用，就催生成红卫兵，抄家、大串联、打群架、拍婆子等；可是我生也晚，成长环境与经历又有些不一般，于是走向了另一个方向。事实上，在那个政治无处不在的年代，在北京这个老百姓大都关心政治的城市，从老人到少年，倾向几乎是不可避免的，区别只是说或者不说罢了。父母和他们的相当一部分朋友，自从批林批孔开始，私下里几乎不再掩饰对"文革"和"四人帮"的反感，只是大多数时候说得比较隐晦，不敢指名道姓。黎澍先生这样生性耿直的党内知识分子，会说得比较大声露骨，张遵骝先生这样从民国时过来的知识分子，会说得很谨慎而且引用马列经典。

父亲在主编《中华民国史》，但也非常关心时事，不少时候会在晚上带着我去红霞公寓串门。那是位于北京饭店后面、南河沿东的一个小区，在六七十年代的北京非常有名，住着一大批在职或赋闲的党内外高级干部和闻人。在那里可以听到各种小道消息，我想父亲在相当程度上是冲着这个去的。我去过那里的不少人家，印象比较深的是宋一平，他是父亲四十年代在中共北方局青委时的同事，七十年代中期任学部负责人，后任国务院副秘书长。宋一平注重仪表，风度翩翩，说话谨慎，但是对父亲似乎十分信任。他曾经问父亲，有些话当着我面说合适吗？父亲告诉他：老四虽然年纪小，但是懂事，嘴也很严。大多数时候，他们聊天我在旁边听着，有时看本书，吃点零食。这样的言传身教是不可能没有影响的，而且我在"文革"中从小学一年级起就一直辍学在家，没有接受那个时代的革命教育，反而是读着当时被禁的书成长。别的孩子天天背诵最高指示或语录、写大批判稿时，我却在家里拿个笔记本抄写唐诗，自己编唐代七律和七绝的选辑。学校里教的、报纸上写的语言都没有能在不知不觉中浸透，我很早就敏感于人们在家说的话和官样文章的巨大差异，到了一九七六年，几乎是背道而驰。夏天住防震棚的时候，小伙子们还在谈春天的事件，那些被抓的人让他们同情，甚至有点崇拜。我自己其实也有点遗憾：如果我不是因为不会骑自行车，就不会乘大1路，也就不会因为公共汽车不停就回了家，很可能我会在广场亲身经历。我甚至想象自己被抓了会怎样，想到这里有一点点兴奋，也有一些悲壮的感觉。我其实还在似懂非懂的年龄，不过男孩子的英雄主义，对外部世界的怀疑都是在那时萌芽的吧。当时并没有意识到这二者对我的人生会有重要的影响，我一直觉得自己是很胆小的，少年时对喻培伦、陈天华的敬意也就是缺什么想什么而已。许多年后，发现自己有不靠谱的一面和不相信的习惯，虽然也容易造成困扰，不过生活得不那么现实，对主流价值不那么追从，有时还是很必要的。

防震棚的夏夜，躺在操场上数星星，在开阔自由的感觉中，越来越有末日狂欢的气氛。大人们无论革命积极与否，在骨子里其实都有迷信的一面。大地震本身是大灾难，却又隐隐预兆着更大的事情也许会发生。所以，九月九日中午，当收音机突然预报即将播出重大新闻时，很多人马上就明白了。下午三点，哀乐响起，播音员的声音无比沉痛……

从九月九日到九月十八日毛主席追悼会结束，全国下半旗，所有人都戴着黑箍。生活照常进行，只是所有娱乐活动都停止了。我家没有电视，有时去邻居家看九英寸黑白电视上的新闻联播，见许多人在镜头前哭得死去活来。也许是因为学部宿舍里所谓"牛鬼蛇神"比较多吧，人们表情严肃，沉默寡言。那几天很多家都是窗帘紧闭，朋友来家里也是天黑以后蹑手蹑脚地到来，感觉仿佛又回到了"文革"初期那两年。我在九月初刚刚从防震棚搬回家里住，夏天玩得太多，心收不回来。一个多月天天打扑克，忽然不能打，让我无法忍受。在一个月黑的秋夜，我缠着来家里串门的朋友，打了一次扑克。

四

二〇〇四年的新年之夜，一位年轻朋友约我去酒吧，我到了之后才发现那里就是长椿街，我在师大附中上学时曾经相当熟悉的地方，已经变得完全认不出了。酒吧位于地下，也许以前是防空洞吧？在暗褐色的灯光中喝酒，谈诗与文学。年轻朋友的专业是钢琴，诗却写得非常有才华。我们在一个梦幻般的夜晚迎来了猴年，如今又是一个猴年，朋友已是中年，相当著名的钢琴家，好像不大写诗了。长椿街又换了一番模样。我们是两代世交，我依然清楚地记得，是在毛主席追悼会过后没几天，听说了他的出生。不知是谁冒出一句："希望他活在一个更好的时代。"

大人们关注的是之后会发生什么，二〇〇七年，曾任《历史研究》主编的李学昆来芝加哥探亲，他告诉我黎澍在一九七六年九月中旬就说过"四人帮"最多一两年后就会垮台。以黎澍和家父的交情，想必他们也有过类似的谈话，不过他们说这些的时候应该不会让孩子在场。黎澍家并不住在永安南里学部宿舍，而是在相邻的灵通观。那里有三幢当时非常罕见的九层楼，黎澍住在最西边一幢的八层，叶选平当时住在九层，他的夫人吴小兰是吴玉章的外孙女。我的父亲是吴玉章任人民大学校长时的校党委成员且帮助他撰写回忆录,可以说是忘年交,因此和吴小兰女士有些交往,偶尔带我去她家串门。

我的家人从"文革"开始,作息时间经常昼夜颠倒,起床很晚。一九七六年十月八日早上九点半,忽然听到有人用力砸门。母亲赶快起来开门,但见黎澍衣冠不整,挥舞着双手冲进来大叫:"抓起来了,都抓起来了!"我们全家人都不禁跟着他欢呼起来,这是一个难忘的时刻,闭上眼睛,那个晴朗的秋日依然如昨。我们就这样知道了"四人帮"被捕的消息,这个小道消息从那一天起像风一样在北京流传。

二〇〇六年秋,我读到一篇《"四人帮"倒台的消息是怎样传播到民间的?》,文中提及黎澍和父亲等人:"六日,首先是'近水楼台'的中央广播事业局内的人员,在晚十时电台被接管以后,一传十,十传百,迅速知道了。……当晚,从唐山返京的于光远,从妻子孟苏处听到消息,不敢随便相信。他约了黎澍,黎澍又约了李新,共同在大街上散步。四人分析了一番,确认消息是可靠的。于光远回到家已是午夜十二时,他打电话给国务院政研室的同事李昌、冯兰瑞夫妇,要他们马上到他那里去。于光远见到他俩就说:'五个人都抓起来了。'接着,他讲了一些他听到的事情经过。李昌夫妇回到家后,兴奋得许久没睡。"作者应该是采访过当时健在的当事人如于光远先生,可惜与我亲历的情景全然不符。半夜散步一事显然不曾发生过,消息传来的时间也是八日,而非六日当夜。事实上,六日当夜就"一传十,十传百,迅速知道了"的可能性很低,因为整个过程从当天晚上八点才开始,到第二天凌晨才告一段落。从常理推断,这个过程是要严格保密的。父亲的大多数朋友听说这个消息都是在八日或之后,李昌、冯兰瑞伉俪亦是他密友,如果知道得更早会电话通知的。我问过黎澍的女公子,她也记不得是否从叶选平那里得到的消息。四十年过去,部分细节散失难以复原也是在所难免,后人所能做的,只是尽力又谨慎地描述历史场景。

我就这样经历了一个时代的结束与另一个时代的开始。

(原载《读书》2016 年第 3 期)

非常年代的阅读

赵 园

皮 书

关于俗称"皮书"的内部读物与"文革"期间青年的阅读状况，印红标《失踪者的足迹》一书有系统的考察——由图书来源，到阅读书目，到基于共同读书兴趣与共享资源的"沙龙"。但印红标在书中说到，作为京沪某些青年人小圈子中的读物，"'灰皮书'对这一代人的影响，不可估计过大"。这无疑是必要的提示。由该书及诸多当年青年的回忆文字可知，所谓"青年读书运动"的重要条件，即资源尤其稀缺资源获取不易，因而注定了是一部分，或者更应当说，那只是一小部分青年（主要是京沪干部和知识分子子女）的阅读活动。

内部发行的"皮书"，内部放映的"内参片"，均属稀有资源。也会以各种渠道流入民间：如果你有"路子"。凡此，可以作为"知识－权力"的特殊例子。有些令人艳羡的故事，是近些年来才听到的。或许也像那只不曾尝到葡萄的狐狸，听着略有点不舒服的，是有关讲述中那种得享禁脔的得意。

即使有京沪某些圈子中的"青年读书运动"，书单也仍然人各不同。秦晓"文革"期间的书单中少有人提到的，即有黄皮书中的苏联小说《这位是巴鲁耶夫》，灰皮书中罗斯托的《经济增长的阶段：一篇非共产党宣言》（《回忆与反思——红卫兵时代风云人物》）。李零说"文革"中他的阅读，包括了马恩列斯毛鲁，"联共党史、中共党史、国际共运史、文革中的首长讲话和各种资料，第四国际资料汇编，以及右派言论等等，从伯恩施坦到考茨基，从托洛茨基到布哈林，还有铁托、德热拉斯、卢卡奇、阿尔都塞、索尔仁尼琴

等等，那是什么'反动'看什么。灰皮书、黄皮书，各种古书和文学名著，都是我所热衷。"（《七十年代——我心中的碎片》）

上述回忆也引出了一些有待追究的问题。韩少功说，经过一段停顿，一九七二年"皮书"恢复出版。他接下来问："如果说一九六八意味着秩序的基本恢复，那么一九七二是否意味着文化的前期回潮？这是一种调整还是背叛？是文革被迫后撤还是文革更为自信？"（《漫长的假期》）所谓"文革更为自信"，毋宁说是伟大领袖的自信——基于对普遍思想状况的不甚了然。此外我想到的是，"内部读物""供批判用"一类字样，更像是掩人耳目的花招。那么，推动这种出版者的真实动机是什么？"内部发行，供批判用"的名义，"文革"后曾继续使用。汉娜·阿伦特《极权主义的起源》的中译本（三联二〇〇八年版）在书店里公开发售，却在定价后安置了一个括弧：内部发行。确像是一种障眼法，一种为争取合法出版的小小伎俩。名为批判，实则启蒙，不免诡异。在吴亮看来，"这段历史如此自相矛盾，它的全貌至今没有充分展呈于世"。（《我的罗陀斯——上海七十年代》）我也相信，其中定有未揭之秘。

二十世纪五十至六十年代，政治待遇严别层级。即使那份发行量并不小的《参考消息》，也作为"内部读物"，更无论专供某级以上领导干部阅读的《内参》之类。一些材料由"内部"流出，是"文革"中等级破坏的积极后果。我曾写过一篇随笔，《内外》。内外之别，随时提示你的社会地位。让你知道多少你就只能知道多少。李零在开出了一张华丽的书单后，如实地说："'反动'的东西，只供领导看，这是特权。我们是沾老干部的光。北京老干部多，换外地，不可能。这种故事，没有普遍性，外地同龄人，听了就生气。"（《七十年代——我心中的碎片》）明白自己倘非凭借某种条件、机缘，亦将无异于蒙昧无知的芸芸众生，后来的"成功人士"就应当想到，他们未见得个个天赋异禀。将他们由同代人中拔出的，有某些非他们本人所能决定的因素，尽管个人的努力也至关重要。

读"反动""异端"，是一种特权，并不自"文革"始。这种区分，预设了处于等级序列高端的人物具有天然的免疫力。凭什么？有何道理？层层帷幕在"文革"中揭开，激起的不满，也助推了"文革"结束后的某种"放开"，无论内部书还是内参片。

还应当说，即使有上文及下文列出的书单，你也仍然在给定的范围内阅读。在资讯被严格管控、外语远非普及的条件下，官方出版机构的出版书目，相当程度地决定着普遍的知识状况，甚至限制了高端人才的知识（包括专业知识）水平。但"文革"前与"文革"中以"反修"名义部分开放西方的政治类书籍，以"评法批儒"名义开放的部分古籍，毕竟使得部分知识人受益。你终于可以公然地读某些书，有一阵子，竟会兴奋而又不无狐疑。毕竟是一点松动。在阿 Q 式的讳言光、亮之后，能将一些极易引发联想的著作公开出版，无论有没有"内部发行"那个小括弧，都已无关紧要。我们往往忽略了社会生活中的细小进步。这种进步毕竟在发生着，并构成了我们生存环境的一部分。

非正规渠道流出的书籍之外，另有"非正式出版物"，各种油印以至铅印的小报、大字报稿。"文革"中的一段时间，正规出版机构大多不能正常运作，因而无所谓正式与否，也是正常情况下被严格管控的出版业的特殊现象。当年北京四中学生杨百朋与同道办了一份小报，创刊后接到北京图书馆来函，要求每期赠送几份供该馆收藏（《我的"红色记忆"》）。可知至少在当时（一九六六、一九六七年），某些文化机构尚在运作，甚至想到收藏"文革"印刷品，有为正在发生的事件存史料的自觉。关于"非正式出版物"，我还将在其他场合谈到。

地下、半地下状态的阅读，往往被拟之于偷食禁果。确也是一种未必不掺杂了兴奋愉悦的经验。禁制不过增进了快感。至于禁制不如想象的严密——尤其在"文革"中的某些时段，自然也因"王纲解纽"造成的诸多缝隙。

沙龙、圈子、村落、读书会

"文革"后期，地下或半地下的读书会、沙龙，也是被较多谈论的话题——包括其遗产，政治遗产与文学遗产。"地下沙龙""地下文学"，与地下、半地下商业活动，绝无交集，是在不同范围、社会层面展开的，却在同一时间浮出地表，构成"新时期"的重要景观。当然，对"文革"期间的"地下"，也不宜想象过度。

当时的京城（或京沪二地）与"外地"，亦如十九世纪俄罗斯的圣彼得堡、莫斯科与"外省"，知识圈的文化氛围，相去不可以道里计。京城被较多谈论的"沙龙"，由我所读过的材料看，多少带有一点贵族性质。平民子弟忝列此类沙龙，俨若受洗。"文革"后期京城徐浩渊的沙龙，最初以干部子弟为核心，属于较纯粹的文艺青年聚会，更有艺术气息，难免令人想到旧俄时代圣彼得堡的贵族沙龙，或二三十年代京城林徽因的"太太的客厅"，是精英人士的聚会之所，与多数读书人无关，不免被升斗小民望若天人。据徐浩渊的回忆，"新中国第一个民间自办画展"，"是在'文革'最黑暗的一九七二年冬天"，自新路谭晓春的家里（《诗样年华》）。京沪之外，贵州有野鸭塘的"野鸭沙龙"。柏桦说："其实这类地下沙龙在当时的中国到处都是，如我出生的重庆就有两个以陈本生、马星临为主的沙龙，北京有徐浩渊的沙龙，北岛、芒克的两个沙龙，南京有顾小虎的沙龙，上海有朱育琳、陈建华的沙龙……"（《左边：毛泽东时代的抒情诗人》）我没有听说我当时所在中原城市有类似的场所——或许我狭小的生活圈子限制了我的视野。关于"文革"，你千万不要仅据见闻遽下判断。那段被分割得七零八碎的生活，往往出于你的经验你的想象力之外。

"沙龙"一名略有贵族气，抑或出于有意——有意区分于芸芸众生。对于其他大小不等的青年知识分子群体，"圈子"或许更适用。潘婧说，"文革是乱世，动乱造成了空隙，在这些窄缝一般的缝隙中，形成一些自由的小社会，当时俗称为'圈子'，不同的'圈子'相交叠，于是，莫名其妙地认识了许多人。这与我们以往的生长环境是大不相同的。在中国，有单位，有组织，有集体，但是没有'社会'，虽然我们叫'社会主义'。"（《心路历程——文革中的四封信》）"村落"之说，出自朱学勤《思想史上的失踪者》一文，后被其他论者采用。不同于只能安放在都会至少城镇的"沙龙"，"村落"主要系知青因读书、讨论而形成的聚落。"村落"提示了这种群体所在空间的特征。贵州安顺钱理群与其同道的读书会，与都市文青的沙龙、知青聚集的"村落"又有不同，更有"外省"特征，以思想讨论为主要内容，虽条件更简陋，却有极其严肃的性质，类似"思想小组"。各地的这种小团体，当时被专政机关视为异端而取缔的，不计其数。安顺的小组得以保全，或也因其在僻邑。

因有徐晓的那支笔，京城被叙述较多的，即有她所在的以赵一凡为核心人物的群落。由读书的一面看，那个群体中流通的，更多的也是文学类书，尤其俄苏文学。曾在其中接受启蒙的徐晓，就谈到当年所受俄苏文学的影响。这种影响由徐晓本人的文字亦不难察觉。徐晓事后用了轻嘲的笔调，写自己当年读书时的心情："其实要的是那么一股劲儿，我在读书，读文学书，读外国文学书，觉得自己很浪漫，很理想，甚至很贵族，很文化"，"自己与众不同，世界也和以前不一样"（《无题往事》）。那种"浪漫"有虚幻的性质，有时像是在扮演另一个人，生活在别人的世界里。而"以传阅这些书籍为使命"的赵一凡，虽不便拟之于"传薪"或"播火"，也有类似的庄严性，且确有"传薪"或"播火"的自觉。

"文革"中京沪（尤其是京城）的上述"青年亚文化"，与所在的"革命"环境似异质而又不无关联。徐晓所记以赵一凡为核心的文学青年，是一有意识形态取向、有"反抗"色彩的圈子，尽管徐强调了其间的分野，那分野却不在革命/非革命、政治化/非政治化。这些"张扬个性""反抗主流话语"的圈子，毋宁说是相当政治化的。

小型集会，"跑书"，传递政治异见，确也令人想到鲁迅所说"地火在地下运行，奔突"。那种激越悲壮的情怀，也构成了八十年代的激情与浪漫的一部分。可以确知的是，其中有些沙龙、村落中人，正是七八十年代之交某些轰动一时的文化活动的发起者。文化的、思想的二十世纪八十年代，是由他们参与揭幕的。李零说，"八十年代，很多东西，从地下变地上，全是从这种石头缝里长出来的"。（《七十年代——我心中的碎片》）诚然。

至此，"小集团"的魔咒失灵，年轻人不惮于小范围的集聚，政治与文化的能量也由此汇集，等待着一朝释放。即使全无政治色彩的同好者的"圈子"，也证明了个人兴趣的复苏，人与人相互吸引的媒介的变化。"文革"前期纵然有类似的"圈子"，也一定在更深的"地下"，更逼仄更少腾挪的空间。

当局却不曾放松警觉。即使文艺性的结社，在二十世纪五十至七十年代都会被嗅出政治气味。官方与民间均不相信其背景单纯。这也属于非正常年代的社会心理。徐晓提到的赵一凡没有显赫的门第，除了一些特殊的资源，所拥有的更是个人魅力。他周围的也非某一特殊社会阶层（高干或高知）的子女，似乎是滚雪球般地因臭味相投、相互吸引而"滚"出来的"圈子"。即使这一种性质的交往、聚合，也有被当局所认为的危险性质。被罗织而成的以赵为首的"反革命集团"案，既未被发现明确的政治图谋，也未查出与政治有关的"集团"宗旨。由此也可知被认为的"危险"，更在于"集聚"。集聚即有异端色彩。

当局者也非庸人自扰。"去政治化"是"后'文革'时期"的时尚。"文革"中"村落"、读书会中热议的，通常正是政治性话题。读书被作为拒绝"虚无""颓废"的姿态。纵然失望于现状，也仍未放弃追问，顽强地叩击思想禁锢的坚壁，问出的往往是"中国向何处去"一类巨大的问题。当然，对此也仍然不便作一概之论。作为消遣的阅读，追求审美愉悦的阅读，无论何时都更为普遍。

至于"文革"造成的政治人物，我读过的小说中，以柯云路的《新星》，描写最为贴近。小说主人公写"当前的形势与我们的任务"这类雄文的情节，若落在当今的网络写手笔下，想必要被恶搞的吧。这种人物就有可能出自某个沙龙。诗人的沙龙，思想者的沙龙，与未来政治新星的沙龙，并非同一道风景；成员的构成、取向，互有不同。但所有这些活动，都使"文革"后期表层的平静下暗流涌动，诸种可能在酝酿中，甚至蓄势待发，却不为我这样迟钝的人所察觉。

另有像是不在当局监视范围的"圈子"。由陈建华的回忆文字可知，七十年代初上海淮海中路繁华地段一所旧洋房里，竟开有两三个英语班和一个法语班。当年曾参加此种班的陈建华说，淮海路曾经是法租界地段，"代表某种殖民文化的精致"，却在他们这些人身上"找到了新的载体"（《梦想与回忆》）。陈还说，"聚在一起读书，学习本身即目的，不问你是谁，不议论国事"，氛围不同于自己曾参加过的文学沙龙。但也仍然有与时局相关的意味，即如"自救"。"好像在同一条船上，互相勉励，不计利害"（同上）。我不能因自己没有这一种经历，即断言上海人精明，提前做好了某种准备。但这些外语班读书人确可能有对于未来的信念，尽管具体的打算未见得清晰。

我不能确定这种活动是否唯上海才能。外语人才开班授徒，且非地下活动，并不刻意避人，左邻右舍也没有人过问，"住在这'张家花园'的新式里弄的，阶级觉悟不那么敏锐，或许像张爱玲说的，都有那种上海人的'聪明'"。该文还描述提供开办外语班场所的商人，"相当海派，穿背带西裤"，"显得练达而乐观"（同上）。这种人物，这种场所，不敢想象会在我居住的那座中原城市。

我还要不避重复地说，对所谓的"青年读书运动"不宜想象过度。那只是青年中极少一部分人的"运动"——能否称"运动"尚须斟酌。生当那年代，并非都有跻身某个沙龙的幸运。于坚写自己在偏远的云南"秘密写作"的孤独，说他写了八年诗"周围没有一个诗人"（《地火》）。由这些孤独的眼睛看过去，京沪的那些个沙龙，似乎在另一世界。收入《七十年代》一书的回忆文字，不止一篇提到七十年代北京的文化生态。说一个城市的"文化生态"，也不免夸张。那只是京城某一隅的"生态"，不过因其中产生出一批后来的"成功人士"，显得耀目罢了。那巨大幕布上的若干亮点，正因了大面积的沉黯，才格外显出了亮度。那种特殊人群的经验，与生活在同一时期的广大人群无关。湖南作家彭见明写所见其时农村贫瘠的文化生活："入夜的时光往哪儿消磨？说来丑人，猪婆起草，种猪引苗，年壮青春的后生伢子团团看。姑娘小伙成群结伙，黑暗里打做一团。"（《那人那山那狗》）

"成功人士"的回忆不免于误导，无论对于想象"文革"，还是对于想象二十世纪八十年代。但知识精英"讨论问题"的热情，的确由"文革"后期延续到了二十世纪八十年代——"青年文化"的严肃性，于此有集中的体现。那些年轻的知识人贡献的或不是思想、理论，更是一种生存状态、人生意境。这种意境几不可重现，也无从复制。而发生在八十年代后的"思想者"的

"失踪"，更与社会生活的渐趋平面化，"思想""问题"的淡出有关。

至于七八十年代之交大学校园的结社活动，亦由"文革"后期延伸而来，令人想到五四新文化运动甚至晚明的"复几风流"。那些个社团今安在哉？

各色书单

对于曾享受正常教育、"文革"期间尚能获取阅读资源的人，那个时代的封闭性的确像是被夸大了。叶维丽说，回头来看，"并不能说我们在五十年代就和优秀的世界文化隔绝了。美国并不能代表整个世界。当时，不仅苏联和东欧的，不少西欧、拉丁美洲和亚洲的文学艺术也被介绍到中国来了"（《动荡的青春——红色大院的女儿们》）。这里说的是"文革"前。即便"文革"中的封闭，也做不到全无缝隙。

由八十年代后的回忆文字，你看到了令人惊艳的书单。你难以仅由这些书单辨识阅读者的身份与职业。往往政治类书与文学类书并重。似乎那些有机会得到这些书的，既是"文青"又是候补政治家或政治学家。查考书单主人的人生轨迹，你会发现，其中多数后来成了"人文知识分子"。有科技兴趣者相对稀有（少有人提到科技类的"蓝皮书"）。较之于文学，科技自然更与革命时代相远，学习自然科学也赖有更苛刻的条件，一些本有资禀成为科学家者搭上了另一班车，致使"文革"后科技人才有断档之虞，而文学青年则滔滔皆是。

诸种书单上重复出现的政治类书目，不消说出于"读懂政治""读懂政治史"（由法国到俄国的革命史、国际共运史、近现代的中国革命史）、"读懂'文革'"的愿望，为自己的困惑迷惘求解。朱学勤说他记得"当年上山下乡的背囊中，不少人带有一本马迪厄《法国革命史》的汉译本"（《思想史上的失踪者》），由其他回忆者那里未见佐证。我接触的材料中，被多人提到的，是南斯拉夫密洛凡·德热拉斯（Milovan Djilas，一译密洛凡·吉拉斯）的《新阶级》。其实知识青年背囊中的书五花八门，很政治很思想很理论，或很文学，很小资。但仍然应当说，对政治类书的阅读热情，是"文革"期间特殊现象，此后即难得再现。有人说到自己读托洛茨基的《被背叛的革命》与德热拉斯的《新阶级》，自以为对政治、社会的认识，"终于摆脱了梦魇般的桎梏和愚昧"（潘婧《心路历程——"文革"中的四封信》）。政治启蒙，文学启蒙。理一分殊——经受了上述"启蒙"者，事后未必不分道扬镳。由"后'文革'时期"政界、知识界在现实政治问题上的不同取向，即可推知。

更值得注意的或许是，当年知识青年热衷的政治类读物，并非全系"内部发行"，还包括由中共中央编译局主持翻译的马克思主义经典著作。一九七〇年中共九届二中全会（亦称庐山会议）及其后的"批陈整风"（按，陈即陈伯达），毛一再要求党的高级干部读马列，读哲学史（参看《建国以来毛泽东文稿》第十三册）。高层推荐的读物，有马恩和列宁的六本书：《共产党宣言》《哥达纲领批判》《法兰西内战》《反杜林论》《国家与革命》和《唯物主义和经验批判主义》。这种倡导自上而下影响了阅读风气。口子一旦打开，即不免会扩大。不仅六本，也不仅于马列；搭车读相关书籍，一并有了正当性。而某些被认为异端的思想，也就因"识别真假马列主义"而兴起——亦"文革"思想空间中的奇特现象。

切不要以为马列的著作原本就是"文革"中最有可能公然阅读的。在高层倡导之前，读马列原著不免要为人侧目，怀疑你借着读马列冲击学习毛著作，甚至企图"打着红旗反红旗"。不能说这种怀疑毫无根据。吴亮《我的罗陀斯——上海七十年代》中就有试图用马克思主义政治经济学、历史唯物主义解释中国现实，得出了"骇人结论"的例子。"文革"中因学马列而成"现反"者，大有人在。以读马列原著为号召的"读书会"的覆灭，也时有所闻。"覆灭"通常因了较真，寻根究底，以"彻底的唯物主义者"自命而"无所畏惧"。

借助由此打开的思想空间，一些耽读马列的青年知识人体验了理论的魅力，培养了思辨能力，甚至对于理论文体（尤其马克思的文体）之美的感受力——当然是借助中译本。其中有些篇章，令年轻人为之倾倒并热血沸腾。吴亮一再提到马克思的《路易·波拿巴的雾月十八日》。黄子平回忆文字中写到七十年代读马列，最喜欢的也是这篇，说那真是"气势如虹，文采斐然"（《喜欢阅读》）。至于由马克思主义经典著作入手，经马、恩而德国古典哲学，黑格尔、费尔巴哈，而其他马、恩论及的哲学史乃至国际共运史人物，这一种"进路"，在日后从事人文、社会科学的知识人那里相当普遍。既经受了理论、哲学训练，又有得之于"文革"的直接经验，对于"中国问题"的思考，自与全由学院书斋中来的学者不同。

吴亮在其阅读史（他称之为"阅读前史"）中，写到自己"文革"中对马列——或应当说马恩——的痴迷。他的说法是"迷狂"到了"不分昼夜"（《我的罗陀斯——上海七十年代》）。该书列出的，包括了当时所认为重要的马恩著作的几乎所有篇目。他说自己无法解释在当时的历史条件下，"一个如此害怕政治和现实的年轻人，沉迷于马克思究竟所欲何为"。甚至一九七六年在囚禁中的上海师大（今华东师大）学生王申酉，恳请其贫困的父母为自己购书，所列书单也均为马克思主义经典作家的作品（参看收入《王申酉文集》的写在其监禁中的《报告》)。

于坚说,自己对哲学的兴趣发生在二十世纪七十年代,据他所知,当时"中国民间有很多地下哲学研究小组","他们学的不是官方规定的马列主义选本,而是直接阅读马克思、恩格斯和列宁原著。受毛泽东的影响,喜欢哲学在当时青年中是一种风气"。于说自己"早期的哲学基础是从马克思、列宁的那些原著中打下的"(于坚、河西《写作就是从世界中出来》)。应当说,毛对艾思奇《大众哲学》的推奖,对学哲学——唯物论、辩证法,亦作"历史唯物主义""革命的辩证法"——的倡导,他本人所撰《矛盾论》《实践论》,多少打破了哲学的神秘性,使与"大众"亲近,或曰,使"大众"以为可以亲近。"文革"期间知识青年对哲学、理论的热情,应有这一幅背景。悖论的是,鼓励"独立思考",同时为思考设限,使思考成为高风险的活动。这是另一话题。回到本题,要说的是,上述读马列的热情,"文革"后不曾再现,或也永远不会再现。

阅读取向固然因条件也因个人兴趣而互有不同,驳杂却是普遍的,阅读有显而易见的随机性。据徐晓编《民间书信》,某黑龙江的知青读《严复传》,同时读马列、读《斯大林时代》(安娜·路易斯·斯特朗著)、读《西方名著提要》、读德莱塞。另有人的书单中有卡夫卡的《城堡》、克郎宁的《袖珍神学》、莱蒙托夫的《当代英雄》等等。陕西某知青的书单中有杰克·伦敦的《墨西哥人》、伏契克的《绞刑架下的报告》;内蒙古某知青读法捷耶夫的《毁灭》;另一个内蒙知青读的则是塞林格的《麦田的守望者》、凯鲁亚克的《在路上》、约翰·布兰的《往上爬》;一个中学生一九六八至六九年间阅读的书,有果戈里的《钦差大臣》、歌德的《少年维特之烦恼》、车尔尼雪夫斯基的《怎么办》、雷马克的《西线无战事》等。后来的小说家路遥当年读了托尔斯泰的《战争与和平》、肖洛霍夫的《被开垦的处女地》、巴尔扎克的《高老头》《邦斯舅舅》《贝姨》,又读了《马恩通信集》。其他书单上,还有威廉·夏伊勒的《第三帝国的兴亡》、雷希纳尔多·乌斯塔里斯的《格瓦拉传》、奥鲁佩萨的《点燃朝霞的人们》、霍桑的《红字》、革拉特珂夫的《士敏土》、司汤达的《巴马修道院》、海明威的《伊甸园》《老人与海》、贝克特的《椅子》、阿克肖诺夫的《带星星的火车票》、爱伦堡的《人·岁月·生活》、布隆恰夫的《经理的故事》、叶甫图申科的《娘子谷》、艾特玛托夫的《白轮船》、沙米亚金的《多雪的冬天》。另有人读了苏联电影剧本《第四十一》《一寸土》《跟着太阳走的人》《高空》《雁南飞》,等等。二十世纪五十至六十年代的文学、哲学译作(那些名家名译至今为人乐道),滋养了"文革"前后的几代人。

小说家叶兆言的书单也堪称"豪华"。据他自己说，那时他在北京的祖父（即叶圣陶）那里读到许多世界名著（《蒙泰里尼》）。因了叶日后的身份，那种阅读不难被归为其文学创作的前期准备。普遍匮乏中的丰饶，是"文革"中的特殊现象。机缘之外，名校学生、文化人的子女确也得天独厚。至于读书者日后的造化，似乎不在书单长短与部头大小，而在那些书与"生命"的关联。早年失却"系统训练"，并非在谁都是缺憾。对于日后从事人文研究者，最有决定性的或许是，是否读懂了沈从文所说的人生这一部大书。

仅由上面的书单，也可以相信俄苏文学依然保持的影响力。不少人的"文革"回忆中提到了柯切托夫的《你到底要什么?》《落角》《叶尔绍夫兄弟》《州委书记》。甚至历史学家夏鼐，也在"文革"前夕的日记中，提到他在读《州委书记》（《夏鼐日记》卷七）。我至今没有读过被一再提及的康·帕乌斯托夫斯基的《金蔷薇》，却在大致同一段时间读了柯氏的上述小说，很喜爱，甚至被感动到莫名所以。记忆中的那些书，有俄苏文学中特有的含有痛楚的温暖，混杂了悲悯与救赎的激情，即使有意识形态寄寓其间，与"我们的"也仍然有质地之别。而对文学青年中曾受关注的艾特玛托夫，却没有太深的印象。阅读中何种东西感动、触动了你，并非总能说清楚。倘能破解，那里或有你的生命至少是"心灵"的密码的吧。

李庆西谈到当年知青对柯切托夫的误读——柯氏乃斯大林主义者，却由其作品中读出了"思想解放"。我想那原因或许是，苏联时期的作家无论政治倾向如何，仍令人可感俄罗斯文学的深厚传统，那种由特定土壤培育的人文主义精神。吸引了中国读者的，正有被我们这里大举批判的"人道主义""人情味"，对"人性"的探究，且爱情描写无不动人。相比之下，我们这里的空间更逼仄局促。当然也不妨承认，苏联的主流文学被"文革"中的青年耽读，也应当因与"革命"中的中国语境没有太大扞格。打动了当时的年轻人的，正有与"革命"有关的种种。即如革命者的某种人格，某种"意志品质"。即如牛虻那种非凡的坚忍。那年代的年轻人不难倾倒于那种耐受力，应对肉体折磨、生活磨难的强毅。收入《民间书信》的中学生信札，有一封引了奥斯特洛夫斯基评价牛虻时说过的话，用以激励他因失恋而沮丧的哥哥，"我赞成那种认为自己的事情丝毫不能与全体的事业相比的革命者的典型"。这句话我也曾熟悉。至于曹一凡的回忆文字《留在北京》所说"大家几乎都是从《牛虻》《钢铁是怎样炼成的》开始扫盲"，或只适用于"文革"初期的部分中学生。至于叶兆言的《蒙泰里尼》（按：蒙泰里尼为《牛虻》中的人物，亚瑟即牛虻的父亲）一文，写到其堂兄叶三午"文革"中构思过的小说，被他称之为"文革版的《牛虻》"，是一个"弑父"的故事；叶三午认为

"弑父"即"文革"之"本质"。这种认知,"文革"后才较为流行。当年的知识青年纵然失望于身边进行中的"革命",也仍然能感受与理解推动人"革命"的强大冲动,感动于某种坚守的庄严,纵然目标是乌托邦的。他们是那样年轻,而某些事物本与青春同在。

一些年后,文化日趋多元,俄苏文学在中国的文化界已不再占据显赫的位置,诗人王家新却写道,"在伦敦的迷雾中,是俄罗斯的悲哀而神圣的缪斯向我走来"(《承担者的诗:俄苏诗歌的启示》)。你知道俄苏文学魅力仍在,尽管人们迷恋她的理由或已有了不同。

以"批判"的名义,有些阅读合法化了。你或许用不着必得"雪夜关门"才敢读某种书;用不着与工宣队玩猫鼠游戏,将那本书包了书皮冒充"毛选",或欺工宣队员无知而调弄你的三寸不烂之舌。在当年的年轻人,这点小机灵总不缺乏。韩少功写到过这类伎俩:"比如《毁灭》《水浒》、李贺、曹操这一类是领袖赞扬过的,可翻书为证,谁敢说禁?孙中山的大画像还立在天安门广场,谁敢说他的文章不行?德国哲学、英国政治经济学、法国社会主义一直被视为马克思主义三大来源,稍经忽悠差不多就是马克思主义,你敢不给它们开绿灯?再加上'古为今用''洋为中用''有比较才有鉴别''充分利用反面教材'一类毛式教导耳熟能详,等于给破禁发放了暧昧的许可证,让一切读书人有了可乘之机。中外古典文学就不用说了。哪怕疑点明显的爱情小说和颓废小说,哪怕最有理由查禁的希特勒、周作人以及蒋介石,只要当事人在书皮上写上'大毒草供批判'字样,大体上都可以堂而皇之地收藏和流转。"(《漫长的假期》)需要补充的是,绝非"一切读书人"都有条件都能都敢这样干。那只是"大体上"而已。

"文革"后一段时间里文化人的"晒书单",想必并非意在夸炫,而是在叙述个人的成长史;却也证明了即文化破坏的时期也有"文化",青少年的精神生活不尽是荒漠。上述书单的重合部分,又意味着共享,由一个方面注释了代之为"代",其丰饶与寒伧。一定要提到"寒伧"。你会注意到,那些书单中罕有中国古代典籍——固然与"文革"的阅读环境有关,但"封、资、修"何以独缺了"封",不仍然是个问题?确也有人在读古书,"文革"后即成某方面的专门人才。只是他们的阅读经验更个人,其选择、思考,与同代人更少交集。至于城乡角隅中的民间奇人,他们读些什么,很可能当时与事后都不声张。你不妨相信,一定有不同的阅读经历至今不为人知,有不同的书单终成私家藏品。

尽管有什么读什么,能找到什么读什么,不同的"书缘"仍然不尽出于偶然。即令饥渴,你也不会被任一种书打动。这里既有宿缘,也赖有小环境,小气候，小氛围。比如是一伙"文艺青年"，还是一群政治兴趣浓厚者。阅读者是正在成熟期的青年，阅读范围多少决定了他们日后的可能性以及限度。当年随机的阅读，结果却可能是宿命的。尽管八十年代及其后还有机会恶补，但我的经验是，先入为主。而先天不足造成的缺陷，或将终你一生。倘若细细地考察，你不难由那代人中的精英、成功人士那里，辨认那个特殊年代的读书生活烙下的印记。"文革"期间文化土壤造成的限制，在更长的时间里发生着作用，部分地决定着那些人物能走多远。

杂食也会造成一种"知识状况"。一旦进入与文化相关专业、职业，上述阅读经历即影响于专业、职业取向——未见得能造成"通才"，却可能令你保持了广泛的知识兴趣，对社会生活、文化领域的多方面的关注。改革开放之初的人才，凭借的不就是二十世纪五十至七十年代的能量积蓄，文化积累？但仍然不妨重复地说，承长期思想禁锢之余，即使由上文所引那些看似华丽的书单，也不难想到"反右"之后直至"文革"结束，青年知识分子恢复思考能力之艰难。一九五六年李慎之应约向毛提意见，说到"经济上花色品种减少，政治上是否也有思想品种减少，也有许多好东西无情地消灭了"（《李慎之的私人卷宗》）。"文革"中的思想者所能接触的，不能不是这"减少""消灭"之余。

不大有具体功利目的的阅读，或许是更"纯粹"的阅读。正是这种"纯粹"值得怀念。匮乏使生活简单。资源的稀缺使有限的资源被高度利用。较少物欲的好处，是想象力的活跃。在这种意义上，那毋宁说是有利于文学阅读的环境。你不妨放纵你的想象，进入遥远、陌生的世界，浸淫其中。你出入往来于现实与梦幻之间，模糊了时空感觉。物质生活的贫瘠，由活跃的感受力与想象力得到了补偿。这种情况，与台湾解严前强人政治下的生活，略有一点相像。关于解严前的台湾，一个知识人说，"当年是个耳聋眼蒙的时代，是个缺乏世界观的时代，却也是个勒紧裤带读诗的年代；只要你帮她打开一点窗，她就会飞翔。"（陈正国《台湾人文寓言：国家哲学院》）同一时期的大陆知识人却像是不"缺乏世界观"，而是有既成思路的"轰毁"；到了"文革"后期，不再"耳聋眼蒙""勒紧裤带读诗"者大有其人。人文的二十世纪八十年代正由此而开启。有蓄积于"文革"后期的思想能量与文学冲动，当着门窗渐次打开，于是，飞翔。

无书可读

我仍然要一再重复地说，拥有上文所列书单的，是同代人中的幸运者。

他们的多数同代人，没有类似的记忆也没有过属于自己的书单。无书可读，或不能得其书而读，是更为普遍的经验。他们甚至接收不到邻壁透过来的微光。只是有此种经验者，通常也没有了表达的机会甚至能力。"荒废"是大面积的。几届未曾经受基本的知识教育、技能训练的中学生（尤其是初中生），停课—下乡—返城—下岗，沦为政治动荡与社会转型中的牺牲品。套用张爱玲《倾城之恋》中夸张的说法，一代人的荒废，成就了少数人的声名。这种意义上的不公在此后的岁月中延续，以至于代际传递。"文革"后一度成风的"同学会"上，分布在社会各层的旧日同窗聚在一处，对于其中的一些人，是一种残酷的经验。近期有人调查披露一千七百万知青的养老困局。"经受了锻炼""增长了才干""加深了对中国的了解"，对于部分知青，是真的。却也有必要随时想到那些潦倒困顿、以大半生为代价的远为众多的同世代人。

　　"文革"期间书籍的获取与流转，机会从不均等。出生在重庆的诗人柏桦，谈到了京城与偏远地区文化资源的差异。他引多多关于京城青年——当然只是一部分幸运的青年——阅读状况的回溯，说多多提到的那批内部读物"真是及时雨"，"让'今天'的诗人们在决定性的年龄读到了决定性的书"，而同一时期的贵州青年却"处在无书可读的苦闷之中"，所读的书"不能强力提升他们的精神高度"（《左边：毛泽东时代的抒情诗人》）。潘鸣啸《失落的一代》引王小波的一段文字，说插队生活中"最大的痛苦是没有书看"。"傍晚时分，你坐在屋檐下，看着天慢慢地黑下去，心里寂寞而凄凉，感到自己的生命被剥夺了。"这样地活下去，衰老下去，在王看来，"是比死亡更可怕的事"。王小波曾带了几本书下乡，其中有奥维尔的《变形记》，被人看成了"一卷海带的样子"，终于被"看没了"。李庆西也写到他所在的农场，《红与黑》的主人为了方便传阅，"把书拆成一二十沓重新装订"，"每人限时一个晚上"（《小故事》丙集《启蒙时代》）。当时在内蒙古乌梁素海南岸建设兵团的一个知青，说自己曾步行百十里路向另一知青借《红楼梦》，归途遇雨，脱掉衣服，弯腰九十度，"把书紧紧捂在胸前"（初军《离潮最近的地方》）。这种寒酸，自然使得一些同代人的书单显得过分奢侈，难免如李零所说，让人"听了就生气"。不唯知青。一九七一年顾准在干校苦于无书可读，见别人购得的《天演论》，竟"似受电触"（《顾准日记》），可知饥渴之甚。因此不便仅据某些个人的经历，以为那当真是一个"读书时代"；且因没有学业等等的压力，是一个自由阅读的时代。但也应当说，将书读成了海带固然可惜，但书印了出来，不正是为了被阅读？被如此众多的人阅读，利用之充分，莫过于此的吧。

　　张旭东、王安忆在《关于〈启蒙时代〉的对话》中，有如下一段：

张："文革"期间虽然专制，但另一方面，很多门又都是开着的。

王：当然，接触这些打开的门还是需要一定的条件，和权力还是有关联，但是概率一定高许多。

张：今天的社会，虽然很自由，但是对一个年轻人来说，很多门却都是关着的。

王：今天虽然很自由开放，但是某种意义上讲，比那个时候严格，社会体制完备。

上面的说法在我看来有点似是而非。有必要强调的是，张所说的"门"，只向上文涉及的那批小众打开；"今天的社会"虽有诸多禁制，却有更多的门开向公众——这里还没有涉及由互联网推动的资讯共享。这个时代当然另有流弊，即如速食、快餐文化，"低头族"的沉溺于刷屏，较之"文革"，毕竟资讯的获取更能体现社会平等。有书不读与无书可读，终究不同。其利弊或可拟之于贵族社会与现代民主社会。如若选择，我仍然会选择所有有阅读能力者皆有书可读，即使其中的一些人并不读书。

另类阅读

我所见最为系统的个人阅读史，出自洪子诚与吴亮，即洪子诚《我的阅读史》、吴亮《我的罗陀斯——上海七十年代》。前者未限时段，是以阅读为主轴，对个人精神历程的回溯；后者内容较为驳杂，围绕"文革"中的阅读，在不同时空穿梭往返，将个人生活史与对应时期的城市史杂糅；虽标明了年代，却不守时限，往来随心，运思的幅度相当大。洪著写书与人，因路径明确而易于入深。吴著则将个人精神史与社会政治史一并纳入，力图返回更广阔的阅读现场，与洪的立意本有不同；虽该书曾以"阅读前史与书的轮回"为题，内容却大大溢出。

返回"阅读现场"在我看来，是太难的事，绝不敢轻试；如洪子诚那样重读，往返于不同时段，在我，几无可能。上文所引书目均属回忆，似乎较少有人重读，尝试找回当年的阅读情景，也应当因其难的吧。因此两部阅读史令人惊叹的，更是那种复原、重现当年阅读环境与氛围的令人称羡的能力。著者赖有感官印象的记忆，使书中流荡着阅读年代的气息；而我的记忆则如老屋墙皮般剥落，"感觉"也在岁月中风干。两书中，吴亮那本里的意象，草木般繁茂葱茏，不但有书与人的故事，而且以此为线索，由琐屑的日常生活与目击身历的政治，历史大事件与个人小事件（包括吴所说他的"私人意念事件"），勾画当年上海的人文地理。他记忆中二十世纪七十年代城市地图，充满了感性的生动性与丰富的细节。却也因了那种感性，不便于征引，证明的是我的这种综论式的写作自身的限制：宜于纳入的，是更明确概括的"印象""记忆"。吴亮不属于京沪某个著名沙龙，亦不属于某个"民间思想村落"，却有着不输于上述"沙龙""村落"的极活跃的阅读与思考；也因不囿于某个村落、沙龙，不断摄取来自社会的丰富印象，将思考延伸到了"文革"后的八十至九十年代。由此看来，阅读的共享固然限于条件，也未见得没有"集体主义"的遗痕。在一个圈子里阅读，你总算没有被某种风气、某个群体落下。

吴亮阅读的"另类"，包括了个人性，不只随机而且随性（机缘与兴趣），非功利——甚至"求知"这一种功利。这个阅读者胃纳极佳，却又褒贬苛刻，绝不随俗从众。经手的书籍各有渠道，没有相对稳定的来源。或也因此，所读书籍中有当时流行书单上较少出现的文学作品，即如冈察洛夫的《奥勃洛摩夫》；被其单列的巴尔扎克、柯南·道尔、屠格涅夫，也不属于其时被知识青年热读的作者。他的书单上的政治类书，即如《杜鲁门回忆录》、哈钦逊的《爱德华·希思》、户川猪佐武的《田中角荣传》《阿登纳回忆录》、悉尼·胡克的《理性、社会神话和民主》《历史中的英雄》等，似乎也不属于流行书目。他的书单上甚至有达尔文的《物种起源》。一介平民子弟的书缘也可以如是丰富！吴亮自说的"延伸性的非系统阅读"，活跃而充满灵性，不像是在那个压抑、思想低迷的时代。当然也因那是上海。他说自己"读了许多当年看来完全是不必要的书"。但什么又是"必要"的？

上文说到知青的书单上少有中国古籍。知识分子则略有不同。张中行曾在干校回忆中写到俞平伯因偷看《水经注》被告发，自己阅读、抄写带到干校的《唐诗三百首》《白香词谱》，被作为"阶级斗争新动向"而罪上加罪（《干校琐忆》）。话剧演员方掬芬也写到自己因读《唐诗三百首》而被"帮助"，书则遭没收（《下放》）。后来的情况渐有了不同。周明记得文化部干校的后期，钟惦棐读《资治通鉴》，不少人读《史记》，自己读英文版的《毛泽东选集》、列宁《唯物主义和经验批判主义》，做卡片时还有人为其放风，以防人"打小报告"（《独立的人格》）。徐铸成在回忆录中，则写到林彪事件后在五七干校借"评法批儒"阅读古籍，"不忘随手抄制卡片"（《徐铸成回忆录（修订版）》）。由张光年的干校日记看，其时他所读除马列外，尚有范文澜的《中国通史简编》、任继愈的《中国哲学史》等（参看其《向阳日记》）。王西彦记巴金在"牛棚"里读西班牙文的毛语录，后来更大声诵读西班牙文，且重译屠格涅夫的《处女地》，续译赫尔岑的《往事与随想》（《炼狱中的圣火——记巴金在"牛棚"和农村"劳动营"》），也应当在干校后期。

干校中的王蒙，阅读与青年人有交集，即如读《白轮船》。他读的书还包括费正清的《美国与中国》、美国的畅销书《海鸥》《爱情故事》（《乌拉泊"五七干校"记趣》）。

知青的阅读也有另类者。内蒙知青有人读《圣经》、萨特的《厌恶及其他》（《民间书信》）。某东北知青，在信中谈到了存在主义（同书）。不止一份当年知青的书单中有萨特、加缪，像是在为八十年代存在主义的传播预热。这样说，或只是我自己孤陋寡闻。我后来才得知，开放初期潮水般涌入的现代派文学，部分作品此前即已作为"皮书"引进。洪子诚提到的黄皮书中，就有后来大热的贝克特的《等待戈多》、凯鲁亚克的《在路上》（《"请听听吧，后辈同志们……"》）。而我，无论在京城还是在中原城市，对这类出版物均闻所未闻。直至二十世纪八十年代中期，先锋派文学的移译已蔚为大观，才像是突然间瞥见了新大陆。

更另类的，或许是在国营农场以初二学历自学了数学、物理、电动力学、电子学、自动控制等课程的许成纲（《探讨，整肃与命运》）。少数中学生的攻读数学，也像学外文，似得了先机，是当时的我根本不可能动念的。上文说到当年的读书青年中有科技兴趣者相对稀有，其实我对此并无把握。也有一种可能，即"蓝皮书"的读者——许成纲所读似也非"蓝皮书"，而是教科书——或更是专业人士。即使"文革"中这种阅读在继续，那些读者事后也不像人文知识分子似的有叙述的愿望。

既因"文革"的环境不提供学习自然科学的条件，更因现实的刺激，后来因"现反"罪被关押、枪决的上海师大（今华东师大）的理工科学生王申酉，嗜读的是人文社会科学。他在书信中说，经由阅读马克思主义著作，自己"一生志趣与世界观一样发生了根本的转折：从自然科学的领域转入社会科学，深感现实社会对我们这代青年提出的社会任务绝不是搞自然科学，而是社会科学"（《书信摘抄》，《王申酉文集》）。曾被长期监禁的武汉大学生鲁礼安，亦理工科学生而有志于社会科学者。他甚至相信"文革"中"必将有一批在运动中崭露头角的工科学生转入文科领域，发挥其思维缜密、逻辑推理能力强的特点。成为今后文科改造的一支攻坚力量"（《仰天长啸——一个单监十一年的红卫兵狱中吁天录》）。

较之读理工科书籍更其另类的，应推狱中读书的吧。聂绀弩在肃反期间的"检查""交代"中，说自己不懂马列。"文革"中关进了看守所、监狱，总算有了恶补的机会。除《毛选》外，更惊人的，是其人在狱中"精读《资本论》数遍，并作许多眉批和大量读书札记"（《聂绀弩生平年表》）。《聂绀弩刑事档案》录聂的上诉状，其中写到"计读《资本论》等十八种（马列著作），最多读过十八遍（《反杜林论》《唯物主义与经验批判主义》）"；交狱方的读书笔记二三十万字。早在一九五五年肃反期间，聂就表达过"专研马列主义"的愿望（《个人主义初步检查》）。这一愿望在狱中得以实现，不免令人啼笑皆非。他的读马列，甚至带动了狱友（聂称"同犯"）。他说自己也劝狱外的人读《资本论》，"有效的只是监狱里的人"（《怀监狱》），亦有讽刺意味。在班房里读马列读得极其认真的，聂绀弩外，另有朱正（参看朱《小书生大时代》）。朱正的特殊之处，更在"文革"中的研究鲁迅，从事有关著述却是在出了看守所之后。

狱中读书的条件与所读书目，因关押场所、关押时间而有不同。杨曦光（即杨小凯）说他在看守所曾有计划地学习，学英文，学电机，学机械制图，读《世界通史》《资本论》，以及收入了毛一九四九年未公开发表的内部讲话及批示的《毛泽东思想万岁》（《牛鬼蛇神录》）。据同书，杨在劳改队中，还曾向其他犯人学高等数字，或均可归入其日后成为经济学家的前期准备。

乱世书缘

原拟的标题，是"书籍在'文革'中"。标此一目，不过以为系题中应有之义。真的写起来，不能不是大题小作。这本是专书考察的题目——或早已有专书，只是我不曾寓目罢了。曾写过一篇随笔，《载籍之厄》，讨论明清之际书籍的命运。书籍"文革"中所遭厄难，较明清易代间或更有过之；相关材料之丰富，足够用来写一本大书的了。

一九四九年后曾有不少人为了生计而出售藏书、旧家具衣物。也因已进入"新社会"，旧家底被认为不祥，旧书则被视为无用。"文革"前夕，书籍已在流失中。顾颉刚一九六六年二月二日的日记中，录所闻阿英（钱杏邨）的话，说为了备战，北京图书馆等机关都在卖书以减轻负担，"价值奇廉"，主其事的年轻人"但问此书于现时代有用否，能为人民服务否。苟不合此标准，即斥去，领导不敢问也。然各省图书馆正缺书，如能分与各省，免得被炸，岂非佳事！"顾氏"闻之叹息"（《顾颉刚日记（1964—1967）》）。"文革"初期抄家、"破四旧"之外，书籍由私家流出，还在一九六九年前后以战备名义的大迁徙（"疏散"）中。其时一些单位"连锅端"，工作人员赴五七干校前，将家中书籍贱卖的，所在多有。事后如沈从文似的重新购置，即有其心也未见得有其力。那些"文革"初期由公共图书馆、私家流出的书籍，疏散中被丢弃的书籍，能被图书馆回收，即属幸运，大部分化为了纸浆。

这样一来，倒是成就了一种特殊的书缘。当时北京四中的学生赵京兴事后说，自己常常泡在旧书店、废品收购站，与他互通有无的同学几乎个个都是"书痴"（《我的阅读与思考》）。他的同学曹一凡，也写到了自己在旧书店及向收破烂的小贩买书（《留在北京》）。如陈建华所记上海的地下外文学习班一样，解全所记武斗期间成都的旧书市场，也是我凭了自己的经验不能想象的。解全说，热闹时这个书市每天达七八百人，交通为之堵塞（《我在文化大革命中的经历》）。这种地下书市类似黑市交易，交易的就有由图书馆流出的书籍与抄家物资，其他城市未见得没有大破坏，抢救也在进行。一九六七年二月二十三日顾颉刚在日记中，记灯市口的中国书店"已重挂牌子收书"（《顾颉刚日记（1964—1967）》）。不唯旧书店，图书馆也着手收书，尽管动作可能慢了几拍。当时的北京四中学生刘东，"听说全市的图书馆都在收集古籍"，建议该校的副校长将藏书全部捐给图书馆，避免被抄被烧（《亲历者的见证》）。初期"文革"操盘手之一的陈伯达，在其晚年自述中谈到了一九六七年秋制止破坏图书文物的情况（《陈伯达最后口述回忆》）。只有这样的幕后之手，才有力量阻止劫难的持续，尽管已是在大规模的破坏既已发生、损失无可挽回之后。

发生在"文革"中的，另有匪夷所思的事。即如一九六七年年中到年底，北京图书馆竟对外开放了。"除了被列为淫秽图书如《金瓶梅》《查泰莱夫人的情人》等文学作品外，一律敞开阅览。"（赵京兴《我的阅读与思考》）那半年时间曾泡在图书馆里的赵京兴说，何以会在"文革"高潮中有这种令人难以置信的事，他所见诸种文献均未提供解释。也应该是那期间，后来从事英美文学研究的黄梅，在北图初次读到了奥斯丁《傲慢与偏见》的英文原著。她在回忆文字中写道："阅览室高大而幽深，十分空旷。仅有三三五五的读者散落其中，各自占据一方小小的空间……"她也认为，"在那个时段里，北图的正常运行似乎是个小小的奇迹。"（《奥斯丁"遇见"〈教育诗〉》）梁漱溟也利用了这类机缘。其一九六六年十二月的日记，记有全国政协书库同意其借阅书籍（《梁漱溟全集》卷八）。一九六七年三月四日，记书库被封。四月二十五日，到北京图书馆看书。此后连日到北图查书。

有幸抓住了这一机会的年轻人，事后谈到，一九六七年北京图书馆不到半年时间的开放，曾短暂地成为学生们"汲取知识、沟通信息、联络感情"的场所（李恒久《越境》）。而曹一凡在一九六八年年底之后，仍然凭了介绍信到北图读书。要凭介绍信，或许是与上一年北图开放时的一点区别。曹说当时北图的大阅览室"快成了同学聚会的场所了"（《留在北京》）。由此看来，进入该馆似乎并不难。

至于红卫兵的"偷书"，我已在其他场合写到，见之于各种回忆文字，似乎有相当的普遍性。偷书的故事被大事张扬，对社会风气或有负面影响。但也应当说，书籍在此非常时期的被偷，或许倒是书籍之福：被保存，被阅读，被多人传阅。甚至有人不惜以身犯险，从被焚烧的书堆中拣书。你不能不说，这些人中必有真正的"读书种子"。

我在"文革"中的阅读

我在"文革"中的书单并无可观。运动初期在北大，耽读的是毛主席未公开发表的文字、红卫兵小报与各种非正式的印刷品。一个诗人说，一九七〇年初冬是一个令北京青年难忘的早春，"皮书"于此时在他们中流传。这个初冬我已在乡下，手边可读的，只是带下乡的《辞海》的文学艺术分册。读词条，亦望梅止渴的意思。两年后，京城的"地下"读书活动热度未减，我其时正在中原省城的一所中学当孩子王。即使无缘于任何沙龙、读书会，与流行的读书活动仍有交集，即如读柯切托夫，读《多雪的冬天》等其他苏联当代小说，读政治类的哈尔伯斯坦的《出类拔萃之辈》及上文提到过的《第三帝国的兴亡》——只是不知有"皮书"一名而已。因此我的阅读绝不另类，也很少能体会"地下阅读"的隐秘快感。此外所读，还有当局开出的马列的六本书。尽管缺乏将马列主义作为体系把握的能力，那些书仍然滋养了我，培养了对于理论的兴趣，尽管并不具备相应的能力。读马列原著及有数的几种政治类书，不曾诱发我对于现实的批判性思考。我属于"后觉"的一类。至于读到"内部书"，也不记得有特殊渠道，多半得之于父亲所在大学的图书馆吧。一些年后探访"明清之际"，惊讶于王夫之僻处湖南，何以思路时与东南人士相接。你不能不感慨于所谓的"风气"，尽管"风气"也者，并无踪迹可寻。那期间也曾有过"圈子"，却更是因所在中学的内斗，与读书无关。事后看去，没有一种氛围（小气候），没有几个同好切磋商兑，思考之难以入深，是自然的。"文革"期间，我始终没有这样的遇合。但文学阅读似乎并不需要这类条件。独自品赏，沉溺，或许是更理想的状态。你的阅读感受无须与人分享。即使到了后来做学术，我也仍然没有与人讨论、交流的习惯。读书仍然是我自己的事。

上述阅读看似随意，却各有对于我个人的意义。未公开发表的毛的文稿、讲话记录稿（郑州会议、成都会议、南宁会议等等），样式仿"毛选"，也有四卷，由北大出版社印刷，并非稀缺资源，当时在校的学生几乎人手一套。读那"四卷雄文"，我竟有一朝开悟的夸张感觉：关于当代的中国政治。甚至自以为领悟了辩证法的要义。"唯物论"或包含了宿命论，"辩证法"却可能有"解放"意义。毛对于"辩证法"的通俗演绎将我迷住了。令人着迷的，是关于事物变化的富于想象力的描述。这自然也基于我自己对于变化的隐秘的期待，希望自己相信"一切皆有可能"：社会的变动，以及自己命运的改变。但更具体的心得，也仍难以记起。

"文革"中大量未经审查的印刷品，毛的讲话外，其他揭秘当代史重大事件、揭秘党内斗争、揭秘国际共运者，均不难读到。阅读中时有心神的悸动。无序、失控造成的空隙，大得可以漏掉吞舟之鱼。对当时的知识人，那何尝不也是"启蒙"：由对当代政治、当代史的蒙昧状态中走出。

"文革"前期出版业瘫痪，油印或铅印的红卫兵小报，是其时最流行的读物。尽管未被任何一个"革命群众组织"接纳，"红卫兵运动"结束前的我，却保持了对于运动的紧张关注，所读中央文件、中央领导讲活，大字报、各地红卫兵小报，油印、铅印的"非正式出版物"或不逊于他人。这种阅读花费了我相当多的时间。至今对"文革"的了解，仍赖有当年如上的阅读经历，因而不以之为精力的空耗。与某些地区的相关之感，正由那种阅读培养；一些当时耳熟能详的"文革"人物，至今仍不陌生。尽管那或许正是有先见之明的年轻人系统地读日后"有用"的书甚至学外语的时候。稍有点特别的是，当时的我，手中却又常有一本冯至的《杜甫诗选》，聊慰游荡在"群众组织"外的落寞。还曾耽读屈原，《离骚》大半能背诵。只是到了后来，不免付诸逝水罢了。

"文革"期间我的阅读，刻印最深的，仍然是运动初期的读鲁迅，与任教中学期间的读托尔斯泰的《战争与和平》。读鲁迅在当时无异于拯救，将几近崩溃的我，由内外世界的扰攘中救出，有一种脱出茧缚的开豁。缓解了自己的痛苦，换了一副眼光也换了一种心情面对世界，真切地感觉到了思想的成长，自信也由此恢复。倘若全不切身，又无关时事，绝不会读得那样如醉如痴。有人提到所谓的"关键之书"。如果说有于我来说的"关键之书"，那只能是鲁迅。其"关键性"系于特定个人，还因了特殊的时间点。在那一刻与之遭遇，犹如宿命。最终，你被那本书改变了。也有可能是，你内心深处的某种东西等待被一朝唤醒。若没有这机缘，那种潜在的可能性或许终你的一生都在沉睡。可惜的是，我没有洪子诚、吴亮的那种能力，难以将"鲁迅之于我"在半个世纪后呈现出来。

把《战争与和平》留到"文革"后期才读，或也因其部头之大。但那确实是读这部书的最佳时机。那时的我还是"文学青年"，不但极其易感，且易于耽溺，即如陷在小说营造的氛围或我自己酿造的情绪中不能自拔。并非每种阅读都有可供回想的故事；但确有吴亮所说的那种个人的瞬间，令你经久难忘。由大学的图书馆得到书籍，亦一种"知识－权力"，是许多人不敢想的。到一九七七、一九七八年高招、研究生招考，他们有可能先已"输在了起跑线上"。也因此我不敢轻狂，同时相信那些未被机会眷顾者中，定有更优秀的人才。

黄子平提到七十年代"开了几个口子"，你可以"冠冕堂皇地"读某些书（《喜欢阅读》）。这"口子"在我，就有利用"评法批儒"读古籍。但也就在那期间，读李贽败坏了胃口，以至几十年后涉足晚明，也无意再碰这么有趣的人物。除了本有宿缘的屈原、杜甫，"文革"期间我并没有更多地接触中国古籍，这使我在上世纪八九十年代之交进入"明清之际"，首先遇到的，就有句读方面的障碍。

写过一篇关于"文革"后期的短文，《闲散的日子》，我所谓"闲散"，指的是"无目标状态"。《民间书信》中一九七二年的某封信，提到周围的同学当小徒工而刻苦学习，"早上学英文，晚上学古文，然后看些杂七杂八的什么书"，对其人生似已有设计至少是预期。而我没有。只是觉得，"当着生活陷于停滞，全无远景，它忽而变得单纯了。我还记得在乡下的那间借住的农舍里，白天干完了活，夜间在灯下绣风景时，那极淡然极悠远的心境。那是在其前其后都不能体验的"（《闲散的日子》）。至于在那所中学任教时，"夜读，实在是愉快的。一灯独坐，如在世外。我的那个班，学校的那些'派'都顿时远去"（《陋室》）。"无目标状态"下的，或也是较为"纯粹"的阅读。而这种阅读在成为"专业读者"之后，不能不令人怀念。较之其后的世代，"文革"中阅读的专注，才值得特别谈论。当时的我，也有紧张的思考；思考的是什么，已不能记起。肯定与风气不接，是孤独的个人凝思。或许思考什么并不那么重要，重要的是无目标而又耽于思考。这种耽于思考的状态，即延伸到我的整个二十世纪八十年代。

自一九七〇年春离开北大到了河南农村，即与京城失却了联系。即使"文革"后期，也极少由寂静中捕捉到来自京沪"地下"的信息。其时北京与外地风气差异之大，由当今的信息时代已难以想象。你甚至也并不知晓自己居住的城市还有其他读书人的圈层。其实现在又何尝不是如此！当下青少年活动的场域，对于我或无异于异国，尽管资讯之发达，已非"文革"中所能梦见。

（原载《书城》2016 年第 3、4 期）

监狱里的杨首席

张郎郎

一

我要讲的这个故事发生在石家庄市河北省第二监狱。在此之前，我先在北京著名的半步桥看守所练了三年闷功。然后，转移到河北饶阳县大狱，又在那里练了三年饿功。六年之后的一九七四年，我才算熬出个头儿，从死刑未决犯改判为有期徒刑十五年，还带个"刑满后剥夺政治权利五年"的尾巴。剥夺不剥夺，对我没意义，说来可笑，我们这种人还有值得被剥夺的权利么？

对一个死里逃生的未决犯来说，能当个堂堂正正的劳改犯，已经是一步登天。更何况，我将要去的中队，牛啊。要来这儿有条件：必须是死缓、无期或至少十五年徒刑以上的重刑犯；来者必须身怀绝技，能说能干、手脚利索，不收等闲之辈。

我背着行李在饶阳公安人员押解下进了第二监狱办公室，警官抬头看了看我，对旁边一个看热闹的犯人说："小王，你们给他松开。"那个小王忙上来给我松绑，一边解绳子一边说："嘿，哪儿是绑人呢，简直是勒猪啊。这么虐待犯人，你可以告他们。"队长一边看判决书，一边笑着说："你少说两句吧。"我一言不发，心想：这小王胆子也忒大了，跟队长怎么说话呢？这六年里，从没见过犯人当着警察敢这么放话，更没想到警官居然没抽他、没骂他，还笑着和他有问有答。

哦，看来这儿的犯人已经从地狱最底层上升了至少一个台阶。这里的游戏规则和看守所完全不一样了，我不由得暗自心花怒放。

队长看完我的卷宗，轻轻哼一声："还是个大学生呢。你们把他送到零修组去。"所谓零修的意思就是随到随修，可能就是两榔头、一改锥的活儿。后来我才知道这是个重大的恩典。零修组看起来很简单，其实这儿才是高手云集的地方。你想想这个汽车修配厂，是归省公安厅管，专为公安系统服务。重刑囚犯给警察修车？听起来似乎有点儿荒诞，有点儿悬。其实细一想你就明白了——这些重刑犯个个都趴在生死边缘的刀刃上。当年，饶阳县看守所的张所长就是这么说的，"你们都和蚂蚱一样，过去趴在锅台上，现在趴在锅沿儿上了，一不留神就进了油锅了"。如今能让你们修车，能不精益求精么？

跟我一样因"反动言论罪"进来的杨秉荪可没有这么幸运，他被判了十年，少了一个"重刑犯"的必要条件，就进不了零修组。来之前，他是中央乐团的首席小提琴手。可监狱里不管这个，给他分到了施工队。重体力活儿啊。中央乐团首席小提琴演奏员的手，用来搬运水泥墩子、水泥块儿——纯属暴殄天物。

他们哪里知道杨秉荪不同凡响的来历呢。

二

杨秉荪在红色摇篮里度过了童年。他是个孤儿，在陶行知先生办的重庆育才小学里长大。他是个音乐天才，陶行知先生是名副其实的伯乐，特意请马思聪先生、黎国荃先生来指教小杨秉荪们的音乐课。

那个学校有很多老师都是共产党的地下党员，也有人说，这个学校相当于八路军办事处的儿童团。当时正值国共合作时期，周恩来、邓颖超夫妇常到这个学校来看望这些成长中的孤儿，杨秉荪等几个尖子学生都把周伯伯当成自己的父亲，周恩来也一直把他们当成自己的孩子。

杨秉荪二十岁，新中国建立。一九五〇年他随中国第一个青年艺术代表团，到以苏联为首的社会主义阵营的东欧各国去巡回演出，走到哪儿轰动到哪儿。谁会想到，新中国的青年艺术家们能有这种水平？后来，团中几位佼佼者去柏林参加了世界青年联欢节，杨秉荪的小提琴和后来成为他妻子的邬漪丽的钢琴都成功为祖国争了光，拿到了金奖。

在周总理的关怀下，新中国几位青年艺术尖子留在苏联留学，杨秉荪就是其中之一。之后他又被送去匈牙利深造。回国后，他自然就分到当时中国最牛的交响乐团——中央乐团。从工作到一九六六年，他从来都没有中断过小提琴练习。小提琴是他事业的根基，是他迷倒众人的魔棒，是他人生征途上的贴身利器。

一声惊雷！"文化大革命"拉开了序幕。在交响乐《沙家浜》还没上演之前，西洋乐器和它们的主人们，统统都被打翻在地，还踏上无产阶级的无数只大脚。

可杨秉荪依然在偷偷地练琴，把指法与运弓分开来，不让琴发出声音。无独有偶，被打断手指的钢琴家刘诗昆，也在无声地练习弹钢琴，他把窗台当作钢琴的键盘。那是一个无声音乐流行的年代。

在"抓出造谣坏人"的一声令下，老杨和我还有成百上千的人一起被"扭送"到了各个公安机关。这时候，他才第一次不得不和他的小提琴一刀两断。

说来有趣，我和杨秉荪并不是头一次同监，在饶阳看守所我们就是狱友。他曾经给我讲述在匈牙利受到的震撼。一九五六年的一天清晨，苏联坦克轰轰隆隆开入了布达佩斯，一辆辆战车排成一字长蛇阵，大地都在颤抖。匈牙利人居然还有零星抵抗，苏军坦克就开炮回击了。老杨住的对面是座五层大楼，炮声一响，这座大楼的一整面墙就咔嚓嚓地垮了下来，似乎是被巨人抽掉了朝向街面的墙，眼前的大楼立刻变成了一台布景。家家依然布置得整齐舒适、井然有序，最让人不可思议的是，几乎每家都有一架斯坦威钢琴。他站在窗口，惊愕，惊讶，惊叹！当年，全北京只有一架德国制的斯坦威钢琴，还相当老旧。在当时，那可是国宝级的稀罕物啦。

老杨如今在美国休斯敦安度晚年了，这些年来他一直在那儿教孩子们拉提琴。如果不是他当年在监狱里告诉我，布达佩斯不可思议的文化景观是我无法想象的。至于现在斯坦威钢琴（无论是美国产的还是德国产的）如烂漫山花遍布中国大地，那年头儿谁都不可能想到会有这么一天。

三

一九七五年，杨秉荪的天时到了。邓小平已经出山，全国都在恢复调整中，监狱里的气氛也相应好转。地利呢？就是二监是大城市里的一个大型企业，相对稳定，有发展空间。人和呢？我们的费典狱长喜欢读书，还喜欢文艺。他想要让单位气氛焕然一新，把改造思想的灵魂医院推上一层台阶。再说，那时费狱长也想趁机和北京第一模范监狱拼一拼，在劳改系统创出一条新路。

于是，费狱长一声令下，让每个中队都得准备新年文艺节目，优秀节目还可算是改造成果的一部分。各大队和中队摩拳擦掌，挖掘文艺方面的潜在人才。从艺术团体扭送来的"现行反革命"，原先根本没人待见，觉得这些人要技术没技术，要力气没力气，全是废物点心。但此一时彼一时，这些人顿时变成香饽饽了。

中央民族歌舞团的歌手小左、中央乐团的男高音小王、电影学院的三位青年教师、中央芭蕾舞团的小丁、中国京剧院的小齐等等，差不多都是属于"一打三反"运动时期抓出来各大案的案犯，有的是"造谣者"，有的是"传谣者"，还有写错标语的，喊错口号的，原来分布在各个不同狱所，这时期从采石场的山沟里，从铸造厂大炉边，从青纱帐的玉米地里……一个一个被选拔回来，开始发光发热。

中队为了让杨秉荪表演好这个节目，让他写信给前妻邬漪丽，请她把小提琴托人带到监狱来。可队长听说这把琴价值的天文数字，当场就傻了眼，于是，狱部决定派最靠谱的人专程到北京去取。

邬漪丽是祖籍上海的华侨，当她听说老杨栽进一个大案时，立马吓蒙了。当时中央乐团被称为"样板团"，邬女士不得不赶紧找到军宣队开介绍信，再找法院申请离婚。老杨接到离婚通知书，二话没说，干净麻利地就签了。绝对没哽没泪。人家那是什么层次的主儿啊！

邬女士与丈夫办了离婚，保住了政治生命和中央乐团独奏演员的位置，心里的一块石头算是落地了。同时，她也满腹心酸，为杨秉荪的突变不幸而难过惋惜，也为他们过去共同的日子伤感万分。如今，他人在监狱，老杨的东西就封存在他们曾经的家里，包括那把贵重的小提琴。

二监派去北京的几位队长，到底都是公安战线的老将。几经周折，总算把这把珍贵的琴全须全尾带回了石家庄。当费狱长把这小提琴递给杨秉荪的时候，老杨当时就双手发颤，那脸上的表情更难以形容，无法描述。仿佛他捧过来的不是一把提琴，而是个"十世单传的婴儿"。

四

这是我来二监狱后的第一个新年联欢会，我亲眼见到老杨如何乌鸦变凤凰。

一曲《新疆之春》独奏，把六千多男女重刑犯全都镇了。此曲只应天上有，仙乐岂允罪人听？

你想，他是中央乐团首席小提琴演奏家，过去在北京要听他们演奏的交响乐买张票都难，要是古典名曲，更就难上加难了。不但票价高，而且一票难求，所有想听的人，得到东单售票处领号，彻夜排队。北京人那会儿有这么个说法，"砸锅卖铁弄一耳朵贝多芬"。

他的小提琴高水平表演，在二监狱真有点牡丹花喂牛的意思：五湖四海的犯人哪儿品得出这等芬芳？不过，这曲子以新疆民歌为主旋律，至少听着耳熟，符合国人的欣赏习惯。再说，他们此前不大明白小提琴为何物，这回算是开眼了，也看明白了，用脖子夹着，拉出来这么个速度，这么个旋律，再弄出这么个响动——实在太不容易了。

随着《新疆之春》旋律的余音，"杨秉荪在二监狱服刑！"的消息不胫而走，传遍石家庄，甚至传遍河北省。到了第二年的新年晚会时，来了许多"贵宾"，都是为了听老杨的琴声而屈尊"入狱"，特地来参加犯人的新年联欢晚会。这些"来宾"里，有河北省军区的文工团演员们，有"支左"军队的首长们，省革委会主管公安或文化单位的官员们，以及他们的家属。

这下子，杨秉荪鸟枪换炮，咸鱼翻身了！大队部想把他调到别的中队去，可建筑队的主管觉得天上掉下来这么个活宝，对所有要求一致回答："没门儿！"

过去，他们让杨秉荪天天浇筑水泥块儿，把他累成了椎间盘突出，疼起来坐不起来、躺不下去，只能整夜趴在床上。如今，他们死活都不让他再去干这种累活了。先把他送到二监狱的医院里，理疗、推拿、拔罐子，中西合璧全活儿，让他好好恢复。平时就让他干点轻活儿，剩下的时间还让他练琴。每个星期他还有机会坐着队长的吉普车出监一两次，那是要他去给某领导的孩子上小提琴课。他不但放了个大风，也得了点儿口福。

一九八一年有一部美国纪录片《从毛泽东到莫扎特》，获得了当年奥斯卡最佳纪录片影片奖。片子记录了美国小提琴大师斯特恩一九七九年对中国的访问。这片子非常有趣，对我来说，更值得一看，因为在这里，就可以看到我的老熟人杨秉荪。他和我都是一九七七下半年被释放出狱的。他回到中央乐团，人们大吃一惊，近十年的牢狱之灾后，他的手艺居然没丢。

小提琴大师斯特恩来中国，老杨是主要接待人员之一。首先因为他是中央乐团的副团长，是首席的小提琴家；更实际的原因是，在这些演奏员中他的外语最好。在片子里，你可以看到恩斯特先生和乐团一起排练莫扎特《G大调第三小提琴协奏曲》，杨秉荪就坐在乐队第一小提琴手的位子上。你可以看见，他给斯特恩先生当翻译，向同事们解释其要求和意图。他还陪着斯特恩先生参观、访问、和学生们交谈。虽然我不是搞音乐的，但这部片子会有几次让人感动得眼圈阵阵发红。

有一回，我跟狱友老易聊起老杨境遇的变化。老易说：这事儿和中彩一样，没准儿。前两年我都没想到这辈子还能听到如此高水平的小提琴现场演奏呢，谁承想这么快就能听到杨秉荪本人的现场演奏。这也是一种运气，一种意外的福气。

我说，就是就是。估计在北京第一监狱服刑的犯人们也没想到，有一天能亲耳听到刘秉义的男高音演唱；关在河北深县公安局看守所的犯人也没想到，这辈子有机会近距离欣赏到北京人艺著名演员英若诚的《茶馆》片断现场表演。你说得不错，这也是一种缘分哪。

　　这么想来，那年头儿蹲蹲监狱真没什么不好。一来可能你躲过了不少意外之灾。二来每次监狱调动，你永远猜不到，下次你有机会见到谁。众多人物如果不进监狱，也许你这一辈子都没机会见到。

　　杨秉荪后来在美国休斯敦安度晚年，在那教孩子们拉提琴。谁会想到，四十年前，他和我一起在石家庄河北第二监狱里当劳改犯呢。

（原载《财新周刊》2016 年第 16 期）

小院旧雨

——"文革"杂忆

戈悟觉

"文革"时我在宁夏银川，住在小杂院。五家人。土坯房，黄土院墙。院门是土墙的一个缺口。家家唯一的私有不动产是家门口的砖砌炉子。自觉不串门，那时提倡告密，深恐无事生非。有事门前喊一声，出来在炉台边说几句。

一天傍晚，对门那位理发师傅对我说，这几天院门口还有巷口，有人东张西望，夜里也有人。他好心提醒我。我看见他一直站在家门口等我露面。平日我们只是见面点头，未说过话。他在院子里最讲究穿着，也就是干净整齐，长得清瘦修长。每天一早骑车下乡，傍晚回来，自行车后座上绑着一个画有红十字的木箱，里面是理发用品。他在田间地头为农民理发，中午常常能混上一顿饭。有时带回一个干馒头，我就能听到全家的笑声。妻子年轻苗条，农村户口没有粮票，四岁的女儿户口随母也没口粮。一家凭他的二十五斤口粮是吃不饱的。

我说声谢了。表面不动声色，其实心里忐忑。夜里出去一看究竟，果然有两个人，相距四五十米。巷口的人见是我便推车过来。原来他们是受市公安局一个战斗队指派暗中保护我。"文革"中各单位都有两个或多个战斗队，都在读毛主席的书，念毛主席语录，都在喊"誓死保卫毛主席"，却互相争斗，你死我活。我曾为公检法这一派做过报告，我署名"漫天雪"的大字报有点名气，他们和小将们争相传抄，所以他们认得我。

我说："回去吧，我不会有事。"

他说："形势紧张。你是我们的笔杆子，大意不得。"

另一位笑着背诵毛主席诗句："纤笔一枝谁与似，三千毛瑟精兵。"

我说："毛主席写给丁玲的，'昨天文小姐，今日武将军'。我愿做武将军。"（"文革"中我天天练拳，刻有闲章"温州一武夫"）

公安局战友果然消息灵通。接着的几天，我这个小杂院就有二人离世。

隔壁邻居，是百多人工厂的厂长。那天早上捅火炉，厂长太太对我说："奇了怪了，昨天夜里双脚冻得不行，冻醒了好几回。"

我说："七月天，怎么会呢？被子没盖好吧？"

银川夏天，夜晚凉快，要盖薄被。她说："被子捂得严严的，就是冻得不行。"

正说着，厂里来了两个人，站在院子中间说话，凶神恶煞地："你老公林××，死不改悔的走资派。昨夜里跳井自杀，自绝于人民！罪该万死！马上去厂里领尸。"

她端着饭锅。锅掉到地上，晕倒。儿子抢她进屋。不能哭，哭是没有划清敌我界限。我事后去他们厂。这是个废井，井深水浅，井底淤泥没腰。我去时尸体还扔在天井里曝晒，让她写下"认罪书"才给拉走。厂里老工人悄悄对我说，林厂长白天只让穿衬裤批斗，受不了侮辱才走绝路。

"文革"中"群专"（群众专政）和批斗是不受任何管控的，"走资派"自杀不是新闻。有记忆价值的是林太太脚冷，完全客观真实的陈述。多年后我请教专家：第六感？脑电波？心理感应？等等，难以定论。

林厂长的儿子高高大大，他看上常来我家的漂亮女孩。我们原先住在一个大院，她父亲是宁夏高级法院院长，当年陕北出名的游击队长。他识字不多，一身伤疤。他无例外也当了走资派。他性格刚烈，批斗他时与人对骂，还动手打人，把凳子扔过去。不过，最终还是"正确对待革命群众"做检查。那份检查请我代笔，他念检查时一边还"呸呸"着，一脸不服气。我原以为走资派之间同病相怜，至少心同此理，彼此谅解。不料他得知女儿谈的对象是走资派儿子，坚决反对。他说："我是共产党员！"我说："林厂长也是党员。"（我猜的，不是党员当不了厂长）他语塞一下，说："自杀就是叛党，给党抹黑。她再往这家跑，我打断她的腿！"我传达，厂长儿子说："腿断了我养她。"不过，拗不过这位游击队长，分手了。这是后话。

7月底，院子里又发生一件死人的事。

院门口住着一家三口。老汉姓冯，泥瓦匠，五十上下年纪，老两口没有子嗣，领养的儿子叫冯立根，上高中一年级，十六七岁。儿子受宠，如同己出，每天放学母亲都在院门口等着，老汉常在院里"根儿根儿"地喊，透着亲昵和得意。立根是乖孩子，就是不大爱理人。那天下午他家突然来了十多人，大概是同学，年纪相仿，一色绿军服，扎宽皮带，唱语录歌。傍晚，院门口停下一辆卡车，车厢里已有不少手持长矛的成年人，黑衣黑裤，矿工柳条帽。同学一哄而上，兴奋地喊着语录："下定决心，不怕牺牲，排除万难，去争取胜利！"老两口等卡车开走了才出来，在院门口望着远去的卡车和沙尘落地。

这是恐怖之夜。刀光血影，汽笛长鸣。短时间全市停电，一片黑暗。我很难区分枪声和鞭炮声，我们熟悉电影里的枪声往往来自道具鞭炮。我骑车出去，门口保护人已不在，有真刀真枪的任务了。我去报社、电台、电表厂、中医院，最后去西塔陵园。这里是我们的大本营，已被打得七零八落，院墙倒塌，火光冲天。找不着人，又去体育馆，这里关着俘虏和伤员。大街上高音喇叭双方念着语录对骂，后来我们这派没了声音。另派宣布："天翻地覆慨而慷！今天的银川已是红色银川！"我们这派人在银川邮电大楼顶层给中央"文革"发电报："银川告急！银川大屠杀！"不时有伤亡消息传来。谁更残暴，谁就是胜利者。中央"文革"没有回音，我们早就心里明白，中央"文革"是支持他们的，但是我们不死心，但愿中央"文革"是受蒙蔽。我就站在柜台边书写几千字的"情况反映"。宁夏大学北京公社的同学唱起了"抬头望见北斗星，心中想念毛泽东"，边哭边唱。

天空微微发亮，我回到小院。我马上被眼前的情景惊呆了。冯师傅家灯火通明，屋里屋外挤满"革命小将"。他们有的头戴柳条帽，地上放着几根长矛。这可是铁家伙！马上可以抓我关进体育馆。

我很快明白：死了人了。会是谁？

我在小院门口站着，定定神，感到这里一股逼人的寂静。谁也没有注意我。我半遮面从人群中穿过，冯师傅家里传出齐声背诵毛主席著作《为人民服务》："人总是要死的，但死的意义不同……要奋斗就会有牺牲，死人的事是经常发生的……"《为人民服务》当年我们都会背，他们声音有点嘶哑，我想已经反复多遍了。老两口坐在椅子上，木木地注视着木板上仰面平躺着的儿子。一面鲜红的"东北野战军"军旗覆盖在身上。

冯师傅和老伴实际上没有时间甚至没有权利哭泣。两天，人来人往，小将们陪伴着他俩。他们是沉痛的，真诚的。我没有任何表示，这时候任何言语都是不得体的。天热，迅速火化。大家都已疲惫不堪，小将散去。这天夜里，有风有雨，我突然听见冯师傅在小院门口呼喊："根儿！根儿！"老伴在家号啕大哭，声声凄厉，声声瘆人。我的另一边邻居姐妹俩，吓得跑到我家。

姐妹俩相依为命。姐姐二十岁，在街道企业做工。妹妹十六岁，在家，养两只母鸡，天天有蛋吃。这些天的乱局，两只鸡都不知飞到哪里了，又不敢出去找。

八月中旬，宁夏又发生大规模武斗，在农村，在水库，在铁路。中央

"文革"决定在北京召开宁夏四派会议。我是一派的材料组组长,将赴京。

临行,深夜。冯师傅敲门。在门口,他把一个信封塞到我手里。他干了三十多年泥水活,手指瘢痕累累,手掌如同铲子般灰白。

我有点莫名其妙,心想他肯定有事:"冯师傅,进屋吧,请进来坐下慢慢说。"

他犹豫了一下,进来,关上门,站着说话:"这是我为根儿将来成家攒下的钱,不多,一百五十元,每年省下五十元,三年了。用不着了。"

泪水顺着枣红的深深的皱褶流下。他看上去很老很老了。

我说:"根儿的事,我很难过。"

他说:"我知道,我知道。"

他又掏出一个信封,里面是儿子的一张一寸半身照:"听说北京照相馆可以翻拍,求你了,求你带到北京,放大四寸,印一百张。根儿的照片,上高中拍的。"

我说:"我很愿意,你放心。"

他说:"照片两边,写上两行字。他的同学写的,你看看。"

纸片上写着:"为有牺牲多壮志,敢叫日月换新天。"

我说:"是毛主席的诗句。很好,一定写上。"

他说:"钱怕不够吧?我就这么多,我等你回来再补上。家里老太婆还有条狗皮褥子……"

我急忙说:"够了,足够了。用不了的。"

他走到门口。猝不及防,他转身向我下跪:"谢你了。我就一个儿子,根儿,他叫根儿。"

我到北京的第一件事,就是去王府井王开照相馆印照片。很顺利,花多少钱忘了,有发票。陈伯达、康生、江青、姚文元都来了。我冒犯了江青、康生,"攻击侮蔑",会后潜逃回家乡温州。半年后,才回到宁夏。

其时,小院已拆毁,旧雨成追忆。

(原载《温州人》2016 年第 7 期)

辑五

怀念母亲冰心

吴 青

　　我的娘在一九九九年二月二十八日晚上九点钟离开了人间。我们是按着山东的习惯称呼妈妈为娘的。她虽然老家在福建的长乐，但是她在山东烟台的金沟寨生活过多年。那时我的姥爷谢葆璋是海军学校的校长。今年的二月二十八日是她去世十七周年。但是对我来说，她没有离去，没有走远，她永远活在我的心里和我的身旁。这种母女情是一种特别的关系。我至今仍然感到她身上和脸上的热气，还会感到她的双手在抚摸我的脸时的温暖和柔软。她真的是实实在在地在我的身边，给予我爱、信任、支持和力量。她没有远行。

　　在这个世界上，一切生命，人、动物和植物都不能没有爱，也离不开爱。这是普世价值！我的娘给予了我许多的爱。而爱是可以分享的。我对往事的记忆是从云南的呈贡开始的，当时我是两岁多。我们住在一座小山上的二层小楼里。我们住在二层，至今我还记得，我从小就是走路过快。有一次走得过急，一不小心我从二层滚到了一二层楼之间拐弯的平台上，我在那儿躺着，看二层的天花板。我也已经能懂一些事理了。我从小就喜欢动物，这是受娘的影响，因为我姥爷就喜欢狗，他们家里永远有狗。一天我对娘说我想养一只狗。她说行，但是你要天天喂它吃饭，给它水喝，给它刷毛，每天晚上要把它叫回家。因为我们住在山上，四周有狼。如果我忘记了一条，就不能再养了。

我再大一点，开始学着一些男孩子捉鸟。拿一个纸盒盖子，用一个木棍把盒子撑起来，棍子的下头用一根绳子拴上，盒子下撒上米或米饭，人趴在远处等待小鸟来吃食时，一拉绳子，就把小鸟扣住了。我捉鸟后，就把小鸟放在手里玩。娘看见后，不太高兴。她等到天快黑了，她问我，你在外面玩，天黑了，你最想干吗？我说我想回家。娘又问：你回家最想见到谁？这时我紧紧地抱着我娘说：最想见到你。这时娘说，天黑了，小鸟想妈妈了，你赶快把小鸟放回家吧！我一听娘这么一说，马上松手让小鸟飞走了。我从那以后再也不捉小动物了。

我的娘就是通过具体的事例来教育我，要敬畏生命，培养我的责任，培养我对生命和动物的关爱。其实爱就是责任。这也够我用一辈子。

我娘从一九二六年至一九三六年在司徒雷登校长领导的"燕京大学"当过十年的老师。我的爸爸吴文藻也是老师，他是从一九二九至一九三八年在"燕京大学"教社会学。他们都是老师，他们都爱自己的学生。到我们家来的人不是老师就是学生。娘爱她的每一个学生，她的学生也爱她。为了了解每一个学生，她要求每一个选她课的学生都写一个一千汉字的自传。这样她备课和上课就有针对性，可以有的放矢。我当老师以后，我也向娘学习，也要求每一位学生写自传。了解他们的父母是做什么的，对他们有什么影响，他们是如何学的英语，在听说读写译五个方面有哪些弱点和强项，有什么座右铭，喜欢什么运动，有什么特长，对我有什么期待等等。我给予农村贫困山区来的孩子更多的辅导和帮助。由于我爱我的学生，他们把我当作他们的知心朋友，我们相互关心和帮助，他们在学我教的课程上花了许多时间，学得也很好。我教过的学生不少人都在关心环境，关心教育，关心社会发展。他们都很有责任感。我真为他们感到骄傲！

抗战的孩子

我是娘和爸爸的第三个孩子，第二个女儿。他们管我叫老二或小妹。我是 1937 年 11 月来到这个多事之冬的。从小我娘就告诉我，我是日本军国主义占领了北平后出生的孩子，娘如果不是为了生我，他们早就带着哥哥和姐姐离开日本军国主义占领下的北平。我很快就知道了战争的残酷，和平的重要。从我开始记事，我们永远是在逃难，先到云南的呈贡，后来又逃到重庆歌乐山上。大白天我都不能在外面玩，在春天看不到满山遍野五颜六色的花朵和野果，听不到各种鸟儿的歌唱，而要躲进又黑、又潮湿、又冷的防空洞。

有一次在重庆我得了肺炎，发高烧，娘坚持在家的小床上陪着我，给我讲故事，一直到我们的警察朋友敲门，告诉娘需要马上去防空洞，她才紧紧地把我抱在她那安全温暖的怀中跑进防空洞。据说那天全重庆有七个孩子都是肺炎，高烧，我是唯一的一个幸存者。但是如果没有战争，是和平的环境，那六个孩子会活下来，他们的家人都不会感到悲痛！

一九四六年二次世界大战结束以后，中美英法苏五个战胜国决定分别派驻代表团到日本的东京，共同商量如何占领日本。这时我爸爸的好友朱世明将军被国民党政府任命为中华民国驻日代表团团长，他邀请我爸爸负责政治组二组的工作。

一九四六年十一月九日，我九岁生日的那一天到了日本。我非常不想跟父母去日本，非常生气。我们乘坐的轰炸机一降落，我就对自己说：我绝对不学日文，我也绝对不跟日本孩子玩。由于日本军国主义对中国的侵略，在中国进行了亡国奴的教育和大屠杀，杀伤无数的无辜平民百姓，使得中国人痛恨日本军国主义。民族主义在我的心中燃烧。但是我们在从机场去我们住处的路上看到一间房子着火，有几个男人光着膀子在救火，我们快到住处时还听到救火车的声音。我急忙问娘，你说他们的火灭了吗？他们今天晚上有地方睡觉吗？这就是人性，而人性是超国界的。这就是对生命的关心。这就是普世价值！而娘教给我的爱，是博爱，是超越国界的。这就是娘教育出来的孩子。

我们一到日本，爸爸就配了一辆小汽车和一位司机。司机既不会汉语也不会英语。爸爸和娘一出去就带上我，要我告诉司机往左还是向右转，我必须学习日语，特别是一些简单的生活用语一定要马上学会。

娘一到东京，就请人帮她去寻找她一九二三年至一九二六年在美国威尔斯利大学读文学硕士时的日本朋友。经过努力，找到四位娘的同学，我的日本阿姨。爸爸和妈妈把周四定为威尔斯利校友日。这样爸爸可以参加，听她们讲侵略国人民的声音，他周三要参加麦克阿瑟将军主持的联席会。而且在这一天厨师们要准备充足的饭菜让阿姨们吃，还要准备足够的饭菜让她们与家人分享，至少能吃上一顿饱餐。因为战后日本人民又经历了相当长一个时期的配给阶段。不够吃，不够穿，房子不够住，孩子在清除了瓦砾的场地上上课。因为美军对东京进行了地毯式的轰炸，只留下了日本的皇宫和联军占领后需要用的办公楼、各代表团要用的住宅等等。在广场上上课，冷了，老师组织学生集体跳绳，身体一暖和，老师马上教课。我在老远看这些和我一般大的孩子，我不跟他们玩，但是我从心眼里钦佩他们在极其恶劣的条件下，不间断地学习。

四位日本阿姨讲了我不知道的许多故事。我不知道日本人民反战；我不知道侵略国家的人民的声音无法发出来，有的被打死和处死，有的被送进监狱；我也不知道日本人民的衣食住行都很困难，一切都要"支持前线"。阿姨们哭着讲她们的故事，我哭着听她们讲故事。我知道了人民永远是反战的。但是我把这些阿姨讲的故事当作个别现象。一九四七年，我九岁半的时候，爸爸和娘得到一本"日本军国主义侵华罪行"的书籍，里面有大量的相片，有日军在中国各地实行三光政策（即杀光、烧光、抢光）和在各地实行大屠杀的照片。我看完了非常气愤，就给我的来自中国的小朋友看，我说我们得做点什么。我就把一些孩子组织起来，我是孩子头。我们做完了功课，我们就骑着自行车出去追日本孩子，吓唬他们。我们从来不打人。我是第一辆车，后面有六个男孩子跟在后面。我们干过三四次，后来被娘发现了。她非常生气，脸都气得白了，我非常害怕，她从来没有这么生气过。她问我，这些孩子到中国来侵略过吗？我说没有。他们欺负过你们吗？我说没有。常常被你们追赶的孩子的爸爸和妈妈也许就是因为反战而被打死的。我知道我错了，完全错了。我懂得了一个道理。在这个世界上，没有一个国家的人民愿意去侵略他国。因为只有和平时期才可能有自由、民主和法治。

先是人，才是女人

从小我的娘也告诉我，"你先是人，才是女人"。这句话够我用一辈子。我知道我是人，有自己的爱好，有自己的意见和想法。我当时根本不分男孩子和女孩子。因为在我们家爸爸和娘对我们三个孩子都是一样的。都得懂得什么该做，什么不该做。但是我就是喜欢和男孩子玩，因为我喜欢爬树，在山上奔跑，更喜欢模仿电影里冒险的镜头。

男孩子到一定岁数会比谁撒尿撒得远，我和他们在一起玩，当然也要参加比试一下。我发现由于我和他们在生理上不同，我比输了。但是这并没有让我失去信心，因为我爬树爬得快，跑得也不慢。但是在现实的世界里，我知道作为女人，比男人会遇到更多的挑战和困难，因此我们作为女人要比男人付出更多的努力和智慧，才能得到承认，得到尊重。

记得小的时候爸爸和娘带我去看过美国《泰山》的电影片。主人公在大丛林里"抓着藤条飞来飞去"。但是我当时不知道是藤条，以为是绳子。我太羡慕他了，他可以这样自由自在地从这个山，飞到那个山。我想我们歌乐山上也有好多的山，我也想试试。我乘着家里没有人发现，偷偷拿了一根绳子，爬到树上把绳子拴好，就开始悠了起来，越悠越快，我正高兴的时候，绳子断了，我重重地摔了下来。摔得好疼，我哭了起来。怨谁呢？是我自己。这是绳子不是藤条！我哭完了，到附近池塘把脸洗干净了就回家了。

　　我还看过有二战飞行员的电影故事。一个飞行员的飞机被敌人打中了，他马上跳伞，保住了性命。我觉得他太了不起了，在天空中慢慢地飘来飘去，慢慢降到地面，太自由了。在天空中他一定很舒服。我很想试一试。我也是趁着没有人，拿了一把大伞从家的后门出来，跑到一个比较空旷的山上，打开伞就开始从山上往下跳。我没有想到的是，我一离开地往下跳的时候，大伞往上一翻，我又一次从空中摔了下来。这次我觉得我的五脏六腑都要摔出来了，半天说不出话，哭也哭不出来。但是这次的尝试让我知道，电影里的是降落伞不是普通的雨伞！但是这种尝试对我有很多的好处，使我有更好的观察力和分析力，我也能够去想办法，去创造我所需要的条件。

　　我第一次被叫作"女人"，记得那是我在一九八九年初第一次担任北京市人民代表的时候。一九八七至一九八八年我们国家的政治体制改革又迈出了新的一步，那就是在基层民主选举上，又进一步扩大了民主。在同一个选区内，任何十个选民都有权联名提出候选人。而过去只有两种渠道提出候选人：一个渠道是由共产党提名，第二渠道是民主党派可以单独或联合提名。一九八八年底我就是这样被那届海淀区人民代表，十人联名提出的候选人之一，经过民主选举，选上的唯一一名非党、非官员的人民代表。我心里非常高兴，感到自豪和骄傲。我认为民主永远是一个过程，一个国家民主的实施与进程都要看那个国家的人民是否真正愿意，并且敢于依宪依法承担公民的责任。当时尽管北京市的选举法修改了，据说没有一个区县的人民代表敢于十人联名提出自己的候选人。因为他们害怕这又是一次像一九五七年那样的陷阱。而当时只有我们海淀区的人民代表，敢于十人联名提出自己的候选人，并通过无记名投票的民主程序，选出了自己的人民代表。所以当时媒体就有一种说法："海淀现象"。我当选以后，马上贴出一张如何与我联系的通知，包括我家的电话，我每周二下午接待公民的时间和地点和我家的住址等。

　　到一九八九年初，我第一次参加北京市人民代表大会，我当人民代表已经快五年了，尤其是那时中国的民主氛围比较好，人民争取民主的劲头也比较大。有比较多的公民在努力推动中国的政治体制改革。其实，政治体制改革和经济体制改革就好比一个人的两条腿和两个手臂。它们需要一前一后，平衡地往前走。这样前进和发展才能平衡，否则是要摔倒的。我在北京市人民代表大会选举两个委员会成员时投了两个反对票，因为我发现两个候选人中有一个是副市长，另一个也是政府官员。因为权利一定要受监督、要制衡。运动员绝对不能当裁判员，否则没有正义、公平、公正。我还投了两张弃权票。因为当时主席团里有许多老先生，一些人要在几个人的护理下才能来到主席台上，行动和说话都困难。我觉得他们已有了很多贡献，现在应该在家休息。我希望有更多的年轻的，敢于用宪法推动中国民主、自由、法治和透明的人进主席团。

　　我没有想到的是，我是在八百八十五名北京市代表中唯一投了两张反对票、两张弃权票的人！有一个男人，在我的背后，恶狠狠地说："就是这个女人投了反对票。"当我回家把这个消息告诉我的娘的时候，她笑了，带着一丝鼓励和骄傲的微笑。她马上在纸上写了：苟利国家生死以，岂因祸福避趋之。落款是：给作为市人民代表的爱女吴青，冰心一九八九，二月十五日。

　　这幅字后来我请我们的老朋友周明帮我做成了一副对子。我本来是把它挂在我的书房里，对我是个鼓励和鞭策。后来我怕日久了会坏，就把它收藏了起来。它和娘一样，永远在我的心里和身边。

（原载《百家湖》2015 年 12 期）

我 的 祖 父

杨 早

唯一一次入厨

那应该是我八岁的生日，因此是一九八一年的十二月，我要邀请两位小朋友，小刚与冰冰，来家里吃饭庆祝。

不巧的是，家里的主厨祖母要去自贡开会。做饭的重任，只好落到了与锅碗瓢盆似乎没什么关系的祖父肩上。

祖母设计了菜色，买菜，洗菜，打整，分装。剩下的活路就是把各色食材下锅，烹炒到一起。

我们仨在饭厅里的桌旁乖乖地坐等。祖父一人在厨房忙活。

菜陆续上桌。咦，怎么跟往日不大一样？

祖母第二天回来，看了剩菜才知道，没有一个菜的组合是对的：葱炒了鸭子，而该与鸭子同烧的磨芋却单炒了一味菜，汤料炒了，腊肉却放进了汤里……

菜的滋味已经忘却了，想来不会好。但三个小朋友还是很高兴。毕竟，是很独立的生日宴会。

我在富顺祖父母身边，前后八年，印象中这是祖父唯一的一次下厨。

醉 后

还是住在后街的时候。

好像是下乡去检查工作？总之必定是吃了席，祖父回来得颇晚。他平日回家总是慈爱地拍拍我的头，问两句当天上学的情况，有时带回一本《少年文艺》，引得我兴奋地大叫。

今天很奇怪，祖父光笑不说话，脸红红的。他没有摸我的头，而是把我抱过来，亲了几下，我能感觉到他唇边胡茬儿的扎，以及脸的热度。

祖母在问他什么，祖父也模糊地答着。我心下纳闷，倒也没有闹。只听祖父的声音比平日要大，有点像吼。但看他的模样，分明很高兴。

过不久祖父就上床睡了，并没有例行的洗脸濯足。里屋传来有一点响的鼾声。

这是我第一次见祖父酒醉，似乎也是末一次。这是我第一次知道有喝醉这回事，喝醉了是什么样子。（其时我还小，记忆相对模糊，永姑于此事的记忆是：家里的大人都知道他喝多了，不愿与他搭话，且提议让他一人在家睡觉。他知趣地脱鞋上床，并没有例行的洗脸濯足。杨早爬上床，边钻进祖父的被窝，边说："他们都不理你，我陪你睡觉算了。"）

日常生活

我真不是当作家的料，小时在富顺的许多往事都不记得。记得清楚的，大抵是一种状态。

比如，小学六年级转回已经改名师范附小的团结路小学。因为正碰上小学改制，在成都上的是五年制，回富顺却已改成六年，许多功课都已学过，顿感轻松。于是没有一天是按时放学回家的，总是远兜远转，到富顺师范去打乒乓球，暮色四合，才急急地走回正街县政府的宿舍楼。

祖父祖母都已吃过晚饭。但也没人责怪我。剩得有饭在锅里，我自己加点开水热一热，菜也需回锅炒炒，高兴的话，还可以动手煎个荷包蛋。总之记忆中这些都是自己来，弄成什么样就是什么样。在昏暗的厨房电灯下弄这种半自助的晚饭，似乎也是一件快乐的事。

祖父通常这时在客厅的沙发上看报纸，开着录音机放京戏。等我吃完饭，开始做作业，他或许进了卧室去看电视。做完作业进去一看，电视还大声地放着，祖父多半坐在藤椅上睡着了。

这都是日常的生活场景。不知为何印象如此鲜明，也许那时没什么大的烦忧，祖父母也尚康健，日子就显得格外平静安谧。

发了大脾气

上了初中，一年级的夏天。

我和两个同学中午热得遭不住，觅一个浅湾下去泡着，下午自习课被同学检举了。班主任胡隆泰老师命令我们明日不必上学，在家写检查。

胡老师后来说，他只是吓吓我们，料定明天一个个会带着检查来上学。谁知一个都没来！

我们搭船过了沱江，去一个同学的亲戚家玩了一天。亲戚给我们点豆花吃，新鲜的豆花，自制的豆瓣酱，农家干饭，加上那一种触犯禁忌的刺激，那顿饭滋味特别好。

傍晚回家，远远地似乎看见胡老师从家门口出来，心知不妙。

那晚祖父发了好大的脾气。他一向如钢叔所写，"惯常的慈祥儒雅"，那天却坐在厅里棕色人造革单人沙发上，使劲地拍着扶手："你要把我气死！你要把我气死！"

祖父发"死"的音带一点儿"e"的闭口音，这是高邮方言留在四川话里的遗迹，正如他发"母"总是似"莫"的音。

我直挺挺地立在厅中间，完全傻掉。

究竟祖父最恼的是我不听话，下河洗澡？还是隐瞒事实，结伴逃学？现在想起来，似乎后者更严重，关乎人品。但当时的感觉，好像祖父对前者更生气，因为下河是夏天的厉禁，"你爸爸妈妈把你交给我们，出了事哪个办？"

祖父一直处于一种激烈的情绪之中，除了咆哮那两句话，别无他言。我真的是吓坏了，从来没见过他如此气恼。我只好走到我的卧室里，在黑暗中，在那块"忠诚党的教育事业"的镜框下，跪了下来。

水泥地的冰冷与硬，光膝盖很难习惯。更难熬的是睡意渐渐袭来，头一摇一摇地似乎要倒在地上。

过了十二点？两点？祖父的气好像消了一点。走进卧室，拉亮灯，叫我起来写检讨。

说是我写，其实是他起草稿，我负责抄写。祖父写类似的应用文字，熟练而老到，这份检讨也是情理兼备。我记得其中还有"我爷爷因为我的错误，气得放弃了最爱看的足球赛，要求我做出深刻的反省"等字句。

那一次的结果是胡老师在班会上宣布对犯错误的同学记过一次。后来我转学回成都时，填表时居然老老实实地在"曾受过何种奖惩"格里填"记过一次"，胡老师肯定又好气又好笑，提起笔来圈掉了。

也是因为祖父很少很少发脾气，所以这一次印象极深。

忠诚党的教育事业

富顺家里的饰物，最记得的大概便是这么一方镜框，红地，金字，印的是不知道谁的手书：忠诚党的教育事业。

祖父在富顺女中（后改为富顺一中）、富顺二中都担任过教职。从小跟祖父走在街上，总有各色各样的人叫他"杨老师"，然后立在街边谈半天话。我一路走来快闷死了，所以不喜欢跟着祖父上街。

小学时跟同学"提劲"，互相吹嘘家里大人如何如何，我严正指出："全县学校里的所有老师，都是我爷爷的学生！"

同学一愣："你吹牛！"

"龟儿子才吹牛！你去问罗老师！"

他真的去问班主任罗老师。罗老师也愣了愣，然后点头说："是的。"

当时我的心中，是何等浅薄的得意呵！

祖父从事教育多年，他不是一般的教书匠，他有他的教育理念。比如，他从来不赞成体罚儿童，因为儿童是弱者，成人无法说服、引导幼小者，却要动用暴力来让弱者屈服，这算什么教育？

祖父是身体力行的。我小时顽劣不堪（有许多人为证），父母叔姑，人人皆喊打，只有祖父是我的"大红伞"。据说，祖父也有被我气到不行的时候，甚至会高喊："把日光灯打烂！""把漱口盅打烂！"但依然不肯加一指于我这个"弱者"。

祖父对学生和善博施，深知者众多，无须赘言。难得的是，非独对乖巧勤勉者为然。在富顺二中上初二时，校长周会训话，仍举例曰："现在的学生太不像话！从前杨主任在的时候，亲自去教室扫地，扫到学生脚底下，那个学生只是把脚一抬！……"

他这种作风带到了副县长任上。那时有个妇人，因为什么事情，隔日便上门来闹，有时路上截住也大声武气地诉说。祖父总是和悦地慰劝她，连我都在旁边愤愤不平，意谓升斗市民何能猖狂若是。现在回头看，一个普通百姓，居然知晓副县长家住址，上门诉苦毫不客气，当今之世，有几个县有此景象？

以风度而论，祖父常常令我想到胡适，或许民国养成的智识者都有那么一种和蔼气象。《胡适口述自传》回忆，胡母自小教训胡适：用生气的脸色对人，是世间最下流的事情。胡适终生奉行此言。以我的观察，祖父一生，庶几可称这方面的模范，不论何事，态度大抵冲顺平和，不作恶声。我每每反观身上的峻急浮躁，只能自惭为不肖子弟。

中国绅士

祖父生于江苏高邮，出身世家，受过良好教育，由于战乱颠沛，造化弄人，最终在川南小城富顺定居一生。亲朋戚友，往往替他惋惜，觉得他没有走出来，是一桩憾事。

我因为专业的缘故，对近代中国社会有一些认知。近代中国社会转型，一大特征，便是士绅社会的解体。从前的缙绅，考举入仕，不论在京、外放，一旦致仕退养，总会回到故乡，无形中便是家乡社会的伦理、治安的维持力量。中国传统社会能以区区县衙数十百人，领百里之地，与士绅社会的构成关系莫大。

科举废而新学兴，自此乡中子弟，见其出而不见其返，大都市集聚了各地英才，属县社会却日益空洞化，官吏胥役，地方强豪，缺少了士绅的制衡，肆无忌惮，相连为恶，这是中国社会转型中的一大弊病，至今尚未有好的解决之道。

从这个角度看，像祖父这样，见识广、素质高、受到完整现代教育的人，能立身僻县数十年，且尽一己之力，任教也好，从政也罢，改变着一方水土的人文风气，正是从前中国士绅的遗风，也是近代梁漱溟、晏阳初、陶行知诸先生倡导的底层改良道路。

富顺号称才子之乡，明清进士以百计，文风颇盛。上世纪八十年代，曾因祖父的牵线，与江苏高邮结为姊妹县。但以其民风论，我以为更像浙江的绍兴，士民聪明而强横，重利忍耻，吾友邱小石称之为"出赖皮的地方"。

祖父的老友易奉倩，称得上是特立独行的狂狷之士，其言行足为士夫垂范。祖父为人，不会像易爷爷那样违世弃俗，但他是事功的典型，善于从一点一滴的事情，慢慢地影响周围的人。一个健全的社会，要有立行的人，也要有事功的人，才能慢慢朝着和谐自由的方向转变。

近十年几次回富顺，总感觉文化气息越来越弱，才子之乡名不副实。倘使富顺一县，有百易奉倩，千杨汝纶，风气当不至浇薄如是。

远　念

我搬进现在住的小区，才惊喜地发现，我小时的玩伴邱小石，居然成了我的邻居。

小石的父亲邱明熙老师，是祖父的忘年交，也是农工民主党的同志、富顺二中的同事，县教育局的同僚。如今老两口在小石家安享晚年，含饴弄孙。他们喜欢北京，也常常怀念富顺。每每见到，总说："你爷爷什么时候能来北京住住就好了！我们天天陪他摆龙门阵。"

小石的岳母郑老师，是祖父当年在富顺女中的学生。她对祖父，还有当时也在女中任课的三爷爷汝綱，印象极好极深。她也总说："你爷爷来北京，我要请他吃饭！"

如今郑老师已然仙逝，而祖父来北京，也只是一个美好的愿望了。

我常常想：早十年，不，七年，那时祖母刚刚去世，我如有现在的条件，真可以将祖父接来北京，陪他去逛逛旧游的所在，陪他去听京戏，去吃喜欢的肯德基洋快餐，甚至，可以开着车，载他回一趟高邮老家，听他讲讲儿时的记忆……

然而造化总是弄人，只能遥遥地想象与忆念。我查了 Google 地图，从北京到富顺，实际距离是 2039 公里，八千里路云和月的一半，也够远的。也因为孙辈散处在外，祖父不仅关心宜宾的、成都的、贵阳的天气与新闻，也念念于北京、上海与纽约的事故风云。北京朝阳区东五环发生车祸，离我们小区仅一两公里。我们还懵然无知，祖父从电视上看到新闻，立即打电话到家中，确证我们都平安。

小时候，祖父带我过马路，总是把我的手臂抓得梆紧，生怕我被车撞了或跌跤。他又常说，乘汽车或者火车，一定要早到，千万不要赶急赶忙。

我总觉得，祖父与我相距并没有那么遥远，不管是空间，还是时间。

（原载《今日高邮》2016 年 1 月 26 日）

爸爸教我读中国诗

程　怡

上海师范大学人文学院要举行我父亲程应镠百岁冥寿的纪念会，要我们写些纪念文字。想起父亲教我念中国诗的情景，父亲的音容笑貌如在眼前。

我十个月的时候，得了一场可怕的脑膜炎，高烧刚退，同病房住进了一个出痧子的小孩，于是我又因为感染，炎症卷土重来，结果在广慈医院的隔离病房住了四十多天。当时父母在浦东高桥教书，每天他们轮流在探视的时间渡江来看我，"只能隔着一扇玻璃窗户看你哭，看你睡，看你玩自己的小手小脚，看你自己吃饼干，"爸爸说，"心都是痛的！"据说抱我回家的时候，医生说不确定将来会不会有残疾。我到了一岁半还不会说话，走路也比别的孩子晚得多，父母非常担心。有一天，爸爸看报，我坐在他的膝上，指着某一个标题中的"上"字，爸爸说："上？"我对他表示满意，赶紧从他的膝上爬下来，拽着他走到他的书箱前，那是中华书局印行的《竹简斋本二十四史》，两个书箱摞在一起，上面一箱为"函上"，下面当然就是"函下"，我得意扬扬地指着"上"，表明我知道什么是"上"，这对我的父母来说，简直就意味着"上上大吉"！于是，爸爸就指着书箱上的字一一念了一遍。据说只此一回，我就能分辨书箱上全部的字，哪个是哪个，从不出错。于是爸爸认定我有很好的记忆力，当然就不再担心我有智力障碍了。

以后，爸爸总是教我背诗，往往他念两遍，我再跟着念一遍，记一遍，也就记住了。过几天，爸爸只要念出第一句，我就能接着往下背，这使爸爸非常高兴，我为了让他高兴，背得也很积极。这些童年时跟爸爸念过的诗，至今还能脱口而出。爸爸常常教我念两个人的诗，一个是杜甫，一个是陆游。据母亲说，抗战时漂泊西南，父亲刚刚认识母亲的时候，曾经手录他所喜欢的《剑南诗钞》送给她。我的母亲是联大心理系的，中国文学的底子很差，但父亲手录陆游的诗送给她这件事本身，让她喜欢，虽然，她后来还是不读中国诗，当年父亲送她的手抄本，也早就丢了。

我现在只要读杜甫和陆游的诗，想到的就是我的父亲。好多年以前，我曾经对一个外国朋友说，爱国主义是一种文化血液，我自己造了一个很生硬的词：culturalblood，他对我说，这个比喻让他感动。确实，在我尚未识字的时候，父亲教我念过的那些诗，就和父亲对我的关爱一起，融进了我的血液，塑造着我的灵魂。"文革"当中，在未被抄走的书里，发现了朱东润先生作于五十年代的《陆游传》，那时对于书有一种饥渴感，抓到什么看什么。冯至先生的《杜甫传》，也是那时候看的。小时候还看过一本小人书，讲的是钗头凤的故事，当时印象很深，觉得陆游的母亲太坏了。还由此想到了孔雀东南飞的故事，很不理解陆游为什么很像那个焦仲卿，而唐琬为什么不能成为刘兰芝，问我父亲，父亲觉得我小小的年纪，这事儿跟我讲不清，说是以后你长大了就知道了。"城上斜阳画角哀，沈园非复旧池台，伤心桥下春波绿，曾是惊鸿照影来。"很多年以后，当我懂得了陆游此诗中的深切情感，真的很为他在七十五岁的高龄，仍能如此苦吟而感动。人生无非家国之情，杜甫、陆游，我父亲他们这一代的知识分子，对家国，都有一种深情。

我小时候一直体弱，有什么传染病，就得什么传染病。三年困难时期，我得了百日咳，当时妈妈大病住院，爸爸就在家里照顾我们。一开始，怕传染弟弟，爸爸让姐姐带着弟弟睡在另一个屋子，而我就睡在爸爸身边，晚上我常常整夜地咳，气管里发出鸬鹚般的啸鸣音，咳得剧烈的时候，鲜血和胃囊中的食物一起呕吐出来，喷得爸爸的枕头上、身上都是。我记得爸爸不停地拍我的背，喂我喝水吃药，给我换上干净的枕巾，擦干净我的呕吐物。因为是"百日咳"，我这一番折腾的时间也很久。不过，爸爸后来从来没有跟我们谈起那一段艰难。那是一九五九年的上半年。

我是一九五九年秋天上小学的。记得那年的冬天，爸爸和妈妈都不在家，妈妈出院以后，因为学校到家要斜穿整个上海市区，她的体力难以支撑，就住在了学校的集体宿舍里，每星期只能回家一次。当时上海市委统战部把高校划了右派的教授集中在颛桥的社会主义学院学习，所以爸爸也有很长一段时间不在家。哥哥上初中，父母不在，他正好自由自在，经常住在几个要好的同学家。小学六年级的姐姐带着我和弟弟在家里，晚上我们害怕，就三个人一起睡在爸爸妈妈房间的大床上，大床正对着房门，房门上有个气窗，正对着走廊那头的家门，老式的学校公寓的大门上也有一个气窗，气窗外是楼梯顶棚上的电灯，但那个灯长年都是坏的。冬天的晚上，非常冷，我们三个孩子早早地就钻进了被窝。我小时候非常怕黑，姐姐关了灯以后，我睁着眼睛想着种种可怕的故事，真的害怕了，就会闭上眼睛，就会睡着。可那一天，我怎么也睡不着。突然，气窗上有淡黄的光晕一闪一闪的……"也许是贼，他大概想趁我们家没有大人的时候进来！也许是强盗？他会不会拿着刀子？"我闭上眼睛，心"怦怦"地跳，再睁眼，气窗上的光不见了，我高兴地拍打着睡着了的姐姐，大叫："好了！好了！那家伙走了！"姐姐被我弄得摸不清头脑，生气地说："再吵把你踢下去！"我说："刚才有光在气窗上闪，现在没……"话还没完，气窗上又有亮光在晃动，姐姐也看见了，她一声不响地抓住我的手……突然，我仿佛觉察到了什么，跳起来光着脚冲到走廊上去了，果然我听到大门外有钥匙哗啦啦响动的声音！"爸爸！爸爸！是爸爸回来了！"姐姐也跑出来了，她一把拉住我，我们俩在门边站了几秒钟，这时候，我们听见爸爸轻轻地叫："小妹，小妹呀！快给爸爸开门！"我们争先恐后地扑过去给爸爸开门。爸爸穿着一件列宁装大棉袄，地上放着一大捆行李，行李上放着一只打开的手电筒。爸爸说："我在门口找了半天钥匙，不知道把钥匙塞在哪里了。又开不开门，你们上了保险吧？你们这么早就睡啦？"爸爸摸摸姐姐的头，她是长女，爸爸妈妈不在家的时候，她照顾我和弟弟。我和姐姐欢天喜地合力把爸爸的行李往屋里拽，爸爸把行李带回来了，说明爸爸不会很快离开家。"快！快！快！回到床上去，看看，衣服都没穿，要生病了！"爸爸把我们赶到床上，掖了掖我们的被子，看了看熟睡的弟弟，就关了灯，出去了。我和姐姐很久都没有睡着，姐姐说："爸爸叫的是我！"我说："是我最先想到那是爸爸！"不管怎么说，明天我们醒来的时候，爸爸在家！

后来跟爸爸念杜甫的诗："遥怜小儿女，未解忆长安。"爸爸问我懂不懂这一句的意思，我说："我懂的，不过爸爸想念我们的时候，我们也想念爸爸的。那天晚上爸爸从颢桥回来的时候，是我最先想到门外是你！"爸爸说："你怎么知道外面是我呢？"我说："因为你的手电在外面闪了半天，你不敲门，不叫我们是因为你不想叫醒我们。"爸爸不再说话，只是听我继续背他教我的诗。

小时候念过的大多数诗都是夏夜乘凉时跟爸爸学的。"僵卧孤村不自哀，尚思为国戍轮台……"依稀记得，念陆游的这首诗，是在一个夏天的晚上，我已经困极了，还不肯回屋子睡觉，趴在爸爸的膝盖上，爸爸摇着大蒲扇，满天的星斗都朦朦胧胧的。突然，爸爸那江西乡音很重的深沉的声音使我睁开了眼睛，我不知道那奇特的吟啸中有什么，但我一下子记住了这首诗。我记得我还没有上学的时候就会背那首《示儿》："死去元知万事空，但悲不见九州同。王师北定中原日，家祭无忘告乃翁。"爸爸问我懂不懂最后那句，我很得意地嚷嚷说："那意思就是烧香磕头的时候别忘了告诉你爸爸！"爸爸笑得眼泪都流出来了。

爸爸生命最后的那几年，因为"文革"中受的伤而瘫痪了。一开始，右手还可以动，他就每天用小楷抄陆放翁的诗，五大本诗集，他能背诵的几三成，可是他还要我一本一本拿给他，然后说："好的我都读过的，好句子常常在这里那里重复。"那时候我已经在华东师大教古代文学作品选，已经能够感觉到父亲教我念过的杜甫、陆游的诗中儒家精神的一脉相承。然而其时我真正感兴趣的已不再是他们的诗，而是阮籍与陶渊明的诗。"独坐空堂上，谁可与亲者？出门临永路，不见行车马……日暮思亲友，晤言用自写。""窅舟无须臾，引我不得住。前途当几许，未知止泊处……"我都活到了念这种诗的时候，爸爸的心境就可想而知了。

　　爸爸完全卧床不起的时候，我就让他躺着听音乐。我们的老邻居、老朋友杨立青从上音给我录来了德沃夏克的大提琴协奏曲，那悲怆的旋律在蕉影婆娑的窗边响起的时候，爸爸会吟诵杜甫的诗。他告诉我，那音乐让他想起了故乡老宅，想起了祖母和母亲；可惜的是，我不记得他当时吟诵的是杜甫的哪首诗了。我把这事告诉一起听音乐的朋友，他们都让我好好想一想，但我无论如何想不起来了。然而那音乐与爸爸吟诗的声音，却永远留在了我心底。

　　很多年以后，我看见报上某篇文章里引了一首非常有味道的绝句，我的感觉就好像遇到了一个老熟人，我没有念过那首诗，但我熟悉那种风格，那种非常流畅的朴素与自然的风格，回来一查，果然是陆游的诗，"驿外清江十里秋，雁声初到荻花洲。征车已驾晨窗白，残烛依然伴客愁。"我当时的感受真是难以名状，爸爸在我童年时便种在我生命里的东西，突然宣告了它的无可移易的存在！

（原载《文汇报》2016 年 4 月 17 日笔会副刊）

饮 水 思 源

——写在杨周翰先生百年诞辰之际

冯　象

一九八九年十一月，杨先生离开了我们，距今已有四分之一个世纪。媒体上纪念的文字似乎不多。有一篇学生回忆，有这么一句话，大约能代表某个时期师生间扭曲了的"距离"带来的感受："因为［先生］待人处世矜持，平日不苟言笑，时有沉郁凝重之态，不止一个人认为他'有架子'，'为人孤傲'。"（柳鸣九文）但是我跟随先生读书，从旁观察，觉得他只是寡言、认真，心里却燃着火炬，照见一条艰巨的道路；学问上的事，在先生面前，任何话题包括批评意见，都是可以畅言而鼓励论辩的。

第一次上先生家，在八二年春，入学不久。是跟同学白晓冬还是谁一起去的，记不清了。先生微笑着，示意我们坐下，忽然一抬手，说我考得好，让我吃了一惊。那年北大西语系的硕士生考试，英文和法文（第二外语）不难，但中文卷（欧洲文学史）内容多，得分配好时间，赶着写，印象颇深。其中一题我大胆发挥，引杜甫《春望》比较"通感"或"移觉"的修辞格用法。走出考场，又忐忑不安了：扯上中文语法与古人的诗论，是否离题呢？——居然蒙先生称"好"，大为得意，返回宿舍，同晓冬几个胡侃一通。回想起来，那时节做学生的撂下饭碗，拿本书绕未名湖溜达一圈，径直去敲先生的门，求教随便什么问题，那般倜傥风流，几近"魏晋风度"。除了得益于恢复高考后人们求知若渴的大氛围，及"文革"破除了社会等级观念，很大程度上，靠的是师长对儿女辈学子的无私关爱。而这份师长心，如今自己到了耳顺之年，也日渐体会了，虽然环境业已大变——现在的大学，众人捆绑在"契约自由"的雇佣劳动里，竞逐名位，谄媚上司，普遍自私而迷惘，很难想象当年那种亲密的不计功利的师生关系了。

说起进北大，巧得很，跟先生的著作有一段因缘。事情是这样的：我从昆明师院报考北大，录取通知书寄来，好大一只信封，弄得全校都知道了。一伙同学拥到文林街，下馆子"肿脖子"庆祝，我心里却在斗争，因为同时收到了澳大利亚 La Trobe 大学的录取信并扶轮社（Rotary Club）的全额奖学金。后者是外教帕蒂老师帮助联系的（参《信与忘·缀言》）。接着，墨尔本大学也录取了。我找邮电局打长途电话回家商量，父亲说，还是去北大吧。澳洲学习条件虽好，有奖学金还有老师关照，终究不是西学的重镇。况且，经方重先生指点，我的兴趣已转向中世纪文学与古典语言。故而父亲认为，不如先从北京诸公聆教，像朱光潜先生、杨业治先生、卞之琳先生，还有李赋宁、杨周翰、王佐良、许国璋诸先生，都是他熟悉、常称道的。治学须会通中西，基础打好了再出国，起点高些。我平静下来，想想也是，便同帕蒂老师计议。她问北大师资如何，我拿出杨先生译的奥维德《变形记》和他领衔主编的《欧洲文学史》，把内容择要介绍了。西方学者往往看不起苏联式通史教材，贬其为意识形态教条。帕蒂得知书中对古今名著、流派的分析批判，却夸赞不已：人民性，精彩！你怎么不早点拿来，我编课本能参考引用。但是《变形记》以散文移译，她不欣赏。帕蒂是"六八年人"出身，反战诗人，给我抄录过不少她的诗作；我陪同她游历三峡、敦煌、新疆等地，也有唱和之作。她的主张，诗当由诗人来译，重生于母语文学的再创作，我是赞成的。不过她说，诗是危险的选择，她没有理由反对"打一场好仗，保住信仰和良知"（《提摩太前书》1：18 – 19）。于是我决定放弃澳洲留学和奖学金，上了北大。

次年，杨先生给我们研究生开课，讲"十七世纪英国文学"。我对文艺复兴以降诗文修辞的繁博，所谓巴洛克风格感兴趣，交了一篇论文，分析散文名家勃朗（Sir Thomas Browne, 1605—1682）的拉丁语"书袋子"（用事用典）。先生写了详细的评语，并召我面谈。我见先生书桌上摊开一沓文稿，像是论维吉尔《埃涅阿斯纪》的，想起帕蒂老师的话，就问：罗马史诗译作散文，可有特殊的用意？先生说，从前在老北大念书，几位老师，朱光潜、梁实秋、潘家洵先生，都喜好诗歌戏剧，且重视翻译。到了西南联大，受英国诗人兼批评家燕卜荪（William Empson）影响，钻研诗理，写过新诗，还尝试用新诗的节律译莎士比亚的十四行诗，及《埃涅阿斯纪》卷六。然而总觉得，中西语文的差异太大，原作音步的抑扬顿挫、屈折语词序句法的灵活，译文皆无从体现。倘若出之为近体诗，则不免削足适履，满眼熟语生典，读者联想的是中国古人的情趣，丢了域外的意象同节奏。严几道论译事，标举"信、达、雅"为鹄的，其实是难以兼顾的。所以弃格律的模拟而改用散文铺叙，求得"信、达"，也不错了。我想，这在故事性强、词藻绚丽的《变形记》，一如方重先生译的乔叟，不啻一种照顾读者的策略。散文译诗，原是西洋的传统，历史上不乏佳作，例如《圣经》英译，钦定本（1611）的先知书与《诗篇》《约伯记》《雅歌》等，先生课上也曾讨论。当时我在学希腊文，杨业治先生指定的读本，选了《新约》一些篇章。研读原文即有一个发现：钦定本完全是自创的风格，庄严浑厚、典雅委婉，遮掩了耶稣讽喻的锋芒、天国褔音的紧迫，也磨平了圣保罗粗粝的棱角（参《信与忘》，页80，307）。先生听了，大体同意我的看法，但指出：钦定本坚持"直译"崇尚"雅言"，而不取"英语圣经之父"廷代尔（William Tyndale，约1495—1536）示范的生动口语，背后有促进教派妥协、消弭纷争的现实考量。结果"无心插柳柳成荫"，竟造就一座文学丰碑。

先生的英语十分柔和，清澈如一塘活水，让人想起他的家乡苏州的景致，是少年时代在英国圣公会办的北京崇德中学打的底子。讲课则循循善诱，广征博引，辨析入微；系里的美国老师也坐进民主楼的小教室，一同听课做笔记。我看先生手里的打印稿，除了摘引原著，还附有先生自己的汉译，便有些疑惑。先生解释说，英语授课，引述文献，照例是不必翻译的。但讲稿成书应当用中文，因为我们做学问，归根结底，不是为了倚傍西方学术，给人家添砖加瓦，而是服务于中国的知识界。而普通读者对西方文化了解有限，评介外国的作家作品，翻译就是不可少的一个环节。我说，或许可以先英语发表，再译为中文？先生笑道：那样做，看似省力，实则未必。我似懂非懂，没有深究；直到上了哈佛，考过博士候选资格，方有了切身体会。那年郑培凯、李耀宗先生联络在美学人，创办《九州学刊》，邀我写书评。我心想，中世纪文学所修各门课都写有论文，裁剪一下，翻成中文即可，便一口答应了。待挪开打字机，拿起笔爬格子才意识到，根本是行不通的。须重新构思，补上各样背景知识，并根据国人的阅读心理和思维习惯，组织引文，提问阐发；乃至论证的方式，皆需要调整。这才领悟了先生强调的，中文写作不可依附外文的道理。

最后一次见到先生，是一九八九年初。那一学年，先生在杜克大学和全美人文中心（National Humanities Center）讲学，题目记得是十八世纪文学；来信说，可利用寒假北上哈佛"散散心"。正好社科院外文所的朋友申慧辉来哈佛燕京学社访学，住在法学院背后的高访公寓，她便做东招待先生。那天一块儿聚会的，有北外的吴冰老师、哈佛的同学梅京和张隆溪等。先生聊得很开心，还同我们合了影。慧辉说，上图书馆借了本洛奇（David Lodge）讽刺英美教授圈子的小说《换位》，供先生消遣，他读了哈哈大笑。后来才知道，那时先生已染恙了，低烧不退。然而，他冒着严寒，在新英格兰冰封之际，专程来看望了我们。那幅合影，便成了永久的纪念。

在哈佛，我的论文副导师阿尔弗雷德（William Alfred）先生是有名的百老汇剧作家，现代丛书《贝奥武甫》的英译者（参《创世记·石肩》）。他同教修辞学的爱尔兰诗人希尼（Seamus Heaney）交好，邀上另一位副导师英国人皮尔索（Derek Pearsall）先生，三个人联袂搞诗朗诵会，古英语诗是最受欢迎的保留节目。后来希尼也译了《贝奥武甫》，学界赞誉有加。我听着他们神采飞扬的吟诵，不禁"灵动于中"；同时遵导师班生（Larry D. Benson）先生建议，在日耳曼文学系修古冰岛语和北欧萨迦，渐窥《贝》学的门径。大考一过，得了空闲，就生出汉译的念头。试译一章，觉得尚可，遂写信向李赋宁先生汇报。李先生亲自致函三联书店沈昌文先生，推荐出版；并指示翻译上的问题，可向杨先生请教。所以一九八八年秋先生来美，我译诗每有想法，即写信与先生讨论。而先生总是立刻复信，就《贝》学术语、史诗风格，连同译文的处理和变通之处，一一评析。原来，先生早年在牛津求学时，听过几位大家讲解《贝》诗与中世纪文学，如冉恩（C. L. Wrenn，曾校注《贝》诗）、托尔金（J. R. R. Tolkien，《魔戒》《霍比特人》的作者）同刘易斯（C. L. Lewis，今以《纳尼亚传奇》及宣教小册子闻名），于古英语诗颇有心得。本想深入研究，回国后由于种种条件限制，又有编教材跟翻译的任务，便放下了。因此我知道，先生对学子的译本的殷殷期待，是系着自己未遂的心愿的。可是不久，他病倒了；信，也就中断了。

一九九二年夏，我初次回国，与慧辉等在王府井相聚，沈昌文先生送来刚面世的《贝奥武甫》的样书。翻开书，心头一热，感觉仿佛告慰了先生的在天之灵。

先生忆师长，著有一文《饮水思源》，我读了很受教益。比如先生倡导，读原著之外，也应研习优秀的译作，并举托尔斯泰和莫泊桑的经典译本、费慈杰罗《鲁拜集》、威利（Arthur Waley）的《中国古诗》同《道德经》为例。先生以为"翻译是一个解释过程"，译者出于语言动物的"本能"，一定要把晦涩译为易懂，表达上便"比原文明澈"。这里面的技巧，遣词造句之法，对于训练写作提高译艺，都是极有帮助的。

但文章所述，最令人感佩的，是这件事：抗战胜利后，先生由西南联大英文系主任叶公超先生推荐，获英国文化委员会奖学金，一九四六年秋留学牛津，入王后学院。牛津的传统，有一年制硕士，进修性质，婉称"文学士"（B. Litt.）。然而先生考虑，与其进修一年，不若重读本科。"文学士"固然"划算"，功课少，且含金量高，亦可挑一个扬长避短或者取巧的题目做论文，却谈不上是扎实系统的训练。解放前，国内大学的风气，也是崇洋媚外的；

也热衷于"国际化"办学即建设"克莱登大学"做文凭买卖，跟现在相去不远。先生出国时，在联大任讲师已满六年，来到正牌的"世界一流大学"，不赶快镀金而回头去念本科，简直是拿职称晋升当儿戏，拒绝"按经济规律办事"，"非理性"了。可是，先生直至晚年仍说，"这个决定是对的"。

是的，这就是先生做事的认真。而那选择的终生不渝，对于先生，既是"对的"也是完满的。通观二十世纪，西方文学在中国，无论唤作启蒙的"火种""偷运的军火"（鲁迅先生语），抑或斥为反动思想、腐朽文化，一直享有显学的地位。即便解放后，"文革"前十七年，经历了一场场政治运动的冲击，教学和理论研究，尤其是翻译，本着"古为今用""洋为中用"的方针，也从未间断。先生的译作，包括剧本小说诗歌同罗马文学，如《情敌》《兰登传》跟《亨利八世》，《诗艺》《变形记》与维吉尔史诗，以及先生编撰的《欧洲文学史》《莎士比亚评论汇编》，影响了几代学人。"文革"结束，先生老骥伏枥，新论迭出，开拓并引领了比较文学研究，从《攻玉集》《镜子和七巧板》到《十七世纪英国文学》。这一切，都是那理想达于完满的见证。

如今，先生已入居"光明的国度"，民主楼依旧树影斑驳。能否破除借"改革"之名还魂的"克莱登大学"的新迷思，则取决于我们每个人的努力，像先生一样，守持理想。而且时代变了，需更进一步，在那理想的旗帜下团结起来，实现人民反对官僚主义、监督批评官员、从事教育并捍卫学术自由的宪法权利（《宪法》第27，35，41，47条）。这是因为，学术理想的守持，如果说是领承诺而生希望的权利，毋宁说是意志之权能。而守持者既已退到墙角，沦为"数字化管理"的佣工，他迟早要学会工人的联合，集体行动，否则无以抵抗那彻底官僚化的教育与学术体制。因为，每一个学人的自由，唯有实现于全体的自由之中，才能真正巩固、伸张。

这将是一条崎岖的小路，一时望不见尽头。但是我想，先生以其一生的学术追求为我们照亮了的，正是我们前行的方向——那谆谆教诲、无私关爱存于我们心底的明光。

二〇一五年十一月于清华园

（原载《东方早报·上海书评》2015 年 11 月 29 日）

辑六

"多" 通于 "一"

孙 郁

鲁迅逝世的第二年，徐梵澄在纪念自己的老师的诗中写道：

> 逝矣吾与谁，斯人隔九原。
> 沉埋悲剑气，惨淡愧师门。
> 闻道今知重，当时未觉恩。
> 秋风又摇落，墓草有陈根。

那时候的徐梵澄，精神在漂移之中，思想里纠缠着诸多的文化概念。战乱突起，日寇使国土色变，他便开始了迁徙的生活，先后在多地教书。他后来与鲁迅熟悉的青年人几乎没有交往，因为不在文坛里，其声其影，隐没在遥远的边地。而鲁迅内心富有的知识宝地，却一直在他的内心深含着。

徐梵澄年轻时代追随鲁迅，批评文章颇有风骨，思想与激进文人略有暗合之处。留学之后，意识到学理的重要，兴趣遂转到学术中来。自从在鲁迅影响下翻译了尼采的《苏鲁支语录》，精神之门大开，文章之风遂见出汉魏之气。尼采哲学与鲁迅文章，使他对文明的根源有了很强的好奇心，日本投降后，他有志于对印度文化的研究，于1945年底飞抵印度，潜心于一个古老民族的学术。关于那段岁月，孙波所著《徐梵澄传》有详细的描述，不禁让人感到他的选择的非同寻常。

印度的三十余年生活，他的思想在浩大的精神之海里游历，所译《薄伽梵歌》《五十奥义书》惊动学界。自鸠摩罗什、玄奘后，有气象的印度经典的译者我们记得的不多，金克木先生说，这样的译作常人难以为之。赞佩之情，跃然纸上。

鲁迅学生的文章，基本是沿着鲁迅的气韵为之，模仿中现出皮毛之相。但徐梵澄是另类的选择，他逆老师的文体而行，到中外文化的原点里广采众果，穷源竟流。印度哲学、传统儒学、德国玄学、希腊艺术悉入笔端，在阔大的背景里走进鲁迅，而非从鲁迅语境里思考问题，这是他深知鲁迅的高明处。

他的文章踪影倏忽，可比天籁之音，仿佛从隐秘的古堡飘来，有几许寂寞里的暖意。他曾说，人们只羡慕西方的成果，却很少关注那成果的由来。而关注由来者，复古的意识居多，却又鲜知现代，都造成了文化上的偏执。徐梵澄的兴趣是多样的，对于各类文化源头的存在都有打量的冲动。每一种文明面前，都非泛泛之思，有刻骨的体味，又能以高远的目光跳将出来，说出东方古国才有的妙言。他的开阔的视野，不都在梦语之中，而是寻找人间的共有之路。他说：

> 求世界大同，必先有学术之会通；学术之会通，在于义理之互证。在义理上既得契合，在思想上乃可和谐。不妨其为异，不碍其为同，万类攸归，"多"通于"一"。

在这种理念下，他没有一般左翼学者的那种单一性，给他启发的一是鲁迅，二为尼采。他读鲁迅，看出内在知识结构与心理结构的元素，以为其站在高高的层面审视世间。尼采是高蹈于云间的叛逆者，但徐梵澄发现，这位哲人虽不满意于德国的一切现状，独对于故国语文"特加认可"。在路德（Martin Luther）、歌德（Goethe）而外，走出第三条道路。他发现鲁迅译介尼采，用的是《庄子》《列子》的语言，恰是其对母语的一种自觉。于是对尼采的语录体的文体有一种特殊的理解，自己的写作也连带出类似的精神。他在讨论《苏鲁支语录》文体时说：

单从语文学看，这部书里出现了些新字，及以二三字相结合而成的新词，皆戛戛独造。全书未尝用一个外国字，以德文论，极为纯洁。有些名词及其铸造，近于文字游戏了，然表现力强，也非常生动，必然是精心出之的。

徐梵澄的感受，与博尔赫斯对于尼采的体味极为接近，那种从智性里延伸的不易腐朽的词语，将人从枯燥、冷漠的深渊救出，精神的光沐浴着将醒未醒的人们，不仅有语言的自觉，也有生命的自觉。

在南印度的年月，故国的现代书籍，唯鲁迅之书让他心动，默默对读先生的文本，不禁情思万种，得思维的大自在。他回国后所作《星花旧影——对鲁迅先生的一些回忆》，文体奇崛，笔锋陡峭，开合之中，直逼历史深处的神秘，鲁迅词语的内在结构焕然而出。他对于鲁迅的读解，有哲学层面的，也有文章学的功夫。比如在《野草》里看佛教、拜火教、基督教的痕迹，尼采的超人也是有的。而在文本上，鲁迅的妙处，来自其治学的功夫：

文章简短，专论一事，意思不蔓不枝，用字精当；而多出之以诙谐、讽刺，读之从来不会使人生厌。——这渊源，说者多以为出自唐、宋八大家和桐城等派，因为先生是深于古文的。这，很有可能。但更可能的，乃是出自治古学或汉学的传统。治古学，如编目录、作校刊、加按语、为注解等，皆需简单明白，有其体例之范限，用不着多言。此在文言与白话皆同，文章技巧，已操持到异常熟练了，有感触便如弹丸脱手，下笔即成。即可谓此体出于治学。

如此强调治学的意义，是徐梵澄的一种策略。他在回忆鲁迅的文章里，专门讨论鲁迅与佛学的关系：

先生在日本留学时，已研究佛学，揣想其佛学造诣，我至今仍不敢望尘。但先生能入乎佛学，亦能出乎佛学。记得和我讲起几个禅宗的故事，当时只觉得有趣罢了。我至今尚未曾听过一次参禅。后来看些语录之类，于身心了不相干。但在现实似乎不然。是得力于那一长时期看佛经和抄古碑的修养呢，抑或得力于道家的修养——因为先生也深通老、庄——胸襟达到了一极大的沉静境界，仿佛是无边的空虚寂寞，几乎要与人间绝缘。如诗所说"心事浩茫连广宇"，外表则冷静得可怕，尤其在晚年如此。往往我去拜访，值午睡方起，那时神寒气静，诚如庄子所说"老聃新沐，方将被发而干，熬然似非人"。

从词章到学问，是鲁迅给徐梵澄最大的影响。战士风格和革命情结在他那里弱化了。这似可以解释他何以沉浸在印度文明里的一个原因。他后来的路，即是学者的苦径，对域外经典有痴情的地方。徐梵澄在印度的时候，自己完全沉浸在古代文献中，以赤子之心面对林林总总的文化典籍，从中获取思想的灵光。这些有多少来自鲁迅的暗示，都值得研究。他后来的自述中对鲁迅学问之路的描述的惬然之意，也能证明彼此的心心相印。经过战乱，他发现国人的汉语水平渐渐下滑，乃无思想所致。有信仰而无学识，有学识而鲜信仰，都会遗漏了什么。学习鲁迅的人，仅知道其然而不知其所以然，乃认知的盲态。而由古而今，由中及外，不知身在何处又显于处处，恰是通人的耐人寻味所在。

我对于他的许多学问都不懂得，那些关于梵文、德文、法文、英文文献的思考，维度已过鲁迅，是沿着智性之径攀援的奇思。他私下说这是鲁迅给自己的内力。在怀念鲁迅的文章里，萧红、徐梵澄最为深切。前者以心悟心，感性的画面激活了精神的瞬间，乃天底下的妙文。后者则因学识的厚重，得鲁迅风趣多多，庄子与尼采的气息弥漫其间，直逼一个悠远、深广的存在。他在一个我们没有经验过的时空中走来，犹如天外来客，散下诗意的落英，让人闻到了天国般的余香。因为有这样的人与文在，我们才知道自己远离智性的时间过久了。

对于各种文明的兴趣，也连带着多种语境的交会，那结果是诞生了特有的语言方式，诸多表达与时代的语境隔膜深深。恰因为那隔膜，便有了另类思维，以古老的文明流泻出的情思与诗境，照着周边的世界。在众人扰扰的时候，以冷境里的哲思唤出我们沉睡的悟性与灵思，那恰是鲁迅遗产的一种延续。

徐梵澄翻译和写作中，善于思考文章的理路，在不同语境里寻找最有张力的文字。译介《薄伽梵歌》的时候，他以古代的楚辞对应其体，又有儒家心性之学的互动。在大量翻译里，他意识到，从梵文到汉文，有转换的机制，佛经翻译已说明了此例。但从汉文回到梵文就不容易。单一音节的汉语是有自己的短长的，译介中可以看到此点。他对比汉字与西方拼音文字，看到彼此的差异和优劣，对汉语的自信溢于言表。而在许多著作里，其对汉字的运用得心应手，将德文、梵文的句法也列于其间，无中生有地开出别样的花来。

1966 年，徐梵澄在南印度写完《孔学古微》，这是他的一本英文著作，后来一直被域外学者所关注。徐梵澄的著作向以古奥见长，从诸多的著述看，已经没有东方本位的调子，阅之忽觉时空大开，又有诗意的顿悟。书中对于儒学的优劣有颇多创见，看到其内在的合理性以及先天的欠缺。即便讨论孔子的盲点，依然对其思想有颇多赞许的地方。比如对周礼的描述颇为神奇，黎明前的篝火照着祭祀的高台，诵诗者在舒缓的旋律里与远古的灵魂对视，其境神异得不可思议。徐梵澄说，就庄重而言，这与欧洲宗教的仪式比，并不逊色。在面对儒家经典的时候，他联想起佛学的精神要义，虽然差异显然，但境界庶几近之：

> 孔子并未说明为什么要爱人。但是"仁"本身不就是原因吗？我们需要在源头活水上附加任何武断的理由吗？在瑜伽的义度上，说"爱是存在于人性中的神性（the Godhead）"，即是说并非只爱人或人类，而是爱一切存在中的"自我"。这正是一个转折点，韦檀多哲学由此向内，儒家由此向外。我们可以确认，同为儒家人物的孟子觉得了"自我"（the Self 或者 Atman）。如果采取严格的历史学之视角，仅凭文字记载判断，我们无法全然确定孔子是否也觉得了"自我"。自我延伸之路线有两条，一条是转向道德伦理领域，扩展至处于同一平面上的大众；另一条是向内或向上转对在上的神性，即形而上学领域，个人得以纵向提升。儒家学者认为，"如果个人圆成只是为了自己的救赎，而非为了全体，那么有何用处呢？"儒学向外转的努力旨在社会进步，大众成长，人类整体最终得以超越。这使我们想起"地狱不空誓不成佛"的菩提萨埵。

这些叙述文字是对一般儒学研究者的套路的颠覆，在古印度、古希腊诸文明的话语间，徐梵澄重审儒家要义，与那时候大陆流行的著述不同，他在一种超国界的文明对话里，演绎着古老中国的兴衰史。其思其想不乏朗照，一个封冻的文明，在飘逸的词语间蠕活起来。

徐梵澄谈儒家之学，是接触了《薄伽梵歌》《五十奥义书》之后，深觉古印度的文明有许多与中国的儒学接近，而中土道家思想，亦可与印度某些精神对应。他在翻译《薄伽梵歌》的时候，发现其文也类似儒家内圣之学，也有"体天而立极"之义。此书成于公元前，是战乱年代的作品，对于人间事理与天地经纬，自是一番妙悟。佛教未出现之前，印度人已经能够以淡泊之心，对万千世界，处乱不惊，说出人间妙理。与儒家不同的是，印度人"超以象外反得人理之圜中者"，而儒家则"极人理之圜中，由是而推之象外者"。古印度文明的驳杂精神，刺激了徐梵澄重新认识中国固有之文化，他在多重对比里思考人间世的历史，多了一层思想的境界。

徐梵澄发现，"道教、佛教和基督教或还包括伊斯兰教，都是从社会底层兴起，然后在大众中平面式地广泛传播"，"而儒家更趋向于等级或纵向"，那结果就是变为官学。但尽管如此，儒学的迷人之处是和平、爱，这种爱不是个体的行为，而是指向整个天地。徐梵澄以多致的语境将封闭的儒学系统打开，在不同文明中看到孔子代表的儒学的特殊的价值。这个态度既不是五四激进主义式的，也非新儒学式的，他给学界带来的是另类思维。

在徐梵澄那里，紧张的、忧郁的气息殊少，那些飘忽不定的意象里呈现的是另一种精神。即便如尼采那样惊异的跳跃，而内心满蕴着温情，那种静谧得神圣的文字，在我们的面前熠熠闪光。他有强大的综合性，比如对于今文经与古文经，均有吸收，并不偏袒哪一方。谈到秦始皇的焚书，他也顺便论及欧洲迫害基督教焚烧圣经的历史，也把希特勒的烧书丑行连带起来加以分析。文明的脆弱与其不可战胜的伟岸之处，都被一一点明。在这样的视野里讨论中国的经典，以及文化的过程，其思其想是非跨语境里的人难以为之的。

与鲁迅不同的是，他不是在与当下对话中寻找人生的要义，而是以当下经验重返古典学。在他眼里，东西方的文明以会通的方式处理最佳，而人类大同乃最高的理想。鲁迅用人类经验面对当下，而徐梵澄觉得中国人缺少的是对于人类不同经验的整合。这种整合并非生硬的嫁接，他其实在古印度、古希腊与古中国文明里，看到了同一性的东西。"此心，此性，此情，此体，此气，中西古今不异"。徐梵澄忧虑的是文明的中断，人类的错误乃是遗忘了人性中最为永恒的遗存，让生命与伟岸的精神互感，乃学问家的使命。这里看出他内心的乌托邦的梦想，在更高的境界上，他与自己的老师鲁迅多有交叉的地方。

徐梵澄研究儒家经典，思维里缠绕着现代人的智慧。比如谈及《易经》，注意到安定和恒定，简易与繁复，测及不测，词语所含的精神在不同所指里隐含迥异，一转而成多义，一变则另见玄机。他所熟悉的《苏鲁支语录》与《野草》，不也有这样的维度么？讨论儒学，都在具体语境，孔子之后，儒一变而为八家，不同时期的儒者精神的侧重也不同，于是有了复杂的体系。在一种限定的话语里考量旧的遗产，就避免了论述中的偏狭，与一些新儒学家的单面思维比，那是受过五四精神沐浴的结果。

常有人问，待在印度的时间如此之长，是什么让他有了这样一种耐力与信念？几乎斩断了尘缘，一心沉浸在古老的文明里，一面翻译域外文明，一面也向域外介绍中国文化。他对中国儒、道学术的介绍，以及东方绘画的研究，都有彼时学界罕见的心得。而言及晚清的诗人，所述心得也深矣渊矣。天底下一切可爱、可感的遗存，都让其心动，在静谧的语言王国，采撷精神的遗绪，一点点闻出远去的清香，并召唤那些亡灵回到人间。仿佛自己的久违的朋友，他在那里得到的是大的自在。

徐梵澄的文字，韵致悠远而清俊。他谈儒学，讲道家之学，探鲁迅之思，都不是流行的热词，而是从静谧的文明里折射的一缕波光，这波光穿透我们世俗的时空，在天地间铸成亮眼的图章，印在精神长卷的边角。文章呢，亦古亦今，时东时西，取人间万象而化之，就文体而言，造成白话文另一途径。如果说当代有谁对文章学有大的贡献，他应当算是一位吧。

会通人类的古今之思，在东海西海间觅出寻常的道术，是几代人的梦想。但做起来却难之又难。鲁迅年轻的时候，在《人之历史》《科学史教篇》《文化偏至论》《摩罗诗力说》《破恶声论》里试图回溯人类精神的逻辑起点，然而后来因了解决现实难题，这样的工作没有持续下去。徐梵澄是他的学生里唯一继续着精神哲学工作的人，他自觉地成为我们的学术地图的绘制者，将不可能变为了可能。我读他的书，觉得有无量智慧与爱意，如在浩瀚的沙漠里流动的甘泉，虽点点滴滴，而我们终于见到了稀有的绿色。

2016 年 3 月 10 日

（原载《读书》2016 年第 6 期）

这次远行有点远

——忆杨镰

张瑞田

一

2016 年 4 月 1 日，我在长沙。一则微信让我失去重心——3 月 31 日，杨镰在新疆昌吉因车祸逝世，享年 69 岁。

我坐立不安了，我的心向昌吉靠拢，我的泪水挂在脸庞，跌跌撞撞，如一条写不完的挽联……

杨镰遇难，是一道挥之不去的阴影，在心头飘浮。一段时间里，总觉得蹊跷，总觉得杨镰还在，总觉得杨镰的归宿不应该、不公平、不真实。有时，我站在地图前，寻找杨镰遭遇车祸的地点，想象着我们一同前往新疆探险的经历。

新疆，是杨镰的情结，为此喋喋不休，牵肠挂肚。与杨镰相识相交，新疆为媒，在 18 年的时间跨度里，我们展望新疆，我们前往新疆，我们为那片土地的灿烂文化和传奇故事扼腕长叹。

1998 年，我策划并创作 20 集电视连续剧《西行探险》，这是以瑞典探险家斯文·赫定在新疆探险为脉络的电视剧。此前，我在《当代》杂志阅读了杨镰的长篇报告文学《最后的罗布人》，了解到杨镰对西域探险史的谙熟，以及对斯文·赫定富有成果的研究。在《最后的罗布人》一文中，杨镰陈述的一段经历引起我的注意："文革"期间，他去新疆哈密伊吾军马场工作前夕，去父亲的老朋友冯至伯伯家告辞，冯至知道他去新疆，就说，我送你一本书。保姆用热毛巾敷开书柜上的封条，冯至拿出斯文·赫定的《我的探险生涯》，交到杨镰的手中。后来,杨镰在自传《在书山与瀚海之间》中写道:"从此,斯文·赫定的《我的探险生涯》就伴随我从北京前往新疆,又从新疆返回北京,成为精神储备。"

应该说,1998年,杨镰的《最后的罗布人》是我读到的最好的一部书。结构精准,史料丰富,那娓娓道来的文笔,对人物形象的刻画,细节的生动,情感的炽热,显现着难以逾越的精神品质。可惜,报告文学领域不知道热衷什么,对这部书视而不见,一些奖项与此无关。当然,杨镰不是为获奖而写作,尽管我一直为《最后的罗布人》鸣不平,杨镰只是笑一笑,不以为意。

读了《最后的罗布人》,我去北大燕东园拜访杨镰。当时,他住在父亲杨晦的房子里,那个杂草丛生的院子里,书香弥漫。我向他说明了策划、创作电视剧《西行探险》的情况,他说,这是有意义的事,也是不好办的事,建议我多去几趟新疆,他又说,多去几次新疆,对新疆和斯文·赫定的了解会有多重视角。我点点头,知道《西行探险》的写作不会轻松。与杨镰告辞,他把新版的斯文·赫定的《我的探险生涯》送给我。我端详书的封面,知道了杨镰嘱咐的深意。

我带着杨镰送给我的《我的探险生涯》,数次去新疆考察,获取的新知识,旅途中的见闻,历史深处的驼铃声,默默调整了我的心理结构。

杨镰了解新疆,了解斯文·赫定,也了解我们对西方探险家的狭隘理解,因此,对我想干的事情不抱希望。后来,《西行探险》没有立项,原因很简单,我们习惯性地认为西方探险家在新疆的探险,也是在新疆进行文化掠夺,给他们唱赞歌怎么能行。这件事只能放下了,已经写完的20集电视连续剧剧本进入沉睡状态。然而,对新疆的求知欲,对杨镰深入了解的兴趣越来越浓。杨镰,的确一言难尽。

二

杨镰供职于中国社会科学院文学所古代文学研究室,他在元代文学研究领域取得了重要成果,先后出版了《贯云石评传》《元西域诗人群体研究》《元诗史》《元代文学编年史》等专著,并主编、出版了《全元诗》,可谓成就卓著。杨镰精力充沛,兴趣广泛,治学过程中,文学创作从未间断,先后出版了长篇小说《千古之谜》《青春只有一次》《天山虹》,长篇报告文学《最后的罗布人》《黑戈壁》,随笔《新疆探险史图说》《发现西部》等,深受读者喜爱。我对他的文学作品十分着迷,长篇小说《天山虹》读了两遍,《最后的罗布人》读了三遍,并时常翻阅,《发现西部》是枕边书,每一次阅读，都会有新的发现和新的感受。我经常向文学界的朋友提起杨镰，大谈阅读杨镰的体会，可惜，他们对杨镰知之甚少，无法与我共鸣。

一定是高处不胜寒，在学术和研究的金字塔尖上，对话者寥寥。他隐匿于塔克拉玛干沙漠的孤独身影，对绿洲文明锲而不舍的探究，沿着斯文·赫定在西域探险的斑驳脚印，"从一进入位置，我就将关注的焦距定在各族群众的生活状态之上。人文情怀，是我一次次进入戈壁荒漠的动力。感受文明、传承文明，则是我为自己设置的感情脉搏。在这个意义上来说，探险发现成为我打开全新境界的启动机制"。不够娱乐，不够大众，这样一条路多灾多难，每一次赴新疆，都像是上战场。

放下拍摄电视连续剧的计划，却有了探险的欲望。杨镰推荐了一系列西域探险名著，经过一段时间的补课，对斯文·赫定、斯坦因、伯希和、普尔热瓦尔斯基、亨廷顿、橘瑞超、贝格曼等探险家有了初步的了解，也希望有一天自己能踏上探险的征途。2006 年 8 月，中国社会科学院文学所、新疆人民出版社《探险》杂志组成了一支探险考察队，杨镰推荐我参加。我们在塔克拉玛干沙漠腹地，沿着"干旱之山"库鲁克塔格，在颠簸和沙尘中往返 2000 多公里，亲临了西方探险家一度发现的文明遗迹，如干山中的绿色村落乌塘，著名的兴地"一家村"，兴地岩画，太阳墓地。考察队队长杨镰的再度出击目的明确，带领我们熟悉探险路径，为抵达荒漠甘泉阿提米西布拉克辨认方向。

阿提米西布拉克，是杨镰必须去的地方。

通过这一次探险，我对新疆的理解深入了一层。回想写作电视剧剧本《西行探险》，我的脸羞涩地红起来，真是无知者无畏，凭借对新疆，对探险，对斯文·赫定的点滴了解，就想编一出大戏？有点妄想，也不切实际。

杨镰以他温润、内敛的文笔，描述了我们进入乌塘的感受："我们在乌塘沟与当地的居民共同生活了几天。在纵深百里的乌塘沟，那隐藏在大山皱褶中的山民聚落乌塘村，那些不明底蕴的悬崖洞窟，那经行者留在石壁上的记录——岩刻与岩画，那别具一格、险象环生的石板栈道，那刻意修成的台阶……使干山库鲁克塔格充满生机。这生机延续数千年，并且随着丝绸古道流贯东西。"

在古代文学研究领域的贡献，在当代文学创作上的业绩，杨镰学者、作家的身份被广泛认可。好像杨镰浑身有使不完的力气，他依然开启另一扇窗户，着迷于外面的世界。这个世界就是辽阔的新疆。早在 1984 年，他的中篇小说《走向地平线》获得《当代》优秀中篇小说奖，奖金 800 元。他带着这笔奖金前往新疆，历时 50 天，完成了第一次环塔里木探险考察。这是杨镰新疆探险的处女行。为此，他充满感情地写道："这次考察的艰难困苦难以言传。最重要的是我必须迈过感情界栏，重新组合精神库存。在长达 50 天时间里，我乘便车、班车，骑马、骑骆驼、骑自行车，甚至步行，才走完全程。在斯文·赫定渡过塔里木河的格资库姆渡口，在'黑水大营'遗址寻访遗迹，在民丰县城结识了重塑人生的文学青年们，在河床深陷的安迪尔河攀附浮木走过河滩，在古老的村落江格萨伊、瓦石峡、塔提让与民族青年结伴同行，在博斯腾湖乘科考船只前往'大河口'，在南疆铁路即将通车时与铁路修建者及策划者同处途中一个小站……可以说，这 50 天之后，我不再是行前的'杨镰'了。这 50 天，影响了我的下半生。"

一个陌生的地点，其实就是一个意象。每一个意象，有杨镰的惊讶和喜悦。800 元的奖金，50 天的时间，他与新疆紧密相连了。

三

有了最初的 50 天，就有了后来的 30 年。这 30 年，杨镰每一年都会去新疆，讲学、探险、考察，每一年，他都会写出或多或少的文章。

1968 年，杨镰在冯至赠送的《我的探险生涯》一书中，看到几个陌生的词语：阿不旦、罗布人、昆其康伯克。1984 年，杨镰首次完成环塔里木河的探险考察，最后来到米兰，结识了百岁罗布老人库万、热合曼等人。在罗布人聚居的村落做客，听库万、热合曼讲那过去了的故事，杨镰热血沸腾。库万认识斯坦因，还向杨镰讲述日本探险家橘瑞超在罗布人村落阿不旦的生活片段。阿不旦是罗布方言，意思是"好地方"。对罗布人而言，有老阿不旦和新阿不旦之分，这是因为环境的变化，逼迫罗布人不断迁徙。1998 年，库万、热合曼带领杨镰返回废弃了一百年的荒漠村落老阿不旦，不无神秘的老阿不旦灰黄沉闷，杨镰紧锁眉头，默默观察逐水而居的罗布人如何飘摇，猜测罗布荒原的繁荣荒芜。有关新阿不旦、老阿不旦，有关楼兰古城的发现，"小河遗址"的消失，杨镰真诚写入《最后的罗布人》一书中。因此，对于我而言，《最后的罗布人》也是我前往新疆探险的钥匙。

至此，杨镰没有满足。在他的文章中屡次出现的"小河遗址"一直牵动着他的神经。

1908 年，曾带领斯文·赫定发现楼兰古城的罗布人奥尔德克在沙漠深处看到一条无水的古河床。越过干河，他登上了一个沙包，他停稳脚步，觉得这个沙包不寻常，沙包的顶端盘踞枯死的胡杨、红柳，隐约中，凹凸不平的沙包站立着一百余根四五米高的木柱，从沙土中旁逸斜出着红色的壁板，残缺的日用品，一堆堆棺材板与黑色木乃伊没有规则地躺在沙包上。杨镰用诗一样的语言描述了这个场景："对世代生长于斯的罗布人来说，这'沙包'上的一切都似曾相识，但又从未真正目睹。干尸保存得太完好了，看上去如同横七竖八的丝路旅人正在避风处小憩未醒。最著名的一具木乃伊是个美貌的年轻姑娘。睡梦中千年未醒的她竟露齿一笑，也许是憧憬着她不再拥有的明天……"

奥尔德克无意中登上的沙包，就是著名的小河墓地。1934年，斯文·赫定再一次回到罗布荒原，听到奥尔德克的讲述，立即决定让贝格曼随同奥尔德克去寻找那个"有1000口棺材的小山"。贝格曼跟随奥尔德克踏进大漠。狂风经常改变沙漠的形状，试图按照原来的路径抵达目的地比登天还难。一条水浅、流速缓慢的河出现在他们面前，贝格曼随口而出：小河。傍晚，在一次次绝望中，奥尔德克意外见到那座沙包，一根根木桩犹如天降。贝格曼对墓地进行了清理，做了详实的考古调查，按惯例，把沙包命名为"小河5号墓地"。这是楼兰王国的陵园，对它的发现，也是西域探险的重要成果。遗憾的是，自1934年以后，没有人再看到有1000口棺材的沙包。

这件事，杨镰一直惦记着。1998年，杨镰参与寻找"小河5号墓地"的探险活动，他们离开塔里木河下游古驿阿拉干，进入罗布沙漠。在距离"小河5号墓地"仅有20公里的地方，汽车故障，不得不返回阿拉干。2001年1月4日，杨镰的身影出现在阿拉干，目标明确，寻找"小河5号墓地"。去新疆前夕，他们在北京召开了新闻发布会，我应约参加，亲耳聆听了杨镰陈述的寻找"小河5号墓地"的理由和办法。杨镰坐在沙漠车里，经过3个小时的行驶，进入罗布沙漠的腹地。谁也没有想到，罗布沙漠下起了雪，沙漠车驶过，两条车辙向远处延伸，如同风筝的飘带。杨镰目视前方，他盯着远处的一个"点"，血有些热，心跳加快，当那个"点"越来越大时，杨镰确信，他们成功了，与世隔绝了66年的"小河5号墓地"又一次被发现。66年前，贝格曼对"小河5号墓地"进行了田野调查，写出了《新疆考古记》一书。20世纪末，《新疆考古记》中文版由新疆人民出版社出版，杨镰撰写了长篇序言，言及"小河5号墓地"，他说："时隐时现的神秘小河可能是一条楼兰王国时期的运河，因为它没有顺从罗布区域的地势走向。'奥尔德克的古墓'从规模看应该是楼兰上层人物的陵墓，也许就是楼兰王陵。塔里木河与孔雀河两大流域之间的小河，是楼兰文明的发轫之地……我们已经找到这罗布沙漠的秘境，离就此得出科学的结论分明为时不远了。"

探险，即发现，发现，即探险。在新疆大地，发现，是杨镰不变的基因，也是他的宿命。

四

还是那句话，杨镰浑身有用不完的力气，因此，他不停歇，勇往直前。有一次闲谈，说到博与专的问题，我对他的多重角色，多个领域交叉并进，表达了敬佩之情。杨镰苦笑，说，有时开的窗口多了，累，也不好，以后会关上两个窗口。

其实，哪一扇窗口他也不愿意关上。他有力气，有兴趣，不管干什么，头头是道，快乐无限。治学、文学写作、探险以外，他还有影视之爱。他藏了几千个碟片，他几乎看完了所有的经典电影，他还跃跃欲试，写电影剧本。

2011年春天，他约我去新疆考察，并到昌吉州的奇台县出席他的电影剧本的讨论会。疏勒古城遗址在奇台县境内。疏勒城是汉代西域的重要城市，后来消失在岁月的风尘中。疏勒，因汉代将军耿恭与二十六位战士对匈奴军队的顽强抵抗，隆重地载入史册。对疏勒古城的寻找，探究耿恭指挥的保卫战，是杨镰新疆研究的又一个焦点。他以耿恭抗击匈奴，誓死守卫疏勒城为故事主线，创作了一部电影文学剧本。研讨会召开之前，我们在黎明时分，往奇台半截沟乡考察疏勒古城遗址。早春，新疆的旷野到处是雪，汽车停在山岗的边缘，徒步走向高处。我们的脚下应该是疏勒古城。背负天山北坡，眼前是没有尽处的田畴。东侧是山涧，北侧可见近百米长的城墙遗址。杨镰表情庄重，他遥想耿恭当年，手持弩机，射杀匈奴骑兵，保家卫国的壮烈场面。他的结论是：耿恭与二十六位部下用生命支撑起道义、信誉、情感的大厦，与古希腊斯巴达三百勇士一样，彰显出牺牲、献身的精神负载。

杨镰觉得文字过于平面，不能让耿恭的形象鲜活起来，就想借助电影的高科技手段，复活两千年前的那个悲壮的场面。

研讨会有的放矢，杨镰很满意。会后，我们去牧区江布拉克考察，得以看到北疆有着音乐一样层次的风景。

有趣的是，这一年的10月，我与刘墨、朱中原应新疆巴州职业技术学院的邀请，往库尔勒讲座、旅行。我提出要去若羌。一天早晨，我们一行乘车，途经英苏、台特玛湖、塔里木河、大西海子水库、卡拉水库、砖铺公路，在傍晚时刻来到了日思夜想的若羌。在杨镰的著作中，这些地方耳熟能详，今天，有机会匆匆一瞥，也会了却一些心愿。晚上，在楼兰广场散步，看到斯文·赫定和奥尔德克的雕像，十分亲切，仿佛是旧友重逢。楼兰博物馆必须看，然后去米兰古城凭吊。斯坦因曾在米兰古城挖掘，他在米兰大寺，割下了那幅著名的壁画：带翼的天使。离开米兰古城，我们来到米兰镇，这是兵团 36 团的所在地。杨镰多次来过，他在这里采访了几位罗布老人，也写了许多篇文章。

是偶然，也是必然，第二天中午，在若羌政府招待所，竟然与杨镰不期而遇。我追随杨镰来到新疆，谁能想到，自己安排的一次新疆之旅，依然离不开杨镰的视线。

五

今年初，在杨镰的家，听他讲去新疆探险的计划。他再一次提到阿提米西布拉克。他说起阿提米西布拉克的时候，神情有一点恍惚，眼神有一点迷离。对于阿提米西布拉克的心思，我略知一二。杨镰的新疆探险与新疆人文地理研究颉颃并进。1984 年，完成了环塔里木河探险考察之后，他为自己设定了必须亲自做出实地考察的若干有代表性的地点，如同斯文·赫定进入的丹丹乌里克、楼兰、通古孜巴斯特，斯坦因进入的尼雅，亨廷顿进入的恰恰，普尔热瓦尔斯基进入的阿克塔玛。在反复的推敲后，他设定了 60 个需要亲临其境的地点。30 年后，59 个地点留下了他的脚印，唯有阿提米西布拉克依旧在罗布荒漠中沉睡，等待杨镰的唤醒。

为什么是阿提米西布拉克？这究竟是一个什么地方？

位于库鲁克塔格南坡的山前洪积扇的荒漠甘泉——阿提米西布拉克，是阿不都热依木发现的。他是我们曾经到过的兴地"一家村"的荣誉村民。罗布人习惯用计数词 60 形容比较多，用 1000 形容极多。"阿提米西"是 60 的意思，"布拉克"是泉水的意思。据说，山前洪积扇涌出的泉水，成为野生动物繁育栖息的琼浆。传说那里的泉水非常神奇，任何动物受伤，只要饮几口阿提米西布拉克的泉水，就会康复如初。这不是空穴来风，在 19 世纪和 20 世纪，探险家一致认为，只有找到阿提米西布拉克，才有勇气迈向罗布沙漠，才能完成由北向南的穿越。原因很简单：淡水。1900 年 3 月 23 日，阿不都热依木把斯文·赫定的探险队带到阿提米西布拉克。杨镰深情、浪漫地说：阿不都热依木亲手点燃了干枯的芦苇，阿提米西布拉克升起了炊烟，为 20 世纪罗布荒原探险史写下了第一行记事。

在阿提米西布拉克休整数日，探险队的驼队带着足够多的冰块，开始了史无前例的自北向南的考察。3 月 28 日，他们的前方出现废弃的人类居住地。一年之后，斯文·赫定的探险队在一个古塔下驻足，闻名遐迩的楼兰古城得以发现。

20 世纪新疆探险告一段落，楼兰古城成为"丝绸之路"的重要品牌。重现人间的古城、湖盆、墓地、河床，更改了人们的知识结构。唯一遗憾的是"小河 5 号墓地"和"60 泉"——阿提米西布拉克再一次从我们的眼中消失。杨镰痛心地说："仅在 20 世纪前期的新疆行省地图上，留下了'六十泉'的汉语地名，那就是野骆驼与神秘的荒原不冻泉保存在世上唯一的记忆。"

本世纪初，杨镰进入"小河 5 号墓地"，实现了对楼兰遗迹的再发现。他依然把阿提米西布拉克视为心结，不断表白：我的"最后"的探险计划，就是与新疆的"60 个约定"一同走向阿提米西布拉克。

然而，2016 年 3 月 31 日的车祸，永远终止了杨镰灿烂的梦想。

六

我总觉得杨镰活着，只是这趟远行有点远。

其实，我知道他回不来了，一个人的时候，常常在地图上寻找那个让我痛心的地点。新疆昌吉，吉木萨尔，这不就是元代的别失八里吗？位于天山以北的别失八里贯穿南北，牵系东西。原始文献记载，"别失八里"的含义为"五城"，涵盖了今天从哈密、吐鲁番到昌吉的奇台、木垒、吉木萨尔，以及乌鲁木齐等广袤的地域，与塔里木的"南八城"对应。这是杨镰热爱的地方，他的脚步从此经过，他的泪水和汗水早已结成盐渍，他的学识，他的研究，他的著作，让这里成为热点，然而，他却找不到归途了。

是爱，还是私欲，把杨镰留在了"别失八里"；是什么力量，使杨镰前往阿提米西布拉克的探险之路中断。谁能回答？

（原载《中华读书报》2016 年 10 月 19 日）

寻找史铁生

蒋　殊

　　刚刚进入春天的那个下午，我来到地坛公园。其实之前人们多次提醒过我，甚至一些文人朋友都说：没什么神秘，就是一个普通的公园。

　　我还是去了，当然与史铁生有关。

　　如今的地坛早已不是他当初进入时那个如野地一样的荒芜园子，而是一个很平常也很漂亮的公园。

　　然而，也仅仅是一个如其他任何一座城市任何一处公园相似的公园。也因此，我第一次买了票踏进这个大门，心中还是备感失落。

　　第一次知道地坛公园位置，是北京一位老师指引。那是一个晚上，我们就在地坛公园附近一家饭店，说话间话题就转移到史铁生那里。老师说他们是好朋友，如果史铁生还在，一定可以去见见。从饭店出来，他告诉我左手边就是地坛公园，又转身指指右手边雍和宫桥方向，说史铁生的家就住在那个位置。

　　史铁生与地坛的距离，如此近。

　　于是我执着地选择了这个上午，独自一人来到地坛。站在大门口，我在心里一次次丈量史铁生从家里到地坛的距离。那些年，他摇着轮椅，一次次从家里出来，经过雍和宫桥，跨过马路，来到地坛，开始他一整天一整天的沉思。也从这条路上从青年摇向中年，从中年摇向另一个世界。

　　也因此我更加不能释怀，心中神秘而高大的地坛，如何可以仅仅只是一个公园？我继续深入、寻觅。史铁生说过，他初进入的时候，满园子都是草木竞相生长弄出的响动，窸窸窣窣片刻不息，园子荒芜但并不衰败。

　　荒芜就是没有人烟。如今的地坛，人来人往，与荒芜无关，也与衰败无关。史铁生笔下的荒芜，已经不存在了。我无数次站定，静听，再也听不到一丝可以代表荒芜的响动，蜂儿、瓢虫、蝉、蚂蚁，不知道是藏起来了，还是被今天的现代声息赶走了。

我宁可相信，它们是跟着史铁生走了。

我的面前，一些人举着硕大蘸水毛笔在练字，一些人用身体拍打着树干健身，一些人在跳舞，一些人坐在阳光里看孩子玩耍，一些人走走停停发一阵呆散一阵步，还有一些人只是简单地穿园而过。这些场景和谐共处，互不干扰，然而都掩盖在跳舞人群播放的巨大音响中，谁也逃不出去。

恍惚中，我还是觉得看到史铁生的影子，甚至一进大门，我就无比犹豫，不知道先向左还是向右。我猜不出，当年的史铁生进入这个大门，摇着轮椅到底是先走到哪一边？

没有人可以告诉我。

史铁生走了，带走与他有关的一切。

从未专注地崇拜过一个人，对于史铁生，更多的是那篇《我与地坛》。喜欢这篇文字，因为里面有很多疼痛。我不是欣赏疼痛，而是因为极其理解这疼痛。这些疼痛里，有些是我体验过的，有些是我即将体验的；有些是我也多次碰到的，有些是我侥幸错过的。

这些深深浅浅的疼痛，组成了每个人的人生。史铁生帮我们理了出来，便让这疼痛成了我们共同的疼痛。读着他的文字，体验着作为人的我们共同的疼痛。这地坛，便不再是一个园子，以至于它的每一个角落，都写满疼痛，写满史铁生。

我来了，在每一处他应该走过的足迹里，寻找史铁生。

我不想说，我在寻找一些疼痛。

我认为，疼痛有时候可以治愈另一些疼痛。

我相信，快乐并不是生命中唯一被追逐的东西，有些疼痛感存在，或许才是完整的人生。因为，谁都躲不开疼痛，史铁生也说过，假如世界上没有了苦难，世界还能够存在么？所以与其等它突然袭击，不如主动寻找。

择一条长椅坐下来。眼前是一位老人，在地上专注地用蘸水毛笔写字。身后的小空地，是两位老人家带着孙儿或外孙，他们专注的眼神，全部在孩子身上。就像那位写字的老人，只专注地盯了地上的字。那些字被阳光一晒，风一吹，很快就消失了。然而他还是要盯着那片已经没了任何踪迹的空地看上一阵。

这是最安静的一个空间，然而我还是无法静下心来。当时，史铁生坐在这个园子里，一连几小时专注地想着关于死，专注想着怎样活。他有时开心，有时忧郁；有时伤感，有时又释怀。他甚至可以用一整个下午的时光，静静窥看自己的心魂。然而我一闭上眼睛，远处的舞曲便不经同意哗啦啦输进耳朵。在这样的园子里安静地想象这些事，除非夜深人静，否则已经变成一种奢侈。

属于史铁生的地坛，已经过去。因为他说过：仿佛这古园就是为了等我，而历尽沧桑在那儿等待了四百多年。

史铁生走了，这历尽沧桑的古园也成了一座现代化的公园。

此时，一位中年男人摇着一辆轮椅，快速而来。我突然一喜，一瞬间竟以为碰到史铁生。然而这个男人飞一般从我面前摇过，我才意识到他并不是当年的史铁生。这样的速度，既不可能思考人生，更不可能体验疼痛。当年，史铁生摇了轮椅到这里来，仅为着这里是可以逃避一个世界的另一个世界。因此他绝不会这样快速，这样张扬，这样不着痕迹。

那时候，他总选择一处安静的角落，一棵老树下，一处荒草边，一堵颓墙旁，把椅背放倒，坐着或是躺着，看书，默坐，呆想，推开耳边的嘈杂理他纷乱的思绪。更多的，还是长久地思考生与死。

好几年之后的一天，史铁生忽然想清楚关于死的问题。他把死归结为是上帝交给人的事实。因此他不再急于求成去看待死，而是静静等待这个"节日"必然降临的那一天。

那一天，是2010年12月31日，我不明白他为什么选择将这一天作为自己死的"节日"。2010年这最后的一天，对于他来说究竟有什么寓意？史铁生，这个铮铮铁汉为什么不愿意继续向前一步，带着他强大的内心感受一下2011年是什么样子？

然而我又忽然明白，史铁生的每一步，都是走在他回去的路上。遗憾的是明明还不到牵牛花初开的时节，他葬礼的号角就已吹响。

在地坛，史铁生不仅思考出生与死这样重大的哲理问题，还用纸笔在报刊上碰撞开一条路。因了这条路，地坛便成了史铁生的地坛。

史铁生的地坛？然而或许，许多人并不这么认为。

那个上午，我在这个园子里走一阵，停一阵。我想问问这里的人们，是否知道史铁生？起初我开不了口，不知道该找谁问起。因为，十五年中与史铁生一样坚持到这园子来的一对老人，应该已经不在了。那个热爱唱歌的小伙子，现在怎么样了？那个常常在腰间挂一个扁瓷瓶，瓶里装满酒的老头，或许也早已经去了吧？那个捕鸟的汉子呢？每天早晨和傍晚从这园子里通过的中年女工程师呢？还有那个漂亮而不幸的小姑娘，一定也已跨过风华正茂的年纪了吧？还有一个最重要的人，就是那个最有天赋的长跑家，史铁生的朋友，他一次次努力，一次次失落，现在还偶尔到这园子里锻炼吗？

一位看上去有五十多岁的男士进入我的视线，他正在园子里闲逛。我走近，问他是不是这里的常客。他说当然是，在这园子里前前后后差不多有二十年了。我心内一喜，于是问他是否知道史铁生。他有些茫然，问我，谁？我认真重复了一次：史铁生。他听清楚了，却坚定地摇头：不知道啊，他是谁？

他是谁？我只能告诉他，是一位作家。他笑笑：不熟悉作家。之后转身离去。

问错人了吧。我继续向前。不远处的阅报亭，两位六十多岁的老者正在边阅读边讨论着什么。看上去，他们的年龄或许与史铁生相仿，于是再次冒昧打扰，然而两位又是相同的回答：不知道！答过之后，其中一位还用疑惑的眼神盯了我问：你要干吗？

我笑笑：不干吗，就是打听一个人。

我离开。他们俩还在身后诧异：史铁生？干什么的？

不太甘心，迎上朝我而来的一位中年女士。我小心地问：曾经，有没有在这个园子里见过一位摇轮椅的男人？他叫史铁生，似乎，戴着眼镜。

很怕她回答不知道，于是进一步说，那个时候，他几乎天天来这里，总是一个人。

女士分明是听清楚了，如我担心的一样，边摇头边说：摇轮椅的男人多了，你看！

顺着她的眼睛，正有一位男士摇着轮椅过来。年龄，也如史铁生一般，但脸上绝没有史铁生该有的忧郁。

心内一阵悲哀，说不上是为史铁生，还是为文学。想再问一些人，却有些担心答案而不想再开口。

此时，一位老人匆忙跑过来，拉住我们问有没有看到一个小男孩？七八岁，穿大红运动衣，拿着一个篮球。我与女士一并摇头。她带着要哭的表情继续跑着向前了，边跑边唤着一个名字。

突然想到史铁生的母亲。那些年，她不是也像刚才那位老妇人一样，一遍遍走进这个园子，一次次焦急地寻找她的儿子？那时候，正是史铁生极度任性与倔强的时候，他忽然在最狂妄的年纪残疾了双腿，他的苦闷人们都可以想象出，但只有母亲最清楚，并且需要双倍去承受。史铁生已经是成年人，所以母亲怕的不是有人拐跑了儿子，而是儿子自己把自己弄丢。于是那些年里，史铁生的母亲兼着痛苦与惊恐，步履茫然又急迫地一次次穿梭于这园中。伴随着母亲的这些举动，史铁生在园子里一天天冷静，一年年成熟，走过了狂妄，抛弃了倔强。然而母亲终究没有等到他成名那一天，提前去了上帝那儿。也因此，史铁生痛心地告诫所有长大了的男孩子，千万不要跟母亲来那些倔强，因为到懂了的年纪，很可能就已经来不及了。

忽然觉得，我对这个从未来过的园子存在一种绕不开的感情，与其说是因为史铁生，不如说更多的来自他的母亲；与其说我花了心思跑到这园中来寻找史铁生，不如说是在寻找他的母亲。是的，儿子在最狂妄的年龄双腿失去功能，由此颓废、发疯、任性、倔强……而他的母亲，注定要承受比儿子更大的苦与痛。多年以后史铁生明白，他的母亲是这个世界上活得最苦的母亲。那么些年里，她一次次把儿子送出门，一次次站在自家院子里心神不定，又一次次跑到那个园子里寻找儿子的身影。其间的担忧、痛苦、绝望、痛心，或许只有母亲，甚至只有与她有着同样苦难的母亲，才能真正了解她的内心。

因此这地坛内所有与史铁生有关的疼痛，其实有很大一部分来自他的母亲。

"多年来我头一次意识到，这园中不单处处都有过我的车辙，有过我的车辙的地方也都有过母亲的脚印。"我们不能责怪史铁生错了，我们的疼痛在于，总是要把自己的疼痛强加给深爱我们的母亲。

因为史铁生，我更愿意把地坛称为园子。这个园子里，此刻接近正午，有些人拎着一捆菜，从身边经过。跳舞的只剩下零零落落几个，在地上写字的老人也收了笔。只有少数人还在执着地停留。我相信，这其中或许一定也有着像当年史铁生一样的人，他们默默地坐在一个角落里，在尘世繁华里静静锤炼自己的内心，思考着不一样的人生。只是他是谁，在园中哪一个角落，我不会知道。

正如当年的史铁生，他一天天在这园子里翻江倒海地思考，汹涌的内心却只有他一个人可以感受得到。

再去哪里呢？站在那座祭坛前，想象史铁生当年的场景。他说自己不能上去，所以只能从各个角度张望它。我不知道，史铁生当年从一遍遍张望里想到什么，悟到什么，然而肯定的是，这园子里的每一个物件，他都细细看过，认真想过。正如他说的，这地坛的每一棵树下他都去过，差不多它的每一片草地上都有过他的车轮印。无论是什么季节，什么天气，什么时间，他都在这园子里待过。有时候待一会儿就回家，有时候就待到满地都亮起月光。

"因为这园子，我常感恩于自己的命运。我甚至现在就能清楚地看见，一旦有一天我不得不长久地离开它，我会怎样想念它，我会怎样想念它并且梦见它，我会怎样因为不敢想念它而梦也梦不到它。"今天，史铁生已经永远离开这个园子。那么，他在地下有知吗？会不会做梦？我相信，如果有梦，梦里一定有这个园子；如果还有一个身影，一定是他那苦难而伟大的母亲。

然而，每个角落都洒满史铁生气息的这个园子，竟然那么多人不知道他是谁。因他的文字而使这个地坛扬名全国，却找不到一丝关于他的踪迹。

哀伤，这本该属于史铁生的地坛。

然而他的地坛，终究是不复存在了。

回去吧。

出大门时，我还是忍不住问了一下查看门票的工作人员，她毫不犹豫：史铁生嘛，他写过这里的。

我的内心终于兴奋了：对，就觉得你们知道他。

她的北京味很浓：那怎么不知道？里面，有介绍。

我一喜，想退回去：里面有他的介绍？在哪里？

她有些不屑地看我一眼：哪里会有他的介绍呀，他只是写过这里罢了。我说的是地坛！

是啊，史铁生，他只是写过地坛而已。地坛里，怎么会有他的名字呢？他的名字，只嵌在如我一样人的心里。

（原载《都市》2015 年第 12 期）

辑七

"把酒论当世　先生小酒人"
——鲁迅与酒

阎晶明

　　这已经是四五年前的事了，我写完了一篇关于鲁迅与吸烟的文章，就一直想着写一篇关于鲁迅与喝酒的。迟迟没有动笔绝不单单是因为琐事缠身，更因为害怕引起朋友们的误会，以为我专要为了自己写文章的"独辟蹊径"而刻意选取"低端"题材。虽未写却仍然留心，越发觉得这其实是"研究"上的一个"空白"。终于忍不住想把资料整理并用文字梳理一下。

　　鲁迅与酒，其实也是一个流溢着清香、充满着复杂与微妙的世界。

一　"说我怎样爱喝酒，
也是'文学家'造的谣"

　　鲁迅是嗜烟的，直到生命的最后一天前，明知肺病威胁着生命，即使呼叫医生前来，他的手里也离不开一支烟卷。问题是，鲁迅嗜酒吗？我已不止一次读到"鲁迅专家"的文字，认为鲁迅是嗜酒并且经常要喝醉的。但我以为，这其实是大家都以为这属于生活里的细枝末节，所以常常"烟""酒"一起连带而过，并不认真对待的结论。

鲁迅并不自认好酒，而且多次反复强调过这一点。一九二五年，他就公开在文章中讲道，"我向来是不喝酒的，数年之前，带些自暴自弃的气味地喝起酒来了，当时倒也觉得有点舒服。先是小喝，继而大喝，可是酒量愈增，食量就减下去了，我知道酒精已经害了肠胃。现在有时戒除，有时也还喝，正如还要翻翻中国书一样。但是和青年谈起饮食来，我总说：你不要喝酒。听的人虽然知道我曾经纵酒，而都明白我的意思"（《集外集拾遗·这是这么一个意思》）。一九二六年十月十五日，身居厦门的鲁迅向许广平坦承，"酒是自己不想喝，我在北京，太高兴和太愤懑时就喝酒，这里虽然仍不免有小刺戟，然而不至于'太'，所以可以无须喝了，况且我本来没有瘾"。直到多年后的一九三四年，他在给萧军萧红的信中也说道："我其实是不喝酒的；在疲劳和愤慨的时候，有时喝一点。现在是绝对不喝了，不过会客的时候，是例外。说我怎样爱喝酒，也是'文学家'造的谣。"（《鲁迅书信·致萧军、萧红 1934.12.06》）早在一九二六年六月一日，鲁迅就表达过，"在上海，创造社中人一面宣传我怎样有钱，喝酒，一面又用《东京通信》诬栽我有杀戮青年的主张，这简直是要谋害我的生命，住不得了"。既厌烦又无奈。

很显然，鲁迅对喝酒始终持有辩解的态度。这种辩解，一是本来确实并不嗜酒，却引来不少人特别是一些同道的"文人学者"借以夸张、讽刺的说辞；二是因为周围的亲友多有劝其少饮者，尤其是许广平，而鲁迅对此通常"听劝"且表明自己本来不怎么喝。

烟和酒本来就是一个人基本生存需要之外的"奢侈品"。不过二者象征、暗示的指向却是大不相同。我们常见的鲁迅烟不离手的形象似乎是其思考、思索的象征，而抱着一个酒坛子的鲁迅，这是鲁迅自己绝不能够接受的。一九二八年五月，创造社出身的文学家叶灵凤曾在上海《戈壁》杂志第一卷第二期上发表过一幅题材为"鲁迅与酒"的漫画，以为讽刺。据《鲁迅全集》注释，这是一幅模仿西欧立体派的讽刺鲁迅的漫画，并附有说明："鲁迅先生，阴阳脸的老人，挂着他以往的战绩，躲在酒缸的后面，挥着他'艺术的武器'，在抵御着纷然而来的外侮。"鲁迅曾在当年八月十日的杂文《革命咖啡店》里回应道："叶灵凤革命艺术家曾经画过我的像，说是躲在酒坛的后面。这事的然否我不谈。现在我所要声明的，只是这乐园中我没有去，也不想去，并非躲在咖啡杯后面在骗人。"在同一日的《文坛的掌故》一文中，鲁迅又说："要有革命者的名声，却不肯吃一点革命者往往难免的辛苦，于是不但笑啼俱伪，并且左右不同，连叶灵凤所抄袭来的'阴阳脸'，也还不足以淋漓尽致地为他们自己写照，我以为这是很可惜，也觉得颇寂寞的。"可见这样的"掌故"鲁迅是很难用雅事、轶闻轻易对待的。

现在就得来谈谈鲁迅究竟有多能喝酒了。综合鲁迅自况及各色亲友的回忆，我们可以确定，鲁迅是喝酒的，而且不是只喝绍兴酒，白酒、红酒、啤酒、洋酒，都喝过。但说鲁迅嗜酒如嗜烟，那的确是错谬与误会之说。

许广平是最了解鲁迅生活的人了，她多年后回忆道："人们对于他的饮酒，因为绍兴人，有些论敌甚至画出很大的酒坛旁边就是他。其实他并不至于像刘伶一样，如果有职务要做，他第一个守时刻，绝不多饮的。他的尊人很爱吃酒，吃后时常会发酒脾气，这个印象给他很深刻，所以饮到差不多的时候，他自己就紧缩起来，无论如何劝进是无效的。但是在不高兴的时候，也会放任多饮些。"（《鲁迅先生的日常生活》）

同样是创造社成员的郁达夫却是鲁迅的好友，而且还常有机会与鲁迅一起饮酒，所以了解得也格外详细，"他对于烟酒等刺激品，一向是不十分讲究的；对于酒，也是同烟一样。他的量虽则并不大，但却老爱喝一点。在北平的时候，我曾和他在东安市场的一家小羊肉铺里喝过白干；到了上海之后，所喝的，大抵是黄酒了。但五加皮、白玫瑰，他也喝，啤酒、白兰地，他也喝，不过总喝得不多。"萧红在名篇《回忆鲁迅先生》中说："鲁迅先生喜欢吃一点酒，但是不多吃，吃半小碗或一碗。"许寿裳在回忆文章中也说，鲁迅不敢多喝酒。

看来，总喝但不是很多，是鲁迅喝酒的基本情形。

鲁迅日记里所记酒事从一九一二年进入北京即见。鲁迅到京后住在绍兴会馆，五月五日晚入住，七日即"夜饮于广和居"。三十一日"夕谷清招饮于广和居"。这一年，鲁迅除了常被"招饮"于会馆附近的广和居等饭店，还时常在许寿裳等乡友家里聚会饮酒。鲁迅到底每次喝了多少酒不可知，却可通过"少许"甚至"不赴"等自述知道，他其实并不那么嗜酒。鲁迅的醉酒经历也可以从他自己和别人的文字中找出印迹。据萧振鸣《鲁迅与他的北京》一书中统计，鲁迅日记里仅广和居就有六十四条宴饮记录，其中不乏"甚醉""颇醉""小醉"等表述，但醉酒占"招饮"中的比例很小。鲁迅饮酒，基本上都是与朋友在一起，独自喝酒的时候很少。唯见一九二五年二月六日的日记里"夜失眠，尽酒一瓶"，应是一次独饮经历。

鲁迅过量饮酒甚至醉酒的原因，大多与心情有关，基本上被描述为因时人时事引发心情不好所致。许广平在《欣慰的纪念》谈到，因为在"官场"上和"文人"间的遭遇，"真使先生痛愤成疾了。不眠不食之外，长时期在纵酒"。这从一个侧面证实北京时期的鲁迅的确是常常借酒来消解心中苦闷的。鲁迅在厦门大学的一次醉酒经历可能是最著名的。许广平说,"看到办教育的当局对资本家捧场,甚至认出钱办教育的人好像是父亲,教职员就像儿子的怪论,真使他气愤难平,当场给予打击。同时也豪饮起来,大约有些醉了,回到寝室,靠在躺椅上,抽着烟睡熟了,醒转来觉得热烘烘的,一看眼前一团火,身上腹部的棉袍被香烟头引着了,救熄之后,烧了七八直径的一大块。后来我晓得了,就作为一个根据,不放心他一个人独自跑到别的地方"。(《鲁迅先生的日常生活》)同样的事,川岛也有类似记录,确证其真。

其实,鲁迅喝酒是否因为"重大事件"才过量,就像鲁迅经常醉酒一样,都有"过度阐释"之嫌。而每有不悦或者心中郁结,即更容易借酒去浇心中块垒,这应该是确实的。一九一二年七月二十二日,那一天北京大雨,鲁迅没有去上班,当晚却与朋友喝酒去了。"大雨,遂不赴部。晚饮于陈公猛家,为蔡子民饯别也,此外为蔡谷青、俞英崖、王叔眉、季市及余。肴膳皆素。"那一晚酒后,鲁迅回到公馆,想起了十二天前在家乡溺水而死的朋友范爱农,这个爱喝酒且每喝必醉的落魄者、落伍者、落寞者,他提笔写下诗数首以为纪念,这是鲁迅并不多见的诗情喷发。及至一九二六年十一月十八日写成的散文《范爱农》里,鲁迅仍然记得这一晚酒后的感受,"夜间独坐在会馆里,十分悲凉,又疑心这消息并不确,但无端又觉得这是极其可靠的,虽然并无证据。一点法子都没有,只作了四首诗,后来曾在一种日报上发表,现在是将要忘记完了。只记得一首里的六句,起首四句是:'把酒论当世,先生小酒人,大圜犹酩酊,微醉合沉沦。'中间忘掉两句,末了是'旧朋云散尽,余亦等轻尘'。"那样的时代、雨夜、心情、消息,鲁迅尽管与众多好友同饮,心中默念的却一定是已经不知是自杀还是溺水的"酒友"范爱农。按理说,喝酒未必都需要理由,但鲁迅的醉酒显然都是有原因可寻的。

二 作为虚拟说辞与诗意化的酒

通观鲁迅与酒之关系会发现,在特定情形下,酒在鲁迅那里是一种虚拟的说辞,一种"醉翁之意不在酒"的言辞借用。这一点特别体现在鲁迅与许广平的书信交往中。初期交往,许广平经常以劝鲁迅少饮酒、不醉酒婉转表达对鲁迅的关心。鲁迅则以谈酒为名,传递自己愿意"听劝"的态度。与嗜烟不可能放弃相比,鲁迅谈酒更显随意,态度也是忽而表示不喝,忽而又我行我素。《两地书》的"酒"字含义颇值得玩味。一九二五年五月二十七日,许广平初致信鲁迅即说:"如其计及之,则治本之法,我以为当照医生所说:

1. 戒多饮酒；2. 请少吸烟。"六月一日又言："废物利用又何尝不是'消磨生命'之术，但也许比'纵酒'稍胜一筹罢。"鲁迅的回信中立刻回应道："其实我并不很喝酒，饮酒之害，我是知道的。现在也还是不喝的时候多，只要没有人劝喝。"但其实，鲁迅并非全是因为"劝喝"才喝酒。许广平对此是心知肚明的，所以她才又说："'劝喝'酒的人是随时都有的，下酒物也随处皆是的。要求在我，外缘可以置之不闻不问罢。"（1925.6.5）"酒"字因此在两人的书信往来中成了一个故意不去实指、不去捅破的虚拟之辞、游戏之说。许广平说"今夕'微醉'（?），草草握笔，作了一篇短文，即景命题，名曰《酒瘾》"。（1925.6.12）而鲁迅又回应说"人到无聊，便比什么都可怕，因为这是从自己发生的，不大有药可救。喝酒是好的，但也很不好"。（1925.6.13）既"好"又"很不好"，这样的矛盾之说，其实不过是两人找到了一个可以用来保持传递关心、关注以及积极回应的姿态，双方宁愿就此虚拟地讨论下去。鲁迅有时也来"质问"许广平："前信反对喝酒，何以这回自己'微醉'（?）了?"（1925.6.13）

因为要"听劝"，鲁迅在喝酒上尽量克制。他在一九二六年六月十七日给李秉中的信中说："酒也想喝的，可是不能。"这里的"不能"，多半就是尊重许广平劝说的暗示。当然，虽是虚拟的语言游戏，刻意设置的话题"辩论"，鲁迅也会忍不住谈一下自己对喝酒这件有伤身体一事理性的、真实的看法。比如，在六月二十九日的信中就突然发表"酒论"道："第一，酒精中毒是能有的，但我并不中毒。即使中毒，也是自己的行为，与别人无干。且夫不佞年届半百，位居讲师，难道还会连喝酒多少的主见也没有，至于被小娃儿所激么!? 这是决不会的。第二，我并不受有何种'戒条'。我的母亲也并不禁止我喝酒。我到现在为止，真的醉止有一回半，决不会如此平和。"鲁迅甚至搬出自己的母亲表达愤慨，反对别人干涉自己喝酒的权利，这话当然不是说给许广平的，而是对耳边不时听到的背后嘀咕表示厌烦。

一九二六年八月，鲁迅因"政治"和"文化"的原因，不得不离开北京，南下到厦门大学教书。同时离京回粤的许广平又开始与鲁迅书信往来。这时候，两人的关系已经确定，谈话不再绕那么多弯子了。不过，"喝酒"仍然是常常要探讨的问题，这时候则更多了切实的关心和真实的承诺。

"我已不喝酒了，饭是每餐一大碗。"（鲁迅 1926.9.14）

"祝快乐，不敢劝戒酒，但祈自爱节饮。"（许广平 1926.9.18）

"是日，不断的忆起去年今日，我远远的提着四盒月饼，跑来喝酒，此情此景，如在目前，有什么法子呢!"（许广平 1926.9.23）

"我身体是好的，不喝酒，胃口亦佳，心绪比先前较安帖。"　（鲁迅

1926.10.28）

"这几天全是赴会和饯行，说话和喝酒，大概这样的还有两三天。这种无聊的应酬，真是和生命有仇，即如这封信，就是偏私里三点钟写的，因为赴席后回来是十点钟，睡了一觉起来，已是三点了。"（鲁迅 1927.1.6）

"他今天还要办酒给我饯行，你想这酒是多么难喝下去。"（鲁迅 1927.1.6）

不管用什么人和事作背景交代与铺垫，鲁迅传递的都是不再过量饮酒的信息和承诺。"我是好的，很能睡，饭量和在上海时一样，酒喝得极少，不过一杯葡萄酒而已。家里有一瓶别人送的汾酒，连瓶也没有开。"这瓶酒应该是在北京时高长虹送鲁迅的，一九二五年九月二十六日的鲁迅日记里有记，"夜长虹来，并赠《闪光》五本，汾酒一瓶，还其酒。"我印象中许寿裳曾经考证过，鲁迅所"还"（回赠之意）的，是一瓶绍兴黄酒。

鲁迅对酒的理解，他对酒的描写，抛开自己喝与不喝，是充满诗意色彩的。他时常会流露出对酒在增加诗意甚至意志力方面作用的肯定。"中山生日的情形，我以为和他本身是无关的，只是给大家看热闹；要是我，实在是'身后名，不如即时一杯酒'，恐怕连盛大的提灯会也激不起来的了。"（1926.11.18 致许广平信）这种"即时一杯酒"的洒脱表达在鲁迅算是少有的。"日日斟出一杯微甘的苦酒，不太少，不太多，以能微醉为度，递给人间，使饮者可以哭，可以歌，也如醒，也如醉，若有知，若无知，也欲死，也欲生。"（《野草·淡淡的血痕中》）这是鲁迅自己饮酒感受的诗意化。"我沉静下去了。寂静浓到如酒，令人微醺。"（《三闲集·怎么写》）"微醺"或"微醉"，"也如醒，也如醉"，正是鲁迅对喝酒的最佳感受。"我靠了石栏远眺，听得自己的心音，四远还仿佛有无量悲哀，苦恼，零落，死灭，都杂入这寂静中，使它变成药酒，加色，加味，加香。"（《三闲集·怎么写》）酒的色香味和心境的五味杂陈混合为一体。一九二六年八月，离开北京、离开许广平独自南下的鲁迅，心情应该并不能算好。路途中的文字却少有哀怨，反而时有自寻快乐之时，比如他就在途中喝了一回高粱酒。虽是偶遇，却是快事。"喝了二两高粱酒，也比北京的好。这当然只是'我以为'；但也并非毫无理由：就因为它有一点生的高粱气味，喝后合上眼，就如身在雨后的田野里一般。"（《华盖集续编·上海通信》）这是鲁迅少有的品酒、赞酒语句，读来清新感人。

鲁迅为自己喝酒辩护，但并不把酒妖魔化也是事实。除了偶尔的"高粱气味"的感受和遐想，鲁迅还会从文化的角度去理解和解释酒。

由于对中国国民性的深切关注，即使俗物如酒者，在鲁迅笔下也一样具有考察国民性的价值。"中国的自己能酿酒，比自己来种鸦片早，但我们现在只听说许多人躺着吞云吐雾，却很少见有人像外国水兵似的满街发酒疯。唐宋的踢球，久已失传，一般的娱乐是躲在家里彻夜叉'麻雀'。从这两点看起来，我们在从露天下渐渐的躲进家里去，是无疑的。"（《南腔北调集·家庭为中国之基本》）也就是说，中国人在自家的屋檐下寻求平和、安稳、妥帖、麻醉，比起外国水兵的"满街发酒疯"，与其说是对酒文化消失的遗憾，不如说是他对国民性格弱化、阳刚之气渐失的悲哀。极而言之，"家是我们的生处，也是我们的死所"。由此也可见出鲁迅心目中的酒，不是酿造的技术，不是奢侈的炫耀，不是纸醉金迷，不是利益交易，甚至也不是"小富即酒"的满足，而是一种人生中的诗意，一点心间的美感，一种情绪发泄的催化剂，一种精神力量的强推与发挥。在鲁迅心目中，中国人的在家温一壶烧酒，来几碟冷热兼有的菜飘飘欲仙，比之外国士兵的烂醉街头，正是自我麻醉与刚烈之气的差异暗示。这正如鲁迅在《〈如此广州〉读后》里讲迷信时所论的那样，广州有"店家做起玄坛和李逵的大像来，眼睛里嵌上电灯，以镇压对面的老虎招牌"，当然是一种迷信。但在鲁迅看来，都是迷信，江浙人用的是求平安、暗诅咒等"精神胜利法"，广州人的公开叫板"迷信得认真，有魄力"，所以鲁迅认为，"广州人的迷信，是不足为法的，但那认真，是可以取法，值得佩服的"。鲁迅绝不会主张人们喝醉后上街闹事，他看到的是国民性的软弱和自我麻醉的可悲。

三　鲁迅文章中的"酒"

鲁迅的生活里，嗜烟远胜过好酒。鲁迅的文章里，却是谈酒多于说烟。《呐喊》《彷徨》《故事新编》《野草》《朝花夕拾》以及他各个时期的杂文，他的演讲、书信、日记里，"酒"都是一个常见的意象和描述对象。

鲁迅最著名的演讲文章《魏晋风度及文章与药及酒之关系》，是一篇谈论文人性情与酒、文章与酒的绝妙之论。其中所论却绝非只是酒与文章，它涉及了一个特定时期的政治影响、文化思潮、美学趣味及文学趋向，它论述的是这种文人性情背后的自由与束缚，激情与无奈。他最后的结论，其实仍然是"且夫天下之人，其实真发酒疯者，有几何哉，十之八九是装出来的"。进而认为天下也没有纯粹的田园诗人、山林文学，文学说到底与时代有着密切联系。

在鲁迅小说中，酒是一种穿缀物，可以为人物故事提供新的走向，酒是一种催化剂，可以让庸常人物的灰色人生突然产生戏剧性的、夸张的转变。鲁迅的小说里，因酒而影响一生命运的人物当是孔乙己。孔乙己的故事都发生在"咸亨酒店"里。只要孔乙己"喝过半碗酒"，他的面色与表情就会发生种种变化，"涨红的脸色渐渐复了原"，"显出不屑置辩的神气"，"颓唐不安模样，脸上笼上了一层灰色"，等等，而有了点酒意的孔乙己，也会给现场带来变化，"众人也都哄笑起来：店内外充满了快活的空气"，酒钱的有无是影响孔乙己命运的重要故事核。可以说，这是一篇关于酒的故事。

《阿Q正传》里的阿Q算不上也不配称之为"酒鬼"，但小说中却近十次写到与酒有关的情节。每当写到酒，必是阿Q精神胜利法用得最足、性格最张扬的时刻，"酒壮尿人胆"，阿Q再典型不过。"那是赵太爷的儿子进了秀才的时候，锣声镗镗的报到村里来，阿Q正喝了两碗黄酒，便手舞足蹈地说，这于他也很光彩，因为他和赵太爷原来是本家，细细的排起来他还比秀才长三辈呢。其时几个旁听人倒也肃然的有些起敬了。"喝了酒便敢吹牛。"阿Q近来用度窘，大约略略有些不平；加以午间喝了两碗空肚酒，愈加醉得快，一面想一面走，便又飘飘然起来。不知怎么一来，忽而似乎革命党便是自己，未庄人却都是他的俘虏了。"喝了酒就感觉身处并非人间。

鲁迅笔下的小知识分子，都是借酒浇愁的主儿。前有孔乙己，后有《孤独者》里的魏连殳、《在酒楼上》里的吕纬甫。鲁迅特别擅长于描写他们酒后的表情，看出他们酒后的心情。比如魏连殳，"一瓶烧酒，两包花生米，两个熏鱼头"，一场表现一个人命运无常的对话因此展开。"其时是在我的寓里的酒后，他似乎微露悲哀模样。""我即刻很后悔我的话。但他却似乎并不介意，只竭力地喝酒，其间又竭力地吸烟。""他照例只是一意喝烧酒，并且依然发些关于社会和历史的议论。不知怎的我此时看见空空的书架，也记起汲古阁初印本的《史记索隐》，忽而感到一种淡漠的孤寂和悲哀。"

又比如吕纬甫，"我"与他喝了一场大酒，应该是至少有五斤黄酒。并因此读到了一颗落寞的心，看到了一个失败的人生。"我忽而看见他眼圈微红了，但立即知道是有了酒意。他总不很吃菜，单是把酒不停地喝，早喝了一斤多，神情和举动都活泼起来，渐近于先前所见的吕纬甫了。"

在鲁迅小说里，酒是刺激一个人敢说话、敢冒险、突然爆发的情节因素，除了孔乙己、魏连殳、吕纬甫因酒而袒露内心，除了阿Q因酒而乖张变形之外，许多涉及酒的情节，也都是起着类似的点化情绪、"尿人壮胆"的作用。《阿Q正传》里，阿Q的"对头"剪了辫子，"他的母亲大哭了十几场，他的老婆跳了三回井。后来，他的母亲到处说，'这辫子是被坏人灌醉了酒剪去了。本来可以做大官，现在只好等留长再说了'"。《端午节》里的方玄绰，"他喝了两杯，青白色的脸上泛了红，吃完饭，又颇有些高兴了，他点上一支大号哈德门香烟，从桌上抓起一本《尝试集》来，躺在床上就要看"。《风波》的开头，"河里驶过文人的酒船，文豪见了，大发诗兴，说，'无思无虑，这真是田家乐呵！'"其中的人物"七斤嫂记得，两年前七斤喝醉了酒，曾经骂过赵七爷是'贱胎'，所以这时便立刻直觉到七斤的危险，心坎里突突地发起跳来"。《离婚》里的爱姑，既然已经接受了命运，屈服了意志，也就断然不敢再喝慰老爷的新年喜酒，赶紧"恭恭敬敬地退出去"。学过医、喝过酒的小说家鲁迅，是如此精确地掌握着各色人物酒后的"风采"与可能的危险。

在散文《范爱农》里，鲁迅记述了早年与这位"酒友"一起喝酒的经历，"他又告诉我现在爱喝酒，于是我们便喝酒。从此他每一进城，必定来访我，非常相熟了。我们醉后常谈些愚不可及的疯话，连母亲偶然听到了也发笑"。这也印证了鲁迅所说的"我的母亲也不反对我喝酒"。

至此，我们可以说，出生在"大多数男人兼会做酒"的绍兴，"他的父亲心境也不快。他常饮酒，有时亦发脾气"的家庭里（周建人《略讲关于鲁迅的事情》语），长期一个人独自漂泊的经历，常与各类乡友、文友、同事聚会的爱好，每遇不悦、愤怒即奋笔疾书，曾被论敌或朋友描述为"醉眼蒙眬"的鲁迅，其一生与酒有着不解之缘。他曾遥想千年之前魏晋文人的酒后风度，也曾与眼前的许广平借"酒"字传情；他曾因病而弃酒，又因性情而举杯；他曾透过酒事看到孔乙己的失败，也曾因共饮而穿透魏连殳、吕纬甫的内心；他深知阿Q的那点精神胜利，不过是一杯酒后的忘乎所以，也看出七斤嫂为七斤酒后疯话而产生的致命担忧；慰老爷、鲁四老爷家的酒或是"做稳了奴隶"的得意，爱姑、祥林嫂不敢也无法接近酒桌的遭遇，不过是"做奴隶而不得"的悲哀；他曾经为数不多地"颇醉"，更喜欢临界状态下的"微醺"；他喝过各种酒，而独赞喝过后如"身在雨后的田野里一般"的无名的高粱酒；他即使饮酒也得声明是母亲也不限制的权利，他并不嗜酒却还得为"酒坛子"辩护；他可怜范爱农式的酒友，提笔写下《哀范君三章》。在他的心目中，在他的文章里，举凡命运失败者、人生落寞者、时代落伍者，大都在愤世嫉俗的同时，有着借酒消愁而且通常是借别人的酒消愁的悲伤经历。

就此而言，谈谈鲁迅与酒，并非小题大做的刻意为文，实在是一扇值得推开的窗户，可以看到一个复杂、微妙的世界。就让我借"创造社"阵营里的作家，鲁迅的乡友、文友郁达夫赠鲁迅的诗为这篇文章作结吧，我以为这首诗写尽了鲁迅的性情与酒、鲁迅的文章与酒的既紧张又不可剥离的玄妙关系。"醉眼朦胧上酒楼，彷徨呐喊两悠悠。群盲竭尽蚍蜉力，不废江河万古流。"

（原载《人民文学》2016 年第 3 期）

诚知此恨人人有

——周作人这块"挡箭牌"

叶兆言

1938 年 1 月最后几天，春节临近，对中国人来说，过去的一年十分糟糕。七七卢沟桥事变，北平沦陷；八一三上海淞沪抗战，首都南京丢了。抗日抗日，口号喊得惊天动地，大家都没料到最后会这样。1 月 26 日，沦陷在北平的周作人写了两首打油诗：

> 廿年惭愧一狐裘，贩卖东西店渐收。
> 早起喝茶看报了，出门赶去吃猪头。
> 红日当窗近午时，肚中虚实自家知。
> 人生一饱原难事，况有茵陈酒满卮。

自从进了民国，旧体诗中最有趣的便是打油诗，虽然还罩着古旧长衫，离高贵已经有段距离。譬如胡适先生写给周作人的《再和苦茶先生·聊自嘲也》，"不敢充油默，都缘怕肉麻。能干大碗酒，不品小钟茶"。若没有抗日这样的大背景，没有国难临头，打打油还真是挺好玩。然而中华民族已到最危急时刻，再继续打油就有问题。周作人这两首打油诗，显得很不正经，喝喝茶，看看报，吃点猪头肉，放下闲书倚窗坐，一樽甜酒不须辞，完全是两耳不闻窗外事的样子。查当时记录，周作人这段日子最主要的工作就是翻译《希腊神话考证》。

1 月 30 日是旧历除夕，周作人在日记中恶狠狠地写了这么一句：

> 今晚爆竹声甚多，确信中国民族之堕落，可谓无心肝也。

不妨想想当时情形，文化人不讲起理来，让人哭笑不得。凭什么你老人家打油喝茶看报吃猪头肉，却不让老百姓过年放爆竹？毫无疑问，国家到这一步，大家心头不好过，谁会真甘心亡国灭种呢？国家兴亡匹夫有责，事实上此时此刻，很多文化人也没闲着，留美出身的胡适选择出任美国大使，在异国他乡四处演讲，直接影响了美国人的对日态度。梁漱溟先生专程去延安，与窑洞里的毛泽东彻夜长谈，前后共谈了八次，最长的一次通宵达旦。梁希望毛以国家为重，走改良主义道路，毛自然不可能接受，他希望梁读一读恩格斯的《反杜林论》。梁漱溟是学哲学出身，不得不承认自己不太能读懂。三十年后"文化大革命"，《反杜林论》一度非常流行，我祖父、我父亲都恭恭敬敬地抄过，我母亲文化程度不高，竟然也抄写过这本书。

1938 年 1 月 29 日，也就是民俗小年夜，毛泽东致电邓发，请他转给远在苏联莫斯科的王稼祥，说红军大学缺战略教本，让王搜集一些这方面书籍，赶快找人翻印。王稼祥是中共驻共产国际代表，留俄出身，属于"二十八个半布尔什维克"之一，1949 年以后的第一任驻苏联大使。都说留日学生比较容易激动，以比周作人小七岁的郭沫若为例，他们情况类似，都是留日，都娶了日本女人，都生了孩子。结果呢，郭沫若抛妻弃子，毅然回国参加轰轰烈烈的抗战，而留在北平的周作人，只是在日记中发牢骚，骂别人没心肝。当时毅然抛妻别子离家出走的，还有留学英国的老舍先生，这位老北平去了武汉，投身到文化人集体抗日的洪流之中。

图穷匕首见，不到最后关头，人的真面目看不清楚。自从鲁迅逝世，说周作人是文坛领袖并不为过，左翼文坛固然很热闹，很受年轻人喜欢，但是内行看门道，真正懂得文章好坏的，显然更看重周作人的文字。因此沦陷北平的周作人一举一动，便有了完全不同寻常的意义。为什么他不能像郭沫若或者老舍那样离开北平呢？张中行先生晚年回忆，说自己当年曾给周作人写过一封信：

> 那是盛传他将出山的时候，我不信，却敌不过一而再，再而三，为防万一，遵爱人以德的古训，表示一下我的小忧虑和大希望。记得信里说了这样的意思，是别人可，他决不可。何以不可，没有明说，心里想的是，那将是士林的理想的破灭。他没有回信。

不知道周作人有没有收到这封信，即使收到，怕也不会太当回事。不回信意料之中，毕竟那时候的张中行还未满三十岁，是个名不见经传的粉丝。不过这确实代表了很多人的心愿。在 1938 年的北平，形势非常险恶，日记中的周作人和现实中的周作人，正激烈斗争，往后退一步苏武牧羊，往前走一步李陵投降。读周作人日记，大有要准备认领苏武的意思。这一年的 2 月 9 日，日本大阪每日新闻社在北京饭店召开"更生中国文化建设座谈会"，出席人员不是日本人，就是落水的汉奸，周作人居然长袍马褂，也跻身于其中，一副洒然自得之态。

《大阪每日新闻》刊载了消息，并发表了会议参加者照片。好在是战时，虽然有不太清晰的照片为证，大家听到的还都是传闻，有人愤怒谴责，有人将信将疑，也有人为之辩解。周作人心静如水，颇有些出污泥而不染。在 10 日晚上，也就是参加座谈会的第二天，又毅然至福全馆，赴日本友人山宝之招宴。在旁人眼里，都是不得了的大事，周作人则泰然处之，清者自清浊者自浊，没觉得这些事有什么大不了。热爱周作人的读者，最后只能用"小事精明，大事糊涂"来形容他。与周同岁的日本作家武者小路实笃公开发表了一篇文章，说自己很想派人去慰问周作人，可是在这特定时刻，"或者于他反有妨碍吧。不过正如我爱日本一样，周作人之爱支那是当然的事，我的友情不会使得他人对于周作人之爱支那的事引起什么疑惑的"。

瓜田李下，有些嫌疑必须回避，黄泥巴落在裤裆里，不是屎也是屎，连日本朋友都明白的道理，周作人不会不知道。武者小路实笃还说，"我想听听周作人对于谁也不曾表白过的真心话。也想听支那的人们对于日本第一希望什么"。周作人据此致信武者小路实笃，也是公开发表，作为推心置腹的回应：

> 现今中日两民族正在战斗中。既然别无通路，至于取最后的手段，如再讲什么别的话非但无用，亦实太鄙陋矣。如或得晤面，则或当说废话发牢骚，亦未可知，但现今却是不想了，读尊作后甚想奉书，又恐多言，如或使更感到寂寞则亦甚抱歉，故只此不赘，诸希谅查。

周作人这封信，很智慧地玩了一回不说之说的把戏，好像没说什么，又好像都已经说了。然而有些事并不是周作人觉得怎么样就怎么样，你自己以为是一片冰心在玉壶，有信心同流而不合污，人家那边已经为你坐实汉奸罪名。中华全国文艺界抗敌协会通电全国，严厉声讨，请援鸣鼓而攻之，声明应立即将周作人"驱逐出我文化界之外，藉示精神制裁"。武汉的《新华日报》发表题为《文化界驱逐周作人》的短评，指出"周的晚节不忠实非偶然"，是他"把自己的生活和现社会脱离得远远的"的必然结果，那些文化界中对所谓"硕子鸿儒""盲目崇拜"的人，应以此得到一次教训，"一个人尽管有了'渊博'的学问，并不就能保障他不会干出罪大恶极的叛国行为来，并不能保障他们不做汉奸"。

由老舍倡议、楼适夷起草、经郁达夫修改的十八人署名的《致周作人的一封公开信》发表了，这封信写得很诚恳，其中不乏精彩段落：

> 我们了解先生未能出走的困难，并希望先生做个文坛的苏武，境逆而节贞。可是，由最近敌国报章所载，惊悉先生竟参加敌寇在平召集的更生中国文化建设座谈会：照片分明，言论俱在，当非虚构。先生此举，实系背叛民族，屈膝事仇之恨事，凡我文艺界同人无一不为先生惜，亦无一人不以此为耻。先生在中国文艺界曾有相当的建树，身为国立大学教授，复备受国家社会之优遇尊崇，而甘冒此天下之大不韪，贻文化界以叛国媚敌之羞，我们虽欲格外爱护，其如大义之所在，终不能因爱护而即昧却天良。
>
> 我们觉得先生此种行动或非出于偶然，先生年来对中华民族的轻视与悲观，实为弃此就彼、认敌为友的基本原因。埋首图书，与世隔绝之人，每易患此精神异状之病，先生或且自喜态度之超然，深得无动于心之妙谛，但对素来爱读先生文学之青年，遗害正不知将至若何之程度……

一念之差，忠邪千载，幸明辨之！

周作人最后成为汉奸，确实让人心痛，也就是张中行说的那个"是别人可，他决不可"。偶像就这么被无情地打破了，"一念之差，忠邪千载"。胡适给周作人写了一封信，寄到北平，是一首含蓄的白话诗：

> 藏晖先生昨夜作一个梦，
> 梦见苦雨庵中吃茶的老僧，
> 忽然放下茶钟出门去，
> 飘然一杖天南行。
> 天南万里岂不大辛苦？
> 只为智者识得重与轻。
> 梦醒我自披衣开窗坐，
> 谁知我此时一点相思情。

周作人也写了一首十六行的白话诗回答，听说胡适即将赴美，所以寄到华盛顿的中国使馆转交：

> 老僧假装好吃苦茶，
> 实在的情形还是苦雨，
> 近来屋漏地上又浸水，
> 结果只好改号苦住。
> 晚间拼好蒲团想睡觉，
> 忽然接到一封远方的话，
> 海天万里八行诗，
> 多谢藏晖居士的问讯。
> 我谢谢你很厚的情意，
> 可惜我行脚却不能做到；
> 并不是出了家特地忙，
> 因为庵里住的好些老小。
> 我还只能关门敲木鱼念经，
> 出门托钵募化些米面，
> 老僧始终是个老僧，
> 希望将来见得居士的面。

　　文化人干的事就是有文化，干什么事都是文化。打哑谜，玩太极，走一步算一步，这些都是周作人的强项。他的最终下水，基本上属于温水煮青蛙，一点一点加温，从无到有，从勉强到严重到很严重，最后终于无法回头。似乎游刃有余，很快黔驴技穷。"深得无动于心之妙谛"的周作人，聪明终被聪明误，不该参加的会参加了，不该拿的钱拿了，坦然去赴日本人宴会，最后到伪政府里任职，写鼓吹东亚共荣的文章。最让人感到不堪的，他老人家居然沐猴而冠，穿上了日本人的军服，去检阅童子军。

　　一失足，千古恨，文化终于不能再遮羞。关于周作人的下水，有过各种分析各种解释，无论周作人自己，还是那些喜欢他文字的好心人，说来说去，都难免避重就轻，都说服不了别人。譬如编造"地下党"身份，譬如保护了北京大学的校产，玩所谓身在曹营心在汉的把戏，用时髦的网络语言就是千方百计为他"洗地"。然而事实终究是事实，墨悲丝染，染于苍则苍，染于黄则黄，再洁白的蚕丝，颜色变了就是变了，饿死事小失节事大，因此"染不可不慎也"。

　　1942 年 12 月，小日本偷袭珍珠港，太平洋战争爆发。大汉奸周佛海在日记中哀叹，觉得此战一开，惹怒了强大的美国佬，日本帝国恐怕难逃失败厄运。重庆的国民政府喜出望外，窗户纸捅开了，中美两国终于可以大大方方地联手。中日虽然开打很多年，直到这个时间点，我们的国民政府才正式向日本宣战。作为一名职业军人，黄埔一期生的宋希濂接受记者采访，明确表示他看到了胜利的希望。令人啼笑皆非的是周作人，这位被大家认为充满了智慧的长者，根本不懂什么叫国际政治，看这段时期的日记，不是他请日本人吃茶聊天，便是赴日本人的宴会喝酒，似乎活得非常潇洒。在北平的文化人，遇上日本人找麻烦，第一个本能反应，是赶快去找"周启明"，也就是说赶快找周作人。为什么呢？因为周是可以在日本人那里说上话的。

12月26日，周作人在伪中央电台作广播演讲，讲题为《日美英战争的意义与青年的责任》。一二三四说了很多，每一条都很丢脸，每一句话都可以作为罪证。动不动就是要为东亚民族解放而战，"我们身为东亚民族的人，应当在此时特别紧密联络，团结一致，以对抗英美的侵略，以求本身的解放，这是东亚民族最紧要的时期，我们切切不可以忽略"。责任也好，意义也罢，无论怎么振振有词，都是大东亚共荣圈那一套胡说八道，出自能写一手锦绣文章的周作人之口，真让人情何以堪。好在当时媒体并不发达，没多少人听广播，讲话稿发表了，也没什么人愿意阅读。人在做天在看，那年头做汉奸也不容易，要不停地开会，赶场子发言表态。太平洋战争爆发后的两个月，周作人忙得不亦乐乎，一个会接着一个会开，宴会吃了一顿又一顿。日本人很在乎宣传，而且显然是被暂时的胜利冲昏了头脑。

不难想象抗战胜利，周作人应该会有的狼狈。此一时彼一时，早知今日，何必当初。1945年日本人宣布投降，南京和上海开始了对汉奸的大规模检举，紧接着北平也着手清算。周作人曾有过去延安的打算，知道国民政府肯定饶不了他，但是真去投奔共产党，人家也未必会欢迎。结果呢，认赌服输，以汉奸罪被逮，判处十年徒刑，关进了南京的老虎桥监狱。我祖父说起周作人，总是觉得很惋惜，认为他"思想明澈，识见通达，实为少数佳士，即使做奸，情有可原"。现实总是残酷的，大家都不愿意看周作人这样那样，偏偏他就是这样那样了。许广平先生在周作人被抓的那几天，曾在上海对祖父谈起过周作人，说周做汉奸后的"种种表现，皆贪吝卑劣，且为一般文人作奸者之挡箭牌，以为启明先生尚为汉奸，他何责焉"。祖父将这段话记录在了日记上，说自己"闻而怅然"，心里很不痛快。

周作人比祖父大了将近十岁，他弟弟周建人也比祖父大，祖父敬佩周作人的文章，与周建人私交更好，他们在商务印书馆共事多年。"文革"后期，我作为一名中学生，曾经见过周建人，他是人大副委员长，出门可以坐红旗牌轿车，在当时代表着非常高的国家领导人待遇。有一天过来跟祖父聊天，红旗轿车就停在胡同里，不知什么原因，汽车抛锚了，然后又来了一辆，小胡同里一下子停了两辆红旗，很是扎眼，许多孩子远远地在观看。与鲁迅和周作人相比，这位作为三弟的周建人学问如何，我一直弄不太清楚。他当过浙江省省长，还当过共产党的好几届中央委员，后来又是民进的最高领导。

我小时候不止一次听父亲说起周作人，他当然也是无意中听大人说的，意思无非周作人这家伙向来言行不一，说是一套，做又是一套，说他过日子太讲究，什么都很精致，要吃好的，要喝好的，文章虽然写得很漂亮，可文章漂亮又有什么用呢，还不是当了汉奸。抗战八年，正是父亲接受中小学教育的年头，他随着祖父逃难到四川做难民，受周围环境影响，对叛国投敌的汉奸深恶痛绝，有一种天生的仇恨。周作人被判徒刑，完全是情理之中，很显然，对汉奸，仅仅只有一个道德审判还不够，该法办还是得法办。南京夏天很热，老虎桥监狱通风条件非常差，黄裳先生曾有文章记录当时的情景，看见周作人光着上身，笨拙的身体在席子上爬，完全一副斯文扫地模样，旁边还放着个装花露水的小瓶子，显然是用来驱蚊止痒的。

研究中国现代文学的都知道，鲁迅与周作人兄弟绝对不能绕开。可以喜欢或者不喜欢他们，但是你必须有足够的了解，必须认真地去读他们的作品。否则就会有太多人云亦云，就会有太多误读，而人云亦云和误读的重要原因，可能还是因为周氏兄弟文字太多，真要耐心读完并不容易。好文章要慢慢品，与许多研究现代文学的朋友聊天，都会有一种差不多的观感，刚开始，你会觉得鲁迅文章好看，像投枪像匕首，看了觉得过瘾，到后来，便会觉得周作人文章更有味道，更好看更耐读。说起周作人的下水，每一代人看法不一样，出发点不同，结果也就不同。祖父那一代读书人，崇尚他的学问，总体来说是敬重和惋惜。父亲那一代，印象中的周作人，也就是一个落水的大汉奸卖国贼，肯定好不了，他的结局是罪有应得。

我们这代人对周作人的观点，相对复杂一点，既没有祖父他们那代人的敬重和惋惜，也没有父辈那代人的轻蔑。我们小时候，汉奸当然不是什么好东西，是坏人，但是国民党反动派也是坏人，所以他们都差不多，都一丘之貉。还有"地富反坏右"。很长一段时间，我们所接受的教育，世界上只有两种人，好人和坏人，坏人太多，天下乌鸦一般黑，像周作人这样的便基本上被淹没了。如果不是攻读现代文学专业，不是为了一个硕士学位，我很可能根本不会去接触周作人的作品。问题在于，改革开放以后，右派平反了，地主富农摘帽了，反革命变成一个十分模糊的词，国民党反动派也不是过去那个概念，唯一不太可能更正的是汉奸罪名。

自古汉贼不两立，王业不偏安，老百姓心目中，文章好看不好看不重要，汉奸和男盗女娼一样，永世都不可能翻身。周作人的不幸是遭遇到了北平沦陷这样的乱世，他没有挺身而出，恰恰相反，半推半就地挺身而入，从出世的风流儒雅，变成入世的自甘堕落。周作人之幸运是抗战胜利后，国民党政权很快垮台，改朝换代让他成为真正的隐士，事实上，他只坐了短短三年牢，在解放军还没过江前就被释放。此后的十八年，除了史无前例的"文化大革命"，文化人在劫难逃，他的生活也谈不上太糟糕。政治运动一个接一个，"三反五反"，反胡风反右，他照样写文章，数量很多，质量也不错，真不能写就翻译，用各种各样的笔名发表，每个月有四百大洋仍然入不敷出。

时来天地皆同力，运去英雄不自由。周作人落水本应成为文化人心中永恒的痛楚，毫无疑问，没有人会原谅他做了汉奸这个事实，然而也未必会有多少人太当真。过去一百年，中国文化人一方面不断地扮演崇高，说不完的大话，另一方面又有着太多无耻，太多让人难堪，因此，周作人的故事让人痛心，也容易让人聊以自慰。它给了我们一个可以鄙视他人的制高点，给了我们一个五十步讥笑一百步的机会，仿佛旧时指责邻人偷盗女子失节，人们与生俱来的道德优越感，往往会在不知不觉中油然而生。崇高感的诞生，并不是因为自己真的有多崇高，而是我们觉得别人还不够崇高。口号越喊越响，节操却一次次落地，正因为如此，也就有了后来历次政治运动中文化人的尴尬，有了上纲上线，有了检举揭发批判，有了互相构陷落井下石。

中国文化人的最大不幸，不仅仅是遭遇乱世，生命受到威胁，更多是在不知不觉之中，一步步放弃了抵抗。明末清初的时候，面对清廷威逼和诱惑，顾炎武有一句十分体现文人之雄壮的话，"刀绳俱在，无速我死"，意思是说，你再逼我，我就死给你看。人皆有怕死的一面，真到了生不如死的地步，死也就没什么太可怕。侯方域没人逼他，并没有刀架在脖子上，大清只用一个恢复科举，就将他给降伏了。因此《桃花扇》的故事精髓，在于国难当头，是与非的判断上，一个妓女很可能比一个文化人更有骨气，更明白道理。做人应该有底线，然而人生之困惑，往往是我们并不知道底线在哪，经常会书读得越多，越糊涂。

事实上，有意无意地，周作人一直在悄悄为自己辩护，他可以认错，可以认罪，是不是真在忏悔，只有他心里才明白。巴金先生说起"文革"，认为最大的悲哀是很多人并没有罪，却真心地觉得自己有罪。认罪不认罪，忏悔不忏悔，是一个不太容易说清楚的话题。抗战胜利后那几个月，各路汉奸仿佛热锅上的蚂蚁。1945 年 11 月 16 日，十分平静的周作人写了一篇《两个鬼的文章》，振振有词，痛斥中国士大夫的言行不一致，说他们所做的事，无非是"做八股、吸鸦片、玩小脚、争权夺利，却是满口的礼教气节，如大花脸说白，不再怕脸红，振古如斯，于今为烈"。

在这篇文章中，周作人说自己很幸运，终于可以不再与虚伪的士大夫为伍，"吾辈真以摆脱士籍，降于堕贫为荣幸矣。我又深自欣幸的是凡所言必由衷，非是自己真实相信以为当然的事理不敢说，而且说了的话也有些努力实行，这个我自己觉得是值得自夸的"。周作人说所有这一切其实"也只是人之常道，有如人不学狗叫或去咬干矢橛，算不得什么奇事，然而在现今却不得不当作奇事说，这样算来我的自夸也就很是可怜的了"。听其言观其行，真不敢相信此时的他竟然还能这么说，还能有这样的自信，写完文章二十天后，12月6日，周作人便以汉奸罪被逮，送到北平炮局胡同监狱。

周作人说自己文章中向来有两个鬼，一个是流氓，一个是绅士，话说得有些绕，拐弯抹角，不熟悉他文风的人，很可能不明白要表达什么。三言两语也解释不清楚，说白了，就是好文章要包含两种气息，在看似讲道理的文章中要有流氓气，在看似捣蛋骂娘的文章中要有绅士气。一味讲道理难免"头巾气"，一味风花雪月难免轻浮，在写作技巧方面，对文章之道的精通，周作人绝对是高手和达人。你可以不喜欢他的为人，然而不妨碍欣赏他的文风，学习他的文字。只是欠了账都得还钱，功不唐捐，在现实生活里，在有意无意中，无论是耍流氓，还是装绅士，一定要慎之又慎，认真再认真。

士当以器识为先，一命为文人，无足观矣。读周作人文字，还是那种感慨，总会有一种心痛，惋惜他的落水，更痛心他被人鄙视，让人看轻。那些人格上还不如他，那些远比他更不光彩的行为，在政治正确的旗号下，大话空话言不由衷，溜须拍马随大流，争名夺利，动辄上纲上线，检举揭发批判告密，各种无耻和不堪，都可以肆无忌惮，都可以堂而皇之。龙游浅水也罢，虎落平阳也罢，现实就是现实，事实不容改变，祸因恶积罪有应得，周作人显然不足以成为知识分子的表率，他从神坛上跌落，名誉一落千丈，斯文从此扫地，因为他的存在，因为有他这块挡箭牌，中国文化人的整体道德水平，似乎都被拉低了。

（原载《东方早报·上海书评》2016年5月29日）

钱锺书与当代文学批评

张定浩

　　钱锺书的一生志业，在文学。然此文学，并非当今从业者多自轻之文学，而是人类心灵基本要求之文学。举凡孔门四科（德行、政事、文学、言语），乃至西方自由七艺（语法、修辞、逻辑、算术、音乐、几何、天文），其中，四科之文学，七艺之修辞，究其内容与钱氏心念之文学并不全然吻合，却堪为其基础，唯有以此基础观之，文学方成为广大精微之文学，而钱氏，才可还原为精诚笃实之钱氏。

　　钱锺书晚年曾有言，"我的视野很窄，只局限于文学"（《钟叔河〈走向世界〉序》），又言，"我的原始兴趣所在是文学作品；具体作品引起了一些问题，导使我去探讨文艺理论和文艺史"（《作为美学家的自述》）。此处的"局限"，并非单纯的谦辞，应当视为对自身性情的认识，个人大可局限于文学，但文学本身却不当为任何时下教科书概念所拘囿，依旧可通向一广阔世界。他二十四岁时曾作《论不隔》一文，援引中西，探讨"不隔"这一理论是如何作为一种中西皆宜的好文学的标准，观其次年负笈英法，借"二西之书"返观中国文学，打通空间之隔；后又于世道艰难之际沉潜经史，借古典著作映照现代文心，打通时间之隔，仿佛是将自身作为"不隔"的一生实践。然文学之"不隔"，仍要有文学之约束为伴。钱锺书二十世纪八十年代补订早年《谈艺录》，批评王国维《红楼梦评论》强以哲学、社会学之眼考察文学，"吾辈穷气尽力，欲使小说、诗歌、戏剧，与哲学、历史、社会学等为一家。参禅贵活，为学知止，要能舍筏登岸，毋如抱梁溺水也"，盖为阅世之语。或许可以说，不隔与知止，是钱锺书对于当代治文学者最恒久有益的提醒。

　　然今日读者即便从文学的角度来研读钱锺书，亦常只将其放在古典文学批评的领域里观照，此正是其隔，因为类似艾略特论 17 世纪玄学派诗人、布鲁姆论莎士比亚、博尔赫斯论但丁之类的文章，可绝不会被这类读者误认为

辑七　　177

是古典文学批评而弃之一隅的。很多人一方面"锱铢必较"地将中国文学细分为古代、近代、现代和当代（甚至连70后和80后都可以变成两种文学），另一方面，又"远人无目"般将西方文学当作一个模糊的整体。他们像一切视力不好的人，心里存着一个庞大逼人的远方，和困厄狭仄的现在，于是深陷莫须有的焦灼之中。与此同时，他们也像一切视力不好的人，急切地索求一副观看文学的眼镜，哪怕指鹿为马，何惧邯郸学步，遂将文学转换成一波波历史批评、社会学批评和文化理论批评的材料，这是其不知止。

而文学批评的要义之一，本就在于锻炼强健我们的内在视觉，和更为精准细腻、远近如一的感受力。文学批评没有任何理论和方法可言，或者说，文学批评唯一的理论就是观看和感受，唯一的方法，就是比较。古人云，"观千剑而识器"，又云"触物圆览"，今日文学批评家所热衷的问题意识、现象观察、时代焦虑，往往只是"读书太少"的缘故，一个人看到的越少，越不够周全，就越容易下判断，一个人越快下了判断，能进一步看到的东西也就越少。

李劼曾举出陈寅恪和哈罗德·布鲁姆的例子，来贬低钱锺书，认为钱氏"没有思想和自由，所以只好学问了"，此种轻薄之辞，时下销路甚广，在我看来，只能视之为论者在思想、自由和学问三个层面的三重无知。陈寅恪之史学不同于钱锺书之文学，其学术入口和落脚处皆不相类，安可粗暴比较？如果硬要说陈氏《述东晋王导之功业》一文之历史洞见，钱氏无法企及，那么钱锺书《论通感》和《诗可以怨》诸文中呈现出的文学感受力，陈氏又如何望之？此类不伦比较，多半出自文人，借推崇自己不通之学问，以满足同行相轻之私欲。至于哈罗德·布鲁姆，其犹太先知般的宣谕批评风格与钱锺书大相径庭，放在一起厚此薄彼，也堪笑场。如果硬要找寻对应人物，钱锺书与布鲁姆的死敌特里·伊格尔顿倒有相似之处。伊格尔顿《文学阅读指南》一书，针对布鲁姆而发，嬉笑怒骂，旁征博引，其文风和博学，与钱锺书庶几近之，"如果人对作品的语言没有一定的敏感度，那么他既提不出政治问题，也提不出理论问题"，对伊格尔顿此言，钱锺书定会欣然许之。另一位可与钱氏相比较的当代西方文学批评大家，是今日中国文学读者也颇为熟悉的詹姆斯·伍德。他赞赏米兰·昆德拉《小说的艺术》等文论之精微，又进而惋惜，觉其毕竟是"小说家、散文家，非奋战第一线的批评家，有时我们希望他的手指能再多染些文本的油墨"，遂在其《小说机杼》一书中，以札记形式，状若信手实则精心援引大量小说文本材料，条分缕析，剖判比较，读完后我们未必能获得某种对小说艺术的肯定性观点，但唯一可以肯定的是，若干言之凿凿的小说标准和美学结论也许可以因此获得松动瓦解，这种釜底抽薪之力，很难让人不联想到钱锺书。《文学阅读指南》和《小说机杼》限于篇幅，或可视作两部小型《谈艺录》，而钱锺书《谈艺录》《管锥编》，征引古今中外典籍近万种，涉及诗歌、散文、小说、戏剧诸领域的微细文心与复杂修辞，其"沾染文本油墨"可谓甚巨，不妨视作一部大型《文学机杼》或《文学阅读指南》。

今日治当代文学者，多视《管锥编》《谈艺录》为畏途，却以福柯、阿甘本、詹姆逊等西方理论家为捷径，依我之浅见，多半因为后者难读易解而前者易读难解之故。时人皆欲以己昏昏使人昭昭，何尝乐意以人昭昭见己昏昏？

钱锺书并非不通理论，而是通多种理论，因此他明白，"至少在文学里，新理论新作品的产生，不意味着旧理论旧作品的死亡和抛弃，有了杜甫，并不意味着屈原的过时……法国的新批评派并不能淘汰美国的新批评派，有了什克诺夫斯基，并不意味着亚里士多德的消灭……"和他相比，我们很多文学理论家倒像是暴发户和山大王。在钱锺书这里，文学批评领域并无所谓原创性的、革故鼎新般的发明，只有在掌握大量材料基础上慢慢生成的、对习焉不察之物的"相识"如何转变成体贴入微的"相知"。

钱锺书《管锥编》之外，有直接用西文写作的《管锥编》外编《感觉·观念·思想》，评论但丁、蒙田、莎士比亚等十位西方作家与作品，虽未刊行，但其书名甚为显豁，可以用来映照钱锺书对于文学的认识，即文学既是一种超越时间的、同时性的感官存在，又是一切复杂幽微观念和思想交会变迁的历时性场域，文学一如人身，其感觉、观念和思想浑然一体，并通过杰出的修辞来表达。是钱锺书这类不隔且知止的文学从业者，才终于令文学批评不再沦为创作的附庸，和学问的阑尾，而真正成之为一项激动人心的志业，即从此时此地出发，去理解曾经有过的人类情感与创造。

（原载《上海文化》2016 年第 9 期）

戏中人看戏

——从杨绛《干校六记》说到中国革命的文学书写

陶东风

    杨绛先生以 105 岁的高寿仙逝，各家媒体纷纷发表纪念文章，其中有不少谈及她的《干校六记》（下引此书，略作"《六记》"）。陆建德认为《干校六记》"跟其他同题的回忆相比特别不一样，蕴含着一种不怨不忿的力量。当年知识分子到乡下去很不容易，需要克服重重困难。杨绛无论在什么样的非常时期，都能够看到生活中的价值，这让人敬仰"。（《新京报》5 月 26 日 C04 版）陈平原则说："薄薄一册《干校六记》，既不同于臧克家不明大势，为五七干校唱赞歌的《忆向阳》，也不同于巴金直面惨淡人生、反思'文革'惨祸的《随想录》，保持了特立独行，但又不摆出对抗的姿态。所谓'哀而不伤，怨而不怒，悱恻缠绵，句句真话'，既是写作风格，也是一种自我保护策略。脱离 20 世纪中国知识分子的生存处境，一味唱高调者，不太能体会杨绛文章的好处。"（《新京报》5 月 26 日 C04 版）。也有相当数量的文章联系知识分子与政治的关系，或明或暗、或激烈或温婉地指责杨绛（还有钱锺书）在书写政治运动时避实就虚、避重就轻，对运动本身轻描淡写，相反花费大量笔墨去写趣闻轶事，甚至有人上升到知识分子人格的高度，指责其圆滑懦弱，明哲保身，等等。我觉得这些评论各自都有自己的道理，他们概括的杨绛书写政治运动的方式和策略也是笔者认同的，但是笔者觉得与其就杨绛论杨绛（至多带上钱锺书），就单个作品论作品，不如把她和她的作品归入一类知识分子中加以考察，分析其何以这样书写政治运动的原因。

    1. 杨绛先生的《干校六记》虽然是很薄的一个小册子，才 3 万多字，但名气却很大，特色鲜明。除了因为它较早尝试书写干校题材，除了作者的名声外，大概还有一个原因，就是它的写作风格。此书虽然是写知识分子干校劳动改造生活，而劳动改造又是很多中国知识分子都经历过的富有中国特色的改造形式，也是很多作家，特别是右派作家反复书写的主题，但杨绛先生的书写有两点值得注意：

首先就是记忆的选择性。《六记》记了干校时期各种各样的日常生活细节和趣闻轶事，比如种菜养狗养猫养猪之类，唯独不见政治运动的影子。什么阶级斗争、相互检举揭发、残酷批斗打人等等方面的内容，被尽力剔除（当然，偶尔也会露些峥嵘）。连作为干校生活中的家常便饭的政治学习也没写（比较一下同样是回忆社会科学院干校生活的《无罪流放》《干校札记》，对比尤为强烈）。作者显然是在刻意回避干校生活中的这些酷烈的政治内容，把非政治化当成自己的自觉追求。就连同样远离政治的钱锺书先生，对此似乎也有些微的不满和调侃。他在此书的"小引"中写道：

> 杨绛写完《干校六记》，把稿子给我看了一遍，我觉得她漏写了一篇，篇名不妨暂定为《运动记愧》。

学部在干校的一个重要任务是搞运动，清查"五一六分子"。干校两年多的生活是在这个批判斗争的气氛中度过的；按照农活、造房、搬家等等需要，搞运动的节奏一会子加紧，一会子放松，但仿佛间歇症，始终缠住身体。"记劳""记闲"，记这，记那，都不过是这个大背景的小点缀，大故事的小穿插。

钱锺书在这个"小引"中还指出，凡运动，总少不了三种人：受冤枉和批斗的，他们可能会写出"记屈""记愤"；第二种是一般群众，他们虽然不是加害者也不是典型的受害者，但是却难免是糊涂虫或懦怯者（钱锺书说自己就是后者，我估计杨绛先生自己也是）。这些人或者在盲信的情况下参与了运动，批斗了好人，或者因为懦怯而明哲保身，"至多只敢对运动不很积极参加"。他们在回忆时记愧是应该的；第三种是"明知这是一团乱蓬蓬的葛藤账，但依然充当旗手、鼓手、打手，去大判'葫芦案'"。这些人当然是最应该记愧的。

按照钱锺书先生自己说的这个道理，钱先生和杨先生虽然既不是典型的受害者，也不是典型的加害者，但记愧却是必要的。然而我们始终也没有看到杨绛先生记的愧，也没看到她对于最应该记愧者及其所作所为的记叙。这样的选择性记忆书写非常值得我们注意。

其次是叙事语调。此书叙事平静从容、含蓄节制，语言简约洗练，淡而有味，胡乔木称之为"怨而不怒，哀而不伤"。从中很难发现同样经历过政治运动的老干部或右派知识分子回忆录中那种浓墨重彩的情感抒发和反思议论

（"我抗议""我控诉""我痛心""我冤枉"等等），而是始终像一个旁观者那样有距离地讲述劳动改造时期的日常生活，波澜不惊。这种叙事充满了革命事业、红色江山的外围人士或旁观者才能有的一种冷静从容，在她的笔下，干校改造生活有时甚至不乏有趣和温情（比如关于小狗"小趋"的部分）。

最令人深思的就是这种旁观者视角，始终与所叙之事保持距离，不温不火。《六记》第一记是"下放记别"，写下放干校时的别离之情，但却没有像其他一些回忆录那样一个劲儿地渲染悲情，以表达对摧残人性和生命的政治运动的血泪控诉。作者写到1969年11月，杨绛本来打算和钱锺书吃一顿寿面，庆祝钱锺书虚岁60岁生日。谁知等不到生日钱锺书就得下放了。听到这个消息的杨绛自然心情不好。但从文字上很难看出来。当天中午，两人在饭店吃饭时杨绛用鸡汤泡了半碗饭，"但还是咽不下"。（第3页）送别钱锺书时候，有杨绛和女儿、女婿。而到杨绛自己次年7月下放干校时，就只有女儿一人送她，女婿得一因为拒绝捏造名单加害于人已在一个月前含恨自杀。这个场景本来是非常凄惨的。但即使写到这样伤心欲绝的离别场景，杨绛笔下的感情也非常节制、含蓄："火车开行后，车窗外已不见女儿的背影。""我又合上眼，让眼泪流进鼻子，流入肚里。"

当然，没有控诉不意味着没有锋芒，偶尔的、内敛的锋芒毕竟也是锋芒，不动声色而又暗含机锋。有时候这种锋芒是通过我们并不熟悉的黑色幽默表达的。比如干校的目的是锻炼知识分子，而在作者看来，"经受折磨，就叫锻炼"。（第3页）又比如写到自己为钱锺书准备行装，"我补了一条裤子，坐处像个布满经纬线的地球仪，而且厚如龟壳"。（第4页）再比如把政治学习和思想改造喻为"炼人"，说什么"显然炼人比炼钢费事""炼人靠体力劳动"（第6页）等等。还有《六记》中记到的埋死人场面，着墨不多但是却有骇人的力量。这些文字中深藏在幽默冷峻中的抵抗、嘲笑、拒绝，是值得细细品味的，有时候比浮华的抒情议论更值得玩味。

还有一些杨绛风格的抵抗是必须通过调动你的知识才能体会的，比如《六记》第二记为"凿井记劳"，写到干校有一次演出一个关于钻井的节目，"演员一大群，没一句台词，唯一的动作是推着钻井机团团打转，没一句台词，一面有节奏地齐声哼'嗯唷！嗯唷！嗯唷！嗯唷！'……那低沉的音调始终不变，使人记起流行一时的《伏尔加船歌》。"（第14页）这里暗藏的机锋是：《伏尔加船夫曲》是揭示沙皇统治下的俄国人民水深火热生活的歌曲，了解这点就知道这"嗯唷！嗯唷"意味着什么。对于这里的"声音政治"，当事人其实都清楚，大家不点破，只是"会意地笑"。（第14页）

那些指责钱锺书、杨绛这类知识分子圆滑、懦弱、犬儒，不敢直接冒犯政治的人应该知道，并非只有金刚怒目才是战斗，更何况在一个人头攒动、人人争先恐后涌上戏台表演的时代，冷眼旁观、尽可能不做先锋已属不易，偶尔通过自己的方式嘲讽几句就更可敬了。

2. 回到学术界争论不休的问题：杨绛为什么要这样明显有选择地来写干校生活？为什么会做到或能做到如此冷静、从容？是因为心有余悸还是心如死灰？是因为怕惹是生非，还是为了明哲保身？还有，是不是因为本来就对自己时代政治不感兴趣，视其为肮脏不洁？

我个人更倾向于认为，杨绛之所以这样书写记忆，包括不去触碰政治运动，很可能是因为她根本不认为这些运动和自己有太大关系，更谈不上重要。在她看来，这纷纷扰扰的政治是他们的政治，而非她的政治。《六记》的结尾写道："改造十多年，再加干校两年，且别说人人企及的进步我没有取得，就连自己这份私心，也没有减少些。我还是依然故我。"（第74～75页）人人企及的"进步"我没有，也不屑于有。"回京已八年。琐事历历，犹如在目前。这一段生活是难得的经验，因作此六记。"（第75页）好像压根就没有把"改造"当回事，好像这一切只是一次有趣且难得的经历，戏中人还能看戏，只是因为从来不曾是主角。"琐事"一词点出了此书的内容，"难得的经验"大概也是就其稀罕性而言，透着一股子观赏意味：仿佛是异国情调般的难得。也就是说，杨绛把自己定位为政治运动的局外人和旁观者（当然这是相对而言的，由于众所周知的原因，杨绛毕竟不是、也不能完全处身这个运动之外，所以我说她是戏中人看戏）。

接下来的问题是：她为什么会这样定位自己？戏中人看戏是如何做到的？对此，我想试着提出一种解释，更准确说是一个猜测：这大概是与杨绛（也包括钱锺书及其他同类知识分子）的家庭出身、年纪、经历、教育背景、政治身份，特别是他们与中国革命、与"组织"的关系有关。这是一个客观论的而不是主观论的解释或猜测。

在新中国成立后的历次政治运动（比如"思想改造""反右""五七劳动""文革"等等）中，都有大量知识分子特别是高级知识分子受到不同程度的迫害。他们在"文革"结束后开始通过小说或回忆录形式书写自己经历的当代中国政治运动。其中主要有这么两类（当然还有其他类别，在此略过）。

一类是30年代和40年代初出生的革命作家，大体上属于李泽厚说的"解放一代"。这些人大多在解放前就参加了革命，坚定信奉共产主义，是中国革命的热烈拥护者和讴歌者。他们风华正茂之时（20岁左右）见证了新中国成立，接着经历过50年代反右、大跃进、大饥荒，中年时期（30岁左右）

经历过"文革"。"新时期"开始大量创作文学作品的时候大约40岁，现在年龄80岁上下。其代表性作家有王蒙、张贤亮、从维熙等（大多为右派作家）。

就出身而言，他们中大家子弟不多（只有少数是地主资本家出身而后背叛自己家庭和阶级投身革命）；就经历和教育而言，他们没有经历过"五四"新文化运动，虽然有些小时候接受过启蒙主义思想教育，但对西方文化、启蒙主义和自由主义所知不多。他们接受的主要是革命文化教育，其中很多解放前就参加了革命（所谓"少共分子"），早在延安时期（甚至更早）就基本放弃了启蒙主义转而信仰马克思主义。因此，他们是革命文化和革命组织的内部人，解放后更成为社会主义实践的积极参与者和领导者，成为党内知识分子出身的干部（主要是在文化领域）。当然，不同于纯粹的政工干部，他们一方面高度认同社会主义新中国，但另一方面又是满腔热血、满怀理想的知识分子。他们对社会主义实践中出现的某些现状（比如官僚主义）有不满，但由于身份、思想资源和利益考量等诸多方面的限制，又不可能从根本上怀疑革命，包括其理念、制度和组织。

相比党外或无党派作家，这些人是革命的"亲儿子"、组织的"内部人"。他们虽然被打成右派或反革命或别的什么，但与革命与"组织"其实分享着共同的价值观，包括主义、信仰乃至思维方法，当然也包括各种共同利益。他们不具备不同于革命和组合之外的价值观、思想资源和利益诉求。他们被打成右派实在是属于"自己人"冤枉了"自己人"。

由于这种种原因，这些人在平反之后写作的大量回忆录和以自己的经历为素材的小说，其价值观、思维方法乃至书写方式、叙事模式，不同程度地依然受到革命意识形态话语和革命文学传统的制约乃至控制。其创作热衷于冤情申诉和忠诚表达，其核心主题模式分别有："娘打儿子"论、"劳动拯救"论、"感谢人民"论、"坏事变好事"论，等等，这方面的代表性作品如：王蒙的《蝴蝶》《布礼》，张一弓的《犯人李铜钟的故事》，丛维熙的《大墙下的红玉兰》，鲁彦周的《天云山传奇》，张贤亮的《绿化树》，等等。由于价值观、创作方法和叙事技巧受到革命现实主义文学（虽然有些也尝试了意识流等现代派手法，比如王蒙）的极大制约，因此很大程度上甚至可以认为，他们写的"伤痕文学"是革命现实主义文学的另一种形式的延续，不过是把原来的反面人物（国民党、地主资本家）换成了"四人帮"和极左分子（《大墙下的红玉兰》是这方面的典型，把四人帮对革命干部的迫害嫁接到国民党还乡团复辟），把原来的正面人物（工农兵）换成了又红又专的知识分子干部。

特别值得注意的是这些作品的情绪模式和叙事语调（因为和《干校六记》正好形成鲜明对比）：忠诚的革命干部被"亲娘"冤枉后或反应激烈、痛心疾首（比如《大墙下的红玉兰》中的葛翎），或不知所措、六神无主（如《蝴蝶》和《布礼》中的张思远、钟亦成），因为他们是组织的亲儿子，是革命的内部人。他们不可能置身于政治运动之外来审视它，因为这就是他们的政治，他们在政治运动这场大戏中陷得太深，以至于不可能同时做一个看戏者。或者说，因为是亲儿子和内部人，他们对自己"冤情"的书写就不能保持距离，就很难采用旁观者视角。无论是自己的忠诚被怀疑，还是看到自己献身的革命事业被"败坏"，他们都无法不痛心疾首、呼天抢地、心急如焚。他们的叙事不可能从容，不可能冷静、平淡，他们也不可能不直接去书写和反思这个自己的政治运动，而像旁观者那样去写花花草草风花雪月趣闻轶事。更重要的是，他们宁可被组织冤死，也不可能背叛组织，恰恰相反，越是关键时候越是要坚信自己的清白，坚持自己的忠诚和信仰，借此表明自己才是"真正的马克思主义者""江山的主人"，是娘的亲儿子。必须坚决拒绝虚无主义，绝不自暴自弃，坚信组织会还给自己一个说法，一个公道，从而重建自己和亲娘的母子关系。

3. 与上述这类作家作品正好形成鲜明对比的，还有一类书写当代中国政治运动的作家作品，这就是杨绛和她的《干校六记》《洗澡》《丙午丁未年纪事》，除此之外，还有巫宁坤和他的《一滴泪》，郑念和她的《上海生死劫》等。这类作家作品不多，但自成一类，不可小觑。他们在运动过后回忆和书写那段受难经历时，其主题模式、叙述模式、风格模式等都与前面说的那类完全不同。

之所以把他们另列一类，主要是因为他们的代际身份、生活经历、家庭出身、政治立场和教育背景都很特别，这至少是导致他们的当代中国政治运动书写显得与众不同的群体原因之一。

他们大多是大家族（大地主、大资本家或民国政府高官）出身的知识分子，以出生于1910、1920年代为主（偶尔有出生于30年代）。他们或经历了五四新文化运动，或深受其浸染。有留学经历，或接受了国内教会学校教育，普遍受到西式人文主义思想、自由主义思想文化的熏陶，国学和西学的根底都很深厚。但对革命文化比较陌生，至少没有化为他们的血液。从政治身份看，他们多为无党派或民主党派知识分子，其中大量有右派经历。从职业看，这些人大多是大学教授，没有进入革命机构，与组织离得较远。因此对"革命"、对组织、对"江山"没有组织内部人那种"亲娘-亲儿"的深度纠缠。

但是他们的另一个重要共同点是有强烈的爱国主义情怀以及对国民党的

不满和失望，这是他们 1949 年认同共产党和新中国，选择留在大陆或者归国效忠祖国的根本原因。在杨绛先生另一部描写知识分子思想改造的小说《洗澡》中，资本家出身的留洋教授许彦成说："我只为爱国，所以爱党，因为共产党救了中国。我不懂什么马列主义。"（第 259 页）这些人不是革命或组织的"内部人""亲儿子"，只是革命和组织的同盟者、合作者、同路人。本质上他们属于资产阶级和小资产阶级知识分子，是革命的外围分子。

杨绛大约就属于这类知识分子。杨绛出身无锡书香门第，父亲杨荫杭是近代著名法学家，民国时期女教育家杨荫榆的哥哥，青年时候留学日本早稻田大学。回国后一度官至江苏省高等审判厅长、京师高等检察厅长。1920 年移居上海，任《申报》副总编兼主笔。1923 年迁居苏州，任开业律师和自由评论家。杨荫杭属于受到西方教育、有爱国心、信奉启蒙主义和自由主义价值观的进步知识分子。杨绛先生本人是解放前东吴大学毕业，1932 年入清华大学研究生院学习，1935 年开始和钱锺书一起留学英国和法国。1938 年回国后一直在外语系任教，1949 年新中国成立，调任中国社会科学院外国文学研究所，在这个过程中，她没有加入任何政治组织和党派。从这个家庭出身、经历、职业和教育背景看，杨绛和钱锺书先生都是与红色江山、革命组织离得比较远的人：我虽然生活在这里，但这个"世界"纷纷扰扰的政治运动与我无关，它发生在我的世界之外，不是我的政治。把杨绛、钱锺书以及与他们有类似家庭出身、教育背景、政治身份的知识分子留在这个"世界"的是他们——这类知识分子还有很多——都有的爱国情。她自己说："我想到解放前夕，许多人惶惶然往国外跑，我们俩为什么有好几条路都不肯走呢？思想进步吗？觉悟高吗？默存（钱锺书）常引柳永的词：'衣带渐宽终不悔，为伊消得人憔悴'。我们只是舍不得祖国，撇不下'伊'——也就是'咱们'或'我们'。尽管亿万'咱们'或'我们'中人素不相识，终归同属一体，痛痒相关，息息相连，都是甩不开的自己的一部分。"（《干校六记》第 70 ~ 71 页）这种爱国主义和同胞骨肉之情与坚定的"主义""信仰""江山"意识当然是不同的。即使是解放后的改造，对他们其实也没有起到什么真正的作用（《洗澡》把这点说得更加清楚）。杨绛自己说到，经过了解放以来的"九蒸九焙的改造，我只怕自己反不如当初了"。（《干校六记》第 71 页）也就是说，连爱国主义也不如当初了。

这些人在平反之后也常常书写自己的遭遇，但由于上面所述的这些差异，他们常常能够从主流的或革命文化之外书写当代中国的政治运动和社会主义实践，也就是说，他们是革命文化和革命话语之外的另类。他们的书写无论在主题模式、情感基调还是叙事模式方面，都表现出与"解放一代"革命知识分子的差别。

　　也许正因为与革命、与组织之间的距离，由于本来就没有过高的期待和热切的骨肉认同，因此对于自己的遭遇，也并不显得特别出乎意料，受到挫折时也没有特别强烈的反差感和失落感，不显得激愤难平、呼天抢地，更没有为自己娘亲、为江山着急担忧的那"第二种忠诚"（像王蒙笔下的张思远和钟亦成，丛维熙笔下的葛翎，鲁彦周笔下的罗群就有，这些人都是政治运动的主角，"江山"的主人，即使被打成了反革命也仍然以"主人"自居）。相反，作为局外人，他们的心态比较平和，因此也就有了冷眼旁观的可能。在叙事方法上，他们常常采取"局外人""旁观者"的视角来书写政治运动，即使在书写自己的苦难经历时，叙事风格也依然冷静、平淡、从容，甚至不乏幽默（幽默的前提恰好是距离）。在主题模式上，他们基本上不表现忠诚主题（局外人无忠诚可言）、劳动拯救主题（《干校六记》尽管带着黑色幽默写了一些劳动轶事，但绝非把它写成拯救方法），甚至没有冤情申诉（冤情申诉在一定意义上也是内部人的专利）。更没有什么"江山意识""亲儿子意识"，或"娘打儿子"的怪论（本来就不是娘？）。从另一个角度说，冤情申诉的最后目的是通向承认和和解，回到组织和"江山"，修复母子关系，和解达成之后则欣欣然从怨刺派转为歌德派，而局外人反倒能够把自己的距离坚持到底。

　　4. 中国 20 世纪是一个革命（主要是社会主义革命）的世纪，而革命的最大遗产就是新中国的建立，包括新中国的制度建构、社会实践和关于它的理论表述。这是中国对世界独特"贡献"（姑且不对这个词做价值评价）。我们可以扪心自问：什么是特属中国、其他任何国家不可替代的东西？大约也就是中国的社会主义革命和实践，无论是它采用的运动模式还是它建立的制度模式、文化模式、意识形态模式。因此，不管是中国的人文社会科学研究，还是中国的文学艺术创作，都必须研究书写这段历史、认识并反思这段历史，才有可能对世界社会科学人文科学、对世界文坛做出创造性的贡献。深刻书写和反思当代中国政治运动是中国作家不可推卸的历史重任。

　　但不得不承认，相比于 20 世纪中国社会主义革命和实践的波澜壮阔、举世无双，20 世纪和 21 世纪的中国文学相形见绌。其中的一个重要原因，就是中国 20 世纪的革命史，特别是解放后的社会主义实践史的书写和研究，还存在很多不足。很多作家回避这段历史，穿越到遥远的古代或虚拟世界去寻找灵感；或者就是热衷于对当下中国消费主义的浅表化书写，而唯独避开既非遥远得虚幻、又非贴近得媚俗的共和国 30 年的历史。我坚信：如何理解和书写这段历史，无论是对一个作家个人，还是对整体的中国文学而言，都至关重要。回避这段历史书写，当代中国文学绝不可能成就自己的伟大。

但这段历史的书写又是困难重重的。除了环境的因素外，还有一个原因是缺少书写这段历史的个人条件。这些条件包括：比较深刻地经历过中国革命，对这段历史有亲身经验；但与此同时，又要有良好的文化修养和丰富的思想资源，具有不同于革命文化、革命文学的资源，具有站在革命之外来进行反思和书写的思想能力和文学修养。很遗憾的是，随着老一代作家的相继逝去，仍然能够对中国革命、中国的政治运动进行写作的作家，已经越来越少；而出生于所谓"后革命"时代的那些 80 后 90 后一方面是不了解这段历史，另一方面沉浸在消费主义的浪潮中不能自拔，普遍缺乏书写这段历史的兴趣。

（原载《中华读书报》2016 年 6 月 8 日文化周刊）

辑八

吹皱一池春水

——何华《老春水》的巧思妙笔

白先勇

　　《老春水》这本散文集收罗了不少篇何华近年来写的随笔。这些文章的内容，涵盖甚广，文学、艺术、电影、戏曲多有触及，人物、风土更是这本书的脊梁。随笔小品看似随兴所至，但要写得精彩并不容易。在短短的篇幅内，必须冒出几串警句，电到读者，令其惊艳，才算是好文章。《老春水》里，何华妙笔甚多，巧思不少，他这些随笔小品，读来趣味盎然，清新可喜。

　　何华的祖籍是浙江富阳，而且青少年时期有一段日子住在杭州伯父家，但他出生于安徽合肥，合肥是他真正的"原乡"。杭州与合肥便构成他文化品位的一体两面。他笔下常常露出"三秋桂子，十里荷花"的江南风情，他曾受过江浙苏杭一带吴文化的孕育，文风有他细致的一面，有时还带着几笔海派的俏皮，常常一针见血，令人莞尔。但安徽合肥才是他文章的主心骨。合肥是千年古都，向来是兵家必争之地，时有兵燹。南宋词人姜白石，金兵过后，客居合肥，但见"巷陌凄凉，与江左异。唯柳色夹道，依依可怜"。一派繁华过后的萧条冷落。这种古都沧桑、历史积淀，垫厚了何华文章的基础，增加了文章的重量。何华这些随笔，轻而不浮，绵里藏针。

安徽的文化成就，有其辉煌的过去，徽班是其中之一，"徽班进京"是近代戏曲史上头一等大事，现在很难想象京腔京调的京剧是由一群安徽伶人的二黄发轫的。但徽班进京后，已经异化了，真正代表安徽人心声的还是黄梅调。黄梅调是地方小曲，俗得可爱，朗朗上口，一学便会。六七十年代，香港导演李翰祥导出一连串的黄梅调电影，一出《梁山伯与祝英台》风靡海外，台湾从十几岁的小姑娘到六七十岁的老太太，个个都会哼唱几句《十八相送》。"徽音"又一次征服了华人世界。

安徽人何华写到黄梅戏，兴致勃勃，体贴入微，黄梅戏到底是他的"乡音"，《老春水》头一篇《谪仙记》写的便是黄梅戏一代宗师严凤英起伏跌宕、瑰丽而又悲惨的一生。严凤英是天才，她的《天仙配》是无人可及的绝唱。何华敬佩严凤英，爱惜她的才，怜惜她的人，对她浪漫不羁的私生活亦是极宽容的。"文革"中严凤英被逼服药自杀，何华把严凤英隐喻为天仙，不幸堕入红尘，遭到了大劫。我看过电视连续剧《严凤英》，是黄梅戏名角马兰主演的，马兰把严凤英演活了。看了《严凤英》后，我才真正懂得欣赏黄梅戏的好处。

近代安徽也出了不少大名鼎鼎的文化人：胡适、陈独秀、余英时这些大学者大思想家，但何华最引以为傲的却是另一伙"人物"，"合肥张家四姐妹"张元和、张允和、张兆和、张充和。张家四姐妹近年来在世界华人文化圈大出风头，几乎已经变成了一则"神话"（Legend），这跟中国大陆这些年流行的"民国风"有关，民国时代我们对一位淑女的最高称赞大概就是"大家闺秀"。这个称谓不是随便什么人都可以担当的，家世、相貌、风度、谈吐，无一不需出类拔萃，最重要的还有"气质"，一种文化教养陶冶出来、说不清道不明的抽象东西——这些张家四姐妹都有。特别是小妹张充和，琴曲书画无一不精，昆曲、书法尤其了得。张充和活到102岁，今年刚过世，被誉为"最后的闺秀"，尊称为女史。

张家姐妹的曾祖父张树声是李鸿章手下红人，淮军将领，官至两广总督、代理直隶总督。张家是世家，父亲是教育家张武龄，诗礼传家，温文儒雅，把一家人从合肥迁到苏州，落脚在九如巷，张家姐妹便是在吴文化、苏州园林、昆曲这种氛围下熏陶成长的。尤其是昆曲，吴文化中最高雅、最精致的戏曲已浸入了几姐妹的灵魂深处，凝铸了她们特有的"闺秀"气质。大姐元和与充和还常作对登台票戏。1943 年充和在重庆粉墨登场，一曲《游园惊梦》轰动大后方杏坛文苑，章士钊、沈尹默等纷纷赋诗唱和，那次演出是抗战时期一件文化盛事。

张家四姐妹我有幸会见过三位：元和、兆和、充和。1982 年，我自己的舞台剧《游园惊梦》在台北上演大大轰动，我携了录像带应邀到加州大学伯克利校区去放映，观众席中有一位端庄娴静的老太太，事后有人引介，原来她就是大名鼎鼎的张家四姐妹中的老大张元和。何华认为元和"心思最深也最浩茫"，何华观察准确，我也有同感。那天元和看罢《游园惊梦》录影，没有多说话，可是我从她的表情、眼神，可以揣测那天她内心的感慨之深，恐怕不是言语可以表达的了。元和嫁给昆曲伶人顾传玠，顾是当年头牌昆曲小生，与朱传茗生旦配，搬演《游园惊梦》，红极一时。但是大家闺秀下嫁唱戏的，在当时社会是门不当户不对，可是看到张元和和顾传玠的结婚照，倒是一对璧人。顾传玠丰神俊朗，玉树临风，然而他除了唱曲，别的行当都不灵，转行从商也失败了，在台湾盛年早逝，剩下元和空守下半辈子。何华文中追述，元和复出票戏，饰《长生殿》里的唐明皇，唱到"埋玉"一折，不禁感伤："我埋的不是杨玉环，而是顾传玠这块玉呀！"元和嫁给顾传玠，在某种意义上是将终身托付给了昆曲。

1980 年，沈从文应邀访美，张兆和随行。我在旧金山见到这对三四十年代的"文坛佳偶"，当然大家都爱讲沈从文当年写百封炽热情书追到校花学生张兆和的韵事，那是"五四"青年刚尝到爱情自由的浪漫甜头。沈从文在加大伯克利校区演讲，听众问他为什么停止创作，"新政府对文学有了新的要求，我达不到那些要求，所以我就停笔了"——这是《边城》作者酸楚的答案。旧金山东风书店为我和沈从文举行了一个作家欢迎会，领事馆的官员也参加了，会上沈从文不愿意发言，他暗暗推了我一把，悄声道："你讲，你讲。"我起身说："西谚曰'人生短暂，艺术长存'，沈先生作品的艺术价值，不是任何政治力量可以抹杀的。"听众鼓掌。有很长一段时间，中国官方的文学史上，沈从文竟然被"除名"。私下，沈从文、张兆和和我谈了不少"文革"期间受到的冲击，令人难以置信的是大作家夫妇曾经受过地狱般的折磨。张兆和学生时代有"黑凤"的雅号，是位黑里俏的美人，"文革"的残暴并未能磨损这位张家闺秀的高贵气韵。

2000 年，台北新象艺术推展公司的老板娘樊曼侬，大手笔一口气邀请了中国大陆六大昆班的名角到台北大串演。张充和以八六高龄飞到台北足足看了两个礼拜的戏。有几场我坐在她旁边，有机会亲炙这位"第一才女"。北昆侯少奎演《林冲夜奔》，老太太跳起来鼓掌喝彩，浑身是劲，她说她一向捧

"侯家班"，侯少奎的父亲侯永奎的戏，她从前在北平常看。张充和为了昆曲传承推广，鞠躬尽瘁，九死无悔。在美国她领着她的混血女儿，到各大学去讲授昆曲，示范演出。她的昆曲造诣是深的，看看她那张《刺虎》的剧照，一身宫装，那样的气派直逼伶界大王梅兰芳。

有一点何华倒是说对了，张家几姐妹，虽然她们自少远离家乡，可是"乡音未改"，说起话来还是一口的合肥腔。这也是何华最得意的地方，合肥古都，竟出了民国时期最著名的一门闺秀。

除了黄梅戏，何华对其他戏曲剧种也兴趣浓厚，尤其对昆曲、京剧诸多点评，有些话颇为中肯。《"昆虫"扑棱抖起来》提到夜深人静，他常常会挑一张昆曲碟片来听，最常放的是梅兰芳俞振飞的《游园惊梦》、张继青的《牡丹亭》，还有青春版《牡丹亭》。"寒碜的小屋顿时变得莺莺燕燕风雅深致起来，真要感谢老祖宗给我们留下这么美的东西。"

何华说得没错，我们真的要感谢老祖宗，还好给我们留下了昆曲，要不然，我们这个民族失去了"雅乐"，声音也会变得粗糙许多。昆曲大师中何华最崇拜张继青，《牡丹亭·离魂》中，一曲《集贤宾》，令他"佩服得五体投地"，认为这支曲子与王文娟越剧的《黛玉焚稿》是中国戏曲中最感人的两首"离魂曲"。何华此说颇有鉴赏力，张继青《离魂》中的《集贤宾》可说是昆曲演唱艺术登峰造极之作。何华在佛教居士林工作时，曾策划邀请张继青到新加坡清唱表演，张继青一连唱了《牡丹亭》与《烂柯山》里的六支曲子，"张三梦"的看家本领都搬了出来。

何华又点到另一位昆曲天后华文漪，他称她"华美人"，华文漪的确是个美人胚子，风韵天成。他比较两位昆曲天后，华文漪扮演《长生殿》里的杨贵妃，雍容华贵，何华认为是华文漪的招牌戏，别人都唱不过她。张继青扮起杨贵妃，就是不像。华文漪也以《牡丹亭》见长，"游园"挥洒自如，水袖翻飞，满园春色，然而她的"寻梦"就不如张继青深刻了。张继青饰演《烂柯山》里的崔氏，泼辣粗俗，可怜可悲，与杜丽娘的形象相差十万八千里，好演员无所不能，这是张三梦的另一个招牌。

上昆人才济济，蔡正仁的"迎像哭像"（《长生殿》），计镇华的"弹词"（《长生殿》），梁谷音的"佳期"（《西厢记》），都是昆曲表演的经典之作，但何华不怕批逆鳞，大师们不逮之处，他也直言不讳，讲出一番道理来。他对昆曲这种精致文化，是由衷的喜爱，沁到心窝里去的。

何华是佛弟子，他有佛根，阅读佛经、佛典，如印光法师、倓虚老和尚的般若文字，但他的尘心依然是重的，他承认也放不下《金瓶梅》一类的世情小说，"影尘与红尘，我是都想经历或滚打一番的"。于是这些年，何华穿梭在"太虚幻境"与"大观园"之间，尝尽了尘世间人情变幻世事沧桑，偶开天眼，看破镜花水月的虚妄，他也有暂时超脱的"刹那"。

何华经常云游四方，尤其喜欢拜访各地寺庙。《老春水》有一篇写他逛寺庙的《佛门大滋味》，写得有滋有味，因为他写的都是有关在庙里吃喝的事情。何华与佛门结缘，头一站是上海的玉佛寺，那是八十年代，何华从复旦刚毕业，等待分发，无处可去，于是便到玉佛寺去挂单，这一下便入了佛门，遇到了知客僧心澄法师。玉佛寺是上海的名刹，颇有历史，海外佛门弟子到了上海，必到玉佛寺参拜一番，于是知客僧心澄法师送往迎来，忙得不亦乐乎，红包大概也得了不少。他对何华友善，带着这个刚毕业的小青年到处上馆子，吃香喝辣，不过法师出门是脱掉僧衣的，一个大和尚在饭馆里酒肉不忌，到底不雅。何华在玉佛寺算是开了眼界，也产生不少疑惑。"文革"期间，比丘们都被逼还俗了，心澄法师大概还没有脱离"俗气"，佛门整风还需要一些时间才有效果。

北京著名古寺不少，当然蜚声中外的是市内的雍和宫，但我最心仪的却是近郊那些千年古刹，潭柘寺、戒台寺这些寺庙老树参天，古意盎然，一走进去，人的心也变得澄明悠然起来，北京人真该抽空多到这一片净土来"逃禅"。2012年我到潭柘寺，时值深秋，满山黄叶红叶，秋光灿烂如许。潭柘寺来头不小，建寺于西晋，历朝都受皇室眷顾，康熙乾隆还去朝拜上香，是我看过中国寺庙修缮得最用心的一个。

何华文中描写的大觉寺也是北京郊外一座古寺，建于辽代，保存得也相当好，但奇怪的是庙中没有僧人，倒是开了一家有名的绍兴菜馆，供应大鱼大肉的荤菜。原来大觉寺已变成旅游景点，大概属于旅游局管理了。何华跟朋友在寺里明慧茶院品茶，最便宜的一壶要280元，吓得两人茶果也不敢点了。我跟一群朋友也去造访过明慧茶院，一个下午吃喝下来，挨了几千元。现在的中国寺庙，愈来愈商业化，到寺里参观礼佛，还要先买门票，而且票价不菲，佛门倒是愈来愈难进去了，这也是中国宗教世俗化的一大危机。

2013年，我第一次游览西安，名胜古迹，目不暇接。3月28日，我和一伙北京出版社的朋友，还有一队替我拍纪录片的工作人员，游了几处古迹后，黄昏无意间路过兴教寺，因为知道寺内玄奘塔有名，便下车顺便参观。谁知道那天寺门紧闭，敲了半天才开，来迎接的一位法师对我们这队不速之客，上下打量，满脸狐疑。我问他兴教寺的历史，他竟是吞吞吐吐，像有什么难言之隐，一点也不像一般知客僧应有的和善热络。后来他勉强领着我们游览了一下寺内的几处景点，有一块石碑一下子吸引住我，那块石碑中间有一道裂痕，是"文革"时被打断的，原来上面刻着民国时期修庙的经过，捐款人有蒋介石、于右任等名人，中间赫然出现父亲白崇禧的名字，他捐了2000大洋。父亲是回教徒，为什么会到西安捐款修佛教寺庙呢？我想唯一的原因是因为玄奘塔是著名的古迹文物，维修兴教寺也就等于保护了中国的重要文物。我看碑上的年份：民国33年10月，正是抗战非常辛苦的一年，父亲以回教协会理事长的身份到西安以及大西北，号召回民抗日，"十万回民十万兵"，西安有众多的回教人口。我到西安，其实是在寻找父亲的足迹，替他写传。西安的清真寺我都去过了，那里的回民对父亲领导回民抗日，印象犹深。可是冥冥中好像父亲却将我引导到兴教寺，要我也替兴教寺做些什么似的。法师知道了我的来历，脸上阴霾马上消除一空，接着他激动地告诉我，原来一场"夺寺驱僧"的大灾难立刻要降临兴教寺了，5月30日是拆庙的大限。

兴教寺全名叫"大唐护国兴教寺"，唐高宗总章二年（669年）将玄奘大师的灵骨塔挪到现址，并建兴教寺，后来加上玄奘二位弟子窥基、圆测的墓塔，称为慈恩三塔。2013年，西安地方政府与一家旅游集团借着申请世界文化遗产的名目，计划将兴教寺开发成旅游中心，寺里的和尚统统挪走，寺内的建筑，许多民国时期以及后来重建的，大部分要拆除，日后兴教寺这块佛教圣地，只剩下孤零零三座灵骨塔。兴教寺的僧人当然极力反对，住持老和尚宽池法师急得住进了医院。

我听了这番骇人听闻的叙述，大为震惊，没想到改革开放这么多年，还有这种"灭佛"举动，北京的朋友们也义愤填膺，但如何帮助这些僧人守住玄奘大师的灵骨塔，不让世俗商业势力悍然入侵呢？我们商量的结果：只有把这件不公不义的事情公之于世，让舆论来做评定。这个消息见报后，果然引起各方强烈的抗议，学者专家、宗教领袖纷纷发表意见，台湾的佛教高僧星云大师也亲自撰文支持兴教寺的僧团"护寺"之举。在强大的舆论压力下，财大气粗的旅游集团终于打消了他们贪婪的念头。

《老春水》里还有多篇写到电影、文学、艺术，这些文章，巧思妙笔也随处可掬。何华爱看电影，涵盖面多而广，从日本导演黑泽明的《梦》到印度萨蒂亚吉特·雷伊的《阿普三部曲》。他看出了《梦》的警世预言，人必须归真返璞与大自然和谐相处，否则自取灭亡。这是黑泽明最后对世人的遗训，但却以最动人的电影艺术形式表现了出来。当然《阿普三部曲》是经典中的经典，是一阕哀悼人生"老病死苦"的挽歌，但手法是轻描淡写的，如泰戈尔那一首首玲珑剔透的小诗，美得叫人心折。难怪何华看完"大恸"，因为雷伊触及了人生的根本大患，患在无常。何华评论了三位华人导演李安、王家卫、娄烨，有意思的是，若论这三位导演的代表作，应该是《断背山》《春光乍泄》《春风沉醉的夜晚》，这三部电影的主角都是同志，同志议题在华人世界没有多久以前还是一项禁忌，没想到这几年华人导演的同志电影参加国际影展，到处得大奖，出尽风头。世界变了，真正表现人性的艺术，必然受到肯定，那三部电影讲的其实是人性。

何华也提到李安另一部电影《制造伍德斯托克》，美国流行音乐史有一件大事：1969 年 8 月 15 至 17 日，四十多万人拥进纽约附近一个小镇参加伍德斯托克（Woodstock）摇滚音乐节。那正是嬉皮士运动高潮时期，寻求人体、人性大解放，在大雨泥泞中，四十多万嬉皮士狂欢地参加了惊天动地的摇滚乐"青春祭"。何华结尾如此下注：同时期，中国"文革"也展开了一场轰轰烈烈的"青春祭"——知识青年下放农村运动。正当美国几十万嬉皮士在雨中狂歌狂舞的同时，"中国有几百万知识青年告别城市，来到了农村的广阔天地——他们同样和大雨泥泞打交道"。

何华自谓对文学、电影、音乐等都抱有一颗虔诚的心，去体会去观察去接纳，常常为之"兴发感动"。"我所有的快乐和痛苦皆因此而生，不过，快乐是大于痛苦的。"我相信何华翱翔在他自己的艺文天地里，经常是乐在其中的。

（原载《联合早报》2015 年 12 月 18 日，又载《书城》2016 年第 3 期）

文人的情结

彭　德

文人的情结，读书、写书、出书，至死不渝。

朱青生教授编纂在野的新潮美术档案，约我配合。朱教授的公子名叫朱元璋，与明太祖同姓同名。我查找新潮时期的资料，意外翻出了记录朱元璋事迹的线装书。书名《梦竹轩笔记》，一册二卷，道光十九年刊行，作者刘士璋。作为刘氏家族自印自藏的印刷品，未钤章。道光十九年即鸦片战争的前一年。国家随后迅速颓败，翻书怀古，让人感慨。

刘士璋是江陵人，朱氏皇朝的隔代遗民，乾隆三十五年的"拔贡"。所谓拔贡，是朝廷每隔十二年，从各地选拔品学兼优的读书人进京应试，到官场或学校任职。刘士璋推辞不就。《梦竹轩笔记》书名应是刘士璋的书法，书风丰腴，正宗的明朝官方字体。直到乾隆时期，明朝遗民仍拒绝与满清政府合作，刘士璋可为一证。

刘士璋的姓名，寄托着前辈的意志。前辈的意志很隐晦，却可以解读。士通仕，士是仕的本字，名词指官，动词指做官。士璋可会意为做朱元璋皇朝的官，暗示其前辈是试图反清复明的志士。璋是玉器，帝王祭祀天地四方中的一种，其中，苍璧祭天，黄琮祭地，青圭祭东，白琥祭西、黑璜祭北、赤璋祭南。刘士璋，字南赤。南方五行属火，赤帝祝融垂临的地盘。总之，刘士璋的名字，作为书香门弟的取名意愿，显然不是随意而为。朱元璋当年建立明朝，按《明史》舆服志，天命属火，火色赤。明朝的天命，依据火、金、木、土、水五行依次相克的规则，把元朝同发祥于北方的金朝视为金命，本朝即为火命。火色赤，因而皇帝祭祀时，身穿赤色的礼服；明朝紫禁城的宫墙，也涂成了赤色。赤即艳丽的朱砂色。赤指色相，朱指颜料，比如"着粉则太白，施朱则太赤"。满清建都北京，为了安抚汉人，开国皇帝号称顺治，即顺应明朝的典章制度治理天下，紫禁城宫墙的颜色于是始终没有改变。

刘士璋爱书，藏书一万三千余卷，藏书楼名叫富猗楼。这个楼名，也隐含着言外之意。猗是多义词，据说本义是指水神共工豢养的宠物：狗头、蛇身、鱼尾、四蹄。猗作为水神宠物，克火，如同屋脊上的螭吻一样，含有为藏书楼防火的功能。共工的猗不仅是神话动物，还是智慧的化身。所谓富猗楼，直译就是富于智慧的藏书楼。共工是水神，洪姓的始祖，洪水肆虐江河之际，反对大禹治水，曾与火神祝融发生过惨烈的战争。因怒触擎天之柱不周山，演出女娲补天的故事。共工以战败告终，与祝融结成世仇，形成"水火不相容"的典故。

既然如此，刘士璋用水神的宠物命名藏书楼，岂不是有些自相矛盾吗？这涉及猗的另一含义。东汉学者许慎指出猗即犬，清代段玉裁进而指出是被阉割的犬。皇帝举行军事演习的方式叫田猎，需要两种宠物，一是鹰，一是犬。鹰犬联名，泛指帝王的奴才走狗。猗作为智性宠物，恰似诸多为帝王效力的文人。浏览古代诸子百家著作，大部分作者都是帝王的鹰犬。藏书楼命名富猗楼，一语双关，道出了历代文人的本质，即有智慧却又阉了灵魂的奴才。刘士璋不愿充当帝王的鹰犬，梦想做纯粹的文人，显然是以反思的方式命名自己的藏书楼。

《梦竹轩笔记》侧重考辨典故，内容驳杂，包括诗话、对联、地理、物理、人伦、政务、科考、刑法、风水、占卜之类，采录历代史料记录的轶闻逸事，相互对照，必须博览群书。每篇文章一百字左右，最长一篇考证九头鸟，将近六百字。作者多从熟悉的典故说起，比如红叶诗如何演变为红娘，程门立雪的行为缘自达摩立雪之类，形同《骈志》一书的编排却不枯燥。又比如判断两部明代笔记的优劣，说是万历年间，有盗贼杀死皇亲周世臣，司法机关派人破案，只见其小妾荷花儿伏床哭泣。荷花儿经不起用刑，按巡捕的臆测招供，说奸夫所为，结果被凌迟处决。凌迟发展到了明代，手法变得登峰造极：用小刀一块一块地把犯人的肉割下，历时三天，多达三千多刀，让受刑者在长时间内生不如死。行刑期间，挤满了看热闹的人群。人群中突然跳出一个汉子，或许是良心发现，看不下去了，大叫道：荷花儿冤枉，杀人的是我！可是酷刑已经结束。其结果，负责管理司法的首长翁大立被削职为民。这故事写得像小说一样跌宕起伏，催人泪下。乾隆四年刻印的《明史》，其中翁大立的传记有更可靠的记录，可是作者没有引用，似乎以此质疑官修的《明史》。

《梦竹轩笔记》抄录了另一个故事：为朱元璋理发修指甲的匠人，名叫杜蕡，每次为皇帝整容，把剪掉的指甲壳放进朱红漆盒，供奉在佛堂。朱红是明朝的专色，天命神授的表征。朱元璋大喜，提拔他为太常卿。太常卿正三品，相当于正部级官员，掌管皇室宗庙、陵园、祭祀、车马、礼乐、宾客、天文、学校等，相当于当今纪念堂、八宝山、钓鱼台、北京天文馆、春晚、国家大剧院、中央歌舞剧团、中央音乐学院、中央戏剧学院、中央美院、北大、清华、人大等单位的总管。刘士璋记录这则故事，表扬的是忠君思想。换个角度，比如面对这类开国皇帝起用小人的做派，陈子昂和辛弃疾如果晚生几百年，会重新登幽州台和北固亭痛哭。

此书还抄录了《图绘宝鉴》靳青的事迹。靳青是山西绛县驿站的邮递管理员，遇到有特异功能者的指点，画的猫能逼走老鼠。《梦竹轩笔记》靳青为靳春。名字不同，是抄录有误，还是避讳的缘故？是避刘氏家族之讳，还是避别的当事人家族之讳？不详。

古代印书没有出版局管控，没有三审制度，只要有钱就能自行出书，但严禁非议朝政和权贵，严禁预测国家命运。乾隆时期，中国文字狱空前高涨。皇帝带头提防文人，下面的鹰犬变本加厉、捕风捉影地整肃。有的文人被杀头，有的被凌迟。写诗使用清风明月都会被视为反清复明的罪证。刘奇遇诗集有"对明月而为良友，吸清风而为醉侯"的句子，出版人差点被处以极刑。《梦竹轩笔记》不涉及朝政，只是抄录和评议旧典，作为谈资，让仁者见仁，智者见智，是当时书痴们的共同爱好。从学术上看，上述记载朱元璋整容的事，其史料价值在于能判定明代的整容是梳头与剪甲，不是拉皮隆胸，表明中国人整容的变革史，追求与时俱进。这故事出自《泳化类编》。除了国家图书馆，各地图书馆不见此书，我推断乾隆焚书所致。乾隆皇帝指示纪晓岚编纂《四库全书》，收罗各地图书进京，凡不利满清政府的书籍，统统销毁，成为古代最大的焚书事件。不过整容匠当部长的事迹，为述评历史的正直文人所不满，烧了也不会惋惜。

《梦竹轩笔记》以梦字开头，但不是记梦书或解梦书。中国人爱做梦，梦见周公是宰相之梦，梦笔生花是诗人之梦，黄粱美梦和南柯一梦是穷人的梦。梦竹轩主人用竹为他的书斋命名，寄托着文人的清高情怀。历代清高的文人，即便不被加害，也往往是生前清苦，身后湮灭。中国自古是个官本位国家，纯粹的文人常常名不见经传。刘士璋著诗文六种，文笔简练生动。可是从道光十九年起，到清朝灭亡没有再版，可知他的书不受当局者的待见。刘士璋其人其事，也不见于大部头的《中国人名大辞典》。

《梦竹轩笔记》在作者死后，由其子刘经裕刊印，纸张和开本接近清代线装书的中档水平，大抵是家谱的附件。查《中国丛书综录》，各地图书馆也不藏此书，唯国家图书馆收藏的刘士璋个人丛书包含一部，可见是珍本。此书是友人移民前送我，声称有收藏价值，可是我平生不事收藏。如果有祖籍江陵的刘姓人士酷爱藏书，能出具家谱中刘士璋的传记，本人就将此书送还与他。古籍应当待在它该待的地方，如同美女应当待在怜香惜玉者的身边。

（原载《黄河》2016 年第 3 期）

寂寞空庭　梨花满地

裘小龙

2014 至 2015 年之间，我在旧金山住了出乎意料长的一段时间。那里，不像在圣路易家中，可以成天在熟悉的电脑前写作。更多的时候，我喜欢坐在公寓的一个小园子里，离斯坦福很近，很静，独自看些书，想些事。5 月的一个下午，我开始重读理查德·罗蒂（RicardRorty）的《偶然性、反嘲、休戚与共》（*Contingency, Irony, andSolidarity*）一书，折叠小桌上放一杯龙井茶。书中一些段落读来很后现代，深刻又令人不安地捉摸不定，不过，周遭一片静寂，对晦涩的阅读也不无帮助。读累了，放下书，我听到树叶与花瓣在身边一阵阵窸窸窣窣落下。

在旧金山计划要做一些事，其中之一是要完成一部拖了很久的稿子，《成为陈探长》（*BecomingInspectorChen*）。这是陈探长系列的第十本小说，内容回溯到主人公的童年、青年时代。书稿中不少章节已完成或部分完成，提纲也经一再修改，但在结构上却总觉得拒不形成一有机整体。

要建构狄更斯《大卫·考帕菲尔德》（*DavidCopperfield*）中麦考伯夫人（Mrs. Micawber）那样的扁平人物，用一句话来概括，"我永远不会抛弃麦考伯先生"，她便轻而易举地跃然纸上。可陈探长就不一样了。在他的大学年代，他梦想要成为一个诗人，却从未想过要做一个探长。而且，他身上更充满了当代中国社会转型中的冲突和矛盾。要让他演变、进入这样一个自我/身份，如《日瓦戈医生》"哈姆雷特"一诗中所写的，不可能像"漫步走过田野"那么轻松容易。

去美国之前，在一首最初用中文写的诗歌里有这样的句子，"我理解，我理解，/但说到底，人只是/他选择所做的/一切的总和"。那些日子，我在读存在主义：做出选择，承担后果，人就成了存在主义意义上的自我。但在中国的现实生活中，事情要远为复杂。就陈探长而言，选择可能是强加到他头上，不管他自己是如何不愿意，譬如上世纪八十年代大学毕业生的国家统一分配；也可以是他人所做的选择，却在不知不觉中对他产生了直接或间接的影响。

在《名利场》（*vanityFair*）的序言中，萨克雷（Thackeray）把作品中的人物比喻成由作者操纵的木偶；按这一观点，陈探长这个人物究竟怎样生成，却似乎没什么分析的必要。

碧绿的茶叶在杯子中悠闲地舒展，我无意一味耽于沉思冥想。不过，围绕这问题的想法像固执的苍蝇，我一挥手，嗡嗡飞去，一会儿却又飞回原地———也许上面还真有我看不到的一星糖渍。

接着，思路又延伸了开去，转到了上一次回上海探亲，哥哥晓伟向我所提的一个问题。这许多年以来，他一直住在南汇一家医院里，我从未告诉过他有关我在美国写作的情况，唯恐他担惊受怕。那次，他肯定是先在报纸上看到了我的消息。我一脚刚踏进病房，他就问我："你怎么写起了侦探小说？"

更惊讶的是，我突然觉得他所问的其实很接近我在思考的：陈超怎么成了陈探长？

那天，我未能给晓伟做出一个满意的答复。众多可能的线索涌上脑海，仿佛一条漫长的因果链向往事的地平线闪烁伸展，一环扣一环的阴差阳错：譬如，在上海五官科医院里一个下午，眼蒙纱布的父亲还要在脖子上悬挂黑板，颤巍巍地接受革命大批判，我得在旁边支撑住他，仿佛人肉拐杖；一个外号叫"华侨"的中学同学，躲在亭子间里"自成一统"地煮"私家酸辣鳜鱼汤"，不闻不问窗下此起彼伏红卫兵的口号声；一通来自京郊宾馆的神秘电话，鬼使神差地在大学宿舍走廊里接听了、被监听了；掩映着紫禁城飞檐的暮色中，与一位朋友普鲁弗洛克式地分别……其中有好一些，在当时似乎与后来的发展毫无关联，却在此刻汇总到了一起。

于《成为陈探长》而言，也可以作如是观。在晓伟的病床边，我可以指出这点或那点来答复他的问题，但内心深处却知道，没有单独的一点是令人信服、有足够概括性的回答。

说来难以置信，我怎样会选择去写陈探长，与晓伟其实也很有关系。"文革"中我所经历的最恐怖一夜，是在上海仁济医院的急救室里。在急救仪器中间，晓伟因为脑缺氧，开始说起了我当时想都不敢想的胡话———"'文革'毁了我。"我赶紧去捂他的嘴，怕他因此惹祸，他却咬了我的手，在无意识的黑暗中。自那个夜晚后，他从未真正恢复过来。二十多年过去了，我把陈探长系列中《红旗袍》一书题词献给晓伟，"只是运气使然，'文革'中晓伟所经历的一切灾难，本来也完全可能落到我的头上"。那一场浩劫至今仍是我的梦魇，我不得不动笔来写这本书。

从佛经的角度来讲，世间无尽人事都缘自因果注定，诚所谓一饮一啄，莫非前定。一个人对他人做的事情，抑或反之亦然，都落入无所不在的因果。要再进一步扩展开去，就到了轮回，人因此或不复投胎为人。只是，这不再在陈探长的诗歌或哲学所能理解的范围了。

用后现代主义的理论来讲，人的存在与生成在与他人的交错关联和互动中得以实现。这并非是在某个特定时间点上发生的变形，而是通过一个漫长的过程呈现出来，其中发生着种种人事交杂，在当时或者看不到关系，要到后来回顾时才可能渐渐明了。

这样看来，有关陈超怎么成了陈探长的问题，好像还真没有一个简单、容易、单一角度的答案，其中的复杂性就像我在医院里所面对晓伟的那个问题一样，两者其实是平行的。

我又捡起理查德·罗蒂的书，在渐渐暗淡的光线中，读到下面这一段话，"把其他人看成'我们中的一个，而不是外人'的过程，是要对我们自己不熟悉的人到底是什么样的人，努力去做出详尽描述，也是要对我们自己到底是什么样的人，重新试图做出描述……"

喝口茶，我抬头瞄见孤独的蓝鸟翅膀驮着坠落的夕阳。在静悄悄的院子里，一个下午已经过去了，落叶在小院子门前积成一堆。此情此景，又让我想起唐代诗人刘方平的句子，"寂寞空庭春欲晚，梨花满地不开门"。

或许，这其实是我那次去医院看晓伟时看到的一个意象。他病房的窗子外面应该有好几棵树，是不是梨树，记不清了，但他一定是孤独的，毕竟，我要一两年才能回去一次。

关于《成为陈探长》一书的结构问题，我似乎有了新的想法。

（去年底，一直在赶《成为陈探长》一书的稿子，完工后好像意犹未尽，又想加写一篇类似后记的短文，但还在收尾时，接到上海来的微信，说哥哥晓伟于 2016 年 1 月 5 日去世，谨以此文纪念。）

（原载《文汇报》2016 年 1 月 23 日笔会副刊）

辑九

画廊故事·女人（一至八）

止　庵

一

　　爱德华·马奈。多年以后我在新泽西大地雕塑公园的大门口，看到对面山坡上马奈的《奥林匹亚》的巨大仿作，那位曾经改变了历史的女人志得意满地斜倚在床上，好像刚吃过一个美国汉堡包似的，显得很亲切，很安全，丝毫没有当初的危险意味。如同公园里的其他仿作一样，这座《奥林匹亚》雕塑也谈不上有多少艺术性，只是显示了公园主人自己的趣味而已。

　　我是上世纪九十年代初在巴黎的奥赛博物馆看到马奈的《奥林匹亚》（一八六五）和《草地上的午餐》（一八六三）的。这家博物馆我去过多次，这两幅画也一看再看。我对西方美术史的兴趣，只集中在最近一百五十年这一段时间，即所谓"现代"，一般来说是从《奥林匹亚》和《草地上的午餐》开始。不过，从"现代"意义上讲，这两幅画最初的遭遇可能比画作本身更重要，也更有意义。

两幅画里的女模特儿是同一个人：维多琳·默朗。在《奥林匹亚》中，她坦然自若地袒露双乳，虽然用左手捂住私处，但姿势生硬，仿佛随时打算将手移开。只有左脚穿着一只拖鞋，似乎随随便便，头上戴的花朵却又很隆重，这矛盾之处令人怀疑隐藏着什么阴谋。类似的情况出现在《草地上的午餐》中，赤身裸体的默朗坐在两位衣冠楚楚的绅士身边，非常不协调，甚至有点怪异，似乎暗示彼此间有着某种不见容于社会的关系。稍远处有一位穿着长裙、弓身屈背的女人，好像也打算效仿默朗脱光自己，加入这令人生疑的组合。两幅画中默朗的眼神都与我们发生交流，说大方也行，说淡漠也行，无非就是"随便看我罢"而已。这是充满性意味的挑逗第一次公然出现在美术史上，但是不仅没有受到画家的任何谴责，甚至还被赋予了某种美学价值。只是时至今日，我们对此已经习以为常，而且相比之下，马奈所画未免显得有点小巫见大巫了。

在《奥林匹亚》中，默朗身边的黑人女仆和黑猫都显出了吃惊的样子，这也许代表了画家预计中当时社会的反应。马奈这两幅画都有开玩笑的意思，甚至可以说带点儿坏心眼儿，与他那些年轻的印象派朋友相比，画家显然更喜欢站在传统——尤其是传统的价值观念——的对立面上。也许马奈还不知道传统已经非常脆弱。不过，传统自己对此倒是心知肚明，它不能接受体现在默朗体态和神情里的小小挑战，它知道自己根本受不了一点打击。面对《奥林匹亚》和《草地上的午餐》，传统居然土崩瓦解。

比较而言，我更喜欢马奈此后那些女性肖像画，例如以后来做了其弟媳妇的女画家贝尔特·莫里索为模特儿的《阳台》（一八六八至一八六九）。这幅画我也是在奥赛看到的，觉得马奈多少受了些印象派技法的影响。画里的莫里索美丽，寂寞，内心充满焦虑，仿佛渴望立即脱离所置身的那个循规蹈矩的秩序。再看一并收藏在奥赛的《戴紫罗兰花球的贝尔特·莫里索》（一八七二），《阳台》里她略显不定的眼神变得安稳了，也明亮了。莫里索同时具有饱含激情的一面，这大概是马奈的独特发现；而在她自己的画作中却几乎是看不到的。

马奈在《喝醉了的女人》（一八七七）、《娜娜》（一八七七）、《袒胸的金发少女》（一八七八）、《春天》（一八八一）和《女神游乐场的酒吧间》（一八八二）里画的，都是那种脸庞圆润、身躯壮硕的女人，兴趣似乎与稍晚的雷诺阿相仿，只是态度多少有所不同，他欣赏她们，但总是保持着距离。

模特儿也不像雷诺阿画的那样甜美、明丽，反倒是满眼惆怅的神情。看得出马奈还是关切她们的境遇的，流露出一种隐蔽的同情，这又与画芭蕾舞女和浴女时的德加有所区别——马奈与她们之间的距离没那么远。

二

皮埃尔·奥古斯特·雷诺阿。从印象派开始，所有的画家都变得坦率起来，雷诺阿是一个明显的例子。他那为执着的热情所支持、有巨大的才华做保证的一以贯之的坦率，构成其绘画风格中最鲜明的部分。走进纽约大都会博物馆、华盛顿国家博物馆或巴黎奥赛博物馆这些地方，会遇见这位画家一而再、再而三地与你讨论两件事，一是"肉体"，一是"幸福"，自然都是关于女人的。虽然除此之外他也画了不少别的内容的作品。

雷诺阿画里的裸体女人，总是具有她们特定的体积，重量，密度，温觉和色彩。她们尽其可能地粗壮，沉重，丰满，乃至一个个成了庞然大物，简直要胀破画框，——换句话说，也就是充满了画家自己的梦境罢。雷诺阿很喜欢画沐浴中或沐浴后的女子，这都令人想到与她们的体态相关，也许的确有沐浴的需要，也许只是为了找到赤裸的理由。在《坐着的女人》（一八八〇）、《坐在风景中的浴女》（一八九五至一九〇〇）、《擦拭小腿的浴女》（约一九一〇）中，她们结结实实地坐着；而在《浴女》（一九一八至一九一九）中则舒舒服服地躺下，好像偶尔也会有点儿不堪肉体的重负似的。画家在八十七岁时对莫迪里阿尼说："画出的女人臀部应该像自己的手能触摸的那样，有弹性，有质感。"他是那么想接近所画的女人，一直接近到血肉模糊的程度。印象派所特别强调的光与色的关系，在《阳光下的裸女》（一八七五）、《背身躺着的裸体》（一九〇九）中，直接呈现为女模特儿身上血与肉的关系。也可以形容成"内在"与"外在"融为一体。或许有人以为雷诺阿在这方面未免渲染过分，觉得那些布满光斑的裸体一点也不美，但他却一直是认真地甚至有点虔诚地把这视为美的极致来画的，他的艺术从不逾越美的范围。从这些画作中，我们多少能够体会到画家内心的一点躁动，但他不像凡·高那样常常无法自控。雷诺阿始终为自己的艺术所愉悦，从来不会感到痛苦。当画家一度转向"严格样式"时，他放弃了印象派特定的光与色，同时也放弃了光、色与形相结合而产生的热，只想看看肉体更单纯的美，那种冷冷的，甚至有点生硬的美。雷诺阿与莫奈不同，对他来说，"对象"始终重于"方法"。

即使雷诺阿把所画的裸体女人安排在室内，她们也像在室外那样，具有一种排除其他一切的倾向，背景仍然仅仅起到填补空白的作用。严格地说她们不是在生活，而是在呈现。她们的脸上经常洋溢着一种美丽的痴呆，只是偶尔才露出乖女孩那种兴高采烈的神情。有些画中，她们的头部与身体的比例明显偏小，好像用不着它似的。对于生活或人生，她们显然缺乏深刻的体验。而在画家看来，她们无力如此，亦无须如此。她们总是显得非常愉快，在任何地方都充分享受肉体本身——仅仅因为拥有这肉体，而无关乎如何使用它——所带来的幸福。

而当雷诺阿把这些女人安排在特定的生活秩序之中时，无论是《红磨坊街的舞会》（一八七六），还是《山坡小径》（一八七五）、《游艇上的午餐》（一八八一），他就毫不掩饰地表现出对那种世俗意义上的幸福生活的向往，而且视之为具有终极价值的东西。可以顺便提到他那些热闹到几乎是人声喧哗的风景画，如《青蛙塘》（一八六九）、《新桥》（一八七二）、《格尔尼基海岸》（一八八三）等，快活的郊游者——不一定是或不一定只是女人——给到处都带来旺盛的人气，所以不妨干脆说是世俗生活扯了大自然来当它的背景。好像天底下的东西没有一样不体现雷诺阿的热情和他那极易满足的幸福感似的。当初《红磨坊街的舞会》和《秋千》（一八七六）刚刚面世时，雷诺阿几乎成了众矢之的，人们觉得他冒犯了什么，而我恰恰认为他其实是在肯定着这世界的固有秩序。这样的女人及其所置身的环境，在雷诺阿那儿实际上具有某种象征意义。这时他最能代表一般世俗男人的想法。在这一点上他约略接近于约翰·施特劳斯。说实话，每逢新年音乐会就要听一遍的后者的音乐，总给我一种脑满肠肥的感觉。

三

爱德加·德加。德加与他的印象派朋友有一点是共同的：他们都是自觉的艺术家，都非常明白自己追求的是什么。但如果说将卢昂大教堂和草垛画个没完的莫奈是在变化中求精确，德加就是在精确中求精确。这在很大程度上是通过自我限制实现的，譬如只关注室内场景，反复画芭蕾舞女演员、画浴女，等等，而对德加来说，自我限制与锲而不舍其实是一回事。他希望精确而至于纯粹。

德加的作品中，我最喜欢也是觉得最不可及的，是那些描绘正在进行中的芭蕾舞的，如《拿着一束花的芭蕾舞女演员》（一八七八）、《排练场》（一八七八至一八七九）、《舞台上》（一八八〇）等，简直就是看着画中的女演员正在翩翩起舞。而在《管弦乐队的乐师》（一八七二）中，画家特意隔着相对静止的乐队去画舞台上正在跳舞的女演员，其间形成了鲜明的对比。德加抓住了画中所有女演员动作中最美的一瞬，而所有的动作竟然又都协调一致，虽然画的是动态的对象，整幅画却是稳定的，平衡的。甚至能够感受到舞蹈的节奏和韵律，想象她们继续跳向更高潮处。画家所把握的还真的就是一瞬间，稍纵即逝，足够短，但也足够长——这一切都留在他的记忆里，然后被完美地还原到画布上。

从前和朋友谈起德加，觉得可以用"偷窥者"来概括他，因为他占取那样独特的位置或角度，所以光、形和氛围等等别人没有的他都有了。以后才知道类似的话他自己早就说过："迄今，裸体画像的姿势、神态，都是以观者的存在为前提来表现。而我所描绘的女人却是真实、单纯的一个人，无关乎肉体状况以外的兴趣。……好似你从钥匙孔里窥视一般。"只不过他是专门说自己的"浴女系列"，而我觉得他画芭蕾舞女演员也是如此。"偷窥"的关键在于，只有单方向的注视，而不存在任何交流。德加画的那些女演员，无论在舞台上，还是在教室里，我们每每看不到她们投来的目光，无法获知她们此刻的感受，无法体会她们真实的境遇；而我们对此除观赏外，几乎是无动于衷。对那些采用俯视角度画的画（《大使咖啡馆音乐会》，一八七六至一八七七；《穿绿衣的芭蕾舞女演员》，一八七七至一八七九）来说，更是如此。德加画的浴女总是低着头，背着身，看不见她们的脸。德加不关心她们想什么，对他来说，她们的形体、姿势、动作胜于一切。德加的艺术一向被称为冷漠的艺术，我想部分原因是在这里。偷窥者德加总是与他画的对象远远保持着距离，同时他也在保持着自己最清醒和最准确的判断力。对他来说，美以及对美的表现是至上的，也是唯一的；他热衷的是"女人的美"而不是"女人"。

德加曾经画过一幅《新奥尔良城的灾难》（一八六五），女人在那里像牲口一样莫名其妙地被屠杀；而在《费南迪马戏团公演时的拉拉小姐》（一八七九）中，画家仰望着高高吊在空中的丰腴沉重的女模特儿，刹那间她像是正被执行绞刑。这么残酷地看待女人的眼光虽不常见，但他对女人的态度始终都是冷冷的。在《舞台上的芭蕾舞练习》（一八七三至一八七四）和《熨衣妇》（一八八四至一八八六）里出现了她们打哈欠的动作，仅仅因为在画家看来这个运动或过程中的形象是美的；而在《在平衡杆边操练的芭蕾舞女演员》（一八七六至一八七七）中，那把起到构图平衡作用的洒水壶与女演员的地位同等重要。只是到了画《出浴》（一八九五）、《穿蓝紫舞衣的三个芭蕾舞女演员》（一八九八）等作品时，因为他的视力越来越坏，色彩变得轰轰烈烈起来，我们才感受到德加的内心情感，但是这一情感的对象并不是画中的模特儿，而是他自己。

二十年前我在法国的博物馆里看过德加一些原作，以上所说大致是那时的想法；去年两次去美国，见到更多他的作品，我才第一次留意到它们的调子竟是那么阴暗，那些女演员有如非人的生物在蠢蠢欲动；即使光线较强时，她们也只是淡淡的摇曳不定的影子，根本没有思维，没有意识。过去我只看到德加的静谧、瑰丽，现在我深深感受到他的沉重、压抑，虽然比起塞尚还是稍稍轻松一点。德加这种沉重与压抑并非针对所画的那个对象，而是对于整个人类、整个世界，属于自己的一种先验的看法。是我们，而不是具体的她，承受着生活不堪承受之重。

四

贝尔特·莫里索与玛丽·卡萨特。我一向以为，在印象派画家中以莫里索所受重视最为不够，如果与她的实际贡献相比的话。莫里索的作品散见于各博物馆，似乎一处能有两三幅收藏就很难得了，然而她的画却要多看一些才能体会到特别的好处，或者说，明白她这样画的用意何在。莫里索是印象派的中坚分子，而这一派画家实际上各自拥有属于自己的世界，既是艺术的，也是精神的，自题材选择开始，完成于美学建树。那么就有两个问题：假如缺少了莫里索，对印象派是不是个很大的损失，这一派的完整面貌是否就不存在了。对此我的回答都是肯定的。莫里索之于印象派——或许不仅限于此——特殊也是最大的贡献，是对家庭日常生活，尤其是对女性为主体的这种生活的描绘。莫奈和雷诺阿同样画过类似题材，但仿佛都只是从外表上一瞥的结果，而且不无偏见；莫里索画的却是这种生活本身，相比之下要真实得多，完整得多，也深入得多。

莫里索在《两姊妹》（一八六九）、《摇篮》（一八七二）、《阅读》（一八七三）、《捕蝶》（一八七四）、《镜子》（一八七六）和《年轻女佣》（一八八五至一八八六）等作品中所画的，都是那种正常的、和平的生活，既不复杂，亦少变化，没耐心或没情趣的人对此可能觉得单调乏味，然而人们正是这样日复一日地度过了自己的一生，人生的味道就蕴含在这样的生活当中。乍看题材似乎狭隘简单，细细体会却自有其深远广大之处。画家画出了人生安稳的一面，恒久的一面。这些画里的女人，有着可能不算沉重但并非没有分量的人生承担，与莫奈和雷诺阿画中的女人相比，当能体会其间那种区别。

莫里索的画诗意盎然，然而只是生活本来面目如此；她很能够体会日常生活本身的情趣与品位，但对此的态度却坦然自若，就像她画中的人物那样，——她们的表情总是安详的，平静的；她们享受着生活，但不为此而得意，不曾麻木，但也决不激动。她们总是优雅的，温柔的，但这不是表现，而是出乎女性的本能对于自己的生活的反应。莫里索画得很克制，但她的人物并无所谓克制或不克制，因为她们在生活中，不在舞台上；她们是女人，不是演员。在我看来，《摇篮》中母子之间那种隐约的、纯朴的、持久的情感交流，胜于一切渲染夸饰。作为一位印象派画家，莫里索同样重视光，但她的光总是柔和的、协调的，给人的感觉是所有东西都在这光照之下被融化了。画家也很少使用强烈的或犯冲的颜色。莫里索的画非常细腻，这种细腻既是人物情感上的，也是色彩上的，笔触上的；但她对于任何细部又都不特别强调，而将它们好好安排在一个自己能够准确把握的大的秩序之中，我们却又看不出丝毫经过安排的痕迹。一言以蔽之，她充分而不张扬。

上面这些话在一定意义上也可以用来说卡萨特。卡萨特身为美国的第一位世界级大画家，其作品在美国的博物馆中多有收藏，但她在印象派画家中受重视的程度仍然有待提高。卡萨特也多描绘以女性为中心的家庭日常生活，母爱也是她的重要主题，但与莫里索相比，她的画色彩更热烈一点，形象似乎也更鲜明一点。进一步说，在卡萨特这里，我们可以体会到与莫里索并不完全相同的一种女性姿态或女性立场。譬如在《包厢里戴珍珠项链的女人》（一八七九）、《在包厢里》（一八七九）、《歌剧院里的黑衣女人》（一八八〇）和《包厢》（一八八二）中，那些女人成为众所瞩目的对象，而她们显然也以此引为骄傲。而如此有气质、有文化的女性形象，未始不是对雷诺阿和德加所画的女人的一种反抗。相比之下，莫里索笔下的女人从来没有这么光彩夺目。这种区别使我们联想到，在生活中莫里索是一位好妻子、好母亲，而卡萨特终身未嫁；绘画的莫里索首先是家庭的一员，卡萨特则是一位纯粹的女性。尽管在很多时候，她们俩的感受还是非常接近的。

五

保罗·塞尚。奥赛博物馆有个专门展出塞尚作品的房间，记得我一走进去，就有明显不同的感觉，特别黯淡、凝重、压抑，好像从他开始，绘画不再以博得一般大众的愉悦为目的了。塞尚是一位根本革新人们的趣味，并完全重新定义美的画家，手段看似粗暴，其实非常精准。他曾名列印象派，这一派多数画家的趣味从根本上说是属于中产阶级的，甚至希望地位还能再升高一点，而塞尚则彻底否定这种趣味。对于莫奈、雷诺阿等人来说，画中的人物之间，画中的人物与画家或观者之间那种未必强烈却很温馨的情感交流也构成了其趣味的一部分，塞尚的画则取消了所有情感交流的可能性。严格地讲，情感与情感交流属于前塞尚时代。塞尚是个很多方面都与传统大相径庭、与大众截然对立的画家。他要求我们景仰而拒绝我们热爱。塞尚与这世界的关系是一种对峙的关系，通过绘画保持着他与所有东西的距离，高高在上，君临一切。

我在这里看到塞尚的两幅早期之作：据说受到马奈《草地上的野餐》启发的《田园牧歌》（一八七〇）和明显对马奈《奥林匹亚》戏仿的《新奥林匹亚》（一八七三）。就在马奈挑战社会不久，塞尚向马奈提出了挑战。马奈曾称《新奥林匹亚》"醍醐肮脏"，他也许是针对其中所隐约增添的施于女性的暴虐倾向——这在塞尚同期作品中并不鲜见，而《田园牧歌》也有一种与此多少相关的凶险气氛——而言，由此可知马奈原本是个最绅士不过的人。但我觉得更可留意的是塞尚在画中添上了一个注视着女模特儿的自己，而那女人也在看着他，目光不再像马奈原作中那样朝向观者。这样就由"她看我们"转变为"我们看她"。观者在看马奈的原作时，是站在画家本来的位置仿同他与画中的人物进行交流，而塞尚则破坏了这种交流模式。《田园牧歌》对于《草地上的野餐》也有同样的改变。

张爱玲在《谈画》中提到《新奥林匹亚》，说她"只喜欢中央的女像，那女人缩作一团睡着，那样肥大臃肿的腿股，然而仍旧看得出来她是年轻坚实的"。塞尚另外还有一幅《新奥林匹亚》（一八六九至一八七〇），女模特儿的姿势有些不同，张爱玲提到"睡着"，所指的当是后来画的这一幅。类似这样的"肥大臃肿""年轻坚实"的女性裸体，不断出现在塞尚后来以沐浴为题材的绘画中，如《浴女们》（一八七四至一八七五）、《三个浴女》（一八七五至一八七七）、《浴女们》（一八九〇至一八九四）和《大浴女》（一九〇六），她们无一不像籽粒饱满的巨大果实，满足了画家对"形"的刻意追求。女性的性别特征对塞尚来说，意义似乎也仅止于此。塞尚不再恨她们，但也不爱她们，他研究她们，重新创造她们。

不过，塞尚画的浴女往往几位或一群凑在一起，每个人只是一个更大的建筑的组成部分。而他所画的塞尚夫人独自就相当于这个更大的建筑，就像他画的圣维克多山一样。塞尚夫人的肖像画，我亲眼所见的画得最早的是波士顿美术博物馆所藏《坐在红扶手椅里的塞尚夫人》（一八七七），最晚的则是大都会博物馆所藏《黄色椅子上的塞尚夫人》（一八九〇至一八九四）和奥赛博物馆所藏《女人与咖啡壶》（一八九〇至一八九四），这里的塞尚夫人一概表情淡漠，姿势也有些僵硬。塞尚的画总是显得那么干、硬、冷、暗，这与凡·高恰恰相反，一个要强调情感因素，一个要消除情感因素，而塞尚在画静物时着力要画出的坚实感、致密感，其实也体现于他画的人像中，而这在某种程度上也与消除情感因素不无关系。

在这些画里，妻子总是漠然地看着塞尚，塞尚也漠然地看着妻子，但是塞尚是胜利者。他把生命的东西变成永恒的东西。塞尚的画没有任何浮华成分，他不需要女人表现出愉悦和兴奋。好像唯一的例外是在大都会所见的《暖房里的塞尚夫人》（一八九一至一八九二），她略微显得有点高兴，看着也就有点漂亮可爱。塞尚的传记里说，他画一幅画历时弥久，画静物时必须用假花和玩具水果，因为没等画完花已凋零，水果也腐烂了。而作为模特儿的塞尚夫人实在是辛苦之极。据说她的肖像画共有二十五幅之多，——也可以说只有二十五幅——算一算她一共在画布前坐了不少年吧。这可怜的女人，由着塞尚冷静而审慎把她的头、颈部、手臂和下半身分别画成球体、圆柱体和锥体，慢慢地也像一朵花似的凋零了。只有塞尚才谈得上是前无古人，成就这样一位大师谈何容易。

六

乔治·修拉。修拉隔着他的"点彩"，小心翼翼地观看他的女人。无论她们意识到这副眼光的存在（《女模特儿》，一八八八；《擦粉的女人》，一八八九至一八九〇），抑或并未意识到（《康加舞》，一八八九至一八九〇；《马戏团》，一八九〇至一八九一［未完成］），他都这么观看。修拉的女人是"隔帘花影"，修拉则"乐而不淫"。修拉看似是比塞尚更客观、更科学的画家，然而他的画里却不曾排除感性的成分；在《女模特儿》中，甚至显得温柔而富有诗意。这份情感和气氛通过"点彩"表现出来，未免不可思议。女人的美仍是诉诸感官的，同时"点彩"起到过滤作用，一切都变得纯净了；她们显得既轻盈，又结实，看似矛盾恰恰统一，正与"点彩"的画法有关。在这方面，他似乎有着莫里索、卡萨特这些女性画家才有的体贴入微，但又不是靠再现女人的真实生活达到这一点，他甚至根本无意接近她们。或许觉得这些女人未免显得拘谨，缺乏个性，但是她们就生活在一种微妙、细腻，只属于她们自己的氛围之中，此情此景世间难有，但又恍惚留在记忆，而且不可忘怀。修拉总将女人放置到一定距离之外，她们实实在在都是对象，看看《女模特儿习作Ⅰ》（一八八六至一八八七）、《女模特儿习作Ⅱ》（一八八六至一八八七）和《女模特儿习作Ⅲ》（一八八六至一八八七），那些女人如此富于质感，仿佛触手可及；再看看最终完成的《女模特儿》，画家无疑是将她们推远了一点儿，但是自始至终有什么维系在他与她们之间，有时我甚至觉得"点彩"是散布在空气中的画家情感的微小颗粒似的。

我曾谈到莫奈、雷诺阿等人的趣味是中产阶级以上的，看得出他们为此很得意，着力有所表现，但说句不好听的话，总好像勉强才够得上；修拉的画其实也体现了这种趣味，但趣味显然不是他的目标，他所追求的比这要高得多，他甚至有意远离这一切，隔绝这一切，但最终一切反而都有了。他有着他们所没有的大气。修拉的画看起来特别具有一种完成感，一切都恰到好处，但显然是艰苦卓绝追求得来的。它们是纯粹的、完美的，又是高贵的，——这三个词之于修拉不是在形容，而是其作品的特色所在。

　　去年我在东京都美术馆看过一个题为"新印象派：从光到色"的展览，系以修拉为中心，对他的魅力和影响更进一步有所理解。修拉的世界永远是静谧的，和谐的，匀称的，稳定的，风景画如此，人物画也是这样。他不仅画静止的女人，如《女模特儿》；也画缓缓移动的女人，如《库布瓦的塞纳河》（一八八五至一八八六）、《大碗岛的星期日下午》（一八八六）；还画剧烈或急速运动的女人，如《康加舞》《马戏团》。对架上绘画来说，被记录下来的无疑都是静止的，即使对象是在动态之中，也是截取运动过程的某一瞬间，形容起来就是"飞鸟之景未尝动也"。然而这种静止永远意味着"来"和"去"两个运动的存在。观者可以借助想象与知识将这切片似的东西向前后延伸，在头脑中呈现出动态的形象。如果说德加是将运动过程的静止的瞬间最大限度地缩小的话，修拉的画法则相当于将这一瞬间固定了，放大了，我们能感觉到那一时刻万籁无声，直达永恒。他最充分地展现了这"切片"里的所有视觉信息；但与此同时，并未排斥观者的头脑将这一切还原为运动的可能性。所以它们是静的，却仍然是动的。她们是这样丰富地、饱满地静止着，也是这样丰富地、饱满地运动着。这样的画兼具静止之美与动感之美。

　　当修拉在一幅画中既画运动的对象又画静止的对象时，如果这种对比特别强烈，像《康加舞》《马戏团》，应该说是最难处理的。在《康加舞》中，只有前景背对观者的琴师和右下角的观众是相对静止的，其他人物都在大幅度的运动之中。而《马戏团》就更复杂，前景那个丑角正当拉开帷幕这动作完成之际，与远景座席上的观众都处于静止状态，实际上就是放大或拉近了的观众之一，或是为了加强画面中相对静止的部分，以与位于他与他们之间的飞奔的马、像要跌落下来的女骑士、做着倒立动作的丑角这些急速运动的部分达成一种平衡。画家将极小瞬间的静止与持久不变的静止统一在一起，纳入同一秩序；而且最重要的是，要让观者接受这一切，让他们的想象能配合画家如此安排。因为修拉所创造的秩序最终完成于观者的头脑之中，从这个意义上讲，《康加舞》《马戏团》甚至比《大碗岛的星期日下午》更是挑战极限之作。

七

保罗·高更。我上一次去纽约，赶上现代艺术博物馆举办题为"高更：变形记"的特展，展品以版画和素描为主，也有雕塑和油画。以前还在法国和日本见过一些高更的作品，这回又在美国东海岸的几家博物馆里看到另外一些。我觉得，只有高更的画可以形容为"感人肺腑"，但这是情绪意义上的，不是情感意义上的，观者是受到感染，而不是受到感动。其间区别，只要与凡·高、鲁奥等人的作品比较一下就很清楚了。说得更明白些，高更的感人，并非因为画中人物与我们在情感上是同质的，而是因为我们的内心深处与画中的色彩、氛围——而不限于人物的表情、动作——有所共鸣。但另一方面，我们看高更的画，好像又总觉得与所画的东西隔着很远的距离，无法切近，又不能离弃。这种隔膜可能来自高更自称为"综合法"的画法，来自他的画的"不真"——这一点若与印象派的作品相比，最为明显不过了。高更之后，"不真"已经成为绘画的主流，但因为画中没有前述那种感人之处，我们并不感到隔膜。高更的画既感人，又隔膜，正是相反相成。

看看高更画的那些塔希提岛的女人，可以深切地感到这一点。高更的画肯定是有"内容"的——一些生活，一些事，这只要看看他不少画的题目就知道了，但那究竟是些什么内容呢，我们只能接触到她们的人生的最表面的一层，连一部分都谈不上；而背后更广大、更深厚的东西，虽然肯定存在，我们却无从知晓，——其实就连画中人物自己也未必知晓。在《塔希提的年轻姑娘》（一八九一）、《游魂》（一八九二）、《塔哈曼娜有许多父母》（一八九三）、《两个塔希提女人》（一八九九），甚至《你何时出嫁？》（一八九二）、《哎呀！你嫉妒吗?》（一八九三）等画作中，她们的纯朴，她们的健康，她们肉体的质感，都无可挑剔；但她们脸上总是笼罩着挥之不去的忧郁，除此之外也无所表达，无论她们和谁在一起，在干什么，都是这样。这种忧郁是先验的，莫名的，她们未必知道自己为什么忧郁，乃至什么是忧郁，她们只是与其所处的背景，与整幅画的色彩和气氛保持一致而已。

高更的画是安宁的，但安宁之上笼罩着哀伤。看一看他同时画的那些风景画，会发现同样存在这种哀伤；再看他那些自画像，会发现这其实都是高更自己的哀伤。讲到高更，我们很容易受他那本非常有名的《诺阿·诺阿》的影响，以为他真是人类摒弃文明返归自然的一位代表。然而写书的高更说服不了画画的高更。高更或许如其所说在塔希提获得了安宁，但并没有摆脱哀伤。更准确地说，在这里得到释放的是他的色彩，他的画法，而不是他的心灵。从前我在出版社工作时，曾经手出版了高更的另一部著作《此前此后》的中译本，在这本书中，正如作者自己所说的那样，"充满了怨恨、报复和可怕的事情"。我觉得《诺阿·诺阿》应该与《此前此后》放在一起来读。与其说塔希提岛快乐了高更，不如说高更忧郁了塔希提岛。高更画的女人和她们所置身的环境——热带的树木、花、山、天空和大海——一样忧郁。她们和它们都是存在，但是高更的存在笼罩着所有的存在。这并非为画家一时境遇落魄、生计困顿所系，而是流在他血液里的，是他的哲学，他的宗教。他摆脱不了。那些女人可能为他所爱，但他感染了她们，他把她们带到他的内心深处，真正的她们和他最终还是隔绝着的。

以上所说，不仅体现于高更的塔希提绘画，也体现于此前的布列塔尼绘画，如《生与死》（一八八九）、《在浪中》（一八八九）、《布列塔尼海边》（一八八九）等。在我看来，这两个时期的作品更多的只是题材上的区别，都是心事重重的地方，心事重重的人物，心事重重的画家。只有在他更早的绘画中，我们才看不到那种隔膜，但它们有着另外一种感人之处。如《缝纫的梅特·高更》（一八七八），高更夫人还是一位兢兢业业又楚楚可怜的家庭主妇；到了《穿晚礼服的梅特·高更》（一八八四）——那时高更已经辞职，离他与家庭彻底断绝关系也不远了，画家眼中的妻子显得又矜持，又委屈，似乎对高更热衷于绘画而毁掉本来幸福的家庭愤懑不解，她自己的美貌于此竟然毫无用处；而他也怜悯她，只是没有办法。可见高更走上高更之路绝不是轻而易举的。

八

文森特·凡·高。将近二十年前我去荷兰，在阿姆斯特丹的凡高博物馆和费吕沃高地国家公园的克勒勒－米勒博物馆看到凡·高的大量作品，诚可谓"大饱眼福"。此前此后，在法国、美国和日本的博物馆里也看过一些。在我的印象中，女人并不能算是凡·高最重要的题材。如果要从中挑出一幅具有代表性的，我想到的是《吃土豆的人》（一八八五）——虽然画里除了三位女人，还有两位男人。若讲得周全一点，或许可以把凡·高画女人的画大致分成两个时期：《吃土豆的人》与《吃土豆的人》之后。

时至今日，凡·高的生平已经成为他的艺术不可分割的一部分，这一点在所有现代画家中最为突出。绘画的凡·高和实际生活中的一部分凡·高是个圣徒，是个像高更说的"为圣经所燃烧的人"，或者说，是个博爱的社会主义者，他的博爱及于天下万物。在他的画笔下，女人差不多是与男人、向日葵、土豆和树木同样的角色，同样都寄托了他强烈的同情。在《吃土豆的人》中，凡·高看待女人与男人的眼光没有什么区别。他所画的是农民，他要描绘他们的境况，描绘如他所说的这些人身上散发出的"火腿味、烟味和土豆热气"。画中低矮的屋顶简直就要压在这一家人头上，画家似乎只有蹲在地上才画得出，多少可以体会到他对其命运的关心和对其品德的敬重。凡·高距离所画的对象又是那么近，观者仿佛因此也被引到现场，就像站在画面中间那背对着我们的小女孩的身后似的。粗犷的笔触，阴暗的色调，与画里的内容正是相得益彰——这些人就是如此粗糙、如此无望地活过了一生。这一时期凡·高另有几幅只画了女人的作品：稍早的《戴帽子的农妇》（一八八五）、《纺纱工》（一八八五）、《头戴深色帽子的农妇》（一八八五）和稍晚的《戴便帽的农妇》（一八八五），可以分别视为《吃土豆的人》的准备与余绪。

这以后凡·高似乎变得安稳了一些，感情稍显有所收敛。所画的《保姆》（一八八五）和《扎红蝴蝶结的女士的画像》（一八八五），画面不那么黯淡了，她们的生活状况显然要好于"吃土豆的人"，尽管也谈不上有值得高兴的地方。而在《在"铃鼓"咖啡屋的女郎》（一八八七）、《意大利女人》（一八八七至一八八八）、《日本姑娘》（一八八八）和《阿尔的女人》（一八八八）中，背景和人物的衣着都变得鲜亮了，有的还大块用了他著名的黄色，不过她们还都是落落寡欢的样子。

在这些画中，凡·高常常不大突出甚至故意抹杀女人性别的特征。也就是说，绘画的凡·高并不像我们了解的实际生活中的凡·高那样常常把女人当成性爱的对象，——对这句话不应简单理解，但毫无疑问，凡·高笔下的女人与诸如雷诺阿或莫迪里阿尼笔下的女人并不具有同等意义。这一点甚至表现在以那些与他发生过性关系的女人为模特儿的作品中，比如粉笔画《悲哀》（一八八二）和油画《在"铃鼓"咖啡屋的女郎》等。凡·高也不怎么强调女人的美，即使是他曾经在给提奥的信中特别夸奖过如何美丽的女人，当被画进《阿尔的女人》时也没有被另眼看待，对于画家来说明显还是与同一时期画的邮差卢朗等人性质相当。这甚至使我们联想到图卢兹·劳特累克对于女人的画法。当然偶尔也有例外，如在《躺着的裸女》（一八八七）中，女模特儿背向观者蜷曲着身子，臀部异常健壮发达，凡·高平时喜欢强调体毛的笔触，显示出她性能力的强盛猛烈。那是一个后来尤金·奥尼尔笔下"大地母亲"似的角色。凡·高另外还有一幅正面画她的画，以性的意味而论似乎反倒不及背面的那幅。这样的画揭示了实际生活中那另一部分凡·高，与圣徒凡·高一并是个真实的人。

（原载腾讯网《大家》2016年专栏）

长恨春归无觅处

汪涌豪

"四季各有表情，数春最难描画"，这是早年父亲跟我逛公园时说的话。当时他拿出一本《世界美术》，向我推荐吴冠中写的《波提切利的〈春〉》。1477 年，意大利画家波提切利以诗人波利蒂安的长诗为主题，为洛伦佐·美第奇新购置的卡斯提罗庄园绘制了这幅大尺幅的壁画。此后该画一直挂在罗伦佐侄子的卧室，直到 1813 年移往乌菲兹美术馆。

30 年后，当我来到画前，看着这幅突破了中世纪装饰风格的杰作，娴熟运用坦培拉技法蛋彩平涂出的淡雅光色，以及承吉波尔蒂的哥特式传统、颇似中国白描的线条构型，内心真有说不出的感动。待情绪凝定，又生出些许困惑。要说整幅画真够漂亮，但似乎只提示了动作，而没刻画出动感。尤其画中人物，从花神弗洛拉到美惠三女神和维纳斯，虽罗衫薄透，姿容妩媚，无不神情漠然，透着忧郁。若不是前后景中花卉与果树的垫衬，真难将此阴郁的调子与春天联系在一起。

波提切利的时代，绘画多以男性为中心，画家本人也未摆脱宗教神学的影响。所以此画以树叶围合成拱形空隙赋予维纳斯另类的光环，又以人物从右至左的横向展开，暗示情欲向知性的过渡与转换。但不画《圣经》故事，偏采异教神话，且以如此大的阵仗颂美女性，以韵味十足的人体暗示其布达爱与生命的力量，终究突决了中世纪的禁锢，张扬了健康朗亮的世俗趣味。可他为什么不能将此趣味表现得更确定一些呢？并且，不仅这幅画，从《维纳斯的诞生》到《玛尼菲卡特的圣母》和《女子的肖像》，为什么他笔下的人物都要带着这种莫名的忧郁，如果不能说是哀伤的话，莫非正如父亲所说，"对于春天，再杰出的天才也有所不能"？

对此，美术史家有解释。赫伯特·霍恩结合文艺复兴时期特殊的社会历史背景，将之归于佛罗伦萨动荡的政局和社会危机；贡布里希基于美第奇学园有偏至的学术气氛，认为它反映了新柏拉图主义对贵族文化的影响。确实，那个时代的艺术家大多靠贵族供养，波提切利就托庇于美第奇家族。后者由银行业起家，五世纪就崭露头角，以后建立起家族的僭主政治，在十四到十七世纪大部分时间里，一直掌控着佛罗伦萨的政治。不过，尽管诞生过三任教皇、两位王后，这个权势熏天的家族中人仍难免在混乱的时局中迭遭放逐。受此影响，包括以后德皇入侵和共和政体的瓦解，每每使波提切利心生忧患。他与宫廷内一班诗人、哲学家交好，为此很受古希腊语学者、柏拉图主义者马西里奥·菲奇诺的影响。后者教他尽可能地脱开物质现实，以爱为神性的冲动，美为自我完成，这对他画好《春》是极为重要的提示。

但我的感觉，上述外在因素终究须经其自身的参合才能发生作用。譬如，作为皮革商的儿子，他从来酷爱读书，生性敏感。早先追随菲利普·利皮习画。后者的圣母像用色明丽，为当时画坛异数。以后因触犯感情禁忌，被迫离开佛罗伦萨。利皮对他影响巨大。他从小体弱多病，自此变得沉默寡欢。又因直到36岁才应召去了一趟罗马，生活圈子太狭的他显然缺乏平复情绪的渠道，所以性格中渐渐添了一份焦虑与不安，直至海因里希·沃尔夫林《古典艺术：意大利文艺复兴艺术导论》一书所说，"总是内心激动，性情暴躁"。在《贤士来朝》中，他难得将自己也画入其中。那张神经质的阴郁面容，因此与托斯卡纳大好的晴空明显不搭。

然后他遇到了西莫内塔，教皇克莱门特七世朱里亚诺的情妇，也是其恩主、享有"豪华者"声名的洛伦佐喜欢的美人。此前他是一个厌嫌女性的单身汉，只被人怂恿着相过一次亲。此后很长一段时间，他开始为西莫内塔画肖像，并且所有圣母像、包括这幅《春》中的诸女神，都有了西莫内塔的影子。当受命画《春》时他正生着病，身体的痛苦或可忽略，但心底的伤感难以释然。他将画中女神的颈项拉长，身形刻画得更娇弱纤瘦，并特别为她们罩上一层似有若无的薄怨与轻愁，赋予其既不彼此交流又不呼应环境的神态和表情。这样独特的神态和表情还不曾在此前的画中见过，所以被唤作"波提切利的妩媚"。再过400年，才有沃尔特·佩斯出来，将此概括为"波提切利的忧郁"。

不过，至此我们仍不能算读懂了这种表情。罗伯特·伯顿在《忧郁的解剖》一书中，曾将忧郁定义为一种由个人与社会、政治和宗教深刻冲突而产生的病症，它常与人出身低贱与身体残疾多病有关。这一切放到画家身上似都说得通。但事实是，波提切利又是矜持的，喜欢但丁，有浓郁的诗人气质和悲悯情怀，因此上述由内外交攻引出的嗟世之情与忧生之叹，实有着更深刻而广大的内涵。它告诉人们，那为人们所追求的欢愉和幸福，从未像缺憾与痛苦那样刷新过人对生命本质的认识，包括对生命中一切美好的认识。你说春回大地，要当珍惜，但他已看多了其时城邦间的结盟、背叛与仇杀，又听过以后被烧死在市议会广场的宗教改革家萨沃纳罗拉对佛城人渎神的揭露，当然，还有这个好模仿柏拉图《会饮篇》，与身边人高谈阔论的洛伦佐，最后仅靠躲入圣器储藏室，才逃过教皇西克斯图斯四世和帕齐家族的暗杀……面对种种命运的陡转与变乱，他怎么能再信任眼前的回黄转绿是欢愉和幸福的征象？以后发生的事情更加悲惨，23 岁的西莫内塔患结核病身亡。从此，他虽仍间或接受邀请为喜庆盛典作画，但笔下的人物无一例外变得更加漠然，甚至就有些哀伤了。

作为画家的知己，洛伦佐终究不乏艺术气质，常通过写诗来感叹生命的脆弱与人生的无常。在《亚丽安德妮咏》中他唱道："灼灼岁序，恰是晨露。今朝欢愉，明日何处？"波提切利显然是这种吟唱的知音。他深切地感到春回大地并不就象征着青春正好，相反，它适足像人生华伪的蛊惑和必然凋零的预演，是越绽放越残酷，越哀感顽艳越徒乱轻薄者的心，徒增深情之人的感伤。这样咀嚼掂量着，一种漠然到忧郁，就成了他所体认的春的最好的表情。所以英国美术史家华尔特·巴特尔说："波提切利的独特风格是一种对于人类的变化无常、美好乃至有时是遒劲的妖娆的喜好，与一种使人感到惊心动魄的巨大束缚感觉相混合的结果。这种混合使他的作品具有一种不是绘画所能明示的深奥的人性。"

被称为"欧洲现代文明摇篮"的佛罗伦萨地处意大利内陆，丰饶的平原丘陵上，有许多习尚和传统，以后都被阿诺河这条亚平宁半岛的蓝色血脉带到地中海，这当中也包括了"波提切利的忧郁"。或以为，戈蒂耶喜欢"春天最初的微笑"，海涅唱诵"春天惹得人情意绵绵"，莎翁干脆称春天为"结婚天"，他们都肯认这个季节是一年中的"欢乐之巅"。但身处其中的画家似不这么想。巴比松画派的柯罗和维多利亚时代新古典主义画家提索特都曾画过《春》，这两幅画后来都成了名作。它们的主人，前者性格沉静，终身未娶；后者则终身追悼他中道捐弃的失德情人，哪怕她被大众视为毒药。他们笔下的女性也是这样神情漠然，带着忧郁。还有拉斐尔前派的罗赛蒂，这个有着意大利血统的天才画家，深深地迷恋但丁与中世纪传奇，更喜欢画长颈凤眼的忧郁女性。要特别表出的是，虽说达·芬奇唯一提到的同时代画家只有波提切利，但画家身后寂寞，3 个世纪后才被人重新提及，19 世纪才刚开始有人研究，而这一切的发生正与拉斐尔前派的推崇有关。为什么是这样？想来想去，斯达尔夫人的话最中肯綮，"忧郁较之其他心灵状态能更深切地进入到人的性格和命运"。

（原载《文汇报》2016 年 4 月 29 日笔会副刊）

在 微 风 里

董　桥

　　伦敦晚夏斜阳慵倦，绿荫巷子一片寂静。我四点钟准时赶到，按门铃没人应门。百年小宅子苍老残旧，红砖墙上爬满枯藤，缠满枯叶。正门石阶两边几盆花草也没有修剪，枝蔓杂乱，葩卉纠结。我走去巷口电话亭打电话，也没人接听。走出亭子正想赶去大马路搭公共汽车，迎面一部出租车拐进巷子停了下来，老比尔匆匆下车，频频道歉，说卖书的老太太开车进城绕错路迟到二十五分钟："我急坏了，赶紧坐出租车赶回来。"老比尔苏格兰口音倒老改不了。

　　老先生从前跟人合伙开旧书店，老了退休在家做旧书邮购生意。我们相识多年，找到合我兴趣的书他会打电话告诉我，我要的他寄书给我，我转账给他。装帧贵重、版本稀罕的书我情愿上门看了决定买不买。那天约我去看斯温伯恩（Algernon Charles Swinburne）诗集《日出前之歌》，一八九二年版本，二十世纪初利威耶装帧，书里贴了一张盾牌藏书票，只印姓氏 Fowler，铭文 "Watch and Pray"。老比尔猜想票主是 Henry Watson Fowler，英国辞典编纂家、语法学家，《牛津简明英语词典》一九一一年版是他主编的，一九二六年还跟弟弟 F. G. Fowler 合编《现代英语用法词典》，活到一九三三年去世。

　　姓福勒的人不少，是不是亨利·福勒我其实不很在乎。老比尔说他最在乎的是一杯热奶茶，要我一起到厨房煮开水泡茶喝。老先生丧偶鳏居，说女儿远嫁美国，搞设计，儿子长驻远东，外交部派去的，牛津读文学，学问好，脾气犟，一盘旧书生意让他接管硬是不肯，气坏了。比尔研究烹饪，我吃过他做的牛排，真好，不输名庖，连杂菜汤都做得可口。他教我怎么冲茶。奶茶弄好了还在冰箱里拿出他做好的三明治。老先生说烹饪只有一个秘诀：细心。他说斯温伯恩跟朋友抱怨健康差，心神不定，连《博思韦尔》诗稿都落在马车里，折腾半天出重金悬赏追踪。《博思韦尔》是写苏格兰玛丽女王三部曲之二。James Hepburn Bothwell 是玛丽第三个丈夫，涉嫌谋害玛丽前夫，协助玛丽平定莫里伯爵叛乱，玛丽投降后他逃往丹麦，一五七六年殁。老比尔说三部曲里他最不喜欢《博思韦尔》。

喝完茶他忽然问我 Swinburne 中文是译音还是译意。我说译音。其实桑简流先生总说外国人名中译最好三四个字，长了不好记，斯温伯恩桑先生爱译"隋伯恩"，说"隋"是中国姓，好听，好记。我想想也对。我在英国广播电台跟随桑先生做英国文学节目讲过隋伯恩，桑先生说这位大诗家在伊顿公学读书，鞭笞上瘾，一生难戒，节目里不便多说。牛津版英国文学辞典里倒轻轻带了一句："He was educated at Eton, where he developed an equally lasting interest in flagellation."下一句说他大学进牛津，跟画家罗塞蒂和拉斐尔前派走得很近。听说一八六二年二月十日隋伯恩跟罗塞蒂进城夜游，罗塞蒂回家发现妻子依丽莎白躺在地上，吃了过量鸦片酊死了。

老比尔客厅里挂了一幅罗塞蒂画的美人珍妮素描，浓丽秀发披肩，眼神幽怨，酥胸半露，说不上妖媚，不难联想的倒是南唐冯延巳《醉桃源》里说的"秋千慵困解罗衣，画梁双燕归"。老先生说是战后老朋友抵债给了他："你喜欢吗？稍稍加点润金卖给你。"他开了个实价，等于我一个月税后薪金。我没要。三十几四十年了，罗塞蒂作品如今更稀更贵，他画珍妮更难得，坊间遇不到，遇到了难免天价。这位诗人画家才华甚高，人略矮，稍胖，络腮胡子是商标，跟隋伯恩拍过一张合照，隋伯恩高高瘦瘦，一脸忧郁，十足诗家品相。罗塞蒂的诗我不喜欢，他的信札写得好，记得有一封信说艾米丽·勃朗特的《咆哮山庄》故事简直都发生在地狱，只剩地名、人名是英国的。祖上是意大利人，罗塞蒂的画天生带点浪漫情调，英国人学不到，老比尔说连他的画论都欠条理，想营造英国学院派的枯涩，始终摸不到门路。

论写诗，隋伯恩毕竟写得好，变幻韵律尤其拿手，丁尼生衷心拜服，说他发明无穷，叹为观止，说可惜他目无神明，一生没有宗教信仰。隋伯恩在伦敦出生，童年长居怀特岛，过惯看海的日子，爱海如痴，诗里歌里处处海洋。受马志尼和雨果影响最大，支持民族解放事业，支持共和主义，写了很多歌颂自由的诗篇。伦敦书友中陶珉读隋伯恩读得最用心，写苏格兰玛丽女王的三部曲尤其潜心细读，笔记记了三四本，那年我在美国找到 Alberto Sangorski 手抄手绘的 Adieux à Marie Stuart，陶小姐听了兴奋，要我请美国书商朋友把彩色照片全套电邮传给她保存。一个在英伦，一个在加州，他们从此成了朋友，陶珉还跟书商买了隋伯恩书信集，一套六部，一九五九年到一九六二年陆续出齐。我没读过这套书，陶珉说很好看。书真是要写得好看才行。

隋伯恩研究英国古戏剧，伊丽莎白一世和詹姆斯一世时期的文学浸淫也深，我从前读过他写的一些论文，观点很多，写得并不好看。剑桥一位老师告诉我说隋伯恩这个人似乎没什么情趣，身体一向又不好，下笔少了一份悠闲的功力，连诗人艾略特和文评家利维斯对他都有微词。蓝姆也研究英国古戏剧，编过一本莎士比亚时期英国诗剧选读，光是注文已然很好看。蓝姆果真文章大家。那本选读书名是 Specimens of English Dramatic Poets Who Lived About the Time of Shakespeare，一八〇八年初版，我书房里那部是桑科斯基一九二〇年的装帧，封面、封底花框烫金引了赫里克（Robert Herrick）诗句。赫里克千古名句"Gather ye rosebuds while ye may"，陆谷孙主编的《英汉大词典》中译"好花堪摘须及时"。

　　写花果的诗词中外古今都多，华夏这边比西洋写得好，典故多，够绵丽。吴昌硕七十四岁画过一幅荔枝，题了一首七绝："风味谁如十八娘，炎州六月满林香。江南江北无人识，写出盈枝与客尝"，小跋说"诗不知谁人所作，见陈曼生时时写之"。十八娘是荔枝品种，宋代曾巩《荔枝录》说，十八娘荔枝色深红而细长，闽王王氏有女第十八，好食此，因得名。女冢在福州城东报国院，冢旁有此木，或云：物之美少者为十八娘，闽人语。该是闽北不是闽南的说法。苏东坡咏干荔枝说："红消白瘦香犹在，想见当年十八娘。"听说唐代南粤有个美女也叫十八娘，开元年间入宫，大受宠爱。

　　我的故交秦苹生前珍藏许多清代小名家绢本花果小品，熟读历代咏花咏果诗词，她英文极好，博闻强记，说中国这路子的韵文比英诗好得多。秦苹三年前在英国病逝，她跟陶珉相熟，常说隋伯恩诗作其实没有陶珉说得那么神妙，规整有余，莹亮不足。诗而莹亮，说得真对。我读英诗，偏见甚多，有些读几行眼前一亮，有些读完整首，心智朦胧，细细一想，那是莹亮和不莹亮在作祟了。丁尼生《悼念》组诗我喜欢，真是黑夜中一盏渔火，名装帧家装帧的各款 In Memoriam 我集藏了五部。诗人奥登揶揄丁尼生是英国诗家中听觉最好的诗人，却也是最愚蠢的诗人，只知忧郁，不知其他。写诗写得聪明过头，未必可诵。奥登诗作我一首都记不住。莎翁十四行诗我嫌喧嚣，嫌缤纷，是万家灯火，不是灯火阑珊，诗贵阑珊，太光太闹了扫兴。艾略特的《荒原》烛照一代诗坛，我偏又觉得少了那份莹亮，也许推敲过甚，也许求工心切，霞石处处，美瑜阙如。秦苹爱说余光中早岁诗集《莲的联想》最是莹亮之作，难怪我在台南求学时代几乎全背诵得出来。那时候我还爱读周梦蝶，每首诗都是一盏青灯，古佛在不在倒不相干了。

　　中国传统诗词向来跟书法结缘，那是外国诗歌无缘消受的福分。一首诗写成一叶扇面、一枚斗方、一幅中堂，只要诗好字也好，那就是艺术品了。苏东坡写寒食诗的那幅字代代倾倒，是诗因字传还是字因诗传反而不必计较了。丁尼生毕竟没有坡公福气，想都没想过手抄几句《悼念》竟会是艺术品。文化差异，何其吊诡，我只好一心搜求丁尼生遗作上好的装帧了。我偏爱的一部《悼念》是一九二七年利威耶装帧的一八五〇年初版，花环封面封底各镶一幅 Helen R. Haywood 彩绘的裸体普赛克（Psyche），她是神话中人类灵魂的化身，和爱神丘比特相恋。

画家海伦是装帧家族利威耶的外孙女儿，她母亲美宝是利威耶九名子女中的幺妹。海伦一九〇八年在英国出生，为许多儿童书画插图，也写小说，父亲是工程师，被派去智利工作，海伦从小在智利长大，十五岁才回英国，可惜她写的《智利童年》至今没有出版。她还跟做装帧的舅舅学会画书籍切口彩画（fore-edge painting），在书页裁切的一边画工笔画，书本平放看不到画，打开封面，书页往封面稍稍一卷，彩画尽现；打开封底，书页往封底稍稍一卷，另一幅彩画又呈现眼前。我搜寻多年才找到一部切口带图饰的古画，而且是"一切双图"，行里人叫 double-fore-edge，都是海伦画的。是长诗《普赛克》（Psyche）和一些诗选，一八一一年初版，作者 Mrs Henry Tighe 本名玛丽，英裔爱尔兰诗人，和大诗家穆尔深交，穆尔还写过一首诗赞美《普赛克》。这本切口彩画是海伦一九三〇年的作品，一幅画猎鸭图，一幅画猎鹬图。我在英伦那些年，海伦还在世，书商朋友威尔逊认识她，听说她活到一九九五年八十七岁。

改编自神话故事的《普赛克》全诗分六个章节，写公主普赛克天生丽质，国人像爱戴维纳斯那样崇爱她，维纳斯妒忌，派儿子丘比特施法术让普赛克爱上怪物。丘比特对普赛克一见钟情，瞒着母亲私下和普赛克成婚，带她到遥远的一处宫殿长住，派隐形仆从伺候，天黑才去看她，不让她识穿身份。一天晚上，普赛克好奇想看看夫婿相貌，趁他入睡，点烛照明，看清夫婿不是怪物是爱神，心中一惊，烛泪滴醒丘比特，丘比特愤然逃去无踪。普赛克乞求维纳斯助她寻回夫婿，维纳斯故意刁难，百般折磨，最后命她追找阴间宝匣，找到不准打开。普赛克找到宝匣，好奇打开，长睡不醒。丘比特相救，恳求朱庇特赐她得道成仙。全书大开本，版心小，字体大，阅读舒服，两百年前的古书，封皮略残，没办法，不可重装，怕失了古意。书籍切口彩绘英美坊间实在稀罕，我既然半辈子收藏装帧，忍痛收进一部还是要的。

二十世纪七十年代客居伦敦那些年，新派新进书籍装帧家都在埋头学艺，用心创新，各显巧思，还出版期刊，叫 The New Bookbinder。总编辑 Philip Smith 也是装帧家，战前一九二八年出生，美术学院出身，皮面装帧技艺固然登峰造极，听说有一段时期还用上禽鸟羽毛装帧，我没见过。史密斯的创新装帧慢慢做出了名堂，国际有名，英女王封了勋章，苏富比拍卖公司为他举行展览，为他开拍卖会。作品起初两万英镑到四万英镑一部，后来装帧了一套托尔金的幻想小说三部曲《指环王》，三部拆成七部装帧，听说卖了二十多万英镑。我的英国朋友李侬见过史密斯，辗转收藏了他装帧的一部小书，说贵极了。去年美国书商朋友替我找到一本史密斯装帧的盈掌小册子，书名叫《格林童话六篇》（*Six Fairy Tales from Grimm*），连三十九幅插图都是新派蚀刻画，凹板腐蚀法制版，画家 David Hockney 是六十年代波普艺术健将。书前书后史密斯签了两次名，注明一九七八年一月装帧。封面皮画画岩石高塔，一边一钩弯弯的月亮，一边一轮萎弱的太阳。封底皮画画男士侧影，背景是小山上一株棕榈树。皮质细腻，颜色和顺，环衬用彩色缤纷的迷幻图像，连书套的皮色和框边都和封面相衬。这本《格林童话六篇》是我书房里英文书中开本最小的小书，体积折算，应该也是我书房里最贵的书。李侬还是那句老话："算起来这笔书钱还买不到张大千一片叶子！"我听了心里舒坦多了，罪恶感没那么深重：红颜体己，吐属添香。

记得七十年代老比尔带过李侬去看新派装帧家的书籍装帧展，听说规模不大，展品杂乱，老比尔买了几本，李侬一本都瞧不上，说偏爱的还是传统风格的装帧。我那时候也这样想，偏见很深。九十年代陆续看到喜欢的新派装帧，都保留一点传统的影子，新颖里流露承先继后的气派，所以好看。史密斯这本《格林童话六篇》也给了我这样的亲和感。艺术之路从来崎岖，创新费时，欣赏费神，岁月积累，云散月明：难为了艺术家也难为了鉴赏家。当代设计家 Paul Smith 二〇〇六年为了纪念企鹅经典作品出版六十周年出了一些新版旧书，我书房里珍存一部《查泰莱夫人的情人》，精装封面包了一件绣花绣字的丝绸护封，雪白绣黑字，绣彩花，装进塑胶硬书套，限量编号印一千册，我这部是第三二六册。

我从前读了不少劳伦斯的书，觉得好看，不是喜欢。一九二二年初版的那本《英格兰，我的英格兰》是我读的第一本劳伦斯。然后是《虹》，是《儿子与情人》，是《白孔雀》。他的评论没有他的小说好看。一辈子不快乐，一辈子生病，一辈子流离漂泊，一辈子写了那么多本书，年事大了我格外敬重这个人，看到他的书不买也要翻一翻。我不愿意用上"怜悯"这两个字。事实是他四十五岁肺病过世之前的焦虑我印象很深。《查泰莱夫人的情人》是他最后一部小说，写得真好，笔走风云，亦狂亦侠，花开蝶舞，人去月愁，连一九二八年意大利佛罗伦萨私印初版我都珍存，这个初版只印一千本，我这本编号三三〇，劳伦斯签名。后来我又在美国买到 Fritz Eberhardt 装帧的凤凰皮装，是那一千本初版里的另一本，编号七七五，劳伦斯也签了名。这位装帧名家费里兹生在东欧，在德国莱比锡美术学院拜师学书籍装帧，战后在西德迎娶一位也会装帧的德露娣，他们一九五〇年移民美国，在费城住了三十多年，开装帧作坊，为美国书籍装帧史开辟重要章节，一九九七年平安夜八十岁谢世。记得买到这本凤凰皮装本那天，我在旧金山一家旅馆读罗素文集，写劳伦斯那篇写得很委婉。罗素和劳伦斯起初交情深厚，后来闹翻了。劳伦斯写给罗素的信很凶，也尖刻。罗素毕竟老狐狸，阴柔得要命，忍不住了顶多用上几个很重的字眼。劳伦斯到底虚火太盛，远远不是罗素的对手。老比尔说他小时候见过劳伦斯的妻子弗丽妲，说她先前是劳伦斯一位老师的太太，比劳伦斯大六岁，两人相爱，私奔德国，从此在一起到劳伦斯过世。

　　一天午后，我跟李侬和老比尔在他家后园聊天聊起劳伦斯，李侬琅琅背诵《查泰莱夫人的情人》开卷的第一段名句。后园不大，小池塘诗意很浓，荷叶枯黄，浮萍斑斑。池边杂草丛生，李侬无意间找到几株小苍兰，小花深黄，娇秀极了。那株法国梧桐真老，树干上刻了几个字："Breezy Retreat，一八八三"，老比尔说十九世纪房子主人阴魂不散，仿佛还在园子里消闲。我倒觉得"微风草堂"好得很，英伦夏天雨香云澹，烟草微茫，何况微风也指渐渐衰微的风俗，杜工部《杜鹃行》里说的"蜀人闻之皆起立，至今相效传微风"。Retreat 是退隐之处，静居之所，和"草堂"相近，中外旧派人都懂得玩味这份襟怀。李侬心思细致，她懂。老比尔其实也懂，硬是不甘孤寂。天色渐暗，一阵微风吹落几片梧桐枯叶，有点冷，快入秋了。

二〇一五年乙未重阳前夕在香岛

（原载《东方早报·上海书评》2016 年 6 月 6 日）

结缘《泰山金刚经》

刘　涛

　　1988 年初夏，我告别生活 10 年的武汉大学珞珈山校园，调到中央美院教书。搬家时候，翻出 20 世纪六七十年代用过的大字本，有一本的几页是临北齐隶书《泰山金刚经》。回想起来，那是自己第一次接触《泰山金刚经》。此后，见到民国缩印的全本，见到原大的拓本，曾经双钩留存，后来多次踏访泰山经石峪，经历了多个欣喜难忘的"第一次"，真是有缘。

第一次临写隶书《泰山金刚经》

　　1970 年，我 18 岁，在武汉市第二十一中学读高一，练习楷书已经八九年，闪出学隶书的念头。家里有一册《曾熙书补金刚经缺字》，有点像楷书，雍容大方。年少不知深浅，以为好上手，凭着懵懵懂懂的喜欢，临写起来。当时并不知道曾熙（1861—1930）是"民初四家"之一，也不清楚曾熙书补的"金刚经"是北齐大字隶书《泰山金刚经》。

　　我只有一些楷书基础，写惯了瘦劲的柳体，用那套表现骨力的笔法临写浑厚的"金刚经"隶书，全然对不上。不会起笔收笔，不会裹锋运笔，笔画的曲直变化也不会，转折处的外方内圆更是不会。从笔画形态揣摩用笔方法，试着藏头护尾不露锋，小心翼翼慢慢行笔。写不出肥厚的笔画，就蘸饱墨汁来写，连写带描。结构与笔画，顾此失彼。煞费苦心写了几周，摸不到用笔的门径，越写越迷茫，作罢。

第一次见到《泰山金刚经》全本

　　1975 年见到一册民国间出版的《泰山金刚经》全本字帖，才知道曾熙书补缺字的"金刚经"名为《泰山金刚经》，可谓"初交莫恨分离早，别后相逢即故人"。邂逅的机缘，乃班上的一位学生所赐。那时，我在武汉市天津路中学教书已经三年。

天津路中学在汉口江岸区鄱阳街中段，校门在天津路，挨着天津路与鄱阳街的交叉路口；后门在北京路，挨着北京路与鄱阳街的交叉路口。我家住鄱阳街同福里，距离学校不过 200 米。

学校周围一街之隔的一些老建筑，都有历史故事。东墙外是鄱阳街，街对面有两座比邻的教堂：一座南方唯一的俄国东正教堂；一座英国圣公会教堂，1904 至 1938 年间，是圣公会鄂湘教区主教鲁兹的住处，国际友人白求恩、安娜·路易斯·斯特朗、史沫特莱，先后住在鲁兹家。校门西面斜对角的两层红砖建筑，1926 年国民政府迁都武汉时，曾是中共中央机关所在地。

学校建于 1947 年，原是庆祝蒋介石六十大寿捐建的一所小学，名为"中正小学"，在民国时期是新校。新中国成立初改为汉口第三十小学，又改名天津路小学。1966 年夏，我在这所小学毕业。"文革"期间的 1969 年"复课闹革命"，改为天津路学校，设初中班。1971 年改为天津路中学，1972 年秋季，我从武汉第一师范学校分配到这里教书，1977 年冬考取武汉大学，1978 年春离校。

这所年轻的中学，大部分教师从各个学校调来，有几位是天津路小学的资深教师，是我的小学老师。各科教研组长都是富有多年教学经验的老教师。校长张云鹏，五十开外，高个子，鄂东浠水口音，毕业于清华大学物理系，原是武汉市第二中学的老校长。张校长说话总带微笑，在教师中很有威望。党支部书记魏明，新洲人，新中国成立初入中南军政大学学习，分配到江岸区黎黄陂路小学任教，多次被评为省市先进工作者，1960 年全国"文教群英会"授予劳模称号。魏书记喜欢找教师谈心，政治观念强。她身材高大，很胖，走路很慢。因患有脑瘤，1975 年调任江岸区"七二一"工人大学党支部书记（1977 年 45 岁去世）。接任的刘书记，四十多岁，原市科委的女干部，从"五七干校"回来，充实基层到了学校，她待人平和，后调回市机关。

"文革"中，这所中学的特别之处是教学秩序井然，以良好的校风闻名。每学期都有转学生，许多班都超员，有的班多达 60 人。各年级的课程，每周都有毛笔写字课，习字也是教师批改的常规作业，这一点就见出当时学校的教学气氛不同一般。

2004 年，武汉开建武昌到汉口的过江隧道，汉口这边的三个隧道匝道口，有个出口就在母校大门前的十字路口，周围的老建筑都夷为平地，只留下两株当年为师生遮阳挡雨的法国梧桐。有一株树干歪斜，粗壮得两人合抱不过来。后来到武汉大学读书，行政大楼前面操场上有一排20米高的法桐，是20世纪30年代建校之初种植的，也不及天津路校园的那株法桐粗壮。

我教初三语文，兼班主任。每周一节写字课，都是具体辅导，我规定班上同学每天写一页毛笔字，作为课外作业，我每周评阅一次。一天，班上学生薛培红带来一册老字帖给我看，竟是《泰山金刚经》全本。在"文革"中，经过"破四旧"的查抄烧毁，"批判封资修"运动，很难见到老字帖，民国版的字帖更是稀有之物。我向她借，问多长时间，说是"只管拿去用"。

这本字帖高33.3厘米，宽27厘米，上下两册，绵纸线装，102页（对折页，两页间夹有衬纸），每页12字，凡1224字。淡黄纸封面，书口一边竖贴白纸签条，篆书题"泰山金刚经"，署"清道人"。学生借我的这一本，上下册合订一起（下册始于61页），用黑卡纸为护封，仿清道人题签，署款"道常题丙寅（1926）冬月"。封面上还写着"邹道常藏"，也是仿清道人笔体，也是白粉书写。道常者，大概取自《韩非子·饰邪》"先王以道为常"一语吧。薛培红告，邹道常是其外公，善书法。

字帖后面的版权页记载，字帖据"瓶斋主人、清道人"所藏拓本缩印而成，上海震亚图书局出版，"中华民国四年（1915）四月初版，中华民国九年（1920）四月五版"，定价不菲，"大洋两块"。我初临的《曾熙书补金刚经缺字》，题记中提到"震亚书局缩本为清道人（李瑞清）旧藏，行世已久"，就是这个本子，想不到的巧遇。

版权页还显示，震亚图书局当时设在"上海九亩地德润里五衖（xiàng，同巷）廿四号"，发行处设在"上海棋盘街中四九八号"，支店设在"上海棋盘街麦家圈西首五百十一号"。近年研究民国上海出版业的文章说，19世纪末至20世纪初，上海出版机构主要集中在棋盘街、麦家圈与福州路一带。出版《曾熙书补金刚经缺字》的上海大众书局，就在福州路。

字帖后面附印题记三则，出自清末民初海上大书家之手，都是品评泰山刻经书法的，近似现在出版物的推介词，题写时间相近，大概应书局或李瑞清邀约而写。因是书家手迹，读来亲切，也有欣赏价值。

第一则是曾熙的题记，六页，大字隶书，刻经体，笔画厚阔，笔势流畅，曰：

> 此经乃北朝守中郎之法也，内史出中郎，独能以篆为真，故焦山残石韵流而体峻逸。此经纯守隶法，故质朴而平厚。渊懿类《郙阁颂》而宽舒有度，动荡师《夏承》而操纵独密。壬辰（光绪十八年，1892）上泰山寻古刻石，今展此卷，犹仿佛石峪巡行，摩挲咏叹不能去云。丙辰

二月农冉熙。

第二则郑孝胥中楷题记，两页，云：

> 相传书法大字麾令小，小字拓令大。包慎伯非之，以为大字小字法各不同。吾意二说皆拘于墟而未通其旨者也。字之疏密肥瘦，随其意态以成其妙，执死法者必损天机，大□殊理固无异矣。经石峪大字乃隶楷相参之法，此缩印本若登泰山而小天下，山河万里，皆在掌中。其取新奇，天开地辟，发人神智，真奇观也。学者于此可以悟大小一致之理，脱俗见于尘土，挟飞仙以遨游，不亦快哉！丙辰三月孝胥。

最后是清道人李瑞清题记，五页，也作刻经隶书，中锋涩笔，字画瘦劲，风格与曾熙有所不同，云：

> 此齐经生书也。其源出于《虢季子白盘》，转使顿挫则《夏承》之遗意，与《匡喆刻经颂》《般若文殊无量义经》《唐邕写经》为一体，特其大小殊耳。余每作大字书，则用此石之意，苦其过大，不便展抚。今如登岱顶，缩《经石峪》于几席间也。丙辰二月清道人。

有了这本字帖，本该再次临写，但五年前铩羽的阴影还在，仍然不明用笔，未敢动笔写。又不甘心，决定双钩，用这种方法了解学习。于是，到中山大道交通路口的星火文具商店（近年在改建老城区的浪潮中拆毁）购纸，挑了较薄且不渗墨的白纸，回家裁成单页，用钢笔覆帖双钩。1968 年钩摹过北魏《张猛龙碑》剪裱本，字口清晰直利，好钩。《泰山金刚经》是大字摩崖隶书，字口斑驳，缩印之后，点画边沿弯弯曲曲，如果钩线像白描那样一笔而下，很呆板，也不准确，察觉这个弊端后，我分段钩轮廓线，有时不接笔，还能显出斑驳的效果。记得自己钩摹了大半就搁下了，后请上一届的学生范春歌帮助完成，然后订成册。断断续续，前后大半年。

第一次见到《泰山金刚经》拓本

1982 年，接到校办转来的湖北省文联公函，派我参加成立湖北省书法家协会的筹备会议。那次会议，见到湖北的知名老书家，过去只是见过他们的字，或者听说过他们的大名。结识青年书家徐本一、黎伏生，他们年长我六七岁。本一兄也是大学刚毕业，后在湖北省书协任驻会专职干部。

湖北省书协成立后，最初的办公地点在湖北省文联，武昌首义路 76 号大院内（当时湖北省高等法院也在此院，现为湖北省各民主党派办公地）。1982年下半年，湖北省第一届书法篆刻展览筹办期间，一天下午到书协，徐本一兄让我看看准备展出的古代碑帖拓本，说这些拓本难得见到，是湖北省图书馆的藏品，从不外借，湖北省书协主席张昕若先生是湖北省委办公厅主任，由他出面才借到。本一兄双手捧出一册木版夹封的拓本，超大的经折装，高约 60 厘米，宽 30 厘米，展开一看，原来是《泰山金刚经》，又惊又喜。一册装有 38 字（全套不缺字的话，要装 30 册），每字 50 厘米见方，一字折成两面，用厚纸浓墨椎拓，石花斑斑，气势逼人，后退一步才能收摄眼中。

平生第一次见到《泰山金刚经》拓本，雍容静穆，气势非凡。一字字细细看，用手比比画画，啧啧叫好，乐不可支。机会难得，我要双钩一份自存，本一兄拿出正方形手工毛边纸，正好一纸一字，用中华铅笔双钩。字大，比印本好钩。

有了原大的双钩本，就觉得缩印本逊色多了。有时展开看看，却不敢动笔临写。曾想双钩本涂上墨底，贴满一墙，该是何等气派！1983 年学校在湖边一舍（民国时期武汉大学女生宿舍楼）分我一间住房，又舍不得把双钩本贴到墙上。

第一次访《泰山金刚经》摩崖

泰山去过三四次，每次必到南麓斗母宫附近的经石峪。在这片花岗岩溪床上，一千多年前的北齐僧侣信众，一笔一笔写，一刀一刀刻，完成了中国书法史上无与伦比的大字巨作《佛说金刚经》。现在残存的大字经文，犹有八九百字。

刻有佛经的这片溪床，自北而南的斜坡，约有 35°，南北约 70 米，东西40 米，面积 2000 多平方米。溪床有自然的皱褶，字迹却排列整齐。游人观景处在溪床的下方，可以仰观经石峪的全景。那时，字迹尚未涂抹红漆，字痕与溪床融为一体。刻痕清晰的大字，10 米开外也能看清楚。

这些隶书大字，有些字剥落，挖痕已浅。有些字，仅见浅浅的笔画边廓，像双钩，但刻痕漫漶，不完整。溪床西侧的一片字迹风化，隐隐约约，似有似无。刻在溪床东侧的那一片，字迹依然清晰，笔画底部铲得较平，溪水的常年冲刷也是一种"加工"。有的字，如"人"的捺画，刻痕很深，清人所谓"大字深刻"，就是根据这类字迹吧。

我上坡下坡，走走瞧瞧。近看字大逼人，远望气势恢宏。累了，坐在宽可容身的行距之间，看了右边看左边，来回端详。机会难得，俯身下来，用手指代笔，顺着字口比画，体会"原生态"的书写感觉。

第一次去泰山，在 1983 年 4 月。徐本一通知我参加湖北省书协组织的一次参观团，老中青都有，先到北京中国美术馆观看书法展览，年纪大的直接回汉。我们一行六人取道山东游泰山，杨白匋、谷有荃先生 60 开外，张绍华先生 50 多岁，徐本一、黎伏生三十七八，我最小，刚满三十。这次去的具体年份，起先记不清，向本一兄询证（以下部分为刘涛、徐本一回忆泰山之行的电子邮件往来文字——编者注）。

2014—6—20 10:55:32，"刘涛"写道：

性初（徐本一）兄：入暑，可好？还在武汉吗？有一事相询，记得与老兄、黎伏生、谷老师、杨白匋老去泰山，好像是 1984 年春，不知准确否，盼告。

2014—06—21 09:39:34，"徐本一"写道：

你这一说，我也记不确了。1984 年《书法报》已办，应该是 1983 年书代会开后之事。去山东，有张绍华老师，现还健在。

2014—06—21 12:00:08，"刘涛"写道：

性初兄：谢谢！昨发电邮后，忽想起伏生兄在泰山脚下为我刻"阿涛"朱文印一方，边款应有记录，终于找到，款刻"癸亥仲春"，兄记忆准确。

近一阵在写一篇学《泰山金刚经》经历的文章，记忆保鲜，有些细节却难准确，要查要询。1970 年读高一，偶然兴起，学写《曾熙书补金刚经缺字》，1975 年于学生处第一次见清道人藏本所印全本（后见多种），1982 年（？湖北第一次书法展览）于兄首义路书协办公室第一次见到原大拓片，1983 年与兄等一起上泰山第一次见到刻迹。种种偶然连成线，即是因缘。故 1985 年前后再次临写，时断时续至今。在美院上隶书课用为范本，备课上课，还写了几篇研究文章。如此结缘一辈子。

再求证：于兄首义路书协办公室见省图书馆藏拓，记得是筹备湖北第一次书法展览之际，是否 1982 年下半年？我双钩一份是在你的办公室？

2014—06—21 21:10:35,"徐本一"写道：

涛兄：是1982年下半年筹展，我也用毛边纸双钩，兄不知是否也用毛边纸。开展已是1983年春节了。有些事，当时不觉得特别，事隔多年之后，想起来却别有意味，大概这就是历史感。当年在泰山顶上晚餐，喝过葡萄酒？好像山上寒意还重。

2014—06—22 01:05:37,"刘涛"写道：

性初兄：看来见到湖北省图书馆藏《泰山金刚经》拓本应该是1982年初冬。在你办公室，用你给我的毛边纸双钩一份，38张。搬家几次，从武昌到汉口，从汉口到北京，一直卷着存放。尽管是双钩本，怕折叠了看起来不舒服。最近，为写文章还拿出来看过。

那次山东之行，先从北京到济南，你找山东省书协邹振亚先生，安排我们一行六人住进某招待所，而后外出看大明湖，逛街市。第二天坐火车到泰山，邹振亚先生电话泰安市文化局安排我们住宿，招待所在泰山脚下，房间里可以望见泰山雄姿。晚上笔会，你们都有备而来，带着印章。我没带，伏生为我急就了一枚"阿涛"朱文印。第二天我们五人登泰山（杨白匋老心脏不好，未上山），边走边歇，看山道两边的摩崖刻字。到山顶，看到住所外的墙角还有残雪。晚餐是文化局打电话到山上安排的，免费，有葡萄酒，七菜一汤。菜很有风味，人又饿，五人吃个精光，不够，我们又自费加了一道荤菜，是烧排骨吧。次日天未亮，披上招待所的棉大衣到日观峰看日出，运气不佳，见云见光不见日。下山途中参观《经石峪金刚经》。有一段台阶路，我和伏生比着速度往下跑，真是高兴。哪里知道，下山来腿部肌肉酸痛，住在招待所二楼，上下楼只能直着腿走，像瘸子。

从泰山坐火车回汉，车上人挤人，没有座位，站到郑州下车，怕出站后买不到票进不了站，为防万一，我和伏生（？）出站购票，车站外人山人海，未购到。进站来，大家急着离开郑州，决定只要是去武汉方向的火车就上。未久，挤上一列普客列车，晚上才到武汉。

泰山的下山路上，我还挖了一块泰山石带回家。斗母宫往下岔开的一段石块山路，我看路上石头被踩得很光亮，忽然想到"泰山石敢当"，选了一块不大的猪肝色石头，挖了五六分钟，当我撬出石头，下面居然躺着一枚清朝铜钱。一路背回武汉，在家里放了一个月，石头的光泽就消失了，自觉当时的做法很无趣。

人说，年老爱想往事。在我看，因为人生经历的许多"第一次"都在过去，第一次的新鲜感，回味起来才有趣。

2014—06—23 08：25：58，"徐本一"写道：

涛兄：又见到你的回忆，很温暖。你给我站在一大石上照相，我还霸道地说这是专利，已不记给你照了否。从郑州回汉途中，你跟别人争吵过，是为杨老他们争座位。这也是我看到的你的英勇。你记忆好，情节连贯清晰，写出来一定有味。

2014—06—23 10：46：56，"刘涛"写道：

性初兄：所说泰山照相事，想了半天，勾不起一点印象。记得游大明湖那天是多云天气，是否也曾留影？谁带的相机？火车上为杨老争座位，也忘了，兄提及，似有过。本来只是询证一些往事的时间，也把细节勾引出来，很有意思。像玩拼图游戏，越拼越全。

在泰山脚下的宾馆里，应当地文化局邀请写字，一行人随身带有印章，唯我无印章，伏生兄热心快肠，拿出带着的章料、刻刀，急就了一方"阿涛"长形朱文印。他说："刘涛"两字刻方形印不好安排，即兴刻了"阿涛"。很长一段时间，我写字都用这方印，后来署款也是阿涛。找出印章，刻款"癸亥仲春，携阿涛游齐鲁，于泰山客次，急就之。伏生"。癸亥是 1983 年。忽然想起，当年回汉后有笔记，找出一看，那次访泰山经石峪是 1983 年 4 月 5 日。

购得《泰山金刚经》字帖

1979 年改革开放，传统文化也得以复兴，上海、北京的一些出版社也印行字帖。见到自己没有的字帖，我就买下，几年间，购置字帖五六十种。那时的字帖都是单色印刷，许多名迹都是 8 开本。那时购书都在新华书店，付款后加盖印戳，最近翻检那批字帖，字帖上大多是"武汉新华书店古旧书门市部"的印戳，购自汉口交通路的"武汉古籍书店"。

购置的《泰山金刚经》字帖有两种，一种是武汉古籍书店翻印民国求古斋缩印本《原拓泰山金刚经》（1984 年 8 月第 2 次印刷）；另一本是山东齐鲁书社出版的《泰山经石峪金刚经》（1984 年 3 月第 1 版第 1 次印刷），影印泰安地区文物管理局所藏 1965 年精拓本。

1. 武汉古籍书店翻印本《原拓泰山金刚经》

这本字帖是 1984 年冬在汉口交通路武汉古籍书店购得。那时住在武汉大学湖边一舍，每个星期六下午自武昌中华门乘渡轮过江回汉口家中，常常先到古籍书店购书。某日见到该店翻印的《原拓泰山金刚经》，立即买下。字帖上下两册，16 开，蓝色封面上题"原拓泰山金刚经"，笔迹仿"金刚经"隶书，武汉老书家邓少峰先生手笔。字帖内封保留原帖的题签，汪仁寿署"原拓泰山金刚经"，杂有篆法的隶书。字帖 167 页，每页 6 字，凡 1002 字，帖后印有三则题跋。第一则是清朝乾嘉时期官僚书家刘墉的行书跋：

> 墉少壮作书恒欲以拙胜，而终失之钝。自得北魏碑版数十种，潜心默契，力追其神。味朴茂处，仅乃得似泰山经石峪残字，即为墉得力之一。顷于江阴旅次因泾县包内翰世丞，获见此本，旧为姑苏王氏珍藏。以视予行箧本，其拓手较精，字亦多完整，当非金源（元人称金曰金源）以后拓本。借观终日，几于爱不忍释。爰志数言，亦聊以证雪泥鸿爪之缘云尔。嘉庆甲戌秋月石庵刘墉识。

刘墉生于康熙五十八年（1719 年），卒于嘉庆九年（1804 年）。题跋所署日期是"嘉庆甲戌秋月"，即嘉庆十九年（1814 年），刘墉下世已十年，岂能作跋！如果是刘墉写错纪年的干支，则不可思议。观其书，撇画收笔多不类刘墉写法，"阴"字"数"字失态，皆成疑窦。

第二则，清季大儒俞樾隶书题跋：

> 元和王子铸九，年裁及冠，自署别署曰大错，于余为年家子，时来执经问字，余颇喜其敏悟。今岁春，余返自浙之诂经，出所注金刚经，令铸九代录副稿。越日，铸九捧写本至，余一见大诧异。盖其书□浑拙，所作字几与余相乱，似亦得力于泰山经石峪者。因叩其所自，铸九乃以家藏旧拓有石庵相国题跋之北齐泰山经石峪出示。余玩其笔致，及石纹蚀泐处，似较予所藏本为尤古，且纸质粗笨，拓工精到，断其必系元、明以前物。爰志数语，以还铸九，其宝藏之。光绪巳亥四月，曲园居士俞樾记于姑苏长春之寓庐。

俞樾跋，称其有《泰山金刚经》藏本，而不及王大错藏本。题跋落款日期的"巳亥"应是"己亥"，为光绪二十五年（1899 年），这一年俞樾 79岁。

第三则是拓本收藏者王大错（铸九）的魏体楷书题跋：

右《泰山石峪经》残字帖，一千零九叶，一叶一字，字大径二尺，乃余家藏物。相传为六朝魏齐间人所写，用笔兼有篆、分、真、隶诸势，盖以古拙朴茂胜者。先曾王父烈左公与泾县包诚伯为丱角交，曾挟此帖介以见诸城刘相国。相国见之大慨赏，为题跋语百数十言，书之后。及余读书可园（为吾苏正谊书院斋名）时，又尝乞曲园师鉴定。两公皆海内赏鉴家之具有正法眼藏者，而并估此拓本非五百年以内物，其为珍品不弥足信欤！比顷自刊返，出而观樵，因志其颠来如□。邗误刊，宣统辛亥三月元和王大错跋。

武汉古籍书店翻印的这本字帖，无说明文字。读到齐鲁师范学院图书馆马振凯《泰山经石峪摩崖刻经拓本及缩印本汇考》（《山东图书馆学刊》2010年第4期），说到民国二十四年（1935年）碧梧山庄曾缩印出版王氏藏本，"宣纸线装16开，全三册。据缩印本看，王大错旧藏拓本拓工精良，笔画有神韵"。碧梧山庄缩印本是一个影响很大的本子，"解放后曾被多家出版社翻印"，武汉古籍书店的翻印本保留了题跋，"是一个较好的翻印本"。

我从孔夫子旧书网上看到许多求古斋发行的碑帖书籍，版权页通常标明："影印者：上海碧梧山庄；发行者：上海求古斋书帖局。"有的字帖版权页写明碧梧山庄的地址在"上海新闸路1959（号）"，求古斋书帖局的地址见有"上海新闸路裕庆里"和"派克路益寿里"，当有迁移。这家出版机构的信息，在钱南园书《大楷节宋书》字帖的版权页上显示得较为全面：

影印者　上海碧梧山庄
发行人　梁溪周钟麟
发行所　上海求古斋书局　新闸路裕庆里
经售者　上海求古斋书局　三马路七一八

其上，居中钤有"周敬之"白文印，应是"发行人梁溪周钟麟"的私印。梁溪，无锡之别称。周钟麟经营的这家书局，在民初的20年间出版发行了大量书画图册。

碧梧山庄所印字帖，题签大多出自名书家汪仁寿（1875—1936）之手。汪仁寿，字尔康，号静山，与求古斋主人周钟麟同贯。他出身徽商之家，幼年临颜体，后师从隶书家归安杨岘（见山，1819—1896），自成一格，兼能各体。在晚清盛行金石之学的氛围中，汪仁寿不惜财力搜罗历代碑帖，潜心研究古代金石书迹几十年，52 岁时编成我国第一部《金石大字典》，1926 年由求古斋刻版印行，引起轰动，一时名流学者刘春霖、张謇、康有为、朱孝臧、潘龄皋、谭延闿、曾熙、于右任、冯超然等人为之题词赞许。

武汉古籍书店的翻印本还保留了王念慈所作《泰山访碑图》。图跋云："求古斋主人属，甲子九月王念慈时客海上。"可见访碑图是应求古斋主人周钟麟出版《泰山金刚经》字帖而作。王念慈擅长山水，是清末民初海上最为著名的画家之一。1927 年，求古斋出版《王念慈先生山水画谱》，一函四册，还出版一册《王念慈先生山水画宝》。《画宝》卷前印有一篇《念慈先生小传》：

> 王玘字念慈，别署务敏，江苏吴县人。天怂（姿）英敏，工书善画。弱冠后，宦游皖省，得有政声，辛亥改革，避地来沪，盘桓于李氏平泉书屋，凡唐宋元明清书画名迹，无不精研观摩。并执贽吴江陆廉夫先生门，朝夕亲炙，艺乃益进。山水得宋元之神髓，审别尤精。赋性慷爽，傲然绝俗，有名士风。另有《念慈山水画谱》印行，同时耆宿吴缶翁、罗雪叟、庞虚斋及诸名流题咏，有三十余家之夥，洵墨林之珍品也。碧梧山庄主人识。

武汉古籍书店销售各地出版的字帖，种类较多。武汉的书法家、书法爱好者是那里的常客。该店也翻印了一些民国版的老字帖，毕竟不是正规的出版机构，翻印的单色字帖黑白分明，显得死板，印制的纸张很一般。翻印的这本《泰山金刚经》，底本所据的拓本较早，字形结构准，不失为一本合用的字帖。

2. 山东齐鲁书社影印的《泰山经石峪金刚经》

山东齐鲁书社出版发行的这本字帖，1985 年初寒假期间购于北京。深蓝色封面，草书题签"泰山经石峪金刚经"，怪而难认。8 开本，64 页，每页18 字（第一页空 2 字），包括残字凡 1139 字。帖后的《出版说明》称：当时经过清理，经石峪所刻《金刚经》尚存 1067 字。现在经石峪景点的标牌介绍，现存 1313 字。

这本字帖，缩印《泰山金刚经》1965 年精拓本，用较厚的胶版纸，底色黑中带灰，逼真拓本原貌，印制的质量明显好于武汉古籍书店的翻印本。

《泰山金刚经》是擘窠大字，原拓装裱本都是一页一字，或对开为一字。缩印为字帖，各种本子的字径都是 6~7 厘米，大于唐碑大楷字帖（每字 4 厘米见方），更不用说汉碑隶书字帖（字径 3 厘米左右）。如果缩印本字形小于

6 厘米，就显不出摩崖大字的气派了。

第一次通临《泰山金刚经》

1970 年初临《泰山金刚经》之后，一次次相遇，心向往之，却未动笔临写。一是面对陌生的非典型隶书大字，不知如何下笔；二是手边那册民国版《泰山金刚经》字帖，纸薄，旧得变脆，经不起天天翻来翻去折腾。

上大学后，又遇机缘，这两个障碍先后化解了。

1979 年冬，母亲介绍我去老书家曹立庵先生那里请教书法。曹先生是武汉闻名的书画家之一，兼工各体，篆隶楷见长，也擅长治印。先生家在武昌胭脂坪一幢三层坡顶砖楼里，住二楼北面顶头的两间房。客厅里，东门西窗相对，一对沙发靠北墙，上方挂着郭沫若手书中堂，两边是武汉军区军事法院鲁光副院长画的菊花，沙发对面是书柜，写好的字画夹着挂在墙上，居中一张八仙桌。

第一次去，自报家门，曹先生问过我的情况，随后拿出自存的印蜕让我看，有 1945 年所治白文"毛泽东印"、朱文"润之"，都是柳亚子送给毛泽东的礼物。还有曹老为柳亚子刻的两枚柳诗闲章，一方是"兄事斯大林，弟畜毛泽东"；一方是"前身祢正平，后身王尔德；大儿斯大林，小儿毛泽东"。柳亚子去世后，这两枚印章收藏在中国革命博物馆，"文革"中惹出祸端。康生定性为"诬蔑伟大领袖毛主席"的"反动印章"，下令追查，殃及几千里之外的治印人，曹先生戴上"黑书画家""反动资本家"和"老反革命"的帽子，遭到长期批斗。曹老说：那几年，我做苦力，扛大包。"文革"后，有文章讲述冤案的经过，曹老也写过文章。近些年，易中天还写文章专门解释过"大儿""小儿"。

曹老知道我在武汉大学读书，又讲起"文革"前的一段往事：我们搞金石篆刻的朋友，每隔一段时间，一起到武汉大学拜访刘博平老先生，请教文字学的问题。刘老名赜，"章黄学派"的重要学者，中文系老教授，我们进校的 1978 年去世，见过校方张贴的讣告。这次，曹老未谈书法，我告辞，他拿出三张条幅，颜楷、隶书、小篆各一幅，说："拿去看看吧。"我挂在学校寝室里，日日相对几个月。

第二次去拜访，已是 1980 年，曹老正在写字。我奉还三件条幅，他有点意外："送给你的，还拿回来？""您老说是给我看看，看完了当然要还。"曹老微微一笑："你真老实。"指着桌子："正好，我写字，你在旁边看吧。"那天他写了几幅隶书，有横披有条幅，正是我想看的。曹老的隶书得于《史晨碑》，但笔力强悍，笔画粗壮浑厚，结构掺杂了一些篆法，大概是为了增强古意吧。

我帮忙抻纸，盯着曹老手中的笔，看他使笔的"手段"。他写隶书，下笔很重，抵纸运笔，收笔处留笔，波磔短写，好像笔锋粘在纸上。但行笔自在活络，笔锋或侧或正，交互而用；纸上铺毫，有时捻笔而推，使笔毫敛聚起来；笔管并非总是直立，或推或引，时起时倒，因势而变。

可以这样用笔！由此开窍。

几年后，购得武汉古籍、山东齐鲁发行的《泰山金刚经》字帖，时常阅读，像温习功课。1985 年在北京度暑假，也带着字帖，闲暇无事，再次临习。取曹老那里"看"来的用笔方法，笔画果然浑厚有力，就像立竿见影。天天临帖，越写越有兴味，字缝行间，随手写下临帖的体会。一个月下来，通临全帖，效果显著。偶尔把帖中的字集成联语，写一写，检查自己掌握的程度。

十五年里，不断相逢《泰山金刚经》，不断温习，像一场恋爱长跑。第二次临写，终于上手，满心欢喜，此后经常临写，不离不弃长相守。

（原载《书法报》2016 年 3 月 16 日）

辑十

穿牛仔裤的鲁迅

郭　娟

3月31日晚7点半，话剧《大先生》首演开始。剧开始于鲁迅的死——弥留之际，日本医生须藤五百三打完最后两针，对病人已不抱希望，许广平强抑悲痛、以谎言安慰着先生并装作放心地下去料理家务，留下一个孤独的鲁迅在暗黑的舞台上。

这是后来让许广平追悔不已的时刻。在这最后时刻，当她为鲁迅揩拭手汗时，鲁迅曾无言地紧握她的手，以回应她"病似乎轻松些了"的爱的谎言；而她，没有勇气回握他的手，怕刺激他难过而装作不知道，轻轻地放松他的手，给他盖好棉被。在写于先生死后两星期又四天的《最后的一天》一文中，她写道："后来回想：我不知道，应不应该也紧握他的手，甚至紧紧的拥抱住他，在死神的手里把我的敬爱的人夺过来。如今是迟了！死神奏凯歌了。我那追不回来的后悔呀。"

这最后时刻的孤独的鲁迅，这个一生刚强

勇毅而又敏感克制、冷峻沉默而又炽烈爆发的鲁迅，没有死在爱的拥抱中，在李静心中成为一个痛彻的伤口，一个灼热的井。在许广平因爱而闪失的空白处，李静扑上去，跳下去，奋不顾身。此后三年，生命系于一剧，卷帙浩繁地读资料，昼与夜流连沉溺于鲁迅的悲喜，冷血地偷窥他的迷误、悔愧与软肋，苦苦寻思恰切的戏剧形式，由生到熟鼓捣戏剧的各个细部——这于她是第一次上手的新玩具，还三番五次地"骚扰"孙郁、王得后等鲁研界专家，中间还一度特别怕自己剧作未完就突然死去。不疯魔不成活，终于，蹚过留在电脑中的十几万字阵亡的遗骸，诞生了她的《大先生》。

鲁迅说过：创作，总源于爱。

一

近两个小时的演出结束，掌声中，台上导演和主演叫编剧上台。昏暗的过道浮动一大捧花束，抱花女子不是李静，李静跟在后面，消瘦的身躯套在一件暗红色的长裙袍下，随靴子大踏步迈动而显出劲道。上台，张开双臂，给主演、导演一个大大拥抱，慷慨有力。忽然就看见了李静的勇敢。

敢担下写鲁迅的剧本这件事，李静胆儿大。有资深前辈告诉李静：鲁迅题材可是个百慕大三角，搞创作的没有不在他这儿翻船的。

在鲁迅题材的创演史上，电影表演艺术家赵丹半辈子想演鲁迅却最终没有实现。那是一次集体创作，国家行为，预备1961年为建党40周年献礼一部电影。周总理指示，要符合时代要求，按照毛主席在《新民主主义论》中对鲁迅的评价写。主创人员多次开会征求意见，几易其稿，层层审核，总是定不下来。为了政治正确，突出鲁迅高大形象，许多人不准出现在鲁迅身边，比如原配朱安、二弟周作人、右倾的陈独秀，而突出了李大钊作为党的代表对鲁迅的"指引"，不惜篡改历史将钱玄同为《新青年》向鲁迅约稿的荣光硬安在李大钊头上。结果鲁迅面目全非，剧本却还是不能一致通过。

后来也有人说，当时文化部主政的周扬等人正是曾与鲁迅发生冲突龃龉的"四条汉子"，那一段历史该怎样编呢？棘手。"文革"搁置了这个剧。"文革"中鲁迅更是被粗暴地简化为打人的棒子，以至于后来很长时期一提鲁迅，人们就想到骂人。到上世纪80年代，壮心不已的赵丹仍跃跃欲试，可原来编剧执笔的陈白尘却表示已无力重新修改剧本、恢复鲁迅的真实面目了。

即便没有为了政治正确而对史实进行的篡改，也会因为时代的主题变化而影响到对于鲁迅的不同塑造。比如萧红创作于1940年的默剧《民族魂鲁迅》，在挽救民族危亡的抗日烽火映照下，突出的是伟大的民族魂；张广天在

21 世纪初搞的活报剧式的话剧，突出的是以鲁迅语录批判美帝国主义对中国的戕害；2005 年著名演员濮存昕饰演的电影版鲁迅，据说演得不错，像，一方面横眉冷对，一方面菩萨低眉，却引不起圈外人的广泛关注，票房是可以想见的惨淡。

在今天这个多元的时代，关于鲁迅的各式言说已很难构成时代主题式的关注。李静此剧与当下的关联处，她在创作札记中概括为：一、知识分子与权力的紧张关系；二、人道热肠与自由意志的矛盾。

所以这是一部关于知识分子精英如何自处的剧作。相对于社会底层，知识阶层因拥有知识而有了选择的意识和选择的余地，因此也有了如何选择的纠结。

二

回顾鲁迅同时代知识分子的选择，也是多种多样的，不只有剧中露了脸的胡适、周作人，还有陈寅恪、郭沫若、张道藩、张爱玲、林徽因。郭沫若、张道藩是完全投身政党政治，成为组织中人；陈寅恪、张爱玲、林徽因与现实社会政治无涉，是书斋里纯然的学者、作家；胡适、周作人走出知识分子边界，越界发声。

不同的是胡适用拷贝来的美国民主的政治模式，来套中国彼时的现实政治，戴着白手套搞自上而下的顶层设计方略，从云端看不见底层民众的泪痕血迹；周作人是看见的，他同情大众，却又怕那血污腌臜了自己的园地。鲁迅与他们的不同，就在于他对闰土、祥林嫂、华老栓、夏渝乃至阿 Q 们的不能忘情。他不能转过身去，不看他们辛苦麻木、泪痕悲色，不听他们呼号哀告。

看看他的杂文，特别是上海时期的杂文，几乎都是对现实人物事件的即时发声，是匕首投枪的短兵相接、贴身肉搏！反应之迅速、工作之勤奋持久、见解之正确透辟，都是那时乃至后来的知识分子无人能及的。就在病中，于暗夜醒来，听着窗外隐隐传来的市声，心里想到的是无穷的远方、无穷的人们都与我有关！心事浩茫，人间大爱。是谁说过，因为有鲁迅，我们的知识阶层的智识水准、道德水准大大提高了。所以，鲁迅的高度来自他的智识与德行的高度，为他一生严肃而有效的工作所定义，为领受过他的温暖的大众所抬举，与权力无关。

综观鲁迅一生，他更像一个武功高强的游侠，扶危济困，抱打不平。为了心中的正义，他早年甘于听将令、为新文化运动热情呐喊，晚年不惜被驱谴。

冯雪峰那时就经常给鲁迅说：先生，你应该这样做、那样做。鲁迅或欣然接受，或因为那要求的幼稚不切实际而一边摇头一边还是勉为其难完成，就像剧中表现的那样，被要求齐步走——一抬左脚，二抬右脚。

但是，鲁迅从来不会为任何权力绑架和束缚，从来不惮于众数的威压而动摇自己的原则，他忠实自己，毫不含糊。对于李立三的盲动煽惑、错判形势，他当面表示怀疑；对李立三给他布置的任务，极为"世故"地嗯啊过去。他虽被推为"左联"盟主，却清醒地在信中要胡风转告萧红萧军不要急于加入，"酱"在里面，写不出好作品。当徐懋庸"打上门来"，虽在病中他也披挂上阵迎战，不怕撕破脸面，并且捎带着将早就看着不顺眼的几个头目加上"四条汉子"的绰号，恶搞了一下，公开表明自己的态度。那态度是：你不能规置我！这就是鲁迅不可度让的自由。没有什么好纠结的。至于他死后的被封神、被篡改利用、被当作打人的棒子，与他有什么相干！

假如鲁迅活着会怎样？不如扪心自问，我们会怎样？就像话剧演出中突然全场灯光亮起，一直跟拍鲁迅的摄像机对准台下观众并将即时的影像投射到舞台屏幕上——全场看客，面面相觑。

三

看演出前，我在朋友圈转发了这个剧的宣传海报，有朋友留言：有点儿不敢去看，生怕演俗了。观剧后，我回复：不俗，学者剧，有诚意，下了气力，象征抽象，都是思想。

都是思想，对于话剧编剧是很可怕的——思想在舞台上怎么演？作家笔下生花，而自身却是大部分时间都在伏案枯坐，最猛烈的动作也不过奋笔疾书。女作家，如萧红、林徽因等人还可以写写她们的恋爱，国外的乔治·桑可以女扮男装同缪塞、肖邦激情汹涌一番，但那也只是表现了女作家的私生活，相当于片尾花絮。

鲁迅怎么演？演他接受了母亲的"礼物"，与朱安的新婚之夜，眼泪打湿了蓝布枕巾，染蓝了脸腮？这要给个特写镜头，像这个剧，时时有一部摄像机跟拍，同步将演员的面目表情播放在舞台的屏幕上。演他和二弟的决裂？这是鲁迅平生一大伤心事，有争吵，而且还有少量肢体冲突，倒是有台词和动作了，但这兄弟失和是一桩悬案，有各种推测，演哪一版本呢？或者可以仿效日本电影《罗生门》，将各版本都表演一回，其中羽田信子版的窥浴情节还颇具日本私小说色情趣味。和许广平的师生恋，前后起伏更可以大大表演一番，其中他在厦门想念在广州的"害马"，想得不得了，路遇一头猪在啃食相思树叶子，他气得上前与猪决斗，这一节也蛮傻气可爱的。其中还要穿插刘和珍君，为他的名篇出世打下伏笔。还有他去"革命咖啡馆"会见周扬，他是怎样一副名士派头？西装革履的周扬又是如何不够尊重老作家的？他去见萧伯纳如何应答，见孙夫人什么态度，和瞿秋白一起谈些什么，用什么样的眼神打量柔石带来的女朋友或冯雪峰带来的丁玲？和郁达夫在一起时会谈到郭沫若吗？还是向那一度来他家里腻着的萧红开玩笑，转过椅子点头客气道：好久不见！好久不见！并且胃口大开地举着筷子问夫人：我再吃一个萧红做的菜盒子如何？还有他常去的内山书店如何布置，与内山老板以及山本初枝、增田涉等太多的日本人的会面场面也是要表现的呢。

鲁迅是一部中国现代史，太丰富，人物、事件涉及太多了。短短的两小时，话剧形式本身的限制，如何表现鲁迅这位大先生？

李静最终选择了象征的现代主义表现形式，甩掉沉重的肉身，人物浓缩为最本质的意象。除了鲁迅，其他人物都举着、戴着面具，这是借用了傀儡戏的形式，于是人物内涵高度概括，抽象化为一个个针对鲁迅的应激因素。鲁迅虽然没有面具，却是一开始就被粗暴地剥去长衫——当时令我大吃一惊并暗自期待，以为接下来要暴露我还没有发现的鲁迅有哪些阴暗面呢——却没有，只是换上了牛仔裤。

四

这样的陌生化处理之后，鲁迅变身为活在当下的一个小青年，整场戏都在热情地表白、呼号、宣谕，直抒胸臆，台词时有漂亮的语句，没有违背鲁迅思想和经典的鲁迅形象。道具的运用也时时令人眼睛一亮。那个本想关住权力却反将胡适关进去的铁笼子，虽然有点过于写实，却也比喻到位；那像海浪涌动覆盖了整个舞台的淡蓝色绸子，如名画《维纳斯的诞生》中海水与天空的晴蓝，包围着恋爱中的鲁迅和密斯许，让人心情大好，特别是在鲁迅被灰色布幔缠裹在一个逼仄的空间、不得不面对朱安，还被朱安纠缠索要了一个勉强的笑脸、声称回家挂墙上之后；还有那象征牺牲者的惨白的骷髅骨，数量之巨大，也足以让观众与鲁迅一道感受"艰于呼吸"的压迫而"出离愤怒"的情绪；而鲁迅他娘站在舞台一角，一边哀怨地数落着，一边甩出一只又一只红色小球，砸向惶恐地左右奔跑、试图接住小红球的鲁迅——原来小红球象征母亲的带血之泪，这场景体现了盲目的母爱的颠顸和儿子趑趄于新旧道德、屈从于母爱后的无奈、伤心。

与小红球一样有创意的还有周作人舞弄于手中、须臾不肯放下的那把精致美丽的日本伞，那是情调、意蕴，是闲适、雅致、高级的人生境界，周作人一生成名于此，也败毁于此——为了苦苦保住他的一方园地，不惜脱下袈裟、换上日本军装，在大是大非、紧要处拎不清，正应了他长兄曾经批他的一字：昏。

而最为牵情的道具是那根长长的血绳，那是鲁迅一生不断地对苦难的中国和人民竭诚付出心血的真实写照，"我以我血荐轩辕"，那血绳令人惊心而痛惜先生，甚至让人产生亏欠感、负疚的心情，当然更加敬仰先生之忘我大爱。

有一辆装置车开上舞台，样子怪得拉风，估计造出来还很费劲，我没看懂它起什么作用；而始终矗立在舞台中央的、穿着带四个兜的灰色干部服的无面目的巨人，像一座山似的堡垒，给人威压，也许就是李静感受到的权力。权力的宝座正安放在上面——李静让大先生拼尽最后的力气，吃力地爬上去，将那宝座掀翻下来。我为这胜利发笑了。其实看演员向上攀爬时，着实替他捏把汗——连续近两小时在台上倾力表演，一定很累了，那山也还是蛮"巍峨"的，而且，真的鲁迅也一定不会这样从正面进攻，他会给那道貌岸然、笔挺的衣服上捅个窟窿，或者绕到背后、掀起衣角看看内里是些什么货色，他会选择保护自己的堑壕战，他不是笑过三国时期那个赤膊上阵而中了箭的许褚吗？所以，穿牛仔裤的鲁迅，年轻的李静，年轻的勇敢。

但勇敢的李静还是有些伤感，这当然源于爱，爱生出痛惜。她望向鲁迅的目光一定常含泪水。正如有一千个观众就有一千个哈姆雷特，熟读鲁迅的人也心存了自己的鲁迅。李静的鲁迅，穿牛仔裤的鲁迅，洋溢着热烈的情绪，缺一点儿沉着，一种主意已定的刚健。呼风唤雨，撒豆成兵，于万人军中取上将首级如探囊取物——这是萧红描述的鲁迅，也正合乎鲁迅自况——于飞沙走石的大漠中战斗，乐则大笑，悲则大叫，愤则大骂，即使被沙砾打得头破血流、遍身粗糙，而抚看自己的凝血，竟似有花纹。而且战士也休息、娱乐，风云也风月——当是时，大夜弥天，璧月澄照，饕蚊遥叹，余在神州！这样的鲁迅合我的意。

多些读鲁迅、敬仰鲁迅的人，则国人之自觉至，个性张，人生意义至于深邃，沙聚之邦也会转为人国。也基于此，我敬佩李静三年闭关的努力。

（原载《经济观察报》2016 年 4 月 13 日观察家周刊）

不留余地的三部电影

绪　风

　　王国维评《忆秦娥》一词，谓"太白纯以气象胜，'西风残照，汉家陵阙'，寥寥八字，遂关千古登临之口"。意思是，此词一出，以后登临兴叹的词人哪怕再有才华，也不能超越，因为全部的意味已经囊括在这八字之中。

　　电影亦有如是者。有些题材经大师一拍，就不再留有供其他导演发掘的余地。

　　不过，电影的不留余地与诗词有所不同。诗词是带音乐性的文字，而文字比影像在做抽象表达时更便利。电影一旦内涵过于抽象，画面过于符号化，就难以让观众理解。王国维说，"唯美术之特质，贵具体而不贵抽象"，电影镜头亦如此。

　　有些镜头画面很美，可因画面自身的语义并不明确，指向多重的意义。这种镜头不能多，否则就难以跟具体的情节、主题恰当地结合起来。导演固然可以将镜头的含义自行联系，却使电影在观众眼中变得晦涩。塔科夫斯基那些鼎鼎大名的影片，如《镜子》《乡愁》，一方面被称为杰作，同时又被普通观众视为闷片，原因即在于此。在我看来，它们确实是镜头的杰作，但作为影片也的确是闷片。

　　塔科夫斯基在谈到《镜子》的时候说："不！影像本身像符号，但并非像我们所熟知的符号那样可以破解。影像更像一段生活的集合，甚至就连作者也不知具体的含义。""不要把《镜子》想象得太复杂，它不过是一条直线式的简单故事，没有比这更易读。"老天！塔科夫斯基一面说对于镜头（影像）"作者也不知具体含义"，一面又说它的故事情节"易读"？难道电影不是由镜头连缀而成的吗?!

　　单个镜头有可能像太白词一样"以气象胜"，——《镜子》的开头即是一例。但连缀成电影，就没有气象不气象的问题了。电影更像小说或者戏剧，情节始终是第一位的。情节不仅仅是故事梗概，更重要的是细节上对主题的刻画。

因此，不留余地的电影，不是像太白词一样，通过意蕴丰富的风景描写来传递复杂的情感。它得把故事耕耘得足够细密，让人无法再插新枝。也就是说，如塔科夫斯基一样以诗化镜头取胜的电影，纵然再美，也称不上不留余地。

第一部：《偷自行车的人》

2015 年 12 月 28 日，圣诞节刚过，距离新年只有两天。甘肃永昌一个 13 岁的女孩偷超市巧克力被当场抓住，又被赶来的母亲含恨责打。她独自离开，从 17 层的高楼纵身一跃，悄然离开了这个世界。一时舆论沸腾。

这一切，跟维托里奥·德·西卡 1948 年的作品、令人黯然神伤的《偷自行车的人》几乎一模一样。

男主角安东尼奥是两个孩子的父亲，除了贫穷，命运对他似乎并不是特别残酷。他有一位勤劳体贴的妻子，有真诚热情的朋友，有懂事纯洁的孩子，就连刷海报的工作机会也幸运地落在他的头上。

对于工作，他本已不抱希望。工友们拥挤着等待公布工作的时候，他并没有围过去，只是百无聊赖地守在外面——可以想象那是经过了多少次的失望才会有的神情，直到朋友着急地喊他，"你聋了吗?!"他没有聋，只是不敢奢望会有工作这样的好事。这个好事落在他的头上，全因为他的简历中说自己有辆自行车。有自行车，就可以带着梯子到处去刷海报。有自行车的人不少，同样企盼着这份工作，可他就是如此幸运。

德·西卡对安东尼奥饱含着同情，他的镜头又足够冷峻。他让安东尼奥如此幸运，正为了反衬其悲惨遭遇的必然。妻子变卖床单本只能卖 7000 里拉，却幸运地卖了 7500 里拉。自行车被盗后，幸运地两次碰到了小偷。

然而，这些都没有用。

小偷同样的赤贫，自行车早已不知所终。算得上公正称职的警察也无法在证人证物阙如的情况下帮助他。他不敢面对妻子的伤心失望，走投无路之下，试图偷走一辆自行车，或者只是"借"。

他被抓住了。他被儿子看见了。他被车主宽恕放走了。

他听到有人说，"你也应该感谢上帝"。他带着儿子，失魂落魄地汇入人潮。是的，他是如此幸运，也许应该感谢上帝。

可我不知道他会如何面对含辛茹苦的妻子，在儿子面前会有怎样的愧疚。

我不能想象他在热心快肠的朋友面前会有怎样的表情，我不知道他如何面对自己，他会不会自杀？但愿他不会自杀。

安东尼奥不是圣人，可也并不是一个坏人。德·西卡用大量细节镜头刻画了他的善良，他的犹豫和尴尬，他的郁愤。从绝对道德的角度，纵有再多理由，偷窃也是不义的，安东尼奥不是不知道。可正如他明知灵婆只是骗子，在无奈之下也去求助一般。他没有选择。他怎么做都不可避免地走向悲剧。他所有的幸运在贫困面前经不住一点风吹草动。

被誉为经济学良心的哈佛教授阿马蒂亚·森有个著名的观点，应以个体能否享有更大自由来衡量社会的发展。自由，即选择的自由。贫困的人没有选择，也就没有自由。偷自行车纵然有罪，可在没有其他选择的情况下，这罪责真的是个人应当独立承当的吗？那些替小偷作伪证的街坊，漠视失车小事的警局官员，饭店中冷眼的富人小孩，一面等着教堂施粥一面执拗拒绝协助安东尼奥的老头，还有那个同样赤贫的小偷，组成了德·西卡镜头下的社会。正是他们一起，让安东尼奥走投无路。

一个良性的社会，应该让勤劳的人有工作的机会，让技能不足的人有受教育的机会，让每个小孩有吃巧克力的机会。

应宽容无从选择之下犯错、但为之惭愧的人。

第二部:《杀人短片》

克日什托夫·基耶斯洛夫斯基的《杀人短片》的情节再简单不过。蓄谋的抢劫杀人，事实清楚，动机明确，从哪个角度来看，雅采克都不冤枉，按照波兰法律，他不可避免地被判死刑，最终被绞死在监狱里。这样简单的情节，放在普通导演的手中，简直没什么好拍。可基耶斯洛夫斯基在他这部大约1个小时的短片中，充分探讨了有关死刑和正义的问题。

我们看看导演的精妙构思。

之前已经谈到，电影并不长于过于抽象的表达。基耶斯洛夫斯基为了避免镜头语义不够清晰，引入了一个角色，实习律师皮奥特。导演借用皮奥特的言语来探讨抽象的理念。他借皮奥特之口说，"法律不应该仿效人的天性，而应该改良它。法律是人类的理念，用以规范私人间的关系。""惩罚，惩罚是一种报复，尤其是当它意在伤害罪犯，而不是预防犯罪的时候。但现行法律可带有报复意味。它真的是为无辜的人着想吗？""从该隐开始，惩罚就不曾改善世界或祛除罪行。"导演探索性地认为，惩罚不能消除邪恶，或许关爱才是拯救之道。正如雅采克谈到他最疼爱的妹妹玛丽茜娅之死时所说："我不想走……如果不是因为这事儿，也许，……也许一切都会不同的。也许这一切都不会发生？"

中国历史上，很少如此深入地思考死刑正义性的问题。

刘邦攻秦，与关中父老约法三章，"杀人者死，伤人及盗抵罪"。内容关乎生命权与财产权，奉行的却是报复式的法律。以牙还牙的报复，实行的主体本应是受害人，而不应是新杀入关中的刘邦，甚至不应该是神。第三者代为实施报复，只是第三者在杀人，无论是否加上替天行道之类的冠冕，这都是个事实。

报复有赖于暴力。刘邦能约法三章，全凭当时他掌握着关中最强大的武力。谁掌握着最强大的武力，谁就可以免受报复。总有人可以免于被报复，总有人无法报复。因此，报复无法实现公平。

基耶斯洛夫斯基实际上将《杀人短片》分为两部分。第一部分是雅采克杀沃德马拉，第二部分是国家机器杀雅采克。是的，死刑不也是杀人么？对这两场杀人，影片不吝于从细节上展示其残酷。这是电影的长处，文字对读者产生不了那么强烈的冲击。基耶斯洛夫斯基娴熟地驾驭三条叙事的线索，分别代表了三个视角。从皮奥特的视角，探索死刑的法理和哲思；从雅采克的视角，探索生命的价值。镜头的重心在于毁灭生命的残酷，以及邪恶生命中软弱善良的角落；用沃德马拉这条线来加强镜头的真实感，从另一个侧面探讨死刑是否公正的问题，毕竟，人非圣贤，每个人心中都有魔鬼，受害人也一样。

第三部：《东京物语》

《东京物语》太有名，导演小津安二郎太有名。可我看过一些影评，大部分是说小津多么伟大，什么低机位啊、仰拍啊、空镜头啊，直接衔接的剪辑啊，仿佛小津是因为这些才是小津似的，全然不顾小津自己说的，电影是戏剧而不是意外事故呀！

低机位？仰拍？看戏剧时，前排观众看演员的视角，眼睛不就是低机位么，不就是在仰视么？居然有人把仰拍附会到日本榻榻米的高度上去了。

空镜头？静静对接的剪辑？戏剧中转场时幕布重新拉开就是空镜头呀，这种转场的衔接，就是静静对接呀！

小津的电影非常洁净。既然戏剧的视角对于他想作的表达完全能胜任，何必涂脂抹粉呢？有的导演模仿小津，把一些象征性的，或者营造气氛的空镜头夹杂在电影里。却不知镜头里的风景固然不错，可因为这些镜头含义不明确，常常会破坏影片整体的审美。当然，庸手拍出的电影，本来就没有什么整体的审美。小津根本不是这样，他的电影清晰而明洁，如同溪流一般，清澈见底静静流淌，沁入人心。他从不拍意义含混的镜头。

不妨分析一下《东京物语》最初的几个镜头，作为例子。

镜头一：尾道，海边港口，有船驶过，马达声急促。镜头交代故事开始的地点，与片尾形成对照。片尾时平山冈吉说，一个人生活日子特别漫长，然后镜头随着人物视线切向港口，汽船驶过，马达舒缓。

镜头二：栗吉伐木店前，有孩子背着书包路过，结合后面的镜头交代京子的工作。

镜头三：火车驶过，从左至右，背后是山景。为平山家准备乘车出行作铺垫。

镜头四：火车近景，车上载着原木，呼应前两个镜头关于木材的部分，让故事背景的交代更踏实，并即将引入人物。火车行驶方向在画面上改为从右至左，既表明视角的切换，又暗含出行东京和返回尾道的故事梗概。同时鸣笛，汽笛声中画面切换到第五镜头。

镜头五：汽笛声中山旁独立的小屋，建筑有东方的古典美，在汽笛声中略冷清。

镜头六：两位老人在准备出行。冈吉在翻阅列车时刻表，妻子整理行装。人物正式登场。

这些镜头细致、清晰、简洁，跟一篇小说开头的背景交代没有什么不同。小津成竹在胸，十分明确每个镜头该起的作用。镜头中即便没有人物，也与人物相关联，哪里有什么纯粹的空镜头？

小津十分善于利用镜头的切换来做文学表达。冈吉夫妇在纪子的家中，如果直接观看昌二的照片，对于初访者就显得不合情理，所以小津就让镜头从邻居家开始。纪子去邻居家借酒的几个场景细节，表明纪子对公公婆婆倾心相待，真诚自然。待纪子返回家中，人物对白随后也自然地切换到战争中去世的昌二身上。三人勾起往事，正要伤心，小津又让敲门声将他们打断，以免影片走向战争伤痛的枝蔓上去。小津的影片中，不论是情节还是表演，都非常克制，无关主题的内容，点到即止。然而这种克制并非压制戏剧性的冲突，构造所谓的平淡和谐，反而是为戏剧冲突蓄势。《东京物语》中高潮是母亲的病危。接到电报，繁试探着问哥哥幸一要不要带丧服，这种加以掩饰的冷漠如果还不算残酷，我就不知道什么叫残酷。影片在这里制造的冲突说是剑拔弩张也毫不为过，如果感受不到，只能称为麻木。

《东京物语》的主题并非只是家庭中的孝道，它比孝道更广阔。冈吉在影片的结尾说，"我也太粗心了，早知这样，她在世时我就该对她好些"。当然，冈吉的粗心确乎是粗心，繁和幸一就确乎是漠视了。而所谓的孝道，其唯一合理的内容，也只是作为独立个人的父母与子女之间互相的关爱。但显然，电影在这里早已超出了孝的内容。小津在说人之间的关爱，是怎样的珍重。

正如爱因斯坦所说，"人是为别人而生存的——首先是为那有一些人，他们的喜悦和健康关系着我们自己的全部幸福；然后是为许多我们所不认识的人，他们的命运通过同情的纽带与我们密切结合在一起"。伟大的导演莫不如此，德·西卡、基耶斯洛夫斯基、小津安二郎，他们的影片莫不体现对人的珍重和关怀。伟大的心灵果然是相通的。

也许有人会说，别人还好说，小津还参加过毒气部队呢。顺便反驳一下吧。就算迟钝到从小津的影片里不能了解小津，也应该明白，在二战时的日本，被征召入伍是个人无法抗拒的，那不是小津的错。曾有人翻越柏林墙，被杀害在墙头。射击的凶手在审判时辩解，一切都是听命行事。法官答道，你有抬高枪口一寸的自由。这个判决可谓准确。通过影片，我完全相信，如果是小津，会抬高枪口一寸。仅从被征入伍这个事实，只能判断军国主义日本对个体的强制，是不能判断个体是否有罪的。

就推荐这三部影片吧。从技术上讲，三部影片的镜头和叙事都有着准确的分寸感，而导演的风格又各不相同。德·西卡以真切胜，基耶斯洛夫斯基以虔敬胜，小津以洁净胜。

（原载《南方周末》2016 年 5 月 26 日副刊）

红 之 殇

——悼念罗尔纯先生

颜 榴

10 月 31 日黄昏，我正在商场里看万圣节的饰品，忽然接到电话："我是财新传媒，我们的'逝者'栏目想请您写一篇……""谁去世了？罗尔纯？怎么可能？"我根本不相信。"已经确认过了。""为什么找我写，美术圈才合适啊。""我们看了您在 4 月份的文章，《停在浅水域的鲸》……"我脑子里一片空白，却又那样清晰，这些天一直在书稿里写到罗尔纯，感觉对他很熟，"好吧。"悲痛地往家走，又接到几个电话，都是约稿，而且都要求快。我不敢接应那么多，却又知道媒体的规矩，如果不在有限的时间内发布消息，这个话题就不再有机会说了，他们能将罗先生这位名声并不高的隐士画家作为话题，已经是慧眼独具，积功德之举。而我，不是正希望人们能记住他吗？论资历，论交往，我都不与罗先生熟稔，甚至是美术界的边缘人，而罗先生恰恰是美术界另一种意义的边缘人。如今，居然是由我这个边缘人为他这个边缘人作某种盖棺论定的叙述。先生信佛，我便随缘吧。又与罗先生的忘年交刘先生再次确认，罗先生逝世于 10 月 28 日夜里，发现时在 29 日晨。他后来到了现场，屋内有起火的痕迹，但不是大火，火灾的原因要等公安的说法。罗尔纯先生真的走了，而且怎么走的也不知道，这种非正常死亡让人难以接受。而我并不能陷入情感的悲伤中，因为财经杂志要求的是冷静而客观地介绍逝者，并给他一个准确的定位。

东方凡·高，色彩响亮的油画大师

以上两个名称，罗先生都是反对的，他曾说，我不是凡·高，我是罗尔纯；我不是大师，只是一个老师。然而这两种称谓却已经成为人们的共识。与许多画家一样，罗尔纯的绘画生涯始于童年。1929 年 5 月 18 日，罗尔纯生于湖南湘乡县虞塘镇的一个书香之家。父亲罗光绪本是学工的高才生，因为领导学运被迫回乡教书。他擅长诗词书画，画过爱迪生像和孙中山像，还帮儿子的笔记本设计校徽图案作封面。6岁时罗尔纯在湖南陶龛学校上小学，主持学校的是他的叔祖父罗辀重，这位曾经留美的湖南著名教育家看到罗尔纯喜欢画画，就让他给自己编印的校刊《陶龛旬报》画纪事画，从那时起罗尔纯就捧着画板，对着插秧、捕鱼之类的农村活动画起画来。教过他美术的还有他毕业于苏州美专的姑母罗军建，听从姑母的建议，罗尔纯在1946年17岁时考入了苏州美术专科学校的西画专业。学校位于苏州美丽的沧浪亭，建筑装饰处处透着欧洲古典主义的氛围，罗尔纯陶醉于这座艺术的宫殿。最令他着迷的是校长颜文樑节衣缩食从法国购置并带回的几百件石膏教具，他大部分时间都在一间有落地玻璃的大石膏教室里画石膏素描，也因此获得了造型能力。后来当他得知那些石膏像初毁于抗战，最终毁于"文革"，难过不已。罗尔纯在校时表现出色，当过学生会副主席。1950年，在学校的春季油画写生评奖中，他的两幅风景画被评为第一名，欣赏他的颜文樑以自己的一幅水彩风景作为奖品。

如果一切顺利，罗尔纯应该顺着苏州美专毕业优等生的基础，开始他的油画探索之旅，然而接下来他竟有两个十年没能接触油画。毕业后罗尔纯放弃留校到了北京，不想差点分到新闻单位，后来虽然到了刚成立的人民美术出版社，却是做编辑，每天面对办公桌，画不了画。这是第一个十年，第二个十年则是赶上了"文化大革命"。很难想象，这位油画大师在他最年轻的时候恰恰是先经受了不能画画的煎熬。做编辑时，罗尔纯看别人画画都会觉得受刺激，甚至因此怕去美术学院，没有见过徐悲鸿和齐白石。"文革"中他在磁县部队劳动时带了一支塑料蘸水笔，想休息时勾画几笔，结果不但没有时间，笔还丢了，罗尔纯特意请假去田埂间找笔，没找到笔的他只觉得自己的艺术生命已经失落。

1959年经朋友推荐，罗尔纯终于成为北京艺术师范学院美术系的讲师，算是步入了绘画的正轨。这所综合性的艺术学院显得比单一的美院更有艺术气氛，卫天霖、吴冠中等老油画家中，最吸引他的是吴冠中。吴冠中热爱凡·高，常常做凡·高的报告，还写文章，罗尔纯由此注意到印象派及其以后的画家和作品。1964年北京艺术师范学院解散了，罗尔纯调到中央美院附中任教，才开始摸油画。1970年后一年多，罗尔纯被抽调到革命历史博物馆和国务院去画历史画与宾馆画，这种画要求画得快而多，来做顾问的吴作人对罗尔纯很关心，介绍他认识了艾中信。美院很强调创作，几位在50年代接受过苏联专家马克西莫夫训练的画家，都擅长根据一个题目画出情节性的画面，罗尔纯也试着这么画，却失败了。1978年，他终于完成了（与丁慈康合作）

第一幅油画创作《架起友谊四海桥》，曾是"马训班"班长的冯法祀赞扬有加，但罗尔纯当时极不自信，直到展出最后一天才去展厅看自己的作品。1980年，也曾是"马训班"学员的詹建俊主持油画系三画室，邀请罗尔纯执教，他这才从版画系转到了油画系。罗尔纯已经50岁，在退休前的10年，他才开始展露风采。他的画先是被朋友印成小台历，继而发表在《美术》上，接着与戴泽办了联展。《望》是罗尔纯第一次参加全国美展的作品，没入选为优秀，却被美国赫夫纳画廊发现而欣赏，邀请罗尔纯在1988年去美国办了个展。西方批评家抛来的"橄榄枝"扩大了罗尔纯退休后的生活半径，1992年他获得法国艺术家居留权后，如"候鸟"般游历北欧、东欧、非洲、美国、东南亚，国际声誉日渐加大。

实际上新中国成立后受苏联影响的主题性绘画才是中国油画界的主流，青年时代的罗尔纯并不长于此道，所以他只留下那幅唯一的主题画。罗尔纯习惯从形象出发，在那个年代这叫作搞形式主义。他曾经不解，自己非常钦佩敬爱的颜文樑校长早年的风景小油画深得印象派光色奥秘，却很少谈到印象派，教学中也不涉及。他几乎不知道老师们因为印象派吃了多少苦头，只记得70年代中期还对他说"我现在也很喜欢印象主义"。那时印象派、现代派还属于禁区，沉默寡言的罗尔纯凭着一种直觉摸索，居然在不惑之年等来了艺术的觉醒期。1971年初春，罗尔纯在广西桂林的叠彩山写生，对色彩开悟；之后回到家乡，湖南的红土丘陵给了他灵感，"乡土味"就是他的"根"。带着这种热情，他把去湘西、广西、云南等地收集的素材转化为一幅幅色彩异常响亮的油画作品，英国批评家苏利文认为这些画"一扫中国油画画坛几十年的沉闷空气"。罗尔纯画画以快著称，因而高产。他从70年代起受到李苦禅的影响也开始画国画，从而油画的用笔变得更加放松。让人惊讶的是，年过六旬后的罗尔纯在东西方游走的过程中，又进入了艺术的爆发期，其作品显示出用色彩抒情的强烈魅力。

探访中国印象派画家的最后大师

去年夏天，我去拜访柯文辉先生，谈起在20世纪中国印象派画家群中，后半叶有两位油画大师卫天霖和罗尔纯非常重要，但都被忽视了，柯先生点头。柯先生的《卫天霖传》已广为流传，但提起这本书时他却摇头："还是太简陋……罗先生也应该有本传记啊！"我知道罗尔纯先生还健在，问起他，"他身体好得很！"柯先生给我看罗尔纯画他肖像的照片，我说真好，想看画，他说画本来在他这里，他却偏偏还回去，结果在罗先生的画室里被偷走了，我连呼可惜。"画还在的，罗先生知道，只是现在那人不会拿出来了。有些画商拿了他的画去办展览，不退回来，他也不去追究。"柯先生淡淡地说。惊讶之余，我表示想拜访罗先生，"他不喜欢见人，下次我去看他的时候，你跟我一起去吧。"

对罗尔纯先生，我在中央美院上学时就有印象，他瘦小的身形，让我想起老家务农的叔叔，当然他的气质是知性的，还很谦和。我知道他是油画系三画室的教授，刚刚退休了。当年三画室最吸引我的，是它主张在写实的基础上表达出画家的主观情感，既强调造型基本功，又没有被素描的章法给限定住，保证画面有可识别的形象，尤其是张扬了色彩。有几位在"新生代"展览中扬名的年轻画家都出自三画室，他们的活儿比较地道，但画面中的调侃显得比较冷漠。倒是老画家罗尔纯，他画面洋溢的生气反而超出了年轻人，尤其是他对湖南红土地的描绘勾起了我的乡情。我没有在三画室见到他的身影，学生们偶尔提起他，都很尊敬。

之后多年，罗尔纯始终是那样默默无闻，展览稀少，尤其是没有举办过个展。2006 年，我终于在美术馆旁边的百雅轩见到他比较多的作品。百雅轩主要代理吴冠中先生的作品，吴冠中与罗尔纯是多年的好友，他称罗尔纯为"弱者"，却赞赏他不是艺术的"奴隶"。吴冠中的名声与画价很高，罗尔纯相差得较远，不过以罗先生的性格，他也许并不在意。此后几乎每年，罗尔纯都有或大或小的展览在国内举行，但成规模的不多，最大的一次是今年 4 月在中国美术馆的"大美至朴：罗尔纯艺术展"。我万万没有想到，这会是他生前最后一次展览，我与他的见面也就只有在那一次展览之前与开幕式那天。

柯先生约定带我去看罗尔纯，我回来后把他的画看了又看，等着去见这位大画家。然而这一等就是好几个月。今年初，柯先生告，罗先生摔了一跤，不好去见他了。4 月初，柯先生告："美术馆要做罗先生的画展，你去参加研讨会，我过几天去一趟他家，你也来。"4 月 18 日中午，我随柯先生与刘先生一起坐出租车从望京出发。之前我问，送点吃的东西给他吧。柯先生摇头："他什么都不要，你带了他也会让你拿回来。"

那是一个阴天，一路堵车，花了将近两小时才到昌平的王府公寓。小区里见不到什么人，显得有些荒凉。进了罗先生的家，更是有些吃惊。简陋、凌乱、不整洁，这是艺术家的居所吗？卧室墙上的两幅画提醒了我，那是吴冠中与吴作人分别送给罗尔纯的两幅水墨画，都作于 20 世纪 70 年代。罗先生坐在床上，穿着一件旧旧的深蓝色薄棉衣，见到我这个生人，甚至有些害羞。"不好意思！这个样子来见客人。"他说。"我很喜欢您的画，我在做中国印象派画家的研究，等您有空的时候想和您聊聊……""你说什么？"他侧着头，要听清我的话显然很吃力，"我不是印象主义！"他大声说。哦，我心想这是多么有意思的话题，听他来谈自己为什么不是印象派，可惜时机不对啊。

征得罗先生的同意，我随刘先生去二楼看他的画室。画室面积不大，因为即将举行的画展拿走了许多画，显得有些空。一面较大的毛毡沿楼梯旁竖着，用来画水墨画。一个油画架是空的，两个简易的木色书架靠墙立着，一张白色三合板的电脑桌与一个白色的三层木头架子上散乱地堆放着纸张、颜料瓶等工具。油画架正对的那面墙有扇拱形的窗户，罗先生就靠这长年射进的平光来画画。窗边放着一把折叠的户外椅子，供画家休息时用。画室的工作环境依然是如此简陋，只有墙角放着一些未完成的画显示着画家心中的秩序与美感。

回到卧室，柯先生与罗先生聊得正酣，罗先生虽然面色不太好，但眼睛很亮。为了让罗先生听得清楚，柯先生已坐在床头，我觉得两位老人坐在一起很有画面感，想拍照，罗先生听闻，连忙敏捷地摆手。我听从，只有把这个场面刻在脑海里。

离开罗先生的家前，我特地走到厨房去看了一眼，那里相当于停留在上个世纪末，我一阵心酸。听说他过午不食，也吃得很少，可这分明就是取消吃喝的状态啊，又是哪里来的激情和能量支撑他画出那么多光辉灿烂的作品呢？公寓没有电梯，罗先生腿疾加重之后已无法下楼，但他拒绝去医院，还坚持开画展那天要自己扶着楼梯走下去，性格之倔强令悉心照顾他的家人与弟子都感到有些为难。

纯朴生大廓，赞叹自有因

再见到罗先生时是 4 月 27 日上午，在中国美术馆的大厅，他穿着灰色西装，非常整洁体面地坐在轮椅上。开幕式上请他讲话，他说了几句就停了，羞怯起来，远不如与柯先生聊天那样健谈，我觉得他很不习惯人多的场合。研讨会上，他坐在我的正对面，看他的神情，我就知道他其实听不清我们在说什么，但一直注意着礼貌。午餐后，我目送罗先生坐车离去，又到展厅里仔细看画。观众不多，应该说，太少。那段时间，美国画家大卫·霍克尼访华是美术界的热点，他所到之处被围观。我又想起 2012 年初在柏林时，遇到德国艺术家里希特 80 岁生日的大型回顾展，展览开幕式那天，观众挤满了各个展厅，持续一个多月观众在新国家画廊外面静静地排起长队，颇让我感动。这是我们中国的油画大师啊，却是这样的寂寥！展期在五一节，恐怕观众更少。空空的展厅倒是利于读画，直到闭馆我才离去，因为我知道要看到这么多的画一起展示，下次不知要等多久。

我跟柯先生说，还想再见罗先生。他说，别急，等他好些，我再带你去。

可是等柯先生云游回来，我听到的竟然是噩耗。我再也不能问他任何关于印象派、关于绘画的问题，只能在他的画面中去捕捉，去猜度。31 日，我多么不情愿地在自己的印象派书稿中写下他的卒年——2015，这位内向沉默的画家永远地成了谜。

虽然我知道，罗尔纯先生到达此种人生境界，外人的评价对他都已经不再重要，可是回想起来，我真的希望研讨会那天，他听见了我下面的话：

> "我是湖南人，与罗尔纯先生是同乡，他画中的红土地，我童年时见过，感受很强，画家与土地的那种不可分割的联结，在俄国诗人阿赫玛托娃的诗里得到了印证。这里请让我引用阿赫玛托娃《祖国土》中的几句，作为后辈，献给罗先生。
>
> 我们不用护身香囊把她带在胸口，
> 也不用激情的诗为她放声痛哭，
> 她不给我们苦味的梦增添苦楚，
> 她也不像上帝许给的天国乐土。
> 我们心中不知她的价值何在，
> 我们也没想到用她来做买卖。
> 我们在她上面默默地受难、遭灾，
> 我们甚至从不记起她的存在。"

罗尔纯故乡的土是红土，罗尔纯的画作提醒了这片我们几乎快要遗忘的泥土的存在。从这片深沉和沉重的土地长出来的"罗尔纯红"必将是中国油画史无比深重的一笔，极为辉煌的高音 C。这位从不讨好世界、讨好时代，更没有被资本魔化的艺术家，羸弱到甚至连自己的画作都不能保护好。这位创造了"红"的艺术家，居然是在红色的火（灾）中结束了他最后的歌唱，成为一个时代诗意的绝响。"我不是凡·高！"他曾说。是的，他是罗尔纯。世界欠凡·高太多，今天一直在偿还。世界永远欠天才的，那些偷偷拿走大师画作的人，那些投机的画商，哪怕有一次虔诚地面对他的作品，就会羞愧于盘算金钱的卑劣。罗尔纯之罹难属于偶然的事故，偿还他的将是后来的世界。他的声名早已远播西方，但愿这片"祖国土"上的人们早一天读懂他的"红"。

（原载《北京日报》2015 年 11 月 10 日）

沉静的旅人

——怀晶文

杨　渡

1

我们到达香格里拉的时候，约莫下午 3 时。转过四方街的那些卖艺品的老店，穿过石板路的小街道，绕行过写满藏文的转经筒，车子在一幢三层木造结构的旧楼前停下来。那门上以有些拙趣的书体写着"撒娇诗院"。

诗人默默在门口迎接。野夫先去寒暄，逐一介绍朋友。诗人相见很有趣，虽然是初次见面，因看过了诗，深知彼此顽劣难驯的根性，就像极了老朋友，没一句正经。我问他这如何叫"撒娇诗院"。默默说，以前他们组织了一个"撒娇诗派"，认为诗无非是撒娇而已，人生也一样，还写了宣言。

"不然你看权力场上，哪一个不是靠撒娇上的台？"他说。

默默一边提醒我们小心，此地海拔三千三，上楼梯要缓慢，提行李莫要太过用力，走累了就先休息，不要喘起来。然而他说，晚餐已经准备好藏香猪火锅，美味之至。

我们的状态都还不错。一路上，我们走川藏线，穿行过四五千米的高山，喝了酥油茶，吃了生牦牛肉，品高山冷水鱼，喝了高度青稞酒，品尝各种藏族美食，欣赏高山奇花异草，大山大湖的风景。虽然晚上容易醒来，但没有高山反应，也没吃药。

晶文因许愿吃素一年，时间未满，一路用唐僧的眼光看我们大啖各种鱼肉，无奈微笑，直称高山鸡蛋和青菜也是非常甜美，真好吃。他体力极好，甚至在五千多米的山头，最高点的草原上，做马力跳，要我们帮他拍照。第一跳，没拍好，镜头太低；第二跳，没拍好，快门慢了；第三跳，三台相机对着，不错，拍下跳到最高点，完美呈现。于是他赶紧坐上车，火速下山，不然那高原的反应不知道会不会来。

就这样，我们一路玩一路拍，平安来到香格里拉，默默开的民宿，我们的最后一站。默默笑说，已经为你们准备了美食和美女，晚上要好好喝。不料那民宿美女们一听晶文是电影《恋恋风尘》的男主角，就不知去了什么网站找出来那电影，说晚上要来一个放映会。还认真去布置，把投影银幕摆上，准备好好观赏晶文的童年往事。

晶文有些无奈，脸上满是腼腆的笑容，也只能客随主便了。野夫跟我笑说：这些高山上的蜘蛛精看见唐僧了，呵呵呵……

到了晚上，主客早早落座，电影也放映起来。只见九份山景与小街，呈现眼前，青年时代的王晶文在银幕上，和那个阿公李天禄对话，寻常的台语对白，家常的饮食对话，妈妈骂孩子的唠叨，在滇西高山的异乡人眼中，竟不再是那么寻常，而像一幅台湾的民间风情画，有一种异样的细致温柔。以前觉得晶文平淡寻常的演出，如今反而有一种隽永恒常的台湾美感。

原来，在滇西异乡看台湾电影，会有这种异样的感觉呢！我在心底说。

异乡人的眼睛都回头，一会儿看银幕，一会儿对照般看着王晶文。他则一贯腼腆微笑，却见众人皆曰：啊，几十年过去，你还长得一个模样！

众人大乐，于是喝了起来。

主人默默无比热情，加上邀来的当地朋友能喝，几杯酒干下来，我们都不胜酒力，野夫就在一旁火炉边"我醉欲眠"地躺下了。晶文喝得较少，还非常称职地陪着电影粉丝谈天，尽一个客人应有的礼貌。我醉得只能逃走，带了妻子去古城街道上散步，发散酒意。因是三千三百多米，我们步伐放慢，缓缓行过街道，在唐卡艺品与小酒吧间流连。直到酒意稍醒，回去再喝了数杯，见野夫好像刚刚醒来，酒兴正浓，便逃命般去睡了。

次日早晨起得早，我独自去古城散步，只见静静的院落，古老斑驳的土石墙，那些酒吧都未醒来。早晨的阳光中，四方街的市集刚刚开始，散发着古老的炭火香味。我喝了一杯牦牛奶，吃了一盘烙饼，便慢慢散去广场上，远看世界最大的转经筒，随后踱了回去。

半路上，一间小店的窗户边，阳光灿烂的所在，忽见王晶文挥手，他眯着眼说：吃过早餐了吗？要不要进来吃一下。我进去坐下来，问他昨夜喝到几点，他也不太知道，只知野夫醒来，众人继续聊天，直到夜深。

阳光灿烂的早晨，我看他模样便笑起来说：你以前就长这个样子，二十几年了，没什么变呵！他自己笑说，当然有变老了。

一生只拍一部片子，然后就淡出，也很好。我说，结果，大家都记住这个片子，也好玩得紧。

望着他阳光下的脸，我想起很早以前，他刚刚出现在我面前的时候，那一张少年的脸，仿佛就是长这个模样。

2

李疾带那两个大一生来见面的时候，我以为他带了两个少年。一个白白净净，眼睛清亮，高雄来的；一个皮肤黝黑，眼睛深凹，像原住民。

"蒋老师说，让我照顾他们一下，你要不要让他们来参与一下《春风》诗刊的编辑？"

"哦，那好，来做这一期《山地人诗抄》的专题吧。"我说。

王晶文便是那时出现的两个人之一，另一个是刘进银。两人像兄弟，都不爱说话，只是笑着，纯真得像高中生。

那是1983年，"原住民"还是学术名词，普遍的名字叫"高山族""山地人"。我们明知不对，却不知该如何命名，于是把它取名"山地人诗抄"。王晶文帮忙改写原住民传说故事，其中几则如鳝鱼的由来、女阴长齿的故事等，被他改写得活灵活现，很有小说的味道。我问他有没有意思写小说，颇有潜力。他反而说不会写。

那大约是我们的"革命时代"，办杂志、搞刊物、读书会，都带着反叛的快意恩仇。晶文和进银对革命理论好像不怎么感兴趣，但对我们这一群反叛者的地下行动、顽劣行径，似乎更有兴趣参与。除了读书喝酒、搞文学刊物，我们还干了许多青春热血才会干的傻事。

夏天去阳明山的野溪洗冷泉；去阳金路上的野瀑布裸泳，用午后的阳光晒暖紧缩的鸟；有人抱了石头，想下沉去探瀑布池底有多深；春天还曾裸体去溯溪，直到看见了上游居然有一个老农夫拿着锄头，正在低头种田，还好，他没看见我们。那时也不知冷，有一次裸体溯溪毕，回到置衣处，发现只剩下一根火柴和最后几根香烟，居然点着了火，升起一堆篝火，在山谷的薄雾中取暖，以柴火点烟，直到暮色昏昏，雾色浓浓。

这两个人都是行动派。少言少语爱行动，动作灵敏速度快，专搞一些稀奇古怪的事。例如，不知道哪里搬来的木头，要把租下来的老房子改建；在农舍的庭院要搞一个鱼池种蔬菜；把捡回来的木头改造成泡茶桌之类的。李疾帮王晶文取了一个别名叫"小侠"，大约是小侠龙卷风或者什么漫画来的灵感。他长得不高，眼睛明亮，有一点英气，气质颇为符合。

有一天，小侠自己来找我，说是他已经被录取了，要去拍侯孝贤的电影。当时也不知电影叫什么名字，拍什么内容；只知道他和同学一起去参加考试，最后他被录取了。

他去"中影"报到，据说一进去就遇见吴念真。吴念真打量了他一下子，也没多问，就笑着安慰他说：放轻松，看你这样子，就是一片明星。放心啦！

王晶文笑着说，拍完就回家也好，拍电影好累啊！

他未曾参与电影，也没什么训练，但侯导的导演方式太特别，有训练过更糟糕。他不知如何表演，彷徨茫然，不知所措。戏拍了一半，他来找我。一进门，也没说什么，只是眼睛有些红红的，好像几天没睡了。他什么都没说，只躺在客厅的榻榻米上，望着天花板发呆。我泡茶请他喝。他无言地喝着，又无言地躺下。我问他演出如何，他只是摇头，直说不知道自己要演成什么样的人，整个是一个很茫然、很痛苦的过程。

我看他眼睛无神，孤独无依，便说，你眼睛本来挺有神的，现在都无神了，以后要记得，眼睛用力地放出光彩，像杀手那样，用眼睛演戏。你看那阿尔·帕西诺，整个《教父》就一个杀气的眼神，即足矣。

他只是默默叹气，摇摇头，喝了茶，没说什么，又躺了片刻，无言相对，静静走了。

那电影《恋恋风尘》得到许多大奖，但他很少出现在电影活动中，也不像一个明星般被追捧。他的生命，仿佛和电影中的主角一样，一个内向腼腆的少年，面对失败挫折，望着天空，站在大地，走着自己人生的道路。他未曾出现我们期待中的杀气眼神，也没有如我们那样顽劣好战，他认真地读完书，继续跟我们泡茶聊天，去当兵。

当完兵，他只说，不想去演艺圈工作，当时我是《新环境》杂志主编，就请他跟着李疾到杂志社担任特约采访，训练写作拍照。当时正值社会运动勃兴，常有机会到处跑，就一起去鹿港采访反杜邦、去台中采访火力发电厂、去花莲采访太鲁阁"国家公园"、去恒春采访反核等。

后来他就考进了联合晚报，一待竟是二十几年。

如果没有人提起，很少有人知道他是电影《恋恋风尘》的男主角。他过着自己的人生。

3

有一段时间，大家一起住在阳明山李疾租来的房子。江武昌喜欢称之为"状元府"。那其实是一间破破的砖造老农舍，长条形，前面有小小庭院，因为杂草丛生，时有虫蛇出没。

王晶文住的房间，有一个小阁楼，阁楼边有气窗，那上面常有小鸟来筑巢下蛋。清晨五六点，一定被小雏鸟的啁啾声吵醒，不为别的，只因小雏鸟一早醒来，肚子饿了，一直叫母鸟去找吃的；而枕头就在气窗边，那鸟鸣如在耳边呼唤，清亮的啁啾，保证让人像鸟妈妈一样受不了，宁可飞出去找食物。

因为有鸟来巢，就有蛇要来吃蛋。那蛇是极厉害的动物，可以沿着墙壁，爬上气窗，把蛋吞食。有一次王晶文特别拿热水去烫，希望赶蛇走。有一阵子，江武昌还养鹅，据说鹅粪性灼热，可以赶蛇。

后来换我住那房间。为了怕打扰雏鸟，就在楼下动工，把隔间切开，用路边捡回的雕花窗架做了窗户，再用捡回的矮茶几泡茶。至于房间，为了怕地板太潮，就去捡了建筑工地的板模，架高床板，再铺上榻榻米。

这些事，本来都该找木工来做，但我们这些好事之徒，只是贪图好玩，常常下午到半夜，各处捡东西回来拼凑，托了李疾和晶文、进银的巧手，居然搞成了兄弟可以落脚的所在。赖春标在《人间》杂志写了森林盗伐的报道，传说黑道在追杀他，他不敢回彰化家，就寄居于此。至于各路的好汉兄弟，如兰屿的健平、莫那能、田雅各布等，都曾客居小宿。

王晶文是一个沉静的人。他个性善良，温柔微笑，泡茶奉烟，接待各路人马。我们搞社会运动，鼓动风潮，结伴"造反"，撰稿探访，浪荡风流，仿佛一群革命浪子；他却只能长保沉静，在一旁照应狂放任性的我们，仿佛如果我们闯了祸，他是会默默来帮我们"当场逃逸"的那种人。

你说他不够叛逆吗？他可是很敢做一点违反常规的事；但事情由他做起来，就显得特别平和。仿佛一切都可以淡淡地、平顺地进行。

他和我们都相识的一个女生谈了一场恋爱，但他的恋爱好像也是平平静静的，像侯孝贤《恋恋风尘》的风格，仿佛什么事都已经翻天覆地了，却回归天清地朗，什么都未曾发生似的。

一直到有一年我人在大陆采访，那房东却把房子给卖了。原本住在一起的晶文、武昌、李疾众家兄弟，只得搬离。李疾托人去租了文化大学旁边的美军宿舍，给我和晶文各留下一间，武昌有家室，便自去觅了住处。

李疾说，我们这些人仿佛住过了阳明山，爱上阳明山，就离不开了。然而，几度辗转，我们都搬到了山下，唯有晶文得了"山癌"，一直住在阳明山，他的住处，成了朋友上山必然造访的居所。相约骑车、泡茶、吃野菜土鸡，最后不免都去了他那里。

我折腾了几番，结婚生子，离婚再婚，又生了小孩，最后也不免带了孩子去阳明山，找他泡茶，在他住处的阳台上，用桧木桶帮小孩子洗澡。

生命飘摇，社会运动已成往事，人生竟已进入中年。可王晶文还是那个样子，干干净净，有些腼腆，自在生活，有些孤单；有恋爱，没结婚，也没打算生小孩。

那住处有一个露台，可以俯瞰北投士林一带的夜景。夏日山下火热，山上夜风微微，暑气尽消。秋天竹叶翻飞，凉意透彻，洗净生命尘埃。冬夜寒冷，屋里有炭火可以煮茶，热一杯小酒。

我喜欢夏天带孩子去过几天暑假。夜晚在阳台上，面对台北夜景，看孩子赤身裸体，洗得干干净净，身体凉凉的，回到屋里看电影，我和晶文坐在露台上聊天，有时至夜深。

说是聊天，其实也没说什么。晶文是一个不必有什么话，而可以坐在一起，安静很久的人。他想他的心事，我想我的心事。有什么念想，就说一说，不想说，就那样沉静着，也很好。酒没了，就自己倒；喝多了，就说，来泡茶吧。好像天地间，可以自然自在，没有必须做什么，或者不能做什么。

我常常笑他说："台北有一个电台，号称台湾最没有压力的声音；你是台湾最没有压力的人。"

我说，自己是一个爱折腾的人，好强好胜，可折腾完了，总是需要一个可以躲起来，舔一舔伤口的角落。你这里，好像是那个可以让朋友躲起来，安安静静一阵子的角落。等到休息够了，再出去折腾。你这个性也有趣啊！

他笑说，自己本性如此，自然而然就好了。

我说，有时想想你的人生，好像也很有趣。你没有走入演艺圈，甘于平淡的生活，倒是比较自在。不必在灯下打滚，非如何不可，这样比较没有压力。你自己当初有想好吗？

那是一种选择吧。他说，选择过这种生活，太浮华的世界，自己也不习惯。他说起前一段时间，《恋恋风尘》25 周年聚会，许多人相见，都觉得世事变化好快。辛树芬也不知去哪里了，嫁去了美国，再没有联络，她也过着自己安静的生活吧。

电影中，那个少年当兵，女朋友出嫁，回到家和阿公看着天，一切回到山清水明，安安静静，无情还似有情，仿佛是电影，也是演员的生命的写照。

4

2010 年，野夫散文集《江上的母亲》获得台湾国际书展年度之书大奖，来台北领奖时，我们正好有事出差，请晶文代为接待他。这是野夫首度来台，晶文带他去看了九份山景，野夫一抬头，忽见老电影院上的海报，赫然眼熟，不就是眼前的人？晶文安静的风格和平淡的为人，让他深深感动。次年，我们就相约去大理找野夫过暑假。

旅途中的晶文，一样沉静。他早晨起来，先问大家要喝茶或者喝咖啡，他自带了器具。每天早餐毕，都从一种饮料的香味开始一天行程。

有一晚，野夫在晚饭归来后，忽然宣布今天是他虚岁五十生日，我们急忙去拿酒出来欢庆，旅店主人还有蛋糕，正欢饮间，不知不觉就醺醺然了。我拿了吉他玩，野夫先唱了一两首台湾民歌，我唱大陆的"一条大河"等；后来实在所知有限，野夫开始唱他的湖南小调、土家民谣，那种略带淫荡意味的民间小曲儿，我唱台湾的"丢丢铜仔"，哈哈大笑间，我儿子小东玩着非洲鼓跟着打击，晶文一起合唱。整个晚上，晶文一直泡茶，照顾我们两个"半百老汉"，为我们的酒意踩刹车，但为时已晚，酒入醉心，歌绕丽江，无法挽回。

好像每一次的旅程都这样，我们狂欢玩乐，晶文在一旁默默照顾，有如自己的弟弟。有时餐会归来，他会泡茶，让我们醒一醒酒再去睡。仿佛只要他在旁边，就会有一个人保持理性，照顾大伙儿。

"昨天晚上，是不是也这样？"我坐在香格里拉的早餐小店中，喝着牦牛奶茶，微笑着问晶文。

晶文笑起来说：差不多，野夫醉了，先睡一下，你跑去散步睡觉了，野夫再起来，和各路人马聊天，直到深夜。他再睡下了，那些女生还要聊。所以就聊得比较晚，大约到三四点。

这个也太厉害了。我笑着说。早晨阳光透明灿烂，照亮我们昨夜的迷乱与狂欢，漂泊与荒唐。我已经分不清这恍惚，是高原反应的缺氧，还是大脑宿醉。

唯阳光下，晶文的面容如此清晰，仿佛很早以前的模样。

隔了两天，准备搭机离开前，默默带我们去青稞别院的女主人家吃饭。她从广州来此开了民宿，存了一点钱，就和默默一起去藏区里，找出被父母弃养的孩子，设了一间孤儿收容学校，他们用藏族的文化为本，也教他们汉语，现在他们还需要一个义务的汉语老师。我和子华、晶文都说好了，以后退休，一定来此教一年书，当是此生愿望。

藏区旅行归来后，我们几度见面，都是因大陆有朋友来，请他带路导览，或者去他山上的居处泡茶。那里可以俯瞰台北的夜景，安静如他的人生。

2014年1月11日，香格里拉的古城独克宗发生大火，1300年的古城，我们曾徘徊流浪的那些旅店、四方街的老建筑，一夕间灰飞烟灭。次日大雪，皑皑白雪埋葬了古城焚余的残迹，埋葬了毁灭后的所有灰烬。一如佛家说的"成住坏空"，千年文明的光影与声音，已消失在茫茫白雪之中。

默默的撒娇诗院和青稞别院则因为前面有一间石屋，隔开了火势的蔓延，躲过了一劫，但已成劫后荒世的孤单院落。

2014 年 2 月下旬，去了一趟北京。去年 7 月带我们去西藏旅行的好友龚平寄了烟熏藏香猪肉，放在北京朋友家。我们取回来以后，分别切割，准备送一份给晶文。恰巧子华也有两包咖啡豆要送他，就联络了次日下午见面。

不料 2 月 27 日凌晨，我先睡下以后，被子华叫醒。她脸色惨白，眼神茫然地说：刘进银来电话，竟然说晶文过世了。他车子坏了，不能下山，要我们联络看看。她说，该怎么办？

我睡意未消，想了片刻，打电话给李疾。李疾声音完全变了，沙哑着说，不知道为什么啊，现在，我们在忠孝医院，他真的没气了。昨夜和球团的人喝酒，小喝一点，他脸红，回家以后身体不适，他想休息，不料片刻后，非常不舒服，咬着牙关，脸整个变形了，他朋友叫了救护车，走到一半，就没气了……

"你不要来啦，他那么爱美的人，现在那个，整个脸色都变了……他不会想让人看见的。你不要来，不要来啊！太伤心，太伤心了……"

我不知道该怎么办。坐在床上怔忡，忽然就希望这是一场梦。梦醒来，一切都是虚幻的，我会发现才刚刚醒来，我还没被叫醒，还没醒来……忽然间，眼泪就不停地流下来了，一直不停地流呀流的……停不住了。

晶文过世之后，我常常想起的，无非是他在山上静静泡茶，轻声说话的模样，以及那个香格里拉的早晨，阳光穿过古城的木格子窗户，透进来透明的光，那明晰的眼神和微笑。空气中，蒸腾着一股牦牛奶茶的香味。

"喝一杯吧，"晶文说，"这奶味很特殊，很香醇。"

那时我曾想，今夜还有一个藏族的朋友要请客，说要吃土鸡火锅。他们喜欢喝高度数的青稞酒，我已不胜酒力，今晚得请晶文来泡茶解酒，再去四方街上散散步，才能度过这海拔三千三的寒夜！

没有他的阳明山，没有他的香格里拉，会有多冷，多寂寞？

博尔赫斯认为，这世界只是一面镜子，反映了某一种恒久存在的真实。现在的一切，只是轮回的一个过程，曾经毁灭的文明，会在另一面轮回的镜子里重现。那么，烧毁了的独克宗古城，会不会在另一个世界的镜子里重现？而走入另一个世界的晶文，会不会在那个镜子里的古城，某一条石板街道的早餐店里，坐在木格子小窗边？

他的桌上放着一壶茶，一个老老的陶碗，阳光灿烂，照亮了他的面孔，照亮他那招牌的腼腆笑容，他说："要不要来一杯牦牛奶茶，味道很特别，很香醇……"

（原载《财新周刊》2016 年第 28 期）